CLARA VON SYDOW Alte Gefährten

CLARA VON SYDOW

Alte Gefährten

Zwei Novellen

EDITION GELLEN

EDITION GELLEN . Meer Bücher

Clara von Sydow . Werkausgabe

Einsamkeiten, Roman, ISBN 978-3-86276-144-9
Das selbe Lied, Novelle, ISBN 978-3-86276-132-6
Alte Gefährten, Zwei Novellen, ISBN 978-3-86276-133-3
Dorette Rickmann, Zwei Novellen, ISBN 978-3-86276-134-0

Herausgegeben von Detlef Krell in der Edition Gellen

Clara von Sydow: Alte Gefährten. Zwei Novellen
Dresden 2017

Nach der Originalausgabe:

Alte Gefährten. Zwei Novellen von Clara von Sydow.
Zweite Auflage. Dresden und Leipzig E. Pierson's Verlag 1887

ISBN 978-3-86276-133-3

Edition Gellen. Herausgegeben von Detlef Krell

Gestaltung, Satz: Detlef Krell
Titelfotografie: Rainer Siegers
Porträtfoto: Rügenscher Heimatkalender 1930,
Archiv Barb und Karl Zerning, Bergen / Rügen

Neisse Verlag GbR, 01069 Dresden, Strehlener Str. 14
www.neisseverlag.de

Druck: KN Digital Printforce GmbH
99095 Erfurt, Ferdinand-Jühlke-Straße 7

Alte Gefährten

Spätsommer und *Silhouette*, ja, ich meine, alte Gefährten seid Ihr in der That; nicht nur, weil Euer Auftauchen in meiner Phantasie und Eure weitere Entfaltung in ihr fast gleichzeitig waren, sondern mehr noch, weil Ihr jahrelang verständnisinnig nebeneinander im Tischkasten geruht habt, nachdem ich Euch wirklich als Manuskript hatte in Erscheinung treten lassen, und gleich darauf der erste Versuch, Euch in die Welt hinauszusenden, mißglückt war.

Ich weiß, daß Euch damals etwas eng und beklommen zu Muthe gewesen ist, denn Ihr sehntet Euch nach Luft und Licht, sehntet Euch nach einer dauernden Ausprägung Eures Wesens in der literarischen Welt; und es entstieg manch geisterhafter Stoßseufzer Euren Blättern.

Wohl spielte ich den Pädagogen und versuchte, Euch die Erwägung nahe zu legen, daß Euer ersehnter Flug nicht immer ein durch Entzücken und Freude beschwingter sein würde. Ich malte Euch aus, wie Eure armen, sauber-bedruckten Seiten von dem Einen zerfetzt und von dem Anderen gar mit häßlichem Staub beworfen werden könnten; – aber Ihr waret noch jung und unerfahren, Ihr glaubtet mir nicht – glaubtet mir vielleicht umsoweniger, als ich im Grunde meines Herzens genau so thöricht wie Ihr war – Ihr seufztet weiter; und Euer einziger Trost war die Gemeinsamkeit Eures Schicksals: Indem Jeder von Euch den Anderen anerkannte, zog er den Schluß, daß auch das eigene Ungemach kein durchaus verdientes, sondern ein vom Schicksal blind verhängtes sei.

So wurdet Ihr nach und nach ruhiger und es entstand in der dumpfen Stille ein genußreicher Verkehr Eurer befreundeten Seelen. Was habt Ihr damals nicht Alles geplaudert! Welch eine zarte, bisweilen kindlich-heitere Freude habt Ihr empfunden, wenn Ihr allerlei Aehnlichkeiten an Euch entdecktet, gleichviel, ob im innersten Kern der Geister, oder in dieser und jener kleinen Eigenthümlichkeit Eurer Gestaltung! – Und wie interessant waren Euch nicht andererseits die Gegensätze in den Prinzipien Eures Daseins! Wie habt Ihr über diese Prinzipien geurtheilt und gestritten, um Euch schließlich immer dahin zu vereinigen, daß jedes von ihnen eigenthümlich berechtigt sei.

Ja, manchmal, wenn ich in den Jahren der Enge und dunklen Verborgenheit an der stillen Behausung Eures Tischkastens vorüberging, hörte ich sogar ein leises Knistern und heimliches Rauschen durch Eure Blätter gehen; es waren die Anzeichen einer bis auf das Aeußerste gesteigerten Lebendigkeit solcher Unterhaltungen; und ich habe mich jedes Mal über sie gefreut.

Dennoch riß ich Euch eines Tages auseinander und ließ, als gerade einmal ein günstigeres Geschick über Eurem Lebensgang schwebte, den Einen von dieser Zeitschrift und den Anderen von jener in's Schlepptau nehmen.

So erblicket Ihr denn das ersehnte Licht der Oeffentlichkeit. Und ist Euer Schicksal auch seitdem in vielen nebensächlichen Beziehungen ein verschiedenartiges gewesen, so hat es nach wie vor im Wesentlichen viel Verwandtes gehabt: Jeder von Euch hat liebreiche Freunde und ebenso ein Jeder kühle Beurtheiler gefunden; und Beide habt ihr es nach und nach gelernt, Lob und Tadel ruhig abzuwägen, sie entweder zu Herzen zu nehmen, oder so schnell wie möglich in den Wind wehen zu lassen.

Und ein Gemeinsames ist Euch im Verlaufe Eurer Trennung noch geworden: In Eurer Seele entstand das unbezwingliche Verlangen nach einer kameradschaftlichen Wiedervereinigung. Gemeinsame Erinnerungen – Jugenderinnerungen insbesondere, gemeinsame Gefangenschaft – vornehmlich eine Gefangenschaft der Geister, gemeinsamer Kummer – vor allen Dingen, wenn es ein Kummer der Sehnsucht ist, ketten das Innerste des Wesens unauflöslich aneinander. Ich ließ es mir deshalb angelegen sein, Euren Wunsch zu verwirklichen; und da meine Mühe nicht umsonst gewesen ist, kann ich Euch nun meinen Segen auf die gemeinsame Wanderschaft mitgeben, Ihr beiden alten Gefährten!

Altenkirchen, Insel Rügen

Die Silhouette

I

Vorgestern hat er zum ersten Mal in seinem Leben das Meer gesehen; und seitdem wandert er fast ohne Rast an dem buchtenreichen Oststrande der Insel Rügen dem Norden entgegen.

Wie eine Offenbarung ist es über die feurige Seele des Malerjünglings gekommen; seine Glieder spüren keine Müdigkeit und werden wie getragen von dem Bewußtsein, daß ihn eine jener Urgewalten zwischen Himmel und Erde angerührt habe, welche als ewig lebendiger Hort menschlicher Begeisterung Göttliches und Irdisches ineinander verschlingen.

Hoiho! wie die blauen Wogen heute schäumen! Groß reiten sie von fernher in leuchtender, unbeschreiblicher Schönheit heran. Dann biegen sie geschmeidig den stolzen Nacken. Schon denkt der junge Großstädter, sie wollten, sanft niedergleitend, in dem ausgedehnten mütterlichen Elemente zerfließen; da bäumen sie sich noch einmal mit lachender Wildheit empor, hoch spritzt der weiße Schaum in die sonnige Sommerluft – zischend, weithin zerstiebend und glänzend vor leuchtender, trotzig überwallender Fröhlichkeit. – Der Jüngling bleibt eine Sekunde lang stehen und jauchzt wie ein Kind.

Jetzt aber beugt sich die Woge von Neuem; ewig kann es nicht währen; noch ein mächtiges Anrollen, und wie in bewußter Erhabenheit stürzt sie kraftvoll von ihrer Höhe herab und ergießt sich ruhig in das weite, flutende Meer, oder sie zerrinnt, sich langsam ausdehnend, am flachen Ufer.

Nur da, wo die großen Granitblöcke wild, wie auseinander geschleuderte Trümmer einer alten märchenhaften Seestadt am Ufer umherliegen, springt sie noch wiederholt bald hell und übermüthig, bald leidenschaftlich grollend empor, als zürne sie Allem, das ihr in der großen Sekunde eines schönen Todes noch hemmend entgegentritt.

„Gewiß und wahrhaftig! wer es auch sei, der hier, am Ufer schwärmend, auf das Meer blickt, er taucht seine Seele in die blauen Ströme ewiger Jugend!" spricht der lebhafte Wanderer halblaut vor sich hin, und ein sinniger Ernst verdrängt alle Keckheit seines wechselnden Gesichtsausdrucks. „Hier ist kein Uebermaß, das sich selbst verschlingen müßte; Alles, selbst das Tollste und Äußerste, wird von einer geheimnisvollen Größe getragen; hier ist Nichts, denn reine, volle und gesegnete Kraft – Leben, Gesundheit, Sonne und Jugend!"

O, wahrlich! und jung waren auch die beiden Mädchen, welche dort auf den hohen Ufersteinen einander gegenübersaßen und – strickten.

Er hat sie erst vor einer Minute ungefähr bemerkt.

Sie schienen auf der kleinen Halbinsel, welcher der Strand angehörte, zu Hause zu sein und hier einige ausgedehnte Nachmittagsstunden zu verbringen.

Die Düne warf schon einen langen Schatten herüber, und die Mädchen hatten ihre Hüte abgelegt und machten halb und halb Feierabend, denn sie arbeiteten nicht gerade emsig.

Die Eine von ihnen, eine hohe schlanke Blondine, hatte ein Buch auf den Knieen; und je weiter sie las, desto langsamer bewegten sich ihre Finger; sie schien ganz vertieft zu sein; nur manchmal, wenn die Wellen neben ihr aufspritzten, so daß der feine Sprühregen ihr die Wange traf, blickte sie von ihrem Buche auf und warf einen langen Blick aus den klaren, tiefruhigen Augen auf das Wasser.

Sie hatte keinen so erhabenen Sitz gewählt wie ihre Gefährtin, denn sie zog es vor, festen Fuß auf dem Strand zu fassen, während jene oben auf dem breiten Rücken eines moosbedeckten, von luftigen Wellen umringten Granitblockes saß, den langarmige Seegräser mit halb verwittertem Kranze umschlangen.

Der Maler vergegenwärtigte sich nachträglich, wie das

muthige Geschöpf in ihrer kaltblütigen Wildheit über die kleinen und großen Steine, die sie von der blonden Nachbarin trennten, hinweggesprungen sei, um sich dort oben auf ihren Lieblingsstein zu setzen. Sie war ja nicht halb so hübsch wie das Mädchen am Ufer, aber ihre Keckheit war nicht ohne Anmuth. Aus ihren klugen Augen blitzte eine eigenartige Unbändigkeit, und um die rothen Lippen lachte junge Lebenslust.

Plötzlich stieß sie einen lauten, übermüthigen Schrei aus: hinter ihr hatte Jemand gesprochen. Behende drehte sie sich um und sah dem fremden jungen Manne ohne alle Verlegenheit ins Gesicht.

„Wer sind Sie?" und „Ei, wer bist denn Du?" schienen sich die Beiden zu fragen; und schließlich fingen Beide zu lachen an.

Das hohe blonde Mädchen, das sich bei dem „Guten Abend" des Fremden langsam erhoben hatte, stand jetzt hocherröthet da. Sie wollte augenblicklich nach Hause gehen, aber sie war zu befangen dazu; sie war beleidigt, daß ein Fremder hier ihre Strandeinsamkeit störte, und ein stolzer Zorn mischte sich in ihre mädchenhafte Scheu. Auch war sie böse auf ihre Cousine, welche nicht Miene machte, sich vom Steine zu rühren und ihr zu Hilfe zu kommen.

„Verzeihen Sie, meine Damen, wenn ein Reisender Sie belästigt! Da ich aber Maler bin, konnte ich mir nicht versagen, hier näher zu treten."

Bei diesen Worten wandte sich der junge Mann wie selbstverständlich gegen die Blondine. Sie sah ihn groß und mißtrauisch an, als begriffe sie ihn nicht recht. Dann sagte sie mit verdeckter Stimme: „Wir sind das so gewohnt, hier zu sitzen."

„Und nun wollen Sie gehen? Das hieße so viel, als ich müsse gehen. – Seien Sie so gastfreundlich wie die Natur und lassen Sie mich hier Platz nehmen!"

„Ja, bis die Betglocke läutet, bleiben wir, und die Steine stehen Ihnen zu Diensten, Herr Maler!" entschied das lustige Naturkind von seinem granitenen Thron herab; und ihre

Augen leuchteten vor Vergnügen. – „Aber wie kommen Sie hierher?" fragte sie ohne alle Umstände weiter. „Sonst bleibt Alles, was reist, drüben auf der anderen Halbinsel; und wenn nicht mal ein alter Bekannter von dort oder ein Vetter aus der Stadt uns besucht, sieht man jahraus, jahrein dieselben Gesichter."

Der Fremde, der sich Hilda gegenüber an's Ufer gesetzt hatte, lachte.

„Ich bin jung," sagte er, „und lasse mich von meinen Sternen leiten – nicht von den weisen Führern in rother Livree."

„Ja, sich zu binden, ist allemal dumm!"

Da blitzte es schelmisch aus den Augen des Malers. „Sie sind ein loser Strandvogel! Hüten Sie sich, daß man Sie nicht fängt!" sprudelte er heraus.

„Ha! Ha! Da müßte erst Jemand dazu da sein! Hier giebt's nur Bauernsöhne und Schiffer – und von Sonntagsjägern lassen sich Strandvögel nicht fangen!" klang es munter und ein klein wenig, fast meinte der Jüngling – natürlich kokett zurück.

Hilda, die sich nach der Entscheidung ihrer Cousine wieder gesetzt hatte, warf ihr jetzt einen strengen Blick zu, aus welchem jedoch ebensoviel geheime Angst als Mißbilligung sprach. Das sich das lustige Kind aber nicht darum kümmerte, sondern fortfuhr, so gemütlich mit dem Fremden zu reden, als habe sie ihn lange vorher gekannt, blieb ihr nichts übrig, als still zu halten. Doch konnte sie es so bald nicht über sich gewinnen, mit dem liebenswürdigen Eindringling zu reden. Eine kalte Zurückhaltung hielt ihre ganze Gestalt gefangen. Sie wandte sich halb ab und sah mit einer Miene in die See, als sei sie wenig begierig, etwas Anderes zu hören als das volle Anschwellen der schäumenden Wogen.

Anfänglich schien sich der Maler darüber zu ärgern; dann aber war es ihm pikant, sich, während er unbefangen mit Susanne weiter sprach, an ihrer schweigenden Schönheit zu ergötzen. Er konnte die Blicke kaum von ihr abwenden: kühl, rein und sinnig, wie die Verkörperung nordischer Poesie saß sie vor ihm. – Ein sonniger Abendschimmer glitt über ihre goldenen Haare, mit denen der Wind leicht über der Stirn spielte; eine sanfte Röthe belebte das strenge Oval ihres Gesichtes, das doch mädchenhaft weich war; Alles an ihr war einfach und ruhig und einheitlich schön. Und der blaue Himmel über ihrem Haupte und das blaue Meer an ihrer Seite waren ihre Hüter und Bildner und ihre freundlich-ernsten Gespielen.

„Aber im Winter? im Winter muß es grausig sein!" fuhr er indessen in seinem Gespräch mit Susanne fort. Da wandte sich plötzlich Hilda ihm zu und sah ihn sehr verwundert an; sie schien etwas auf den Lippen zu haben, aber Suse kam ihr zuvor.

„Ja, das meinen Sie, weil Sie's nicht kennen und nicht verstehen!" rief sie. „Aber wären Sie immer hier gewesen, würden Sie gar nicht darauf verfallen. – Wenn man nicht herausgehen kann, bleibt man drin; und wenn der Sturm heult, läßt man ihn heulen und denkt sich irgend was Lustiges. – Es ist oft herzlich dumm; aber es vertreibt einem doch die Zeit!" – „Und wir lesen auch viel," fuhr sie fort, als sie sah, daß der Fremde ihr interessirt zuhörte, obgleich er Hilda nie ganz aus den Augen ließ. „Mein Onkel hält Zeitungen und Bücher und Journale; und wenn mal gebrochene Fähren sind und man nichts Neues bekommen kann, liest man das Alte wieder."

„Ja, und wir lieben unsere Einsamkeit wie Sie Ihr buntes Leben in der Welt," fiel Hilda mit ruhiger Stimme ein, in der aber ein eigenthümlicher Nachdruck lag. – Diese Aueßerung war gewissermaßen eine Antwort für den Maler, der sie bei Susannes letzten Reden voll angesehen hatte, als wollte er fragen: Und Sie? was meinen Sie dazu? Trotzdem überraschte es ihn, als sie jetzt sprach; auch Suse sah ganz erstaunt auf sie herab; aber sie schien es nicht zu bemerken; ihre Augen glänzten in schlichtem Heimatsgefühl; – und als der Maler sie nun fragte, ob sie denn aber die Stürme und das Unwetter auch so liebe wie ihre Fräulein Cousine, blickte sie ihm wieder offen ins Gesicht und sagte gelassen: „Gewiß liebe ich die Stürme; sie gehören ja dazu. - Wir gehen täglich spazieren bei Schnee und Regen und den ärgsten Winden. Das härtet ab."

„Ja, das glaube ich Ihnen - innen und außen! Beneidenswerth! mir ist, als ob ich träumte. - Ich komme mir hier plötzlich wie ein Wesen niederer Gattung vor; Sie aber verkehren mit den Elementen wie mit Ihresgleichen!" rief der Maler begeistert.

„Hm," scholl es vom Granitblock herab, „es ist auch ein Vergnügen, gegen den Sturm zu kämpfen. Gewiß gehört's dazu; beinah wie der Athem und die Stimme zum Menschen! Man geräth manchmal ganz außer sich dabei vor Spaß. Kennen Sie das auch, wenn man außer sich geräth?" und Susanne sah nicht nur neugierig, sondern auch mit einer Art an- und eingeborenen Selbstgefühls auf den Maler herab.

„Ja," jubelte der Jüngling; „und ich möchte es auch einmal hier bei Ihnen probieren! Soll ich hier bleiben? Wollen Sie mich bis zum Winter auf Ihrer Insel haben?" Er blickte, tief Athem holend und, ein aufgeregtes Lächeln auf den Lippen, von Einer zur Anderen.

Hilda schwieg; das stürmische Wesen des Malers hatte sie wieder in sich selbst zurückgeschreckt; aber Suse schrie triumphierend: „Sie? - ich möchte Sie nicht sehen, wenn Sie mal acht Wochen lang nichts hörten als Geheul in der Luft! Auch werden Binnenländer hier unfehlbar umgepustet."

Ein helles Lachen beantwortete ihren Muthwillen.

Sie wurde immer vergnügter. „Holla!" rief sie, als eine Welle plötzlich hoch an ihrem Stein emporsprang und nach ihrem Kleide haschte; „das hab ich davon! Aber eh die Betglocke nicht schlägt, komm ich nicht herunter."

Hilda, die noch befriedigt lächelnd auf die weißen Schaumringe niedergesehen hatte, welche die zerrinnende Woge heimlich um die grauen Steine zog, blickte wieder auf und sagte: „Ja, dann ist es auch die höchste Zeit."

Der Fremde sah sie halb unwillig an; aber er konnte ihrer Eigenthümlichkeit nicht böse sein; wieder erschien sie ihm, wie sehr sie auch augenblicklich für ihn in den Vordergrund trat, doch wie Eins mit der großen Natur um ihn her; und von ihrer Gestalt glitten seine Blicke hinüber auf die See.

„Mein Gott, welch ein Blau! Welch eine gesättigte, leuchtende Farbe!" rief er ganz hingerissen. „Und dort jener grüne Schimmer! wie er unmerklich in die reine Bläue hinüberflutet!"

Ein träumerisches Entzücken und darüber ein Hauch von Wehmuth, flüchtig wie huschende Wölkchen eines Sonnenregens, spiegelten sich in seinen leuchtenden Maleraugen, und plötzlich setzte er hinzu: „O, und diese Lust und dies Leben darin! Wer das wiedergeben könnte!"

Er gab Beides unbewußt wieder, denn seine Gestalt war ganz Lust und Leben, als er einen Augenblick später, wieder völlig der Alte, emporsprang und so frisch und frei dastand mit der hellen Freude in den lichtbraunen Augen und der jungen Begeisterung auf den kühn geschweiften Lippen.

„Sie malen wohl See?" fragte Susanne und konnte die Antwort kaum erwarten.

„Ich habe versucht. – Hier aber habe ich einige Kreide- und Bleistiftskizzen, die Sie vielleicht erkennen; wenn es Sie interessirt?" und er bückte sich eilig und holte aus der am Boden liegenden Tasche sein Reisebuch hervor.

Susanne war wie der Wind aufgesprungen und über große und kleine Steine hinweg an's Land gekommen. Jetzt stand sie an seiner Seite.

„Die Betglocke hat noch nicht geläutet," sagte er neckend.

„Thut nichts, ich will Ihre Skizzen sehen!"

„Aber wenn ich nun entdeckte, daß ich sie nicht mithätte?"

„O, davor ist mir nicht bange, Sie werden sie schon ‚mithaben'! – Denken Sie, ich weiß nicht, daß Künstler ihre Sachen mit Vergnügen zeigen?"

„Ich sehe schon, daß vor Nixenaugen Nichts verborgen bleibt," erwiderte er und fing an, in seinem Buche zu blättern.

Da erhob sich Hilda langsam und trat hinter Susanne. Es freute ihn; und er beeilte sich doppelt, das Rechte zu finden.

„Ah!" rief Susanne, während er sie eine Reihe von Blättern betrachten ließ, „das ist ja die ‚kahle Höhe' von drüben! – und das die ‚Rosenschlucht'! – und das die ‚Robbenbucht'! – und das – ja, warte mal, das muß ich auch kennen!"

„Das ist die ‚Gespensterheide' rechts von Kreideufer," ergänzte Hilda, die es gleich erkannt hatte und sehr aufmerksam in das Buch blickte.

„Also finden Sie es auch ähnlich, gnädiges Fräulein?" fragte der junge Mann und erröthete, denn es kam ihm seltsamerweise vor, als müsse er Hilda gegenüber sich der abgedroschenen Salonbenennung, die ihm eben entschlüpft war, schämen.

Sie sah sein Erröthen und wurde einen Augenblick verwirrt, dann stand sie wieder in ihrer natürlichen Hoheit vor ihm und sagte, daß sie die Zeichnungen allerdings sehr ähnlich fände. „Und das Alles ist doch nur mit wenig Strichen gemacht!" setzte sie hinzu, ohne daß es den geringsten Anschein hatte, als sage sie ihm ein Kompliment. „Nicht wahr, der vorige Himmel soll grau und der auf diesem Blatte strahlend blau sein? Oder ..."

Sie stockte, und der Maler antwortete nach kurzem Besinnen hastig: „Sie sehen schärfer als ich. Ich habe es selber noch nicht gewußt, daß bei etwaiger Ausführung dieser kleinen Skizzen jener Himmel durchaus grau und dieser sonnig werden müßte. Aber – Sie haben Recht, ganz Recht! Diese Heide hier müssen wir in glühende Sonne tauchen, damit jedes Gras lebendig wird – das muß eigenthümlich groß werden; und jene Bucht müssen wir dagegen geheimnißvoll verschleiern."

Er stand noch sinnend da, und es blieb ungewiß, ob er in seine Ideen oder in den Anblick des Mädchens, das sie geweckt hatte, versunken war.

Da läutete die Betglocke, und Hilda sah bedeutungsvoll auf Susanne.

Diese verstand den Blick. „Pah!" sagte sie, „erst laß uns fertig besehen!" Und zu dem Maler gewandt, fragte sie lebhaft: „Sind nur nördliche Landschaften drin? Oder ... ach, natürlich waren Sie's ... ich meine, waren Sie auch schon in Italien?"

Der Maler wurde plötzlich ernst. – „Nein," sagte er, „ich hatte bisher nicht die Mittel."

Susannes Gesicht drückte ein kaum verhehltes Mißvergnügen aus.

Er sah es und sagte, schnell in den lustigen Ton zurückfallend: „So haben mich schon meine Verhältnisse auf die Begeisterung für den Norden angewiesen."

Unterdessen hatte Susanne ganz naiv das folgende Blatt umgeschlagen. Sie gerieth in nicht geringes Erstaunen: „Lauter Köpfe, lauter Charakterköpfe! Sieh doch nur, Hilda! als ob du diese faulen Fischer – ,komm ich heut nicht, so komm ich morgen!' – und diese Schiffer, die vor Stolz und Gleichgültigkeit keine Miene verziehen, leibhaftig vor dir sähest! – Ah, und da sind auch Mädchen! O, ja es giebt wunderhübsche Mädchen unter den Schiffertöchtern drüben! – Ich wette, morgen machen Sie von uns auch Bilder; ich komme als häßlicher Nix hinein und Hilda als Norne von ..."

„Jetzt müssen wir aber wirklich gehen, Suse; es hat schon lange geläutet." –

„Ja, Norne; es sind auch keine Zeichnungen mehr da." – Dann wandte sie sich an den Maler und erklärte ihm lachend: „Wir haben hier nämlich für alles besondere Benennungen und sie heißt ‚Norne'; wegen ihrer erhabenen Ruhe nämlich. – Freilich ist viel Heuchelei dabei!"

Ein stolzer Unwille flog über Hilda's Züge. „Ich gehe," sagte sie kurz. Dann wandte sie sich mit einem ernsthaften „Guten Abend" an den Maler.

Dieser war dicht vor sie hingetreten. Jetzt ergriff er ihre Hand, und ehe sie sich's versehen konnte, hatte er dieselbe geküßt.

Das Mädchen glühte einen Augenblick über und über. Sie

sah ihn nicht mehr an, aber es klang nicht unfreundlich, als sie noch einmal die Lippen öffnete und leise, wie vor sich hin sagte: „Reisen Sie glücklich!" – Dann sah sie zu Susanne hinüber, kehrte ihm den Rücken zu und schickte sich zum Fortgehen an. Er wollte noch Etwas sagen, aber er wagte es nicht; und wie er ihr nachblickte, lag eine wilde Begeisterung auf seinem Gesicht.

Da weckte ihn Susanne auf: „Die Norne hat ihren Spruch gethan; was starren Sie ihr noch nach?" rief sie und reichte ihm die Hand zum Lebewohl, die er herzhaft schüttelte. „Und nach dem Wege fragten Sie mich vorhin – Sie wissen doch noch, der geht dort hinunter? Für's Erste immer am Strande entlang. – Adieu! Ich danke für die Skizzen. – Werden Sie noch bei Lebzeiten ein großer Mann. – Und vergessen Sie unsere Insel nicht!"

„Ich danke Ihnen – tausend- und tausendmal! – Und Sie meinen, ich könnte Ihre Gastfreundschaft auf der Insel vergessen? Wahrhaftig, Odysseus unter den Frauen der Phäaken! Und das sollte ich vergessen?"

„O nein! wie sollten Sie auch? die Künstler haben so gewissenhafte ‚Gedächtnisse'".

Was schwindet noch schneller als Welle und Wind?
Im Herzen der Männer ein liebliches Kind!

Noch ein Kopfnicken, noch ein helles, lustiges Lachen – und sie war davon.

„Addio!" rief er und schwenkte den Hut.

Da kehrte sie sich nochmal um und hielt ihren langen Strickstrumpf in die Höhe.

„Das Purpurgewebe der Phäakin!" rief sie neckend zurück. „Und hier haben Sie ein Andenken! – Es ist doch nicht mehr viel drauf!" Dabei schleuderte sie mit koboldartiger Geschicklichkeit ein kleines Knäuel nach ihm, das sie eilig abgerissen hatte.

Er fing es gewandt auf. „Wie schade, daß der Faden gerissen ist! Sie könnten mich sonst nachziehen, wohin Sie wollten."

Da leuchteten ihre Nixenaugen hell auf und doch grüßten sie beinahe warm und ernsthaft, wie schöne Kinder- oder Mädchenaugen zu ihm herüber; aber eine Antwort erhielt er nicht mehr; er hörte sie nur noch lachen, denn sie beeilte sich jetzt, Hilda nachzukommen, die schon langsamen Schrittes vorweggegangen war.

Aufgeregt sah der junge Mann Beiden nach.

Es wollte ihm traurig zu Muthe werden, daß sie fort waren. Die unbändige Susanne war so liebenswürdig, und – und – die blonde Norne war so schön; so seltsam, so wunderbar schön! Und – war sie so kalt, wie sie schien? „Reisen Sie glücklich!" das sagte sie ganz leise und weich.

Ha! jetzt verschwinden die beiden Gestalten immer mehr; und jetzt erblickt er Hilda's Kopf nur noch jenseits der Dünen.

Hoiho! wie schön sie war! –

Noch einmal sieht er ihre goldenen Haare in der Abendsonne glänzen. – Nun ist alles verschwunden.

Da wirft er in tollem Uebermuth seinen Hut in die Lüfte. Der Abendwind zieht herauf – das Meer rauscht stärker – die Wogen schäumen gewaltsamer empor. Er bückt sich, hebt sein Ränzel auf, nimmt seinen Stock in die Hand und wandert darauf los.

Und wie er einige Schritte gegangen ist, kann er's nicht lassen: noch einmal schleudert er seinen Hut empor, daß er hoch über sein Haupt hinwegfliegt, denn: sie war zu schön!

Dann, als er eilig weiter wanderte, fing er unbewußt zu singen an; es war eine tolle Melodie, die er da ausströmte, und die Worte waren gar verrückt; aber er jodelte aus voller Kehle vor sich hin:

Du Norne mit goldenen Haaren,
Dein Aug ist wie die See;

Ich hab es am Herzen erfahren,
So kalt und so glänzend – weh!
Tralili ... lala! – Tralili ... lala!
Trali ... trali ... trala!
Wohlan denn, ich ziehe von hinnen,
Leb wohl, du Götterkind!
Und laß dir die Stirne umminnen
Vom tosenden Küstenwind!
Tralili ... lala! – Tralili ... lala!
Trali ... trali ... trala!

Plötzlich aber blieb er stehen; unmerklich hatte sich die Scene um ihn verändert: ein abendlicher Schatten lagerte breit und ahnungsvoll über dem Wasser; nur daß hier und da vom östlichen Himmel, der im Widerschein der untergehenden Sonne strahlte, ein röthlicher Schimmer herabfiel.

Die rauschenden Wasser verrinnen,
Das Herz thut mir so weh!

rief der Maler, langsam fortschreitend –

Doch lieb ich das dunkle Geflüster
Und diese weite See!

Es war eine ganze Skala von Gefühlen, welche ihn durchbrauste; und er wollte sich und ihnen auf irgend eine Weise genugthun.

Und liebe das duftige Räthsel,
Das dort am Himmel schwebt
Und wie ein Erinnern des Tages
Durch Nacht noch Rosen webt!

fuhr er fort.

Und liebe den Mond, den verklärten,
Der über Schmerz und Groll
Mit silbernem Gleichmuthsschimmer
Die Erde trösten soll.

Doch Thränen umnebeln die Blicke –
Die Welt liegt schwarz und weit –
Nicht Mond und nicht Nacht und nicht Wellen
Begraben je mein Leid!

Aber er hatte heute durchaus keine schmerzlichen Töne in der jungen Kehle; auch diese klagenden Verse seines schwärmerischen Freundes hatte er so lebenslustig vor sich hingerufen, daß er über sich selber lächeln mußte.

Das „duftige Räthsel, das dort am Himmel schwebte", hatte ihm das traurige Lied des Berliner Stubengenossen in den Mund gelegt. In breiten Strömen ergoß es sich jetzt mehr und mehr über den Himmel, und bei seinem Anblick mußte der Maler daran denken, wie die Abendsonne in Hilda's Haaren gespielt hatte.

Er wird sie malen; aber schade darum, daß er sie wohl nie wiedersehen wird! – Wo mag sie jetzt sein? Ob sie schon zu Hause ist?

Seltsam, er hatte den Mädchen nicht einmal seinen Namen genannt, noch wußte er, wie sie hießen.

Es war ihm Alles so wunderbar, so außer allen gewöhnlichen Formen erschienen, daß er gar nicht an dergleichen gedacht hatte.

Und wozu wäre es auch gewesen? Was waren sie ihm denn weiter als märchenhafte Erscheinungen eines himmlischen Tages? als die Feenkinder dieses seltsamen Eilandes?

Und doch kam er sich wunderbar vertraut mit ihnen vor; ihre ganze Menschengeschichte, ihr ganzes greifbares Leben lag in einfachen, großen Zügen vor ihm. Er hatte nicht gefragt, was Hilda's Vater war; und doch wußte er es ganz genau: Wer sonst könnte sie sein als die Pfarrerstochter der Insel? Und Susanne, die keine Eltern mehr hatte, lebte seit frühester Kindheit bei ihren Verwandten – in häufigem Widerspruch mit deren Wesen und Denken – und doch gern von ihnen gesehen und doch gewissermaßen von ihnen verzogen.

Ob Hilda je lieben wird? Kaum – und doch, wer weiß. ... „Reisen Sie glücklich!" – Ha! Ha! Thorheit! – Und doch wurde er blutroth dabei.

Aber noch war er frei. – „Hoiho!" und er schwang den Wanderstab lustig im Kreise. „O Phantasie, daß du mir nicht das Herz kaperst!" Lieben? – ja! aber nur einen Augenblick! – nur einen Tag lang! Und allerhöchstens so lange, wie es dauert, das Porträt einer schönen Frau zu machen.

Hoiho, wie schön das Mädchen war – und wie frei und lustig sein Herz schlug!

Und noch einmal sang er das seltsame Nornenlied. – Nur die Wogen hörten es und hallten es brausend zurück.

Unterdessen legten die Cousinen langsam ihren Weg nach dem einsam gelegenen, von einem Thal der Nordküste fast gänzlich verborgenen Pfarrhofe zurück.

Sie gingen gewöhnlich von den großen Steinen aus nur eine viertel Stunde bis dahin und würden auch heute längst nicht mehr unterwegs sein, wenn nicht Susanne so oft still stehen müßte, um sich besser aussprechen zu können. Sie war durchaus noch nicht über das Strandabenteuer beruhigt. „Ich mache Dir keine Vorwürfe wie Du mir!" rief sie; „aber komisch warst Du allerdings. Unnahbar wie immer. Pah! man kann doch mit einem netten Menschen lachen! – Und nach einem Menschen sperrt man doch hier die Augen auf wie ein verhungerter Haifisch den Rachen. – Sogar wenn Erich auf ein paar Tage kommt, ist man schon froh!"

„Ich wußte nicht, daß Du Dich so nach Menschen sehnst."

„Sehnen? allerdings nicht. – Was er wohl von mir gedacht hat? ‚Ein häßlicher kleiner koketter Nix, diese Susanne!' Ha!

ha! meinetwegen, Herr Maler! – Sehnen und Menschen? nein, Norne; aber es macht Einem doch Spaß, wenn ein netter kommt; und ein Abenteuer hat man auch nicht alle Tage. – Und er hat Dir doch auch gefallen!? – Ich hab' kaum einen schöneren Mann gesehen; ich mag ihn."

„Ich glaube, er war nicht schön; er sah nur schön aus. – Aber komm, wir müssen uns jetzt wirklich dazuhalten!"

„Ob er es war oder so aussah, ist mir gleich; mich freut nur, daß er Dir auch gefällt! *A propos*, was würde Vetter Erich dazu sagen?"

Hilda, die den Kopf etwas gesenkt hatte, sah jetzt gedankenvoll auf, mied es aber unwillkürlich, Susannes Blick zu begegnen.

Diese beschloß das Gespräch, indem sie aufgeregt rief: „Genug, er war ein Maler und ein Kavalier, und wir haben ein Abenteuer mit ihm gehabt!"

Hilda lächelte; und Beide beeilten sich jetzt, vorwärts zu gehen.

Als hätten sie geahnt, daß daheim eine neue Ueberraschung harrte; denn kaum hatten sie den niedrigen Eingang des Pfarrhauses überschritten, als ihnen die Mutter mit der Nachricht entgegenkam, es sei am Nachmittag ein Brief von Vetter Erich eingelaufen, in welchem er sich noch für das gegenwärtige Jahr auf mehrere Wochen ansage.

Hilda wandte den Blick bei dieser Eröffnung zur Seite, und es schien, als habe sie Nichts zu erwidern.

Dagegen zeigte sich Susanne auch dies Mal auf das Aeußerste interessiert. „Ein ereignisreicher Tag! ein Glück zieht das andere nach!" rief sie übermüthig jubelnd und ruhte nicht eher, als bis sie selbst den Brief des Vetters gelesen hatte.

Und sobald sie später allein mit Hilda war, meinte sie schlau: „Ein eleganter Offizier, der die Strandeinsamkeit so liebt, daß er nicht wie sonst nur ein paar Tage, sondern gleich auf Wochen kommen will – sonderbar! höchst sonderbar! – Norne, fällt Dir nichts dabei auf?"

„Nein," sagte Hilda ungewöhnlich entschieden.

Dann schwiegen sie eine geraume Weile.

„Schade, daß der Maler nicht geblieben ist!" begann Susanne wieder; „die Beiden hätt' ich zusammen sehen mögen! – Ach, Hilda, mach' doch das Fenster auf, daß man die See noch ein bißchen rumoren hört! – Ich möchte wohl wissen, wie sich die Beiden mit einander vertragen hätten! – Du nicht? – Du nicht, Norne?"

Hilda zog ihr Strickzeug aus der Tasche, als wolle sie arbeiten, doch ihre Finger legten sich nur mechanisch um die Nadeln, und einige Sekunden hindurch blieb sie regungslos sitzen. Dann sagte sie leise: „Er ... ich meine der Maler ... er hatte ein Kinderlachen, das wie Musik klang – weißt Du, wie Vater neulich in der Predigt sagte. – Ob das alle Künstler haben? – und Erich – ist ein Mann."

Da zuckte es sonderbar schelmisch um Susannes Lippen; – und sie mußte sehr viel zu denken haben, weil sie ganz gegen ihre Gewohnheit verstummte. Endlich schlüpfte sie in den Garten hinaus, und Hilda blieb allein zurück.

Da stand das blonde Mädchen langsam vom Stuhle auf und richtete sich zu ihrer ganzen schlanken Höhe empor. Ihre Augen blickten weit geöffnet hinaus in den dämmernden Garten, und es schien, als dränge sie mit einem stillen, erfolgreichen Gebet das wieder und wieder kehrende Bild des heutigen Nachmittags aus ihrer Seele.

Sie hatte bisher nie darüber nachgedacht; aber in diesen Augenblicken ging es ihr als unumstößliche Gewißheit auf, daß Erich sie liebe und nur um ihretwillen hierher kommen würde; und je länger sie sich in diesen Gedanken vertiefte, desto mehr beruhigte sich ihr innerstes Wesen; und zuletzt blieb nur noch die eine große Frage des Zweifels in ihr zurück, ob man wohl auch wo anders als hier am Meere glücklich sein könne?

Sie fühlte sich stark und würde jetzt ohne Scheu dem gefährlichen Kinderlachen des jungen Künstlers gelauscht und sich jener eigenthümlichen Schönheit erfreut haben, die ihm

Gestalt und Antlitz gleichsam unerklärlich umfloß – die so wunderbar erfaßte, weil sie selbst ein Wunder war, das sich in keine Linien und Formen einengen ließ.

ooo

So ging Hilda noch von dieser Stunde an wieder ruhig ihren stillen Gang weiter; und wenn gleich sie sich noch oft im Gespräch mit Susanne des fröhlichen Künstlerjünglings erinnerte, war doch ihre Seele klar und unberührt wie zuvor, als hätte der „tosende Küstenwind", der nun wieder ausschließlich ihre weiße Stirn „umminnte", den Zauber jenes silbernen Lachens, welcher sie auf Stunden gefangen halten konnte, längst von ihr genommen und weit, weit über die Wasser getragen.

Kurze Zeit darauf kam wirklich Erich, der stattliche, angesehene Vetter mit den feinen, vornehmen Manieren und dem schlichten, ehrenfesten Herzen, das nicht nach Gut und Geld fragte, sondern die schöne Hilda, unbekümmert um äußere Verhältnisse, schon seit frühester Jugend geliebt hatte; und ein Jahr später läutete das Glöckchen auf der Höhe des Kirchenhügels eines Tages mit besonderem Klang, denn es rief in die blauen Sommerlüfte hinauf, daß da unten bei den Menschen ein Paar getraut würde.

Und auch hinab in das Thal, in welchem das kleine Pfarrdorf lag, drang der Schall. Die Männer hörten es und traten langsam vor die Thüren: die Weiber stürzten hinterdrein und die Kinder jubelten auf bei dem festlichen Geläute. Ja, selbst die Alten und Kranken schleppten sich an das Fenster, denn Alle wollten sehen, wie die schöne Pfarrerstochter mit ihrem reichen Vetter Erich, dem Herrn Hauptmann aus Berlin, zur „Trau" ging.

Und weiter und immer weiter wehten die Töne der bescheidenen Hochzeitsglocken.

Sie waren immer leiser geworden; aber zwischen den hohen Ufersteinen fing sie noch zuguterletzt das Echo und warf sie hallend zurück. Da rauschte es in der Tiefe des Meeres auf wie ein zurückgedrängter Seufzer; langsam schlugen die blauen Wellen an das Ufer und flüsterten in gebrochenen Lauten einen Abschiedsgruß für die blonde Hilda empor.

Doch ruhig und sicher, mit einem stillen Lächeln auf den Lippen, schritt diese an der Seite des Bräutigams durch die Straßen des Dorfes; und als man die wohlbekannte Höhe zur Kirche emporzog, schlug sie unwillkürlich die blauen Augen auf und blickte vor sich hin, als wandele sie in einem Traume und sehe in den offenen Himmel ihrer Zukunft.

Unmittelbar hinter ihr ging Susanne; aber nicht wie sonst das Köpfchen übermüthig emporreckend, sondern still zu Boden blickend. Doch beugte sie nicht ganz ohne einen besonderen Grund das junge Haupt – etwa nur vor den festlichen Glockenklängen, welche auch über sie dahinzogen.

Wohl lag ein Hauch von Ernst auf ihren beweglichen Zügen; aber sie war nicht andächtig, denn wieder und wieder mußte sie denken, wie es wohl sein würde, wenn Hilda heute nicht an der Seite des Vetters, sondern neben dem Maler „von damals" einherginge. – Aber Thorheit; Maler und diese Art Leute heirathen ja wohl gar nicht? Heirathen ist so alltagsmenschlich, und Künstler sind Sonntagskinder und Halbgötter!

Ah! solch eine Trauung ist sonderbar – man weiß nicht, ob man weinen oder lachen soll; – es ist Alles so getragen und feierlich.

Da hob der Küster mit seinen Chorknaben zu singen an: „In allen meinen Thaten", und Susanne bemerkte ganz verwundert, daß alle Hochzeitsgäste – und sie selbst mit ihnen – schon in die Kirche eingetreten waren und wohlgeordnet um den Altar standen.

○○○

Jahr und Tag waren vergangen, und kein neues größeres Ereignis hatte das Pfarrhaus am Strande betroffen.

Die Astern blühten, die Kraniche begannen zu ziehen und der Wind wehte unausgesetzt von Osten herüber. Es war Herbst.

Auf den alten Steinblöcken am Meeresufer saßen heute Hilda's jüngere Schwestern ohne Susanne, während drin in der Pfarre der Pastor am geöffneten Fenster stand und sinnend einen Brief seiner Pflegetochter zusammenfaltete, welche nun schon seit acht Wochen bei Hilda in der Residenz lebte.

„Gutes, wunderliches Kind!" sagte er nach einer Weile zu seiner Frau und schob mit einem Stirnrunzeln die Weinranken zurück, welche üppig von draußen her in's Zimmer drangen. „Aber glaube mir, Auguste, der Berliner Aufenthalt geht nicht ohne innere Umwälzung vorüber; – bedenke, daß sie dort in eine neue Welt gekommen ist! – Ihre heftigen Kinderlaunen werden in der Residenz ein anderes Gesicht annehmen. Sie wird wärmer und tiefer zu uns zurückkehren. – Was für einen originellen Kunstsinn sie in diesen paar Redensarten an den Tag legt; – erstaunlich, Auguste! – Ich fürchte nur, daß sie ungern ... ja, wer weiß, ob sie überhaupt wieder zu uns zurück will!?"

„Susanne nicht wieder zu uns wollen? Bewahre! was sollte ich wohl ohne sie im Hause anfangen? Wir haben sie Hilda auch nur dies eine Jahr versprochen. I bewahre, Wilhelm! Ich glaube gar nicht, daß es Suschen für immer in der Stadt gefällt. Sie schreibt ja selber, sie sehne sich nach Wind und frischer Luft."

Das schrieb nun Susanne allerdings. Ihr Brief lautete: „Mein liebster Pastoronkel und natürlich auch liebe Pastortante!

Hier ist es furchtbar heiß; – wirklich ‚furchtbar', Onkel. Ich krieche selbst meistens wie eine Fliege über die Straße. – Am kühlsten ist es noch im Museum. Und ich glaube wirklich, das kunstbegeisterte Volk rennt mehr wegen der Kühle als wegen der Statuen dorthin; wenigstens kommt einem selten Jemand vor Augen, der sich mit Nachdenken eine besieht.

– Du fragst, gestrenger Ohm, wie mir die Antiken gefallen? Anfangs gar nicht. Solange ich mit Erich hinging, wirklich gar nicht. – Ich ging hinein und ging hinaus – und es war gerade, als ob ich in einer großen Gesellschaft wäre, von der ich mir von vornherein gedacht habe, daß sie langweilig sein wird. – Erst seit Erich abgereist ist und ich öfter allein hingehe, gefallen sie mir. Warum, weiß ich nicht. Nur soviel habe ich heraus, daß sie alle lebendig sind – und man sich gut mit ihnen unterhält; besser als mit vielen Leuten, denn es giebt auch hier dumme Leute. – Ein Trost für Dich, Onkel! – Ich begreife selbst nicht, warum sie einem nicht langweilig werden – die Statuen meine ich – denn sie haben alle etwas sehr Beruhigtes. ‚Antik', würdest du sagen, Pastorohm. Man kommt sich abscheulich klein dagegen vor mit seinen tausend untereinander wirbelnden Ideen – ich, heißt das! – Jede von ihnen hat einen Ausdruck, als wäre sie aus einer Idee entstanden. – Wissen möcht' ich, warum man das großartig findet, und besonders, warum ich das so finde; denn – die Anderen können es finden, wie sie wollen! Am Ende geh' ich auch nur wegen der Kühle hin. – Ich beneide die Göttinnen. Euch auch.

Wenn doch ein Berliner Industrieritter künstlich Seewind präpariren wollte! Hilda und ich würden unseren letzten Groschen für zwei Minuten Inhaliren geben."

ooo

Wirklich war es trotz der vorgeschrittenen Jahreszeit noch sehr heiß in Berlin.

Insbesondere fand man das heute in dem wohlbekannten Kunstausstellungsgebäude am Kupfergraben, in welchem es seit ungefähr zwei Uhr durch die Ueberfülle der Besuchenden unerträglich zu werden begann.

Nicht umsonst war es erster Sonntag Vormittag nach Eröffnung der Ausstellung. Unaufhörlich strömte die Menge vor- und rückwärts.

„Ich finde diese Massen bestaubter Rücken ziemlich nüchtern im Kolorit! – Die ganzen vordersten Säle kommen mir heute noch erbärmlicher vor als gestern. Luft, Ulrich, Luft! Himmel, dieses Wirrsal von Menschen und schlecht bemalter Leinwand!" sagte ein großer, kräftig gebauter junger Mann lachend zu seinem Gefährten, indem er sich gewandt durch die Menge hindurchdrängte.

Auf der Schwelle des langen Restaurationssaales blieb er stehen und erwartete seinen einige Schritte hinter ihm zurückgebliebenen Begleiter, dessen zierlicher Gestalt es nicht so schnell gelungen war, sich eine Gasse zu bahnen.

„Wie," sagte dieser mit einem Lächeln melancholischen Spottes, als er fast erschöpft an die Seite des Freundes trat, „bist Du hier schon im gelobten Lande?"

„Nein! erst jenseits von Nr. 17, 18 und 19!"

Alles zu seiner Zeit und an seinem Ort! – Harmlos, mit welchem Behagen hier der Berliner die erste Hälfte seines Kunstgenusses bei Beefsteaks und Limonade verdaut, ehe er jenseits mit der zweiten beginnt!" antwortete der Gefragte lachend.

Ulrich schien dieses Lachen nicht zu billigen. „Es ist eine nichtswürdige Einrichtung!" rief er, ungeduldig die Schwelle verlassend; und seine für gewöhnlich stark bedeckte Stimme klang fast laut vor innerer Erregung, so wenig sich auch die Züge seines fein geschnittenen Gesichtes mit dem schwärmerisch vertieften Ausdruck beim Sprechen veränderten.

„Laß Dich doch nicht wieder von solcher residenzlichen Lumperei in Harnisch bringen!" rief der Freund in der ihm eigenen freien Lebendigkeit. „Auch die klassischen Götter huldigten den Tafelfreuden. – Du hast kein Recht, von Deinen guten Mitbürgern superklassische Idealität zu verlangen."

Der Zurechtgewiesene blickte langsam und vorwurfsvoll unter seinem breitkrämpigen Hute auf, welcher an Größe dem des Gefährten nicht nachstand. „Nektar und Ambrosia werden anders geduftet haben, als diese bestialischen Beefsteaks," sagte er so auffallend ruhig, daß die innere, ein wenig nervöse Bitterkeit nur desto schärfer durch die sonderbare Selbstbeherrschung hindurchklang, welche er diesmal auch seinem Organ auferlegte.

Indessen hatte das Künstlerpaar die anstößigen Säle des Restaurants und der Konditorei durchschritten und war in die Eingangsthür von Nr. 13 getreten.

Hier nahm der Größere und offenbar Jüngere der Beiden plötzlich seinen Hut ab, als bereite er sich energisch zu irgend einem andächtigen Akte vor. Er lehnte den Kopf gegen den Thürpfeiler und ließ seine Blicke in gerader Richtung nach der gegenüberliegenden Wand schweifen, an welcher einige Marinebilder ihren Platz gefunden hatten. „Ah! ja!" rief er, „hier haben wir doch Leidenschaft in der Conception! und dabei – welche Mache! – Wenn Du es fertig bringst, nach links zu treten, siehst du am deutlichsten, wie raffiniert sie Farbe auf Farbe gesetzt haben; fast, wie Delacroix! – Famos! diese breit aufgelegten Schatten und daneben die gloriosen Sonnenlichter! – Man möchte sie mit den Händen greifen!"

Im Eifer des Sprechens faßte er nach dem Arm des Freundes, den er durch seine vielleicht nicht ganz sanfte Berührung aus tiefer Träumerei zu erwecken schien, denn der Kleine besann sich einige Sekunden, bevor er mit einem aus der Verborgenheit aufleuchtenden Blick sagte: „Es hat vielmehr den Anschein, als erzeuge sich das Licht fortwährend von innen heraus. – Die ganze Seele dieser Wasser schwindelt sich unmerklich in's Gemüth. – Es weitet sich alles in der Brust: Sorge wird Schmerz – und Schmerz Genuß."

„Poet!" antwortete der Andere hochaufathmend, als möchte er weiter bemerken: „Ich danke dir, Gott, daß meine Kunst nur hinaus in die Erscheinung drängt; es macht so viel froher!" – „Schade, daß ich meine Börse in Paris gelassen habe," sagte er dann nach einer Weile mit knabenhaft leichtfertigem Kummer, „sonst ginge ich noch diesen Herbst an die See!"

„Thu's!" meinte Ulrich halblaut. „Ich schieße Dir vor, Felix."

„Ho ho!" fuhr es von Felix' Lippen. – Und mit gedämpfter Stimme setzte er hinzu: „Ulrich, ich müßte ja ein unglaublicher Lump sein."

Beide traten jetzt zurück, denn es wurde allzu voll und heiß an ihrem Standort.

„Komm – es ist unerträglich!" sagte der Kleine leise seufzend.

„Ja, warum sind wir hergegangen?" meinte Felix mit dem überlegenen Frohsinn genialer Künstlerjugend. „Und jetzt nur noch einmal durch ‚die Letzten' chassieren! Ich muß sehen, ob es wahr ist, daß sie den kleinen Aivasovsky umgehängt haben."

Ulrich folgte ihm; und Felix hatte auch alsbald in einer Ecke das südlich-duftige Seestück, um welches es sich handelte, entdeckt und trat ihm seitwärts näher.

Doch blickte er diesmal nicht auf das Bild, sondern auf das kecke ausdrucksvolle Profil einer jungen Dame, die, mit der einen Wange fast dicht an die Wand gedrängt, davorstand.

„Sieh," sagte er endlich, sich belustigt zum Freunde zuwendend, „sieh nur dies pikante Silhouettchen!"

„Wo?" fragte der ganz in das Bild vertieft gewesene Ulrich auffahrend und blickte zu Felix' großem Vergnügen suchend die Wand entlang, während sich die junge Dame schnell nach ihm umkehrte, als habe sie seine geflüsterten Worte gehört, ihm eine Sekunde lang mit einem schelmischen Aufleuchten der Augen in's Gesicht sah und dann hinter einer Gruppe vordrängender Menschen verschwand.

„Ulrich," fragte Felix plötzlich und hörte auf, über den Freund zu lachen; „sahst Du sie nicht mehr? Ulrich ... Mensch! ... sag mir doch ... ich muß das Mädchen kennen! – Paris, Düsseldorf – Weimar – Musen und Grazien – wo hab' ich das Mädchen gesehen?"

„Aber welche, Du dämonbesessener Junge?"

„Weit gefehlt! – Komm nur! vielleicht treffen wir sie noch! Da! – in den Knäuel dort hat sie sich verwickelt! Und was Du wohl wieder aus dem Aivasovsky heraus- oder vielmehr hineinpoetisirt hast?!"

Eilig durchschritten jetzt die Freunde, sich rückwärts wendend, die Säle der Gallerie; nur an jedem Aus- und Eingang blieb Felix stehen und streifte von oben herab mit eifrig suchendem Blick über die Häupter der herumstehenden Leute. Vergeblich! er konnte die junge Dame nicht wieder entdecken.

Draußen schlug ihnen eine glühende Hitze entgegen.

„Droschke!" riefen Beide wie aus einem Munde, drückten die Hüte tief in's Gesicht und fuhren davon.

Unter den Linden beugte sich plötzlich Ulrich's tief in den Wagen zurückgegossene Gestalt vor und wandte sich dem Trottoir zu. Gleich darauf grüßte er auch.

Felix's Blicke folgten der Richtung seines abgezogenen Hutes und gewahrten unten auf der Straße die junge, vor dem Aivasovskyschen Bildchen gesehene Dame, welche dankend den Kopf gegen Ulrich neigte.

Dann aber blieb ihr Auge auf Felix haften; und als sich dieser mit dem leisen Ausruf „Das ist sie ja!" nach der immer mehr hinter der Droschke Zurückbleibenden umwandte, glaubte er zu bemerken, daß sie ihm auch jetzt noch aufmerksam mit den Blicken folgte.

„Was," sagte er, als sie gleich darauf das Brandenburger Thor erreicht hatten und er sich wieder bequem in die Polster zurücksinken ließ. „Du kennst das Mädchen?"

Ulrich zögerte eine Sekunde mit der Antwort.

„Ja, ich sah sie einigemal beim Justizrath. Es ist ein originelles, sehr unterhaltendes Kind," antwortete er dann langsam. „Worüber lachst Du?"

„Ueber diese ewig milde Freundlichkeit, die Du ohne Unterschied über hübsch und häßlich – dumm und interessant scheinen läßt. Mensch, Du hättest Waisenvater werden müssen! – Wer spricht in so greisenhaftem Tone von jungen Damen?"

„Der, welcher fertig mit ihnen ist."

„Es zu sein glaubt!" rief der Andere lebhaft. „Sieh mir in die Augen, Ulrich! – Danke. – Ja, lächle nur! Ich bin zufrieden, denn da glüht ja doch noch hinter dunkelblauen Schleiern das alte Herdfeuer!"

„Du hast zufällig die Wahrheit gesprochen, Felix; denn am Herde sitzt die Treue und schürt die Glut in der Asche."

Felix schüttelt unwillig den Kopf.

„Deine Lieder beweisen längst das Gegentheil. – Jetzt aber beichte! Beim Justizrath also sahst du sie?"

„Ja!"

„Und sie heißt?"

„Fräulein Brand."

„Und ist?"

„Keine Berlinerin."

„Und bei wem zu Besuch?"

„Beim Major von Beuthen."

„Hat Beuthen geheirathet?"

„Ja."

„Wahrhaftig! Da sieht man's: der hat auch den Tag vor'm Abend gelobt!"

„Er ist sehr glücklich."

„Glücklich? – Meinetwegen! – Freilich, sein Weg führt die ebene Landstraße herunter; warum auch nicht? Eine Bürde mehr oder weniger, was kommt drauf an? Und noch dazu ... aber wen hat er denn geheirathet?"

„Seine Cousine; eine schöne, liebenswürdige Blondine."

„Und Fräulein Brand?"

„Ist eine Cousine dieser Cousine."

„So? Wie lange ...? Wenn ich nur wüßte, wo ... Ja doch, ich muß sie gesehen haben! – Wann hat Beuthen geheirathet?"

„Vor drei Jahren. – Bald nach Deiner Ankunft in Paris, meine ich."

„Ich werde Beuthens gelegentlich meinen Besuch machen. Es ist so lästig, wenn man etwas nicht unterbringen kann; und je unbedeutender, desto zudringlicher sind solche Erinnerungen!"

„Natürlich, die bedeutenden werden nicht als zudringlich empfunden."

„Philosoph!"

„Beuthen ist übrigens nicht zu Hause," nahm Ulrich nach einer Weile wieder das Wort. „Er ist auf ein Jahr unserer Gesandtschaft in Konstantinopel attachirt. Für diese Zeit ist eben Fräulein Brand bei ihrer Cousine zum Besuch."

„So? Das ist Malheur! – Aber ein geringeres als diese Hitze. – Warum ziehst Du die Stirn so unmalerisch in Falten, Ulrich? Gehen wir also nicht hin! – Freilich – schade! Es wäre interessant gewesen."

Die Droschke hielt, und die jungen Maler stiegen langsam ihre vier Treppen in die Höhe.

Oben in dem gemeinsamen Atelier machten es sich Beide bequem und hantierten, Jeder auf seine Weise, umher.

Plötzlich schrak Ulrich auf. „Da, sieh!" rief Felix und hielt ihm ein offenes Skizzenbuch unter die Augen. „Da ist sie! Da sind sie! – Auf einer kleinen Rügen-Halbinsel – ich kann und kann doch eben nicht auf den Namen kommen! – habe ich das Silhouettchen. Ulrich – sie ist die Cousine der ‚Norne'. – Und die blonde Majorin ... Ulrich, meine erste ... lache nicht! meine erste nachhaltige Liebe eine Majorin von Beuthen!"

Darauf wandte er Blatt um Blatt; manchmal sehr langsam und selbst in die Skizzen versunken; dann wieder rasch hintereinander; und Ulrich's Blicke glitten über eine Reihe mehr oder weniger flüchtig ausgeführter Zeichnungen hin, welche alle ein und dasselbe idealschöne Mädchenantlitz in den verschiedensten Auffassungen, eine und dieselbe schlanke Nornengestalt in mannigfach veränderter Stellung zeigten, während Susannes Köpfchen nur ein Mal auf einem der vordersten Blätter erschien.

Als der kleine Cyklus dieser besonderen Rügenerinnerung beendet war, blätterte Ulrich noch einmal, wie in Gedanken, nach rückwärts und sagte, wieder auf Susannes Abbild stoßend: „Es ist noch ähnlich."

Felix überhörte diese ruhige Aeußerung.

„Heute noch geh' ich zu ihr!" sagte er mit plötzlichem Entschluß.

Ulrich hob den Kopf, blickte aber sofort wieder vor sich nieder. Nach einer Weile sagte er unruhig: „Thu' das nicht!"

„Philister über Dir!" höhnte Felix.

Ulrich schwieg und nahm seine unterbrochene Arbeit, das Uebermalen eines kleinen Waldinterieurs, wieder auf. Erst nach langer Zeit wandte er sich von neuem an den Freund.

„Wirst Du doch gehen?" fragte er mit Nachdruck.

„Wirst Du?" rief Felix. „Mußt Du? frage! – Ha! ha! – Ja, Regenwurm, ich muß und werde!"

‚Regenwurm' war Ulrich's akademischer Spitzname, den er von den Pariser Deutschen wegen der Eigenthümlichkeit, sich mit forschendem Gemüth tief in die Dinge und Anschauungen hineinzubohren, davongetragen hatte. Er war fast so an dieses ungesetzmäßige Epitheton gewöhnt wie an seinen christlichen Taufnamen und schenkte ihm für gewöhnlich keinerlei Beachtung. In diesem Augenblicke mußte er daher besonders reizbar sein, denn ein offenbarer Unwille glitt über seine Züge.

Felix war weit davon entfernt, es zu beachten.

„Wenn ich ein Narr wäre, oder ein Schulmeister und Theologe," rief er, hastig hin- und herschreitend, weiter, „oder auch ein moralisch philosophierender Maler – ein zart poetisierender Eklektiker der Künste, würde ich vielleicht nicht hingehen!

O Norne mit goldenen Haaren,
Dein Aug ist wie die See ...

Er besann sich einen Augenblick, konnte aber die folgenden Verse nicht mehr zusammenfinden und brach nur noch in den Refrain aus:

Tralili ... la la! – Tralili ... la la!
Trali ... trali ... trala!

Dann fuhr er fort, unter leisem Pfeifen seine Atelierhälfte aufzuräumen, eine so außerordentliche Beschäftigung, daß Ulrich auch ohne die letzten Ausbrüche seines Freundes allen Grund gehabt haben würde, eine ziemlich erregte Gemüthsverfassung bei ihm zu argwöhnen.

○○○

Einige Stunden später war Felix auf dem Wege nach der Königgrätzerstraße. Ein leuchtendes Lächeln, in welchem sich schönes Erinnern und zitterndes Ungestüm der Erwartung wie tanzende Schatten im Sonnenglanz zu haschen schienen, spielte auf seinem Gesicht. Um ihn und in ihm brauste und schwoll es wie blaues Wogen der Ostsee.

Immer hastiger wurden seine Schritte; es war, als zöge ihn das schöne Bild seiner Norne mit märchenhaftem Zauber der bewußten Hausnummer entgegen. Keine Spur von Furcht oder Beklommenheit vor dem, was kommen sollte, regte sich in ihm. Er gehörte nicht zu denen, welche vorausgrübeln.

Als er seine Karte zu Frau von Beuthen hineinschickte, war diese gerade mit Susanne im Zimmer. Obgleich der Name des sich anmeldenden Malers ihnen fremd war, blieben sie doch nach dem, was Susanne heute bei ihrer Rückkehr aus der Gemäldeausstellung berichtet hatte, keinen Augenblick im Zweifel über seine Persönlichkeit.

„Siehst Du," rief das junge Mädchen, in vollem Triumph vom Stuhle emporspringend; „siehst Du, daß er's war und daß er auch mich erkannt hat! – Sie haben dann noch über mich gesprochen, und der ‚Kleine' hat ihm von Dir erzählt. So hat er's herausbekommen, daß er – mit der ‚Norne' dieselbe Stickluft athmet!"

„Wie hübsch von ihm, daß er gleich kommt!" sagte Hilda freundlich. „Friedrich, führen Sie den Herrn herein."

Und einige Sekunden darauf stand Felix den Damen gegenüber. Hilda setzte ihr Töchterchen, das sie bei seinem Eintritt noch auf dem Schoß gehabt hatte, behutsam auf den Teppich nieder, trat ihm ungezwungen einen Schritt näher und sagte, bevor er noch ein Wort der Einführung finden konnte: „Also haben wir uns nicht geirrt: unsere alte Rügener Bekanntschaft! Ich freue mich sehr, Sie auch hier zu sehen."

Bei diesen herzlich gesprochenen Worten reichte sie ihm mit freier Anmuth und einem flüchtigen Erröthen augenblicklicher Erregung die Hand, welche er verwirrt an die Lippen führte.

Eine seine Phantasie aus allen Himmeln reißende Enttäuschung bestürmte ihn angesichts dieser schön erblühten jungen Frau, welche die sicheren Bewegungen einer Weltdame so ungesucht mit lieblichem Inhalt zu erfüllen wußte und ihre Hausfrauenrolle – im feinsten Sinne des Wortes – wie ein natürliches Amt bekleidete. Das stürmisch jauchzende Brausen der Ostsee, welches seine Seele auf dem Herweg bewegt hatte, verstummte. Freundliche Alltäglichkeit dehnte sich vor seinem ernüchterten Blick: Eine bildschöne Frau – ein bildschönes Kind – aber was wollte er eigentlich hier?

„Es waren so schöne Stunden, die ich vor vier Jahren auf Ihrer gastlichen Küste verleben durfte," sagte er mit unruhiger Hast; dann wandte er sich rasch, gleichsam der Ablenkung wegen, nach Susanne um.

Ohne Weiteres streckte er ihr die Hand entgegen.

Sie lachte und blieb mit verschränkten Armen vor ihm stehen.

„Haben Sie das Knäuelchen noch, das ich Ihnen zum Andenken gab?" fragte sie mit demselben Uebermuth, mit welchem sie es damals nach ihm geschleudert hatte. „Wo nicht, bekommen Sie keine Hand von mir!"

Felix stutzte eine Sekunde lang. „Gnädiges Fräulein Nixe, nein – das Knäuelchen besitze ich nicht mehr!" rief er dann auf einmal wie umgewandelt; "wenigstens glaube ich's kaum. - Aber Ihr Bild hatte ich im Gedächtnis bewahrt; und zwar so tief und sicher, daß ich, offen gestanden, heute im ersten Augenblick gar nicht recht wußte, in welcher geheimen Abtheilung es stak. - Verdiene ich für solche Treue keine Hand?"

"Für die Treue gewiß nicht; - aber für Ihre abscheuliche - nein, für Ihre nette Ehrlichkeit!" Und bei diesen Worten, die sie mit dem ihr eigenthümlichen, kurzen Zurückwerfen des Köpfchens gesprochen hatte, schüttelte sie herzhaft die Hand des jungen Mannes in der ihren. - "Und nun vor allen Dingen will ich Eins wissen: Sind Sie berühmt?"

"Noch nicht."

Eine kindliche Enttäuschung malte sich auf ihrem Gesicht: "Noch nicht? Aber dann wird's jetzt Zeit! Haben Sie schon etwas auf Ausstellungen gehabt?"

"Warten Sie nur ab," antwortete er vergnügt; "es kommt! Das erste Bild, das ich selbst außerordentlich finde, soll unter die Leute."

Sie nickte zufrieden.

"Schneiden Sie auch Silhouetten?" fragte sie dann plötzlich mit drolliger Schalkheit und sah ihm so sicher und fröhlich in die leuchtenden Augen, als könne ihr Herz in seiner ungestümen Natürlichkeit vor Niemandem erschrecken.

"Wie das?" fragte er leicht erröthend und hielt nun auch seinerseits die lachenden Blicke fest auf sie gerichtet; so fest, daß man denken mußte, er wolle ihre Kraft des Widerstandes erproben.

Sie hielt ihm eine ganze Weile übermüthig still. Endlich aber stieg es doch leise glühend in ihren Wangen auf, und sie kehrte unter kurzem Auflachen das Gesicht zur Seite.

"Weh den harmlosen Worten eines armen Erdensohnes vor solchen Nixenohren!" rief er, gleichfalls lachend.

"Also nicht himmlischer Abkunft?" stieß Susanne mit einer gewissen Befriedigung hervor. "Hilda, Du hast Recht: es giebt zuweilen auch bescheidene Künstler."

„Haben Sie nöthig gehabt, uns Künstler Fräulein Brand gegenüber in Schutz zu nehmen, gnädige Frau?" und ein schöner Stolz durchleuchtete blitzartig das lebhafte Gesicht des Malers.

„Wen müßte man ihr gegenüber nicht in Schutz nehmen?" antwortete Hilda freundlich. „Aber im Grunde ist sie den Künstlern gar nicht so abhold. Wenigstens schwelgt sie jetzt in ihren Werken."

„Wenn Du es so nennen willst – meinetwegen!" warf Susanne etwas spottend dazwischen.

„Ach, und nun," nahm Hilda wieder das Wort, indem sich ihre innere Bewegung unbefangen in den holden Zügen widerspiegelte, „nun erzählen Sie uns, ob Sie eine von den Rügenskizzen ausgeführt haben. Die ‚Robbenbucht' – die ‚Rosenschlucht' – oder die ‚Gespensterheide'? – Sie sehen, wir haben Alles genau behalten! Der Nachmittag mit Ihnen war ein Ereigniß für uns Rügener Mädchen."

Felix, den das fröhliche Geplauder mit Susanne auf Augenblicke wie leichtes Wellengeplätscher angemuthet und wieder ganz mit warm pulsirender Heiterkeit erfüllt hatte, fühlte sich von neuem halb beklommen, bald – in wunderlichem Gegensatze zu Hilda's milder Ruhe – von jäh wechselnden Gefühlen aufgejagt. „Auch für den Maler war es ein Ereigniß; und es hat lange mit leuchtenden Farben in ihm fortgelebt!" rief er bewegt.

„Das freut mich," antwortete die junge Frau; „und wie hübsch, daß wir uns nun so plötzlich wiedergesehen haben!"

Felix mußte sie abermals voll starrer Verwunderung betrachten. – „Und – daß wir noch so genau von einander wissen!" antwortete er.

Ein jedes Band, das noch so leise
Die Geister aneinander reiht,
Wirkt fort in seiner stillen Weise
In unnennbare lange Zeit.

„Ja, nicht wahr, und es ist oft, als ob solch ein Band auch die äußerlichen Verhältnisse zwänge, so daß man sich auf die seltsamste Art von der Welt wiedersieht!" entgegnete Hilda schlicht. „Ich habe das nun schon so oft gefunden."

Felix hatte die Sprecherin unverwandt angesehen und ließ auch jetzt den Blick nicht von ihr. „Sprechen Sie wirklich aus so reifer Erfahrung?" fragte er, seinen erregten Gedanken unmittelbar Worte leihend. „O – und verzeihen Sie, gnädige Frau, daß ich Sie so salonwidrig betrachten muß! – aber ich kann es nur schwer begreifen, daß ich Sie hier wiedersehe!" und sein Blick flog unruhig über die moderne Eleganz des städtischen Raumes. – „Sie schienen mir so mit Ihrer Heimat verwachsen zu sein, daß es meiner Phantasie unmöglich gewesen wäre, Sie von jenem ‚kühlen' Strande zu trennen. – Alles – die alten Steine – die Sonne – die blauen Wellen, der sprühende Schaum und selbst der glitzernde Kies zu Ihren Füßen – Alles das war Ihnen ein so natürlicher Rahmen!" Er hielt einen Augenblick, ganz in Erinnerung verloren, an.

„Wie haben Sie es nur fertig gebracht, sich hier einzuleben?" fuhr er dann hastig fort.

Da erglühte Hilda, und zwar so holdselig wie an jenem Nachmittag am Strande.

„Mein Heimatsgefühl hat sich nicht verringert. Es ist nur verpflanzt worden," sagte sie; und es erschien wie etwas Selbstverständliches, daß sie gerade jetzt das kleine rosige Geschöpfchen, welches schon seit einigen Minuten verlangend zu ihr aufgeschaut hatte, wieder vom Teppich empor auf ihren Schoß nahm. – „Wie schade, daß mein Mann nicht hier ist! Sie haben wohl gehört, daß er auf ein ganzes Jahr nach Konstantinopel mußte? Ich habe ihm so oft von Ihnen erzählt."

Wie im Widerschein der mütterlichen Liebenswürdigkeit lächelte jetzt auch das schöne kleine Mädchen den jungen Maler freundlich an.

Er fühlte sich – plötzlich wie von einem Banne erlöst – seltsam entzückt und hielt dem Kinde bald seine Uhr, und was er sonst bei sich trug, zum Tändeln hin, pfiff ihm leise etwas vor und spielte, den Kopf hinter Susannes Stuhllehne verbergend, auf Minuten sogar Versteckens mit ihm.

Hilda schien viel Vergnügen daran zu haben.

„Sie bleiben doch für's Erste in Berlin?" fragte sie. „In acht Monaten ist mein Mann zurück."

„Ja, ich hoffe – oder habe vielmehr den bestimmten Plan, Berlin in nächster Zeit als meinen Wohnsitz zu betrachten. Ich bin in diesen vier Jahren allzuviel herumgereist – habe auf allen Akademien und in aller Herren Ländern als blütensaugender Schmetterling umhergeschwärmt. – Mein Ihnen bekannter Freund meint, es sei Zeit, daß ich mich in die Klasse der Philister oder sogenannten Arbeitsbienen registrieren ließe; – und – was das Schlimmste ist: ich meine es selbst."

„Waren Sie noch immer nicht in Italien?" fragte Susanne lebhaft.

„Leider, nein! – Daß ich Italien bis jetzt mied, ist so vernünftig, daß ich es manchmal mir selbst kaum zutraue; – es ist aber eine Thatsache. – Mir fehlen noch immer die Mittel."

„Aber," rief er einige Sekunden später mit einer Art kindlichen Triumphes, „diese meine Vernunft wird belohnt werden. Wenn ich einmal hinkomme, werde ich Italien sehen und genießen wie noch Keiner! – Wahrhaftig, es ist lächerlich – doch wie Andere oft des Nachts, von Sphärenmusik umschmeichelt, in den Gefilden der Seligen umherwandeln, so versetzten mich meine schönsten Träume fast in regelmäßigen Zwischenräumen nach Italien und speciell nach Rom, so daß ich allemal des Morgens mit der festen Zuversicht erwache, bald einmal dorthin zu müssen. Neulich träumte mir sogar, daß sie mich in Rom begrüben; – aber, offen gestanden, möchte ich lieber dort leben als sterben."

„Ich habe nicht das volle Verständnis für Ihre Sehnsucht nach dem Süden," warf Hilda ein, „und selbstsüchtigerweise wünschen wir sicher, daß es Ihnen die Verhältnisse noch für's Erste verbieten, unseren schönen Norden zu verlassen."

„Künstler müssen sich nichts verbieten lassen!" rief jetzt Susanne mit plötzlicher Heftigkeit.

Felix wandte sich freudig überrascht zu ihr. „Sie haben doch eine hohe Meinung von uns," sagte er.

„Eine sehr hohe sogar; – wenigstens von einem Künstlerideal!" antwortete sie trotzig – und zwar mit ihrer kurzen, oft etwas schroff klingenden Betonung, die nur von einem silberhellen Kindergelächter stets schnell wieder aufgehoben wurde.

Nachgerade ward Hilda's Töchterchen schläfrig; und schließlich stand die junge Frau auf, um das Kind hinauszutragen.

„Laß sie mir!" bat Susanne, schnell hinzuspringend.

„Nein," wehrte Hilda ab, „sie könnte schreien, und sie soll sich heute nur artig zeigen."

„Denn nicht!" meinte die Abgewiesene und setzte sich wieder zu Felix nieder. „Aber glauben Sie ja nicht, daß das Kind nur auf Hilda's Armen still ist! Diese Einbildung ist eine von den liebenswürdigen Schwächen, welche meine Cousine mit ihren neuen Würden überkommen hat."

Susannes Worte waren natürlich mehr für Hilda als für Felix gesprochen; trotzdem verfehlten sie auch auf ihn ihre belustigende Wirkung nicht.

Ueberhaupt steigerte sich fortwährend der heiter befreiende Einfluß des jungen Mädchens auf sein anfänglich so ganz gegen alle Gewohnheit verwirrtes Gemüth. Sie war noch ganz das liebenswürdige Nixlein. Und dazu war sie hübscher geworden. Ihre kluge Stirn mit den schwarzen, sanft geschweiften Augenbrauen hatte sich noch freier herausgearbeitet; ihr Gesicht war runder und voller, was sie beinah jünger als vor vier Jahren erscheinen ließ. Ihre schwellenden Lippen mit den schelmisch beweglichen Mundwinkeln glühten in tieferem Roth und ließen daher die kleinen regelmäßigen Zähne noch blitzender hervorleuchten als damals. Nur ihre Gestalt war dieselbe geblieben; und die alte kindliche Geschmeidigkeit stand ihr gut.

Felix verglich sie einen Augenblick im Stillen mit dem, was Hilda geworden war, und er mußte sich lächelnd fragen, wie sich wohl Susanne, in gleiche Verhältnisse wie diese versetzt, entwickelt haben würde? – Dabei fiel er jäh in seine heitere, von keiner gegenwärtigen Enttäuschung mehr beeinträchtigte Künstlerschwärmerei zurück und konnte nicht umhin, Hilda einen Blick glühender Bewunderung nachzusenden, als sie jetzt, ihr schlafmüdes Töchterchen auf dem Arm, elastischen Ganges aus dem Zimmer verschwand.

„Sagen Sie mir," rief er, sowie er mit Susanne allein war, „wie ist es gekommen ... und verzeihen Sie vorweg die tolle Frage ..."

„Gar nicht toll," unterbrach ihn das Mädchen ernsthaft; „im Gegentheil, die Frage ist sehr vernünftig!"

„Was wissen Sie denn schon wieder?"

Susanne richtete sich in die Höhe, „Alles!" sagte sie; und ihre Augen schillerten vor wunderlich-toller Lustigkeit.

„Aber jetzt gilt es!" rief Felix. „Nun, und Ihre Antwort?"

„Es ist wunderbar genug und doch ganz natürlich: sie ist glühend geliebt worden; – dem unterliegen Nornenseelen!" erklärte Susanne mit komischem Pathos und der ehrbaren Miene eines frühreifen Kindes, das über Dinge nachgedacht hat, die es noch nicht erlebt haben kann. „Ihr Mann betet sie an."

Der Ausdruck „Nornenseele" schlug sofort zündend in Felix' Phantasie, und der ganze Zauber von Hilda's Mädchenschönheit überwältigte ihn wieder eine Sekunde lang. „Wer wollte es ihm verdenken!" rief er, begeisternd aufblickend.

Susanne schwieg.

Ihr pikantes Profil mit dem kecken Näschen erinnerte ihn in diesem Augenblick an die ausdrucksvolle Silhouette von heute früh.

„Wenn Sie nicht so allhörende Nixenohren besäßen, wer weiß, ob Sie sich dann umgedreht – und ich Sie erkannt hätte!" sagte er.

„Sie waren so vertieft in den sonnigen Aivasovsky?"

„Ich hab' ihn lange angesehen, ja! - Den Süden kenn' ich natürlich nicht; ich dachte mir einen recht glutheißen, lichtblauen Sommernachmittag an der Ostsee dabei."

„Das kommt ja auch auf eins heraus. Wenn nur überhaupt etwas vor den Bildern gedacht und empfunden wird!" rief er warm. „Gemälde sollen ja keine geographischen Darstellungen sein. - Sie sind gern in Berlin?"

Susanne nickte energisch.

„Und Sie üben vielleicht selbst ein Talent aus?"

„Nein, ich bin hier nur ein Stückchen unvernünftiges Publikum!"

„Sie wollen doch nicht, daß ich Ihnen Komplimente sage?"

„Warum nicht, wenn sie geistreich sind?"

„Schade! mein Geist steckt im Pinsel."

Gleich darauf kam Hilda zurück. Felix mußte von Düsseldorf und Weimar, namentlich aber von seinem längeren Aufenthalt in Paris erzählen, von seiner künstlerischen Richtung und seiner Ansicht über die diesjährige Ausstellung Mittheilung machen und schließlich auch über seinen Freund, den Dichter-Maler, berichten, welchen Susanne gleich frischweg das „zartbesaitete Doppelgenie" getauft hatte.

Es war beinah selbstverständlich, daß er den Abend bei den Damen verlebte, und so eigenthümlich anders auch alles war, als er es sich auf dem Herweg ausgemalt hatte von der goldhaarigen Norne herab bis zu seinen eigenen stürmisch wogenden Gefühlen, so mußte er sich doch Gewalt anthun, als er endlich zur vorgeschrittenen Stunde die Beuthensche Wohnung verließ.

Und sein Abschied an der Salonthür glich auffallend dem letzten Gruße, welchen er vor vier Jahren am Strande erhalten hatte; denn auch dies Mal war es Susanne, deren perlendes Lachen ihm das Geleite gab.

○○○

Als Felix zu Hause ankam, hatte sich Ulrich schon in sein Zimmer zurückgezogen; und auch am anderen Morgen suchte er als Erster das stille Atelier auf.

Er trat vor die Staffelei, um an einer Oelskizze beabsichtigte Aenderungen vorzunehmen, konnte aber keine rechte Stimmung zum Arbeiten finden. Vor seinem Geiste tanzten die Bilder des vergangenen Abends wild, wie bunte Leuchtkügelchen, durcheinander.

„Ich habe zu lange in die Sonne gesehen!" rief er unwillig lachend. „Und doch war an der Gegenwart nichts Berauschendes. – Die Sonne der alten Nornenerinnerung," brummte er weiter.

Ihm war heute fast benommener als gestern zu Sinne. Er sehnte sich ungeduldig nach einer Aussprache mit dem Freunde und trat mehrmals horchend an dessen Zimmerthür. Auch kam ihm das Atelier heute unerträglich langweilig und leer vor: wahrscheinlich, weil es noch von gestern her so außergewöhnlich ordentlich war.

Endlich erschien Ulrich.

„Nun," sagte er, einen langen Blick auf Felix werfend. „Du siehst sehr glücklich aus!?"

„Ich glaube, Du hast noch Schlaf in den Augen, Regenwurm."

„Kaum, denn ich habe schon seit drei Stunden gearbeitet."

„Unmensch!"

„Wie man's nehmen will! – Du siehst wirklich sehr glücklich aus, Felix. – Bitte, versenge mich nicht!"

„Ein Gymnasiastenwitz!" bemerkte Felix und seine Augen blitzten nur noch heller.

„Ja, mein Junge – ich mache auch keinen Anspruch auf andere. Außerdem bin ich wirklich ganz ernsthaft. Nun – wie war es?" Und Ulrich stellte sich, mechanisch die Farben auf seine Palette setzend und in der That sehr ernsthaft aussehend, vor seine Staffelei.

„Ulrich!" rief Felix bewegt, und es schien, als kämpfe er

noch mit seinen eigenen Worten; „sie ist eine Dame und – Hausfrau geworden!"

Die beiden Freunde sahen einander an.

„Keine Spur von ‚Norne', keine Spur von idealer Kühle und Unnahbarkeit mehr!" fuhr der Jüngere dann in schnell sich steigendem Tempo fort. „Aber schön, wunderbar schön ist sie. – O, es war ein zauberhafter Abend! – Und doch – so anders – gar nicht mehr mit früher zu vergleichen! Ulrich" ... und wieder sprach er zögernd und plötzlich wie gleichgültig – „es ist in Gottes weiter Welt kein Grund mehr da, sich in sie zu verlieben."

„Und mußt Du denn absolut immer verliebt sein?" fragte Ulrich halb traurig, halb wegwerfend.

Felix seufzte und schritt unruhig im Atelier auf und ab. Dann blieb er plötzlich vor Ulrich stehen:

Liebe meiner jungen Tage,
Stolze blaue Meeresflut,
Drin des Himmels ew'ge Sterne,
Mond und Sonne einst geruht

rief er leidenschaftlich gestikulirend.

Ulrich sah mit schmerzlichem Entzücken auf; es war seiner eigenen Meinung nach das schönste seiner Lieder. Der Blick, den er auf Felix warf, glänzte in stiller Dankbarkeit.

Dieser fuhr, sich abkehrend, fort; und seine Worte steigerten sich fast bis zum Gesang:

Die kein Steuer unterjochte,
Die kein Ruderschlag gezähmt,
Deren frohe Götterbrandung
Keines Sturmes Wuth gelähmt.

Die mit schwellendem Entzücken
Ueber Fels und Klippen sprang,

Die aus sonnengoldner Tiefe
Und aus Nacht gen Himmel sang.

Mußt du, eh der Abend schauert,
Eh noch sinkt der volle Tag,
Unbeweint im Sand verrinnen,
Murmelnd, mit gedämpftem Schlag?

Hier hielt er an und trat an seine Staffelei. Unsanft erfaßte er die Oelskizze, warf sie beiseite auf den Tisch und brach in den Schlußvers aus:

Rückwärts fließen keine Tropfen
Ohne Sang und Klang in's Meer;
Neues wird aus dir geboren –
Aber du – du bist nicht mehr!"

Glühende Begeisterung schwoll wie ein Aufjauchzen mit dieser Strophe aus seiner Seele. „Ich werde sie malen! Ich habe eine Idee!" rief er dann, sich wieder gegen Ulrich wendend. „Schön war es doch gestern Abend!"

Ulrich sah ihn von Neuem aufmerksam an.

„Und wie war Susanne, oder war sie nicht zu Haus?" fragte er ziemlich gleichgültig.

„Gewiß war sie zu Hause; sehr sogar! Ein Unhold ist sie – ein allerliebstes Nixlein. Ulrich ...!"

„Ja?"

„Mir ist, als ob der Himmel vor mir zerrisse – der Künstlerhimmel heißt das – die Welt der ewigen Urschönheit; – so sinnberückend strahlt mir plötzlich mein Bild als fertiges Ganzes in die Seele. – Es wird Zeit, daß man berühmt wird – das Nixlein fand es auch. – Warum bist Du so wunderlich wortkarg, Ulrich?"

„Weil Du so wunderlich wortreich bist."

„Keine Bonmots! Ich bin heute nicht sattelfest. – Erlaubst

Du, daß ich Deine große Leinwand nehme? Rede doch? Worüber brütest Du? Ist das ‚beobachtende' Streiflicht in Düsseldorfer Stimmung denn nicht fertig?"

„Allerdings – Du hast es gestern ..."

„Ach ja, verzeih! Ich hatte mein Bild im Kopf. – Du hättest mitkommen sollen! es ließe sich heute besser reden. – Gott sei Dank, daß ich eine richtige Leinwand gefunden habe!"

Ulrich legte seine Palette neben sich und stand auf.

„Was nun? Dichtest Du? und stört Dich meine kolossale körperliche Nähe?" fragte Felix hastig, ohne daß es den Anschein hatte, als läge ihm viel an der Antwort.

Ulrich gab auch keine solche; er lächelte gezwungen vor sich hin und ging in sein Zimmer, wo er Etwas zu suchen schien. „Ich wußte, daß es so kommen würde," murmelte er zwischen den Zähnen. Dann legte er seine Hand einen Augenblick lang auf die sich schließenden Lider und stand in tiefe Gedanken versunken.

○○○

Seit diesem Morgen warf sich Felix mit ganzer Begeisterung auf die Ausführung seines Bildes. Das heißt, die in der ersten Ueberstürzung herangeholte große Leinwand war vorläufig wieder beiseite gelegt worden, und anstatt ihrer bevölkerte nach und nach eine große Anzahl kleinerer Vorstudien das Atelier und stellte schnell wieder die alte naturgemäße Ordnung her. – Hier lagen, übereinander gethürmt, in Kohle und Oel skizzierte wellenumschäumte Granitblöcke, und dort leuchtete ein Streifen fernen Horizontes, an welchem Meer und Himmel in zitternder Bläue verschwebten, oder gar ein Stückchen sonnigen Ufersandes hinter einem Farbenkasten oder sonstigen Geräth hervor. – Auch schnell und nur den Umrissen nach entworfene Nixen trieben sich mehrfach umher; und auf einer alten Nebenstaffelei wurde eines Tages als end- und mustergiltig die Skizze einer schlanken leuchtenden Hauptfigur aufgestellt, deren blondes, lang über die Schultern herabflutendes Haar, wie „gesponnenes Gold" durch den Raum glänzte.

„Du wirst nun nicht mehr nöthig haben, Frau von Beuthen so oft zu besuchen," sagte Ulrich, die Skizze betrachtend.

„Erst recht! Während ich sie male, soll sich das Auge täglich an ihren lebendigen Formen und Farben sättigen. – Wie gefällt Dir übrigens die Skizze so?"

„Außerordentlich."

„Nun, dann solltest Du auch wissen, daß ich nicht meine eigene Skizze nur kopieren kann." Dabei langte Felix nach seinem Hut, als wollte er sich den Vortheil dieser seiner eigenen Wendung um keinen Preis und durch kein unnützes Zögern entgehen lassen.

„Schon?" fragte Ulrich, der den einfachen Umstand des Hutholens wohl zu deuten wußte.

„Gewiß; sie erwarten mich von acht Uhr an. – Ulrich! jetzt auf Ehre und Gewissen: was soll dies ekelhaft spürnäsige Wesen? dieses ewige Antippen und ‚zwischen die Worte Reden'? Bist Du wahrhaftig solch ein Zwitterding von Künstler und Spießbürger, daß Du meine Besuche bei Hilda unpassend findest?"

„Unpassend nicht, aber gefährlich."

Felix brach in ein übermäßiges Gelächter aus.

„Ulrich, wenn Du uns zusammen sähest! – Heute noch: komm mit!"

„Heute noch nicht, aber vielleicht später."

„Eine solche Harmonie und Poesie lieblichster Alltäglichkeit!" rief Felix, schon an der Thür.

„Erich, mein Mann; – mein Mann – Erich – der ewige Mittelpunkt des Sonnenkreises, den diese Frauengestalt zu wandeln hat!"

„Mich wundert, daß Dir diese Abgeschlossenheit genügt."

„Ich habe mich eben an die – Hausfrau gewöhnt. Und im

Gefühl der eigenen Freiheit genießt sich die süße Enge ihres Kreises doppelt. Eins hebt das Andere. – Du kommst also nicht mit?"

„Nein."

Als Felix hinaus war, schien Ulrich einen Augenblick im Begriff zu sein, ihm trotz seiner zweimaligen Ablehnung zu folgen, denn er ging mit nervöser Hast zwischen Thür und Staffelei hin und her und hatte das eine Mal schon die Klinke gefaßt, als wolle er öffenen und Felix, die Treppe herabrufend, zum Warten nöthigen.

Doch er besann sich von Neuem. „Noch nicht," sagte er, sich wieder vor sein Waldinterieur setzend, aber Pinsel und Palette müde und unbenutzt in der Hand haltend. Er schien im Unklaren mit sich selbst zu sein und blickte träumerisch auf die anspruchslos-stimmungsvolle Poesie seiner kleinen Schöpfung, als ob er in ihr gleichsam sein eigenes Innere im Spiegel sehen und die Lösung der ihn bewegenden Frage finden könnte: War sein Dasein nicht längst in sich selbst abgeschlossen und beruhigt wie die dunkle, kühlschattige Waldeinsamkeit, deren stilles Weben und Keimen von den sanft hereindringenden Lichtern einer gen Westen herabwandelnden Sonne erwärmt wurde? – Und nun? was regte sich auf einmal tief in seiner Brust wie ein heißer unterirdischer Quell?

„Es wird vorübergehen," sagte er ruhiger, als er es war. Dann sah er wieder sinnend in das Bild hinein: Und sie? würde es ihr genügen, in diese schattige Stille gebannt zu sein? – Denn – was wußte sie von den verborgenen Geistern der Tiefe? – Es war nicht ihre Art, sich mit lauschendem Ohr hinabzuneigen in die Gründe. Sie trug unwillkürlich ihr lachendes Köpfchen empor in den goldenen Sonnenschein, unbekümmert darum, wie und wann er erlöschen würde.

Es war außer seiner Macht, sie zu retten.

II

In großem Gegensatz zu solchen Grübeleien genoß Felix an diesem Abend wieder vollauf den anmuthigen Augenblick. Er hatte wahr gesprochen: er hatte sich an die Hausfrau gewöhnt. – Hilda's herzliches, gedankenvolles Plaudern, der freie Anstand ihres ruhigen Kommens und Gehens, ja sogar das recht eigentlich Frauenhafte in ihrem Wesen: die Gewohnheit, ein klein wenig Herablassung in ihre Freundlichkeit zu mischen – was sie um so lieber that, als sie eine erst jung verheirathete Frau war – machten ihm die harmloseste Freude. Und ihre voll erblühte Schönheit verursachte ihm keine Sekunde mehr schmerzliche Enttäuschung und Künstlersehnsucht nach einer flüchtigen, phantastisch holden Vergangenheit.

Ja, wäre nicht ein entstehendes Gemälde – der beständige große Hintergedanke dieser Tage – gewesen, auf welchem Hilda's gegenwärtige und einstige Schönheit zu einem Ideal anmuthig warmer Jungfräulichkeit verschmelzen sollten, möchte das ferne Nornenbild jetzt ganz verblaßt sein.

Hilda ihrerseits war auch um so unbefangener in ihrem Verkehr mit Felix, als sie nicht nur sich selbst gesichert wußte, sondern auch mit dem feinen Takt ruhiger Frauenseelen die wachsende Unverfänglichkeit der ihr gelegentlich dargebrachten Huldigungen herausfühlte. Das ist so Künstlerart, dachte sie und vergnügte sich an den Schmeicheleien wie ein Kind an einem hübschen Spielzeug; zudem wurde auch ihr Mann beständig auf das Genaueste von Allem, was vorging, brieflich unterrichtet.

Und – „Das ist so Künstlerart!" – sagte sich die junge Frau auch, wenn sie Felix mit Susanne lachen und plaudern hörte, wenn sie bemerkte, wie sich die Beiden in herausfordernder

Neckerei mit Blicken und Zeichen bald zu meiden, bald zu haschen suchten. – Und für Susanne sah sie keine Gefahr in der freien Art eines solchen Verkehrs, da die wilde Nixe nicht zum ersten Mal in dieser Weise mit jungen Männern umging.

Auch heute schien der beiderseitige Uebermuth kein Ende nehmen zu wollen; und als sich Felix endlich wieder zu später Abendstunde verabschiedete und Hilda ihn an sein Versprechen erinnerte, den auf das Beuthensche Haus eifersüchtigen Freund bei ihnen einzuführen – denn als solcher war Ulrich eben zuvor geschildert worden – ergriff Susanne die Gelegenheit, eine kaum beigelegte Neckerei wieder aufzufrischen, und rief: „Wenn Sie das thun, entschleiere ich Ihnen auch mein Geheimnis!"

„Wirklich? – ja?"

„Ja – wirklich! – Und, wie gesagt, es ist entsetzlich."

„Ich glaube an nichts Entsetzliches."

„Doch, Sie werden sich davor entsetzen!"

„Auch wenn Sie es in höchst eigener lachender Person enthüllen?"

„Auch dann, denn es ist schwarz wie die Nacht."

„Hu! und warum spannen Sie mich nun so lange auf die Folter? – Sie wissen doch, was ich vorhabe – und daß nicht nur mein Geist thatsächlich im Pinsel steckt, sondern daß auch meine ganze Seele auf der Palette haften sollte, wenn ich male. – Und nun werde ich morgen, während ich jede Sekunde des Lichtes auszunützen hätte, fortwährend an das große Unbekannte denken müssen. Sie sind grausam."

„Wie alle Egoisten."

„Sind Sie egoistisch?"

„Selbstverständlich!"

„Auch im vorliegenden Fall? – Da bin ich doch begierig!"

„Nun, dann passen Sie, bitte, auf! Der beste Genuß von einem Geheimnis ist weg, sobald man's verräth! – ja, meiner Ansicht nach der ganze. – denn das Heimliche ist das Eigentliche daran."

„Da haben Sie aber doch Unrecht. Ein Geheimniß, um das zum Beispiel nur Zwei wissen, ist immer noch ein Geheimniß: es kann geflüstert werden."

„Dann müßt' ich das Flüstern erst lernen! Für gewöhnlich ist es nicht meine Sache."

„Dies Mal muß ich Dir beistimmen, Suse," sagte Hilda, und alle Drei lachten.

„Es läßt sich aber alles lernen," bemerkte Felix, nicht mehr lachend, sondern nur noch aufgeregt lächelnd, und erhob sich.

Zuerst reichte er Hilda die Hand, dann drückte er sie Susanne.

Sie war auf einmal auch ernsthaft geworden. „Ich spaße jetzt nicht: mein Geheimniß ist mir sehr werthvoll." Sagte sie und der plötzlich hervorbrechende, seltsam leidenschaftliche Glanz ihrer sonst so munteren Augen bestätigte ihm, daß sie wahr sprach.

„Desto lieber werde ich es hören," antwortete er gleichfalls warm und beinahe feierlich.

„Es ist – es ist," flüsterte sie, während Hilda ein Licht zum Hinausgehen anzündete, „daß ich vielleicht doch ein Talent habe."

Es lag etwas Reizendes in diesem halben Geständniß, das nicht nur ein Geständniß, sondern weit mehr noch ein Zugeständnis für ihn – ein plötzlicher Durchbruch innersten Gefühls und somit eine seltsame Verleugnung ihres gewöhnlichen Wesens war.

Er fühlte sich einem keuschen Zauber gegenüber; und es wäre ihm unmöglich gewesen, sie jetzt noch mit Bitten und Fragen zu bestürmen. Dieses wilde Mädchen rührte ihn plötzlich. – Er drückte ihr nur dankbar die Hand – und that es wieder und wieder, bis sie ihm entschlüpfte, um das Licht zu ergreifen, das die herangetretene Hilda noch hielt.

Was wird es sein? mußte er auf dem Nachhausewege fortwährend denken. Malt sie? – Sie sieht mir nicht danach aus. –

Schreibt sie? Dichtet sie? – Der Himmel sei uns barmherzig; ich will es nicht hoffen!"

○○○

Als Felix das nächste Mal zu Beuthens ging, wurde er von Ulrich begleitet. Zu seiner Verwunderung hatte es keine große Ueberredung gekostet, den Einsiedler zur Annahme der ihm gewordenen Einladung zu bewegen. Am Mittag zuvor hatte er seine Visite bei den Damen gemacht, sie aber nicht zu Hause getroffen. Und auch diese Präliminarien waren ohne Murren, ohne Schelten auf die lästigen Formen des geselligen Verkehrs vorübergegangen. Felix fühlte sich dem Freunde förmlich dankbar dafür.

Als sie zu Frau von Beuthen kamen, fanden sie diese und Susanne nicht allein, sondern von einem Kreise bekannter Damen umgeben, welche sich hier theils zufällig, theils eingeladenerweise zusammengefunden hatten.

So wurde denn die Unterhaltung zunächst eine etwas allgemeine. Nur Hilda wandte sich wiederholt besonders an Ulrich, denn das verhüllt Melancholische seines Wesens erregte ihre frauenhafte Sympathie.

Auch Felix benutzte alsbald eine günstige Gelegenheit, sich mit Grazie aus den Konversationsnetzen der fremden Damen herauszuwirren.

„Und nun Ihr Geheimnis!" sagte er, sich ausschließlich gegen Susanne wendend, mit kindlich frohem Triumph.

„Haben Sie's nicht errathen?"

„Nein. Sie malen doch nicht etwa?"

„Gott bewahre – wo man hier so schon überall auf Malerinnen tritt!"

Felix weidete sich an ihrem komischen Entsetzen; und nur, um dasselbe noch zu steigern, fragte er weiter:

„Aber – das ist es: Sie dichten?"

„Dichten – ja, ja, ich dichte! – Das müssen Sie doch schon

längst bemerkt haben. ich sehe hoffentlich über und über wie ein Blaustrumpf aus!"

„Aber im Ernst, jetzt sagen Sie's!"

Sie schüttelte den Kopf. „Zeigen will ich's!" antwortete sie mit fliegender Stimme und ging ihm voran in das anstoßende kleine Zimmer, Hilda's Boudoir.

Hier holte sie aus einer tief unter Büchern und Noten verborgenen Mappe eine ganze Anzahl aus schwarzem Papier geschnittener Silhouetten hervor. Es waren lauter Gruppen von der Gemäldeausstellung, Felix und Ulrich auf das Untrüglichste ähnlich, ersterer offenbar in lebhaftester Erregung sprechend, letzterer versunken in den Anblick eines Gemäldes; dann eine Gesellschaft von Kunsthändlern und Kennern von Fach, auf das Sorgfältigste ausgeführt; einige albern exaltierte Damen; kurz, eine Fülle bunter Gestalten, sprudelnd von frischem Humor und wirklichem Genie.

Felix war ganz gefangen genommen und so ständig überrascht, daß ihm das natürliche, bei so viel gelungenem Witz unwillkürlich hervorbrechende Lachen immer wieder erstarb.

„Das haben Sie gemacht? Ausgezeichnet!" rief er. „Aber das ist ja etwas ganz selten Gutes! – Das ist ja Genie! wahrhaftiges Genie!"

Susanne hatte ihn leidenschaftlich beobachtet. Ihr Athem flog, und sie wurde bald roth, bald blaß.

„Glauben Sie, daß ich damit berühmt werden könnte?" fragte sie aufgeregt.

War er vorhin schon überrascht gewesen, so wurde er es jetzt vollends.

„Ja," sagte er mit glühendem Blick. – Ihm war, als hätte er noch mehr zu sagen, aber er fand nicht gleich die rechten Worthe. Deshalb nahm er die Silhouetten wieder auf. Und nun brach sein bewunderndes Erstaunen von Neuem hervor.

„Ulrich!" rief er laut und ungenirt in das Nebenzimmer hinein.

Der Gerufene erschien auch sofort.

Susanne, die ihre alte Art und Weise wiedergewonnen hatte, sah ihn lachend an. „Wie gut Sie sind," sprudelte sie ihm entgegen; „gleich sind Sie auf den Hilferuf da, als gelte es, Mensch oder Viehzeug aus dem Wasser zu ziehen!"

„Was das betrifft, scheine ich hier ziemlich überflüssig zu sein," erwiderte Ulrich mit gezwungenem Lächeln und schien noch etwas seinen Gedanken Vollendendes hinzusetzen zu wollen; aber Felix kam ihm zuvor.

„Ulrich, sieh hier!" rief er und zog ihn beim Arm an das Tischchen heran, auf welchem die Silhouetten lagen.

In diesem Augenblick erschienen auch die Damen von drüben.

Susanne wurde dunkelroth und trat zur Seite an ein Fenster.

Und nun erfolgte ein üblich lebhaftes Durcheinanderreden, ein sich gegenseitig überbietendes Verwundern und Loben.

Endlich trat Susanne auf den Fußspitzen von hinten heran. „Die ersten Stimmen der Kritik wären laut geworden!" sagte sie mit trockenem Humor.

„Und Sie haben allerdigs gut lachen," meinte Felix; „wollte Gott, Ulrich, ich würde auch einmal so glimpflich behandelt!"

„Ich weiß nicht mal," bemerkte Susanne nachdenklich, „ob einem lobende oder tadelnde Kritiken mehr Spaß machen würden."

„Ho! Ho!"

„Nein ernsthaft: ich glaube, die tadelnden, die müssen das Selbstgefühl erst recht heben."

Einige Damen blickten sich verwundert an, da sie die Meinung der jungen Künstlerin offenbar nicht verstanden hatten, und Hilda sah beinah mißbilligend auf Susanne, denn sie hatte die Empfindung, als fordere das Mädchen freventlich sein Schicksal heraus, wenn es sich hartnäckig anders betrug als die übrigen Menschen.

Susanne fing den Blick natürlich auf. „Ja, Frau Majorin, wieder ein scheußlicher Zug Ihrer Cousine!" sagte sie.

Ulrich hatte Susanne fortwährend still aus der Ferne beobachtet; jetzt schien ihn ihr Anblick in irgend einer Weise empfindlich zu berühren, denn er bückte sich schnell und nahm wieder aufmerksam die Silhouetten zur Hand. - Als man gleich darauf in das Gesellschaftszimmer zurückkehrte, trat er auf der Schwelle an ihre Seite und wußte sie einen Augenblick in der Thür festzuhalten.

„Und diese Silhouetten haben Sie spielend gemacht?" fragte er mit einem fast schmerzlichen Nachdruck.

„Ich weiß nicht. Soll man Spiel und Ernst in der Kunst trennen? - Oder thun Sie's im Leben auch?"

„O Gott, ja! - Sie nicht?"

„Nein. Ich finde es unschön."

„Ich glaube, Sie täuschen sich über sich selbst," sagte er traurig.

„Das sollte mich sehr freuen."

„Warum?"

„Weil es langweilig sein muß, sich wie Luthers Katechismus aus- und inwendig zu kennen."

Ulrich schwieg einige Sekunden; aber Susanne bemerkte, daß er noch nicht zu Ende gesprochen hatte, und blieb neugierig, doch nicht ohne einige Verlegenheit, neben ihm stehen.

„Ich weiß nicht, ob Ihnen mein Freund gesagt hat, daß diese Silhouetten etwas Geniales sind?" begann er dann. „Wenn Sie fortfahren, diese Kunst mit ganzer Seele ..."

Susanne konnte sich eines flüchtigen Lächelns nicht erwehren. Ulrich mußte es mehr ahnen als sehen, denn seine Blicke gingen in sonderbarem Versunkensein an ihr vorüber.

„Haben Sie diese Gestalten nicht mit ganzer Seele geschnitten?" fragte er ziemlich scharf.

„Ach was! - was weiß ich von meiner Seele! Aber was wollten Sie denn eigentlich sagen?"

„Wenn Sie fortfahren, diese Kunst mit ganzer Seele zu treiben, werden Sie einmal sehr Tüchtiges leisten," sagte Ulrich mit Betonung.

„Aber mein Gott!" rief Susanne halb ungeduldig, halb ehrlich verwundert. „Sind Sie denn nicht Maler und Dichter?"

„Ja," erwiderte Ulrich, diesmal ohne verstimmt zu erscheinen; „aber die Gewissenhaftigkeit – oder wenn Sie so wollen, die Pedanterie war immer mein Fluch. Ich habe nie spielend etwas auf die Leinwand gebracht."

„Dann sollten Sie ihre sämmtlichen Leinwandprodukte verbrennen und nur dichten."

Ein leichtes Zittern fuhr über Ulrich's Gesicht. „Vielleicht haben Sie Recht!" sagte er und sah dem jungen Mädchen tief in die Augen. „Es ist ein Unglück, zwei Talente zu besitzen. – Können Sie das verstehen?"

„Nein. – Ich würde denken: Je mehr, je besser!"

Kurze Zeit darauf, als Ulrich durch die übrigen Damen in ein Gespräch verwickelt wurde, sagte Susanne leise zu Felix, der an einem Nebentischchen stand: „Ist Ihr Freund immer so?"

„Wie denn?"

„So unheimlich."

„Unheimlich? – Daß ich nicht wüßte! Was thut er denn? will er Sie behexen?"

„Fragen Sie ihn selbst! Und sagen Sie ihm, für den Fall wäre er auf eine unzweckmäßige Methode verfallen. Er sieht Einem groß und deutlich in's Gesicht – und ich wette, er studiert Einen so genau, daß er Einen hinterdrein aus dem Gedächtniß abkonterfeien könnte!"

„Dergleichen soll vorkommen," meinte Felix eigenthümlich betroffen.

Susanne fuhr, ohne des Einwurfs zu achten, fort: „Und dabei hat er einen Ausdruck, als sehe er eigentlich nicht das, was er sieht, sondern ganz andere Dinge – oder wenigstens etwas ganz Anderes!"

„Das ist das selig-unselige Doppelgenie, das Zweiseelensystem," erklärte Felix.

„Möglich! – Ich mag ihn nicht."

Felix freute sich; warum, kam ihm nicht zum Bewußtsein. Das Gespräch wurde auch sofort wieder allgemein, und zwar drehte es sich von Neuem um Susannes plötzlich entdecktes Talent; dies Mal sogar mit viel größerer Ausdauer als nach dem ersten Ausbruch im Boudoir.

Es war, als hätte man den erstaunlichen Eindruck dieser überraschenden Leistung erst allerseits innerlich verarbeiten müssen und sich über diesen Prozeß durch leichte Unterhaltung hinweggeholfen.

Besonders rege betheiligte sich jetzt auch Hilda an den hin- und widerfliegenden Bemerkungen. Sie begriff schwer, daß Susanne es über das Herz gebracht hatte, sie so lange uneingeweiht zu lassen, erinnerte sich übrigens, daß die Cousine schon als kleines Kind sehr geschickt in zierlichem Ausschneiden gewesen war, und erzählte, wie dieselbe insbesondere ihre Kunst an den alten schroffen Felsprofilen ihres hohen Ufers versucht hätte. Diese seien stets genau zu erkennen gewesen, obgleich Susanne oft ihre eigenthümliche Bildung zu deutlich ausgeprägten Thier- oder Menschenköpfen, die sehr komisch anzusehen gewesen wären, verschärft hätte. „Weißt Du noch, Suse, das große Mammuthsprofil mit dem Strandhaferkäpfel?" fragte sie anmuthig-lebhaft.

„Ja, das wie die dümmste gegenwärtigste Nachtmütze auf dem vorsündflutlichen Unthier saß!" antwortete Susanne lustig.

„Und inzwischen haben Sie diese Kunstfertigkeit ganz fallen lassen, liebes Fräulein?" fragte eine Dame wohlwollend.

„Ja, gnädige Frau. – Es hieß dann immer, die Schnitzelei sei Zeitverlust. Da hatt' ich's schließlich ganz vergessen. Und wenn ..." Felix's und Susannes Blicke trafen sich. Susanne stockte und erröthete. „Wen ich hier nicht in solchen Kunststrudel gerathen wäre," fuhr sie mit galoppirender Leichtigkeit fort, „hätte ich vielleicht in meinem Leben keine Schere wieder angerührt!"

„Ach Suse," bat Hilda, die sich förmlich mit in dem neu entdeckten Talent ihrer Cousine zu sonnen schien, „ich habe nur die beiden dicken Damen mitgenommen, thu' mir die Liebe und hole uns die anderen Gruppen auch her!"

Susanne sprang sofort auf, und Felix folgte ihr harmlos.

„Lassen Sie noch; einen Augenblick will ich sie hier noch ungestört besehen," sagte er und trat mit den trotz aller Schnelle behutsam aufgegriffenen Gestalten unter die kleine rosa Ampel, die den lauschigen Raum erhellte. „Wie sind sie köstlich! Ich habe noch immer gar keine Worte dafür! - köstlich! - köstlich!"

„Sie lieben Silhouetten?"

„Ehrlich gestanden, habe ich sie bis heute nicht sehr goutirt."

Susanne sah ihn groß an.

„Sie müssen bedenken, daß ich Maler bin; und noch dazu einer" - Susanne erglühte immer tiefer unter seinen Blicken - „von den farbentrunkenen!" schloß er hastig, und ihm war, als höre er das Herz des Mädchens, das, nur einen Schritt von ihm entfernt, auf der andern Seite der Ampel stand, zu sich herüberpochen. - „Verlassen Sie sich trotzdem auf mein Urtheil: diese Gestalten sind vorzüglich!" setzte er erregt hinzu.

„Dann ist mir der Ruhm sicher!" rief sie, und es mußte unklar bleiben, ob sie sich über sich selbst lustig machte, oder mit wirklicher Leidenschaft sprach.

Felix schien das Letztere anzunehmen. „Fühlen Sie so glühend für den Ruhm?" fragte er erstaunt.

„Ja; - er berauscht mich - beinahe wie die Idee, ich könnte nach Italien reisen," antwortete sie heftig.

„Wie kommen Sie nur zu dieser Leidenschaft für Italien?"

„Mein Onkel - der Pastoronkel war in seiner Jugend dort und uns mit ‚Italien' aufgefüttert. Hilda zog die Heimat vor; aber mein ruchloses Gemüth strebte immer in's Weite. - Ich kann mir nichts Schöneres denken als Italien. – Und deshalb bewundere ich Sie auch – oder ich ärgere mich über Sie – ich weiß es selbst nicht! – daß Sie es ertragen, noch nicht dort gewesen zu sein. – Bitte, sehen Sie mich nicht wie Ihr Freund an!"

„Hat er Sie so angesehen? Ich glaube kaum."

„Doch, beinah!"

„Dann will ich Ihnen sagen, was er gedacht hat: er hat sich gewundert, daß in übermüthigen Nixenherzen so viel leidenschaftliche Begeisterung lebt."

„Meinen Sie denn, man ist nicht begeistert, wenn man nicht immer begeistert redet? – Uebrigens haben Nixen gar keine Herzen! – Ich hasse professionelle Begeisterung – besonders bei Frauenzimmern. Ja, ich hasse sie! ich hasse sie!"

„Bravo!" rief Felix leise. Dann setzte er hinzu: „Aber der Ausdruck wahrer Begeisterung ist vielleicht das Göttlichste auf Erden. Warum wollten Sie nicht begeistert reden, wenn Sie es doch sind?"

„Weil es dumm klingt – weil es die Meisten thun und weil man es von gebildeten Menschen verlangt. Und es ist abgeschmackt, so was zu verlangen."

Felix sah ihr mit glühender Verliebtheit in die Augen; er war so hingerissen von ihrem Anblick, daß er ohne Ueberlegung redete. „Aber wissen Sie denn, was das ist?" fragte er. „Das ist ja Trotz! kindischer Trotz – und wir haben den Schaden davon."

Er hatte verwirrt, neckend, entzückt gesprochen; und doch konnte sie ihn mißverstehen.

„Sie hätten mir das nicht zu sagen brauchen!" rief sie erblassend und dicke Thränen traten ihr in die Augen.

„Susan ... Fräulein Susanne, was habe ich Ihnen denn gethan?"

Sie nahm sich mit aller Kraft zusammen: „Man hat mir schon oft gesagt, daß ich trotzig und schlecht ..." Hier brach sie plötzlich ab; sie hatte versucht, ihm einen ruhig-finsteren Blick zuzuwerfen, aber sie brachte es nicht fertig; mit zuckendem Athem und thränenüberströmtem Gesicht wandte sie sich ab.

„Seien Sie gut! Gott, ich habe Ihnen ja nicht weh thun wollen!" bat er und ergriff ihre kleinen Hände, die sie noch fest zusammengeballt hielt. Wie tröstend, bedeckte er sie mit Küssen.

„Ich will es wieder gut machen," flüsterte er; „warten Sie – ich will!"

Sie lachte durch Thränen. „Ein schönes Genie, heult wie ein Kind!" sagte sie, und ihre leuchtenden Augen sahen ihn wieder übermüthig an; dabei klang aber noch ein leises Schluchzen in ihren Worten nach.

Er mußte an sich halten, nicht auf der Stelle eine Tollheit zu begehen.

„Ich will es wieder gut machen," wiederholte er noch ein Mal. „Gott weiß, was ich darum gäbe, Ihnen eine große Freude für diese ..."

„Thränen – sagen Sie's nur!"

„Ja denn, für diese bösen, bösen Thränen machen zu können!"

„Thun Sie's!"

„Ja – ich will! – Ich will drüber nachdenken. – Und nun: Sie sind mir nicht mehr böse?"

„Bringen Sie mich nicht zum Lachen!"

„Warum nicht? Lieber, viel lieber als zum Weinen."

„Wo haben Sie ..." stammelte das Mädchen, „wo sind meine Silhouetten? – Hilda wollte sie sehen! Hören Sie nicht, man ruft uns?"

Aufgeregt trat sie in's Gesellschaftszimmer zurück, wo Hilda, welcher die Zeit ihres Fortbleibens beängstigend lang geworden war, für sie die Augen niederschlug. – –

„Möchten Sie nicht – würde es Ihnen Freude machen, sich gemalt zu sehen?" fragte Felix geheimnisvoll, als er sich eine Stunde später von Susanne verabschiedete.

„Ja, große! – Sie taxiren mich heute Abend sehr richtig auf's Kind."

„Gut," sagte Felix, und ein leuchtender Entschluß stand auf seiner Stirn.

„Wenn das übrigens kindisch ist, so bin ich's auch," meinte er dann, „denn es hat mir riesiges Vergnügen gemacht, daß Sie mich ausgeschnitten haben."

Susanne wollte etwas erwidern; als sie aber die Lippen zum Reden öffnete, hatte sie ihren Einfall vergessen, und ein verlegenes Lächeln huschte über ihr beinah träumerisches Gesicht.

○○○

Während Felix am anderen Vormittag die Untermalung auf der großen Leinwand begann, hielt sich Ulrich ziemlich entfernt von ihm, so daß es schließlich doch Jener war, welcher die Unterhaltung begann, obgleich auch er seit Stunden kein Wort gesprochen hatte und heute ganz in seiner Arbeit aufzugehen schien, indem er bald mit froher Eilfertigkeit zum Pinsel griff, bald, in Sinnen verloren, auf die Leinwand starrte, als wolle er recht eigentlich mit phantastischer Seele seinen Farben vorarbeiten.

Deshalb fuhr Ulrich sehr erstaunt auf, als sich der Freund endlich doch nach ihm umwandte und ihn beim Namen rief.

„Wer ruft mir?" fragte er dumpf, obgleich er sich zu einem Scherz zwingen wollte.

„Schreckliches Gesicht! Ich – Felix! Niemand weniger als Faust; denn wenn mich Probleme beschäftigten, so waren es höchstens Farbenprobleme. – Ich wollte nur fragen, ob heute vielleicht mit dir zu reden ist?"

Um Ulrich's Lippen spielte das ihm eigene, seltsam verschwiegene Lächeln, dem man dies mal bei genauester Aufmerksamkeit doch ungefähr den Gedanken ablauschen konnte: Wäre ich es wirklich gewesen, mit dem gestern Abend nicht zu reden war?

Felix stand natürlich im Augenblick außerhalb einer solchen Beobachtung und fuhr deshalb harmlos fort: „Wie also hat sie Dir bei näherer Bekanntschaft gefallen?"

„Wer denn?"

„Nun, die Ex-Norne, mit der Du Dich ja ausschließlich unterhalten hast. Ein schönes, liebenswürdiges und zugleich liebes Weib – nicht kühl, aber alltäglich warm – gleichmäßig und langweilig warm bis an's Herz hinan. – Und doch hat sie Dich gefesselt, wie sie mich fesselt! Die armen acht Tanten ..."

„Welche aus dreien bestanden –"

„Meinetwegen also drei! Die armen drei – wahrscheinlich die klassischen Graien, denn für Grazien brauchte man sie doch nicht zu nehmen? – Also die armen drei Graien warfen immer verzweifelte Blicke über den Tisch herüber."

„Schade, daß diese Blicke, welche wohl ebensogut Dir als mir galten, dann nicht von Deiner Seite berücksichtigt wurden! – Aber Du – machtest ja auch ausschließliche Unterhaltung."

„Ich – ja, ja! ich opferte mich auch für den Beruf. Die großen grünen Nixenaugen mit der verhaltenen Seele sind so malerisch," sagte Felix weniger überstürzt als zuvor.

„Mich dünkt, die Seele spricht deutlich genug," murmelte Ulrich.

„Wie sagst Du?"

„Ich meine nur, Du thätest gut, während Du an diesem Bilde arbeitest, womit Du Deinen Ruhm zu begründen verheißt, nicht zu viel in die Nixenaugen zu sehen, denn niemand kann zween – Idealen dienen."

„Regenwurm, tiefer! – tiefer! Diesmal hast Du nur auf der Oberfläche gebohrt: sie kommt mit auf das Bild. – Das Silhouettchen, das Hexlein, das junge Schwarzkünstlergenie wird als zweite Nixe gemalt. – Bist Du's zufrieden? Glaubst Du, daß es werden wird? Seit gestern Abend ist der ganze Plan des Bildes umgestoßen, und in vier Monaten ist es in veränderter Gestalt fertig. Als ich die Beuthensche Schwelle verließ, hab ich's mir gelobt. – Ulrich, der schlechte Witz mit der Silhouette war doch ein verteufelt guter Einfall; – wer weiß, sonst ... sonst hätte man nun schon eine entsetzliche Anzahl reizloser Abende zu verbringen gehabt! – Guter Himmel, Ulrich, Du kannst heute früh wieder einem Anachoreten, der sich die Zunge ausgerissen hat, den Rang ablaufen! – Aber paß auf, das Bild wird! – Ich habe mich jetzt auch gleich ausgetobt. – Und so ist immer der Anfang wahrer Schaffenslaune: die Seele gähnt im großartigsten Stil und der Mund schwatzt die albernsten Dinge. – Himmel, was wird es für ein Bild! Ulrich, Ulrice, paß auf, es wird!"

○○○

Und es wurde.

Die vier Monate waren kaum beendet, als die beiden Freunde eines Mittags vor dem fertigen Gemälde standen.

Einem alten gegenseitigen Abkommen gemäß, urteilten sie nie über ihre unfertigen Bilder, es sei denn, daß der Malende im besonderen Falle früher die Kritik des Anderen gewünscht hätte. – Eine solche außerordentliche Aufforderung war bei dem Entstehen dieses Bildes nur ein Mal in betreff einer Vorstudie, aber nicht in Bezug auf das Gemälde selbst an Ulrich ergangen; und so stand er denn jetzt zum ersten Mal richtend davor.

„Wer es weiß, sieht, daß Du in Paris nicht nur Holländer und Venetianer studiert, sondern auch ein Jahr lang Delacroix, Bonington und Ingres kopirt hast; – aber nur, wer es weiß; es ist keine Spur von Manier darin!" war das Erste, was er sagte.

„Mein Gott," rief Felix ungeduldig, „ruht Ihr denn nicht eher, bis Ihr einen Neuling ‚untergebracht' habt? Ich dachte, mein Bild sei doch auch deutsch – und subjektiv!"

„Sehr deutsch – und ursubjektiv, um mit Dir zu sprechen!" stieß Ulrich hastiger, als sonst seine Gewohnheit war, hervor.

Einige Sekunden hindurch schien er mit sich zu kämpfen;

dann trat er plötzlich dicht an den Freund heran und legte die Hand mit leisem Zittern auf seine Schulter.

„Felix, wenn wir nicht zwölf Jahre lang schon wie Brüder gewesen wären," sagte er, „dieses Bildes wegen müßte ich Dich lieben – denn bewundern ist zu wenig. Was ist bewundern?"

„Und wenn jetzt alle Kritiken der Welt es in den Staub zögen," rief Felix entzückt, „mein Ruhm ist unvergänglich und wird über die Sterne fortgehen, denn er lebt in Freundesbrust! – Nur auf eine Kritik," setzte er nach einer Weile zögernd hinzu, „bin ich noch begierig."

Ulrich wußte, welche er meinte, und seine Stirn umwölkte sich. Er trat langsam einen Schritt von Felix zurück. „Zu wann hast Du die Damen eingeladen?" fragte er.

„Zu morgen Vormittag. – Meinst Du … muß ich das Atelier vorher aufräumen? Es ist etwas so Entsetzliches! man kann nachher wochenlang nichts finden in der verdammten Ordnung."

„Ich denke, über das Gemälde vergessen Sie das Atelier," antwortete Ulrich zerstreut.

Trotzdem schickte sich Felix am anderen Morgen an, unruhig in dem geliebten Durcheinander herumzuwirthschaften; erst wie zufällig, dann mit immer deutlicher hervorschimmernder Absicht, bis sich zuletzt ein vollständig ausgebildetes Aufräumungs- und Verschönerungssystem nicht mehr leugnen ließ.

In den Ecken wurden frühere Landschafts- und Porträtversuche anmuthig gruppirt, so daß dieselben, für sich genommen, einen freundlichen, fast wohnlichen Eindruck machten und auch über den ganzen übrigen Raum eine behagliche Stimmung verbreiteten.

Mitten im Zimmer, ein wenig schräg nach dem Fenster zu, stand das neue Gemälde, und dahinter waren auf niedrigeren Staffeleien die dazu gehörigen Skizzen und Vorstudien aufgestellt, entfernt genug, um den Eindruck des fertigen Bildes nicht zu stören. Alte Paletten wurden versteckt, Malkasten abgestäubt und die Skizzenbücher verschiedener Jahrgänge aus ihren verspinnwebten Winkeln hervorgesucht und vorn auf den Tischen geordnet.

„So," sagte Felix mit unruhiger Freude, als er endlich wirklich nicht mehr wußte, wo in der feineren Ausschmückung seiner Atelierhälfte noch eine Verbesserung anzubringen sei, „ganz so bunt sieht's doch nicht mehr aus!" Dann meinte er nach einer Weile: „Ulrich, wenn die Majorin eine Nornenanwandlung bekäme und stiller Entrüstung voll würde, daß ich ihre Züge gestohlen habe – die ganze Stimmung des Moments wäre hin! Mir ist zu Muthe, als sollte ich in einer Stunde erfahren, ob ich gehängt werde oder nicht. – Ein Glas herben Ungar oder was Du sonst hast! Darf ich? – Es wäre mir unmöglich, noch frühstücken zu gehen."

Mit sichtlicher Unruhe stürzte er den Wein hinunter und setzte sich dann plötzlich, als woll er seine Empfindungen gewaltsam bannen, auf die richtigen Schritte Entfernung vor sein Bild.

Alsbald vertiefte er sich auch so in dessen Betrachtung, daß er gar nicht gewahr wurde, wie Ulrich hinter ihm Palette und Pinsel bei Seite that, sich weit in einen Sessel zurücklehnte und mit ungewöhnlich leidenschaftlichem Ausdruck gleichfalls in den Anblick des Gemäldes versank.

Das spärliche Licht des Januarhimmels, das, wie aus dichten bleigrauen Schleiern hervordämmernd durch das hohe, gen Norden gelegene Atelierfenster fiel, schien die Kraft zu haben, die ganze Seele des Bildes herauszulocken.

In sommerlich lachender Bläue schwoll das vom Morgenwind durchathmete Meer an das flache Ufer. Zur Rechten schweifte das Auge ohne Aufenthalt in unabsehbare Ferne.

Blau und leuchtend wie das Meer war auch der weite Himmel, und wie hingehaucht hingen am Horizont zwei schwebende weiße Wölkchen.

Vorn gegen das Ufer hin ragten zur Linken einige altersgraue Steine über die sonnige Flut empor, das einzig Düstere in dieser lachenden Welt! und vielleicht kaum düster zu nennen, denn schlammig weiche, smaragdgrüne Seegräser schmiegten sich eng, als seien sie von Ewigkeit her mit ihnen verwachsen, um die finsteren Kolosse.

Gegen den hohen, am weitesten in's Meer hinausragenden Stein, vor welchen sich ein anderer, nach dem Ufer zu schräg abfallender mit flachem Rücken gelagert hatte, lehnte eine auf letzterem gleichsam ruhende Gestalt.

Es machte nicht den Eindruck, als wäre sie eben der See entstiegen; sie gehörte unmittelbar zu ihr: sie war die in geheimnisvoller Frühe zum Körper gestaltete Seele des weiten, leuchtenden Elementes. Züge und Ausdruck des schönen Gesichtes mit den weichen, ebenmäßigen Linien hatten genau die milde Klarheit und verschwiegene Gesetzesruhe der in aller Bewegung erhabenen und in sich selbst abgeschlossenen See. Aber nichts an dieser keuschen Erscheinung war kalt; der volle einschmeichelnde Wogenzauber des weichen, sommerwarmen Meeres lag wie ein zitternder Hauch über ihrer stillen Reinheit. Den klaren, tiefblauen Augen entquoll ein Strom warmer Traumseeligkeit, und die sanft geöffneten Lippen athmeten Hingebung und heitere Freude.

Und welche Schöne über und über, welche leuchtende Wärme auch in Form und Farbe!

Tief dunkel, aber nicht hart waren die Schatten jener zwei niedrigen, doch ziemlich steil aufstrebenden Granitblöcke, welche die untere Hälfte der Gestalt deckten, während die obere durch einen leicht vom Winde bewegten Schleier funkelnden Goldhaares eingehüllt wurde. Auf der rechten Schulter theilte sich dasselbe und ließ einen blendend weißen, zart gerundeten Arm frei, der wie naturgemäß in die blaue Woge hinabglitt, welche sich an den Steinen brach; – und vorn über der Brust schmiegte es sich eng, dem sanften, künstlerischen Zuge der Linien folgend, an die edle Gestalt an.

Diese hatte das jugendfrohe Haupt dem Ufer zugewandt, und wunschlos, in vollendeter Harmonie mit sich selbst, schien sie nur wie zufällig auf die lebhaft bewegte Schwestererscheinung zu blicken, die anders wie sie, in kindlichem Spiel mit den Wellen befangen, sich übermüthig gegen das Ufer treiben ließ.

Schäumend stürzte die blaue Flut im Kampfe mit dem perlmutterleuchtenden Schwänzlein über sie hin; nur den schimmernden Hals und die zierlichen, im wilden Spiel hoch über das Köpfchen erhobenen Arme ließ sie frei. – Und welch ein Köpfchen war es, das da lachend über der schaukelnden See emportauchte! Lauter Leben und Frohsinn! Nixenschalkheit in jeder Linie und in jedem Grübchen! – Nur in den großen schillernden Augen ein tiefes Fragen und holdes Verschweigen – ein heimliches, thränenfeucht unter Lachen verstecktes Hinausweh, der sehnsüchtige Zug der leis plätschernden Wasser. –

Und wie reizend schmiegt das Nixlein die eine Wange gegen das blauschimmernde Naß einer sich eben glatt herabsenkenden Woge! – Schöner ist vielleicht die stille goldblonde Schwester zwischen den alten Granitblöcken; reizender ist sie nicht!

Und über dem Ganzen – über Strand und Wellen, über ernsten Steinen und den jugendlichen Nixengestalten eine strahlende Morgensonne und ein schlichter Hauch weiter, leuchtender Einsamkeit.

„Es klingelt," rief Felix plötzlich und stürzte hinaus.

Ulrich preßte die gefalteten Hände vor die Stirn; und als er aufblickte und Felix mit den Damen wieder eintrat, sah er wieder aus wie immer.

Hilda grüßte ihn herzlich; auch Susanne nickte ihm zu; aber ihr Blick eilte an ihm vorüber, dem Gemälde entgegen. „Ach!" sagte sie und blieb regungslos vor demselben stehen.

Jetzt trat auch Hilda näher. „Meine Heimat!" rief sie in warmem Gefühl. Sie schien wirklich das Landschaftliche zuerst erfaßt zu haben, denn erst eine Sekunde später erröthete sie bis hoch hinauf unter das goldene Haar.

Nach einer Pause erhob sie langsam das Haupt gegen Felix. „Aber was haben Sie gemacht? Das hätten Sie uns vorher erzählen müssen. Uns so zu überraschen!" sagte sie mit einem Klang in der Stimme, aus welchem Vorwurf und holde Verzeihung zugleich tönten.

Felix athmete erleichtert auf. „Ich weiß, ich hätte es nicht gedurft!" murmelte er. „Aber Sie fragen? Was hätte ich sagen sollen? Wie hätte ich Ihnen beschreiben können, was ich malen wollte? Worte sind oft so ledern und täppisch! – Und," fuhr er lauter fort, „hat mein Bild einen Werth, so trägt es ja die Vertheidigung für jedes Wagniß in sich selbst! – Es ist ja ein Vorrecht von uns Künstlern, in großen Dingen nicht durch Worte, sondern durch lebendiges Werk zu reden."

„Da haben Sie freilich Recht," erwiderte Hilda langsam, aber mit einem sehr anmuthigen Lächeln.

Trotzdem flog das Auge des Malers an ihr vorüber. – Glühend sah er auf Susanne. Und jetzt blickte auch sie empor; jetzt reichte sie ihm die Hand, noch immer schweigend und, wie es schien, mit stockendem Athem. „Sie brauchen ja gar nicht nach Italien!" sagte sie endlich leise.

„Ich will auch gar nicht! ich könnte auch nicht! – Ich muß auch hier bleiben!" flüsterte er zurück.

„Verzeihen Sie, wenn ich Ihnen Nichts sage, bitte! Es ist zu schön!"

Es war das erste Mal, daß er sie „bitte" sagen hörte. Ihre Hand zitterte in der seinen; und wenn er jetzt allein mit ihr gewesen wäre, hätte er sie an sein klopfendes Herz gezogen.

Ulrich war unterdessen an Hilda's Seite getreten.

„Ich denke, mit diesem Werke ist der Ruhm meines Freundes ausgesprochen," sagte er sehr bestimmt.

„Haben Sie Ihre Kunststudien von Anfang an zusammen getrieben?" fragte die junge Frau noch halb wie benommen.

„Ja – und nein. Wir waren mit Ausnahme der letzten drei Jahre fast immer gleichzeitig an denselben Orten, gingen aber verschiedene Wege." Und nun begann Ulrich, während Hilda kein Auge von dem Bilde verwandte, über des Freundes verschiedene Vorbilder alter und neuerer Zeit zu sprechen, erwähnte auch, wie interessant es sei, daß Felix sich unter den letzteren die ungleichartigsten, ja häufig sogar die entgegengesetzten erwählt habe, und hob hervor, wie er bei allem Studium nie in Nachahmung verfallen sei und sich in jedem Zuge die vollkommene Genialität seines Geistes und Pinsels bewahre.

„Ach," sagte Hilda schließlich etwas verwirrt, „ich bin so unwissend in der Kunstgeschichte, können Sie mir nicht zu einem Werk verhelfen, das diese Lücke ausfüllt? – Ja, Sie können mir eins leihen? Das ist schön; da bin ich Ihnen sehr, sehr dankbar. Vergessen Sie nur nicht, es das nächste Mal mitzubringen!"

Dann wandte sie sich an Felix, und das allgemein werdende Gespräch drehte sich um ihre erste Begegnung auf Rügen, um die damals entworfenen Skizzen, zu deren Veranschaulichung Felix seine Reisebücher herbeiholte, um die Frage, ob das „Nixenbild" einen Sommer- oder Frühlingstag darstelle, und dergleichen mehr.

Ungefähr eine Stunde mochte vergangen sein, als Hilda zögernd sagte: „Und wie sollen meine Cousine und ich Ihnen nur für diesen Genuß und für die Erinnerung an unsere Insel danken?"

„Ihr Genuß selbst ist ja mein Dank," antwortete Felix in herzlicher Natürlichkeit.

„Und wir dürfen doch öfter herkommen und das Bild ansehen?" fragte Hilda wieder. „Es freut mich so, daß Ihr Freund als Sachverständiger es ebenso lobt wie wir. Ich möchte es gar nicht dulden, daß Jemand es nicht schön fände! Ich muß es Ihnen sagen: im ersten Augenblick des Ansehens wären mir heute um's Haar die Thränen hervorgeschossen."

„Warum haben Sie Ihre Thränen nicht fließen lassen? Schämten Sie sich, vor Begeisterung zu weinen? oder gönnten Sie mir die stolze Freude nicht?"

„Keins von Beiden; ganz gewiß! – Und wenn ich mich jetzt schon von dem Bilde trenne, so ist es nur, um kein Heimweh nach Rügen zu bekommen. Es wäre das erste Mal, seit ich verheirathet bin."

„Geh noch nicht!" bat Susanne heftig.

„Ich denke, wir müssen, und Du würdest hier doch kein Ende finden, Suse!"

Trotz dieses Ausspruchs machte auch Hilda durchaus keine Anstalt, das Atelier zu verlassen. Etwas ganz Besonderes schien sie noch zu fesseln.

„Bleiben Sie noch!" rief auch Felix.

„Einen Augenblick, ja; denn ich muß Sie etwas bitten," antwortete die junge Frau, indem sie immer verlegener wurde. „Es ist aber etwas sehr Unbescheidenes. - Unsere Gesichtszüge gehören ja Jedem, der sie sieht und in der Erinnerung behält; - und dem Künstler gehört ja die ganze Welt, das weiß ich wohl. - Aber sehen Sie, ich weiß doch nicht, ob es - meinem Mann recht sein würde, wenn Sie das schöne Gemälde hier in Berlin ausstellen wollten. - Könnten Sie mir nicht versprechen, damit zu warten, bis mein Mann zurück ist? - Und wenn er es nicht wollte, müßte es Ihnen nicht ebensoviel werth sein, es nach Düsseldorf oder Paris auf die Ausstellung zu schicken?"

Susanne fuhr unruhig auf und warf Hilda einen finster schmollenden Blick zu.

Felix besann sich; einige Minuten schien er mit sich selbst im Kampfe zu sein; dann sagte er lächelnd: „Nach Düsseldorf? - Ein Berliner schickt nichts nach Düsseldorf! Und nach Paris? Es ist mehr als fraglich, ob der ‚Salon' das erste Bild eines unberühmten Deutschen aufnimmt."

„Sind Sie mir böse?"

„Nein - ich darf ja nicht! - Heute nicht! denn heute bin ich glücklich!" - Susanne schien die letzten Worte des jungen Mannes überhört zu haben, denn sie blickte ihn lebhaft enttäuscht an. Mit Wonne würde sie das Bild gerade auf der Berliner Ausstellung gesehen, mit Wonne selbst vernommen haben, wie man es lobte und bewunderte! Sie war empört über Hilda's lächerliches Philisterthum. Freilich, sie selbst war hier fremd - sie war hier von Keinem gekannt, für sie hatte Niemand einzutreten - niemand als der Maler selbst! - Dieser geheimste, ja selbstsüchtige und in seinem letztem Ausläufer so berauschende Gedanke blieb ihr selber jedoch in diesem Augenblick unklar.

„Und," sagte sie schon auf der Schwelle, sich zurückrettend in ihre alte wilde Unbefangenheit, „werden Sie nicht zu eitel! Denn, was verstehen wir von Gemälden? - oder doch, berauschen Sie sich an unserem Lob, als hätten Sie nüchtern Champagner getrunken! Wir erlauben es. - Und wenn ich Sie etwas bitten darf: zeigen Sie das Bild, wem Sie nur können, und melden Sie uns immer, was die Leute gesagt haben. Ich ... finde es wundervoll!"

Ein triumphirender Glanz überströmte das ohnehin schon strahlende Gesicht des Künstlers - oder des Menschen?

„Wie konntest Du nur das versprechen und wie konnte sie das von Dir verlangen?" rief Ulrich ungewöhnlich aufgeregt, als die beiden Freunde wieder allein waren.

„Wer? was?"

„Nun, die Beuthen! - Ihr Gefühl war gerechtfertigt, aber nicht ihre Forderung. Doch sie weiß nicht, was sie thut; sie weiß nicht, daß dies Bild gleichbedeutend mit einer Künstlerzukunft ist."

„Möglich! Susanne würde es freilich nicht gethan haben. - Doch, ängstige Dich nicht! Der Mann wird kein Esel sein. Susanne rühmt ihn als sehr vernünftig."

„Desto schlimmer!" meinte Ulrich. Die neidlose Bewunderung des Nixenbildes schien für den Augenblick wirklich etwas von des Freundes Denk- und Ausdrucksweise in ihn übergeführt zu haben.

„Er wird Geschmack genug haben," rief Felix unbeirrt weiter, „es gerade gern in Berlin ausgestellt zu sehen! - Und - wenn nicht - *good speed!* per Eilfracht nach Paris! Du weißt, ich habe Connexionen."

„Man sieht," sagte Ulrich nachdenklich, „daß Du nicht gehängt worden bist! - Wollen wir nicht übrigens ein Verzeichniß aller Kritiken anlegen? Die von heute morgen ist vielleicht die glänzendste im ganzen Album."

„Möglich, möglich, Ulrich! - Ja, noch bin ich ungehängt - wenigstens" - er machte eine wunderliche Gebärde des Außersichseins - „am Halse sitzt mir der Würgeengel nicht! - Aber jetzt, jetzt bin ich hungrig!" jubelte er plötzlich auf; und drei Minuten später stürzte er hinaus.

„Er will nur Luft haben und frei von mir sein!" sagte Ulrich bitter vor sich hin. „Und ich? Ich wollte, ich hätte niemals einen Pinsel angerührt, denn ich komme ja doch nicht über meine geringfügige Subjektivität hinaus! - Und wer könnte sich für die interessieren?"

○○○

Es war am Abend des selben Tages. Im Atelier der Freunde brannte noch Licht, aber ein bescheidenes, das kaum ein Viertel des Raumes wirklich erhellte; der übrige Teil lag in ungewisser Dämmerung; und die dunklen, in den fernen Ecken aufgerichteten Staffeleien hatten etwas Geheimnißvolles an sich und sahen größer aus, als am Tage. Eine gewisse unruhige Bangigkeit schwebte über dem Ganzen.

Beide, Felix und Ulrich, saßen in dem erleuchteten Atelierviertel. Das Tischchen, welches sie trennte, war mit politischen und künstlerischen Zeitungen bedeckt.

Ulrich hatte deren mehrere vor sich und blickte auch, tief herabgebeugt, in die geöffneten Blätter; aber, von einer Zeitungsmappe gedeckt, ruhte seine rechte, einen Bleistift haltende Hand auf einem unscheinbaren Papierläppchen. Von Zeit zu Zeit klappte er plötzlich die Mappe zurück und schrieb einige Verse, manchmal auch nur ein paar Worte nieder, um gleich darauf wieder minutenlang sinnend in das Journal zu sehen. Dieses schüchterne Manöver pflegte er öfter zu machen, wenn er am Abend mit Felix zusammensaß; und dieser wußte ein für allemal, daß er es nicht zu beachten hatte.

Auch er versuchte heute zu lesen, blätterte aber in der That nur unruhig hin und her. Endlich sprang er auf und trat mitten in's Zimmer. Ein armer verfrühter Falter, der schon längere Zeit um die kleine Leuchte der Maler herumgeirrt war, schien ihn zu stören. Jetzt schoß das Thier gegen den hohen Plafond des Ateliers auf und setzte dort seinen unruhigen Flug fort. Felix trat bald hierhin, bald dorthin, um es mit den Blicken zu verfolgen; und erst, als es müde in eine dunkle Ecke huschte, ging er an den vorhin von Ulrich geöffneten Fensterflügel, lehnte sich gegen die Holzbekleidung und starrte träumerisch in die Nacht hinaus. Eine gemäßigte Kühle schlug ihm entgegen, und bei dem ungewissen Dämmerlicht, das vom Tische aus hierher drang, sah er, wie die Schneeflocken langsam und unaufhörlich zur Erde niederfielen.

Er wurde eigen weich und sehnsüchtig gestimmt. Gegen seine Gewohnheit gab er sich einem holden Dämmern hin und nahm, um es sich hier auch äußerlich förmlich bequem zu machen, auf dem Fensterbrett Platz.

Unterdessen dichtete Ulrich die Schlußstrophe zu seinen Versen; und als er das letzte Wort niedergeschrieben hatte, flüsterte er mit zurückgelehntem Haupt und geschlossenen Augen vor sich hin:

Langsam, langsam wieder
Fallen Flocken nieder;
Decken Alles weich,
Machen Alles gleich:
Thal und Höhn,
Land und Seen,
Grüne Saat –
Oeden Pfad,
Rosenknospe – dürren Strauch!
Und Alles stirbt im kühlen Hauch.
So sinket der Schnee der Vergessenheit
Auf klaffende Wunde und junges Leid;

So fällt er still auf die endlose Zahl
Gleichgültiger Tage verstummter Qual –
Auf die welken Blätter am todten Baum,
Die Schatten vom glühenden Sommertraum. –
Und hüllt in ein friedliches Sterbegewand
Mit vorüberstreifender Geisterhand
Die letzte Blume, das letzte Grün –
Die Freuden, die still im Erinnern blühn.

Er schwieg; – was halfen ihm diese Verse? Sie hatten ihn befreien wollen, es aber nicht gethan. Von seinem Gehirn aus zog es still und kühl nieder, wie herabfallender Schnee; aber aus seinem Herzen stieg es flammenheiß empor in seine Brust: die Vergangenheit war todt, aber die Gegenwart lebte.

Felix hatten den Freund unbeachtet gelassen. Jetzt stand er eilig auf und sah nach der Uhr. Fortwährend an sie denkend, hatte er ganz vergessen, zu ihr zu gehen. „Es ist zu spät!" rief er laut vor Bestürzung. Dann warf er sich wieder Ulrich gegenüber in den Stuhl und wollte von neuem die Zeitungslektüre versuchen.

„Wozu zu spät?" fragte Ulrich jetzt erst unruhig.

„Um zu Beuthens zu gehen. Der Nachgeschmack, weißt Du, ist das eigentlich Gültige an einem Urtheil."

Ulrich entfärbte sich.

„Felix!" rief er und schob Alles, was um ihn her lag, mit ausbrechender Leidenschaft bei Seite. „Das kann so nicht länger fortgehen!"

„Was denn?"

Ulrich athmete schwer und abgebrochen. „Du weißt es," antwortete er; „und ich lasse Dich diesmal nicht wieder los! Du darfst Dich nicht länger taub und blind stellen: Du weißt, daß Du sie liebst!"

Felix erschrak nicht. – „Wen?" fragte er mit heißer Gluth in dem voll auf Ulrich gerichteten Blick.

„Susanne," antwortete der Freund nach kurzer Pause.

„Woher weißt Du …"

Ulrich blieb die Antwort auf diese abgebrochene Frage schuldig, und Felix stand langsam vom Stuhl auf.

„Ja," sagte er so leise, daß seine Stimme fast verhallte, „Du hast Recht; ich liebe sie mit dem Herzen."

Ulrich zuckte zusammen und malte mit unmerklich zitterndem Finger allerlei Figuren auf den Tisch. Als er aufsah, bemerkte er Thränen in den strahlenden Augen, die ihn wieder – und diesmal beinah wie hülfesuchend – ansahen.

„Ulrich! Ulrich!" schrie Felix, „ich schäme mich nicht!" und stürzte sich, wie untertauchend in das berauschende Meer seiner eigenen Empfindung, in die Arme des Freundes. Doch schnell richtete er sich wieder empor. „Was sind alle Himmel unserer Künstlerphantasie gegen dies Gefühl?" rief er. Ulrich, Dank dem Gott, welcher den Künstler, aber Anbetung dem, welcher den Menschen erschuf! – So wie Susanne habe ich noch kein Mädchen geliebt!"

Sein ganzes augenblickliches Dasein erschöpfte sich in der Leidenschaft dieser Worte.

Ulrich war nicht sofort im Stande, Etwas zu erwidern; in lautloser Erregung horchte er auf; und Felix verlangte auch nur nach seinen eigenen Worten: „Ach! so sich widerzuspiegeln in diesen unergründlichen Schelmenaugen! in diesem liebeheißen Lächeln – diesem Mädchenlächeln, Ulrich, das noch vor Monaten ein Kinderlächeln war! – Und ich, ich der Schöpfer dieses lebenathmenden Wunders!"

„So vergiß nicht, daß jeder Schöpfer auch ein Erhalter sein soll – wenigstens nach menschlicher Weisheit!" stammelte Ulrich.

Felix war noch zu selig-gedankenlos, um den dumpfen Sinn dieser Worte sofort zu fassen.

„Ich weiß, daß ich die Kraft habe, sie mir zu erhalten!" flüsterte er wie träumend vor sich hin.

„Ja, sie Dir zu erhalten – ich glaube es! Dein ist sie und sich selbst hat sie verloren – ihre Jugend – ihr Glück!"

„Rede nicht so wahnsinnig!" fuhr Felix auf, schwankend zwischen Zorn und Staunen.

Ulrich's Gesicht wurde aschfahl. „So will ich vernünftig reden," sagte er. „Willst Du – sie heirathen?"

Es war so still im Atelier, daß ein Mensch mit lebhafter Phantasie hätte glauben mögen, er höre draußen die Schneeflocken aneinander tanzen.

„Heute nicht und morgen auch nicht! – aber später! – Natürlich! – Denkst Du ... ich würde es ertragen, wenn ein Anderer sie besäße?" rief Felix endlich mit zitternder Stimme; dann wandte er sich plötzlich wie ernüchtert von Ulrich ab. „Das ist also Alles, was Du mir zu sagen hast?" murmelte er verächtlich, erklärte, daß er noch einen nächtlichen Spaziergang machen wolle, und verließ hastig das Gemach.

Lärmend schlug die Thür hinter ihm in's Schloß. Ein heftiger Zugwind fuhr durch das Atelier und löschte die Lampe, welche vor Ulrich stand.

Draußen schlug eine grelle Bahnhofsuhr Mitternacht, und ein Häufchen loser Schneeflocken wirbelte lautlos vom Fensterbrett herab in's Zimmer. Einen Augenblick lang ließ sich ein leises Stöhnen vernehmen; dann war Alles still – unheimlich still.

○○○

Das jäh abgebrochene Gespräch dieses Abends war eine Art Wendepunkt in dem Verkehr der beiden Freunde geworden. Etwas Fremdes und Kaltes hatte sich mit schroffer Bestimmtheit zwischen sie geschoben, ohne daß sie den Versuch machten, es bei Seite zu drängen.

Obgleich Felix in Worten gerade das Gegentheil behauptet hatte, war doch Ulrich jetzt fest überzeugt, daß der Freund das geliebte Mädchen nie heirathen werde. Daher fühlte er plötzlich sein Gewissen freigegeben und grollte dem Jüngling rückhaltlos. – Und was Felix betraf, so war er jetzt in keiner

Beziehung mehr der Alte, denn die harmlose Sicherheit seines inneren und äußeren Wesens war bis in ihre Grundfesten hinein erschüttert worden. Es lag durchaus in seiner Natur, den Augenblick zu genießen, und Ulrich hatte ihn genöthigt, über diesen hinaus zu denken; das konnte, das wollte er dem Freunde nicht verzeihen. – Wenn er jetzt zu Beuthens ging, lag die Vorstellung, daß er Susanne heirathen und sich mit ihr verloben müsse, wie ein Alp auf seiner Brust. – Früher, als dieser Gedanke – obgleich er stets die naiven Züge des Selbstverständlichen trug – immerhin nur unbestimmt, wie eine am Zukunftshorizont emportauchende Phantasie die heitere Seele des jungen Künstlers durchflattert hatte, gab es nichts Lieblicheres als ihn; – erst seit der Stunde, da er zur moralischen Nothwendigkeit geworden war, umgab ihn der trübe Dunstkreis einer beängstigenden Schwüle.

Trotzdem dachte Felix keinen Augenblick daran, sich dem Zwange dieses neugestalteten Gedankens zu entziehen, denn Susanne selbst hatte ja Nichts von ihrer Anziehungskraft verloren; im Gegentheil: sie wurde ihm mit jedem Tag lieber! – Sie blieb nach wie vor sie selbst; sie gab keinen Augenblick ihre sprudelnde Originalität auf, und doch ging sie jetzt fast völlig in seinen Interessen, Hoffnungen und Zukunftsplänen unter, als hätte ihr geahnt – wovon sie doch in der That weit entfernt war –, daß Felix oft im Stillen seine Verlobung auf den Tag festsetzte, an welchem ihm eine günstige Entscheidung über sein Bild kommen würde.

„Was nur Erich schreiben wird? Er muß erlauben, daß Sie die Nixen sobald als möglich hier ausstellen!" sagte sie wiederholt. Und ein Mal äußerte sie: „Jeder unberührmte Tag ist ein grauer Nebeltag! – ein Tag, an dem Sie gar nicht recht leben können, nicht? – Hilda hat Erich über das Bild berichtet, aber es war nicht ganz so, wie ich es gut fand; da habe ich auch noch vier Seiten lang dazu geschrieben! Aber flott, sage ich Ihnen – nicht mit Tinte, sondern mit purer Begeisterung!"

Und als dann eines Tages Erich's Antwort kam, eine liebenswürdige, aber sehr entschieden ablehnende Antwort – da war es auch Susanne, welche abwechselnd ihren Zorn und ihre Enttäuschung kaum bemeistern konnte, während der im ersten Augenblick tief betroffene Felix schnell wieder Muth faßte und eine Zuversicht zeigte, die an herausfordernde Kühnheit grenzte.

„Lassen Sie! Schelten Sie nicht mehr!" flüsterte er ihr beim Fortgehen zu. „Ich werde noch heute heute Anstalten machen, das Bild in den Pariser Salon zu bringen. Es ist wenig Aussicht da, aber desto mehr Muth! – und je schroffer man sich mir entgegenstellt, desto lieber wird mir mein Machwerk. Man muß sich nicht gleich verdutzen lassen – ich gewiß nicht!"

„Und doch sind Sie kreideweiß vor Aerger!"

„Das thut nichts. Und ... o! es ist schön, jemanden zu haben, der Freud und Leid, Stolz und Enttäuschung mit uns theilt!"

„Sie meinen Ihren Freund?"

„Nein, meine Freundin. – Sie meine ich! – Und nachher ... heute Abend, wenn ich die nöthigen Briefe nach Paris geschrieben habe, komme ich wieder. Seien Sie nicht mehr so böse auf Beuthen, Fräulein Susanne! oder – doch ..."

„Ach, was wollen Sie?"

„Nichts – ich mag Sie nur für mein Leben gern böse sehen! Adieu – adieu, Fräulein Susanne!"

Und mag es kommen, wie es will, sie muß doch einmal mein werden. Und heute noch soll sie es wissen! dachte er einen Augenblick, nachdem er gegangen war. Aber gleich darauf besann er sich wieder; – wäre er nicht so vielen Leuten auf der Straße begegnet, er hätte laut aufgelacht: Arm, jung und unberühmt! – Um Gottes Willen nicht noch eine Sorge mehr! – Man sah ja, wie es ging, man sah ja, daß sich das liebe Philisterthum wie ein Bleigewicht an den Aufschwung eines Künstlers hing.

Sein Bild durfte nicht in Berlin ausgestellt werden – nicht, weil es nichts taugte; nicht, weil es nicht alles Ruhmes und aller Ehren sicher gewesen wäre, sondern weil vielleicht der eine oder andere Mensch hätte sagen können: „Mein Gott, wie kommt denn die Nixe zu dem Kopf der schönen Majorin v. Beuthen?" – Nein, erst mußte er Gewißheit über das Schicksal seines Werkes haben, dann –: süße, geliebte, kleine Susanne! verführerisches Nixlein und ... er lächelte mit einer unbeschreiblichen Bewegung vor sich hin: gutes, selbstloses kleines Geschöpf! – dann! ja dann!

So wogte die Unbestimmtheit rastlos in ihm auf und nieder; und bald war es der Wind des Schicksals, der ihre Wellen emportrieb, bald wieder ein geheimer Strudel des eigenen innersten Wesens.

○○○

Die folgenden Wochen wurden zu einer Zeit gespanntester Erwartung. Felix korrespondirte fast täglich nach Paris; aber die endgültige Entscheidung konnte noch auf Monate hinausgeschoben werden. Doch nicht allein die in Ungewißheit verzerrten Züge seiner Zukunft machten den jungen Künstler um diese Zeit in eigenthümlich sich steigernder Weise reizbar. Etwas anscheinend ganz Fernliegendes trat hinzu, um seine Verstimmung zu erhöhen. Eine Cousine Erich's, eine reiche junge Dame vom Lande, hatte sich verlobt und befleißigte sich, Hilda mit sehr vielseitigen Besorgungen für ihre Ausstattung zu beauftragen. Natürlich wurde Susanne verpflichtet, der jungen Frau hierbei zur Hand zu gehen, denn Rath und Hülfe des in Berlin wohnenden Bräutigams genügten nicht immer; und so waren denn beide Damen oft von Morgen bis zum Abend nach den verschiedenen Stadtteilen hin unterwegs.

Daher kam es, daß Felix gar häufig Niemanden zu Hause traf, wenn er bei Beuthens vorsprach. Und fand er die Damen wirklich einmal vor, so entbehrte er doch die alte feingestimmte Gemüthlichkeit und das ungetheilte Eingehen auf seine Interessen und Verhältnisse, nach welchem er um so mehr dürstete, als es ihm bereits eine liebe Gewohnheit geworden war.

Nicht, als ob Susanne in der Alltäglichkeit ihrer augenblicklichen Verpflichtungen wirklich innerlich aufgegangen wäre. Das Ausstattungskapitel hatte vielleicht anfangs, einer mädchenhaften Schwäche begegnend, gelegentliches Interesse in ihr erweckt, sie aber in kürzerer Zeit von selber gelangweilt; und sobald sie sah, daß Felix unter der unschönen Hast des augenblicklichen Treibens litt, steigerte sich ihr Gelangweiltsein bis zur leidenschaftlichen Verachtung aller jener Dinge, um welche sie sich wohl oder übel zu bekümmern hatte.

Außerdem ärgerte sie sich mit der ganzen Übertreibung ihres jungen ungestümen Gemüthes über Hilda, welche nicht zu bemerken schien, wie sehr es Felix verdroß, wenn auch in seiner Gegenwart Probenaussuchen und Wohnungsbesprechungen kein Ende nehmen wollten, gerade als gäbe es nichts Wichtigeres in der Welt, als diese Ausstattung und als hätte dieselbe jede Erinnerung an ein gewisses Nixenbild verdrängt, was doch im Grunde nicht einmal bei Hilda der Fall sein konnte.

Daher kam es, daß Felix' Ohr jetzt oft einen ungeduldigen Seufzer des kleinen Schwarzkünstlergenies auffing und sein Blick einem zornigen Aufblitzen ihrer sprechenden Augen begegnete. Ebenso verstand er, daß es auch ihrerseits nur ein Gemisch von trotziger Mißstimmung und idealen Zartgefühls war, was sie verhinderte, mitten aus der sie umgebenden Prosa heraus von jenen höheren Dingen zu reden, welche ihm gerade am Herzen lagen. – Aber das änderte nicht viel an seinem Unbehagen; die Prosa war einmal da und Susanne war für den Augenblick in ihr gefangen.

Einmal hatte er Gelegenheit, sich gegen das geliebte Mädchen auszusprechen; und ihr Zorn über die gegenwärtige häusliche Lage war wieder so unbeschreiblich reizend, daß er sich um ein Kleines mit der ganzen Ausstattungsangelegenheit versöhnt haben würde, wenn nicht im nämlichen Augenblick der ebenso geplagte als Andere plagende Bräutigam erschienen wäre und man nach Verlauf weniger Minuten Susanne, mit der sich Felix soeben plaudernd in den Hintergrund des Zimmers zurückzog, auf das Eiligste abgerufen hätte, damit sie über tausend eingezogene Erkundigungen Bericht erstatte. – Felix war unangenehmer berührt als je und gab sich kaum Mühe, seinen Aerger zu unterdrücken; mit einer fast komischen Verzweiflung ergriff er den nächsten Augenblick, um sich zu empfehlen.

„Entsetzlicher Mensch!" rief Susanne, als auch der Bräutigam gegangen war.

„Das finde ich gar nicht," warf Hilda kopfschüttelnd ein.

„Aber ich! Herr Gott, dies pedantische Huhn!"

„Es ärgert Dich nur, daß Felix ging," erwiderte die junge Frau langsam.

„Allerdings. Er mag es nicht! – Warum redest Du in seiner Gegenwart immer mehr, als nothwendig ist, von dieser jammervollen Einrichtung? – Es langweilt ihn. Es ist auch bodenlos langweilig!"

„Warum? Es liegt doch in allem diesem ein schöner Sinn," sagte Hilda mit leiser, beinah bewegter Stimme.

„Findest Du?! – Ja, wenn man so ohne weiteres in irgend eine kleine Kabuse hineinheirathen könnte und leben wie die Götter! Aber all' dieser Schnack! Man müßte sein Nest bauen wie die Vögel – so in den Felsen kriechen können wie die Uferschwalben! oder reisen, immer miteinander reisen – himmlisch!"

„Du bist phantastisch, Susanne!"

„Und Du ... Du bist eine praktische Hausfrau! – Zwischen Mensch und Mensch, zwischen Erich und Felix ... ich meine zwischen Mann und Mann ... ist doch wahrhaftig ein Unterschied! – Das mußt Du einsehen; Du willst aber nicht!"

„Nein, ich will auch nicht, denn ich finde es beleidigend. Gesetzt den Fall, Felix verlobt sich, so würde ich es beleidigend für seine Braut finden, wenn er nicht gern an seine zukünftige Häuslichkeit dächte."

Susanne lachte hell auf. „Beleidigend für seine Braut?! – Besagte Braut wäre doch wahrhaftig nicht identisch mit ihren einstigen Stühlen, Sophas, Dienstmädchen und sonstigem Hauskram!"

Sie lachte noch einmal, schüttelte Hilda, die gerade ihr Kindchen auf dem Arme trug, übermüthig an der Schulter und tanzte wiederholt wie toll im Kreise herum. Dabei hielt sie die Hände vor's Gesicht, denn sie weinte, aber ohne über ihre Thränen nachzudenken. – Hilda sah mit tief traurigem Ausdruck zu ihr hinüber, doch sobald der rosige Mund ihres Töchterchens schelmisch zu plaudern begann, hob sich der Schatten von ihrer Stirn wie ein loser Hauch. Die junge Frau war glücklich, ohne zu lachen – und Susanne lachte, ohne glücklich zu sein. – beide Cousinen hatten sich heute für's Erste nichts mehr mitzutheilen.

Unterdessen ging Felix hastig am Kanal entlang und fragte sich bei jedem männlichen Wesen, das ihm begegnete, ob es wohl das Ansehen eines Bräutigams habe. – Er mußte den Vorübergehenden wie ein höchst eiliger Mensch erscheinen und war doch durchaus müßig.

Ohne das Geringste inzwischen unternommen zu haben, stand er einige Stunden später, unruhig gegen die Fensterscheiben trommelnd, in seinem von traulicher Dämmerung erfüllten Atelier. Seine Gedanken jagten nicht in gewohnter gerader Linie nach dem verhängnisvollen Paris – rastlos umkreisten sie Susannes pikantes Bildchen und schlichen in seltsamer Ideenverbindung um jene tausend geringfügigen Zufälligkeiten, in welchen sich jüngst das prosaische Unbehagen des Beuthen'schen Hauses wie in unzähligen kleinen Brennspiegeln gefangen hatte.

Ulrich machte mehrmals Miene, ihn anzureden, zog sich aber immer wieder in sich selbst zurück. Endlich ermannte er sich und sagte: „Du warst heut' wieder bei Beuthens. – Soll das wirklich so fort gehen?"

Felix fuhr auf; die Worte des Freundes schnitten tief in sein

Gewissen. Doch er wollte sich wehren. „Ja," sagte er halb trotzig, halb beiläufig. – Aber bei dem unnatürlichen Klange seiner Stimme brach er zusammen. „Ulrich!" rief er und mit einem schneidenden Schmerzensschrei warf er sich vor dem Freunde auf einen Stuhl nieder und begrub das Gesicht in den Händen.

Dann trat eine lange Pause ein.

„Rede!" sagte endlich Ulrich bebend.

„Ich kann nicht," antwortete Felix; und nach einer Weile setzte er tonlos hinzu: „Warum hast Du mir das gethan?"

Ulrich schwieg.

„O Himmel! – Ulrich, wir waren so glücklich eh – eh Du mir damals vom Heirathen sprachst. Warum hast Du uns geweckt?"

„Weil ich ..." Weil ich Dein Freund bin, wollte Ulrich sagen; aber er stockte und murmelte gesenkten Blickes: „Weil ich mußte."

„Hast Du nie gehört. daß man Nachtwandler nicht bei Namen rufen darf?" schrie Felix wild, und grimmige Thränen schossen über sein Antlitz. „Nun sind wir auf die Erde gestürzt!"

Ulrich wandte sich ab; die wüsten Laute zerrissen sein Herz. – „Ihr hättet es früher oder später doch gethan. Und noch ist es vielleicht Zeit, sie zu retten."

„Sei still, sei barmherzig! Heute Abend nicht mehr!" flehte Felix. „Geh'! und laß uns auch unseren Weg gehen! – Wir werden ihn schon finden. – Wir wollen doch glücklich sein! Ich sage Dir, wir wollen!"

Die letzten Worte hatt er auf einmal wieder jauchzend gerufen; aber Ulrich ließ nicht nach. „Du richtest sie zu Grunde," sagte er mit der Stimme unumstößlicher Gewißheit. – Der Vorhang seiner verschleierten Augen schien plötzlich zu zerreißen; ihr Blick wuchs in die grenzenlose Zukunft und brannte verzehrend in Felix' Seele hinab.

„Schweig!" knirschte der Gepeinigte.

„Du mußt von ihr lassen!" wiederholte Ulrich.

„Ich kann aber nicht! Und ich will nicht, denn – sie liebt mich!"

„Will nicht? – Felix, hör' mich! – Hörst Du mich, Knabe? Dies Mädchen wird elend untergehen, wenn Du sie nicht läßt."

„Und wenn ich sie lasse, wird sie es dann nicht? Und – und so wahr ein Gott ... so wahr Du bis heute mein Freund warst: sie heirathet doch keinen Anderen mehr!"

„Wenn Du nicht ein Kind wärst, wärst Du ..."

„Nun, was wäre ich? – nun? Ein Schuft? Meinst Du, ein Schuft?"

„Ja."

„Ich danke Dir!" Wild auflachend fuhr Felix empor. Aber er besann sich wieder. – „Ulrich," sagte er traurig, „sind wir denn nicht Freunde?"

„Ich denke," stieß Ulrich hervor.

„So vergiß den heutigen Abend, wie ich ihn vergessen will."

„Du nicht, Felix! – Du nicht!"

„Laß das! – Es würde nichts gebessert, wenn ich sie jetzt miede," antwortete Felix mit Nachdruck, indem er plötzlich selbstbewußt das Haupt emporhob und sein Ausdruck wieder in den alten stürmisch-glücklichen Künstler- und Jünglings- leichtsinn hinüberspielte.

„Dann mußt Du sie zu Deiner Frau machen."

„Ha! also wirklich? – Du weißt, daß ich das nicht kann. – Heirathen? jetzt? – Und ..."

„So verlobe Dich mit ihr!"

„Um ... Du weißt es ja – um sie doch nicht zu heirathen? – Teuflisch!"

„Ja, teuflisch!" betonte Ulrich, am ganzen Leibe zitternd.

Eine Minute nach der anderen verstrich und Felix schwieg.

„Ich kann nicht heirathen!" brach er endlich hervor; und dann trat wieder eine lange, bange Stille ein.

Ihn selbst durchgrauste es, als sei jetzt ein für alle Mal der Würfel gefallen. Stöhnend fuhr er auf seinem Stuhl herum und sah wirr zu Ulrich auf. „Was habe ich gesagt?" fragte er leise. „Ich glaube, ich könnte es nicht. – Tag für Tag bin ich mit dem Vorsatz hingegangen, mich mit ihr zu verloben. Später ... vielleicht kommt ein Tag, wo es sich von selbst macht. Aber heute ..." er seufzte wieder ungestüm auf – „meine ganze Zukunft schwimmt im Ungewissen ... und wenn auch nicht! ... Um's Brot malen! Ueberhaupt etwas zu müssen! – Du weißt, ich habe es nie gekonnt! – Und – eine Häuslichkeit haben – Ulrich, eine Häuslichkeit ist ein Ballast! Ich kann nicht! ich kann wahrhaftig nicht! – Diese beleidenden Kleinigkeiten wachsen zu einer Welt an, in der man erstickt. Ich kann nicht! ich kann wahrhaftig nicht!"

„Einmal aber muß ein Jeder. Und jetzt mußt, jetzt sollst Du von ihr lassen!"

„Nein!" schrie Felix, mit der geballten Faust auf den Tisch schlagend, und eine markerschütternde Angst klang aus diesem einen Wort, während er wie gebannt in das Gesicht des Freundes blickte, dessen zum Ausdruck ungewöhnlicher Energie angespannte Züge in diesem Augenblick das Uebergewicht einer unwiderstehlichen moralischen Größe ausstrahlten.

„Gut, so betrüge sie," sagte Ulrich mit schauerlicher Langsamkeit.

„Mach' mich nicht toll! – Wer sagt Dir, daß ich sie betrüge? Wer sagt Dir, daß sie mich heirathen will?"

„Wer sagt Dir, daß sie es nicht will?"

Felix' Gesicht nahm plötzlich eine seltsame Starrheit an. „Laß mich!" rief er abgebrochen. „Es ist ja doch, wie es ist! – Haben wir uns etwa lieben wollen? – Wir haben auch gemußt! – Freilich, freilich, doch – gemußt," fuhr er murmelnd gegen sich selbst fort, indem er immerwährend vor Ulrich auf und ab schritt.

„So wirst Du nach wie vor zu ihnen gehen?" fragte dieser leise.

„Ja, und am liebsten auf der Stelle! am liebsten heute Abend noch!" – Felix hatte diese Worte in wildem Triumph gerufen, und wahrscheinlich, um ihre Wirkung auf Ulrich zu mildern, setzte er zögernd hinzu: „Und Du? Wirst Du nicht mehr hingehen?"

„Ich? nein. – Ich so selten wie möglich; schon weil ich nicht ohne Dich dort sein würde."

„Oh!" sagte Felix, „giebt es denn nur einen Weg zum Glück? – Nein! das Herz läßt sich nicht knechten! meins nicht! – Es giebt so viele Wege zum Glück, als es Menschen giebt."

„So versuche den Deinen."

„Ulrich, sei wieder gut! – Martere mich nicht! – Laß uns vom Strom treiben! – laß nur das Schicksal machen – es wird schon! – es wacht über uns Allen."

Ulrich zuckte zusammen, als träfe ihn etwas in das Innerste seines Lebens.

Dann reichten sie sich plötzlich und unwillkürlich die Hand.

Felix entzog die seine zuerst. – „Teufel! Ich muß glücklich sein!" rief er mit zitternder Stimme. „Susanne und ich ... Solange ich es ertragen kann, sie nicht zu heirathen, werde ich sie nicht heirathen. – Wir wollen glücklich sein auch ohne eure Traditionen!"

Aber es blieb zweifelhaft, ob er an seine eigenen Worte glaubte; sein Gesicht war blaß wie selten, und sein glänzendes Auge hatte einen ängstlich fanatischen Ausdruck.

○○○

Seit dieser Stunde wußte Ulrich, daß der Freund nicht ausschließlich aus Leichtsinn, sondern nebenbei aus einer Art durch seine – und vielleicht auch Susannes – Natur gerechtfertigten Prinzips handelte, und deshalb fühlte er sich rechtlos, ihn ferner zu hindern. Was ihn seine Zurückhaltung kostete, erfuhr nur ein kleines verschwiegenes Heft, in welches er seine Poesien einzutragen pflegte.

Indessen wollte Felix glücklich sein, und das Schicksal schien ihm freundlich an die Seite zu treten. Die alte freie Gemüthlichkeit kehrte in die Beuthen'sche Atmosphäre zurück, denn die Ausstattung der reichen Cousine war endlich vollendet und auch alle übrigen Heirathspräliminarien schienen geschlossen zu sein. Hilda's Häuslichkeit war wie einst eine ideale, man hörte nirgends ein prosaisches Maschinenrad knarren.

Felix sprach nachgerade auch wieder rücksichtslos gegen Ulrich über seinen Verkehr bei den Damen, nur daß er das Eigentliche dabei meistens umging und sein innerstes Verhältnis zu Susanne so selten wie möglich berührte. – Dagegen wurde er nicht müde, von neuen Silhouetten zu erzählen und zu versichern, daß, wenn Susanne in dieser genialen Kunstleistung so eifrig fortführe, bald eine originelle reichhaltige Sammlung zur Veröffentlichung vorliegen würde. Und diese schien er plötzlich fast ebenso ungeduldig zu erwarten wie die Ausstellung seines eigenen Gemäldes.

Ab und zu versuchte er, auch Ulrich wieder zu einem Besuch bei Hilda zu bewegen, doch blieb es vergeblich; bis er eines Tages mit der ihm jetzt eigenen Hast und Unruhe in das Atelier trat und meldete, daß Hilda und Susanne heute kommen würden; in erster Linie freilich, um wieder einmal nach langer Zeit den Nixen ihre Aufwartung zu machen, dann aber auch, um Ulrich eine Einladung für den Abend zu überbringen, indem sie zu Ehren eines durchreisenden Verwandten eine kleine Gesellschaft um sich versammeln wollten.

Die Damen kamen wirklich; und es wurde Ulrich unmöglich gemacht, die Aufforderung für den Abend auszuschlagen.

Die Theestunden in Hilda's anheimelndem Salon vergingen schnell. Aber trotz vielseitigster Unterhaltung war die Grundstimmung des Abends keine eigentlich heitere. Susannes Lachen klang aufgeregt anstatt glücklich; – Felix wandte sich bald, wie von Angst überfallen, von ihr, bald zog er sie voll sprudelnder Lebhaftigkeit in ein Gespräch; – und Hilda's Auge schweifte mit scheuer Schnelligkeit abwechselnd zu Beiden; doch schien sie durch nichts in Erstaunen gesetzt zu werden, vielmehr drückten ihre Blicke eine sich fortsetzende Beobachtung aus, so daß Ulrich den Schluß zog, Felix und Susanne hätten in letzter Zeit immer so wie heute miteinander verkehrt. Und auf einmal wurde es ihm klar, warum ihn Hilda jetzt plötzlich wieder so angelegentlich heranzog: Ohne taktlos zu sein, konnte sie es nicht verhindern, daß Felix nach wie vor kam; aber wenn er hier war, bedurfte es bereits eines Dritten, der ihnen als harmlose Ableitung diente. Dieser Dritte wollte er nicht sein. – Ulrich nahm sich in dieser Stunde vor, nie wieder zu kommen.

Dagegen schickte er sich, durch eine Mahnung des Abends veranlaßt, am folgenden Morgen in aller Frühe an, Hilda das vor längerer Zeit einmal versprochene Malerbuch zu senden. – Er blätterte noch mehrfach darin herum, da er sich gegen die Damen verbindlich gemacht hatte, alle Künstler, welche von Felix und ihm studirt waren, besonders zu bezeichnen. Während er diese Anmerkungen ausführte, las er sich wohl hier oder dort fest; doch hinderte ihn das nicht, oft über das Buch fort auf Felix zu blicken, der drüben an seiner Staffelei eine zweite Rügenskizze auszuführen begann.

Noch bis gestern hatte Ulrich dem Freunde gegen seine eigene bessere Erkenntniß bitterlich gezürnt; heute that er es auf einmal nicht mehr; heute wußte er nicht nur, heute fühlte er auch mit der ganzen Theilnahme des treuen Genossen, daß Felix noch mehr litt als er.

„Seltsam," sagte er plötzlich erregt vor sich hin, nachdem er längere Zeit hintereinander gelesen hatte.

„Kind von einem Manne!" rief Felix, den das Malen heute ohnedies nicht recht zu fesseln schien, „was wundert Dich noch?"

„Es hätte mich allerdings nicht wundern sollen," meinte Ulrich mit eigenem Accent. „Ich las einen Passus über den Künstlermenschen Delacroix." Und tief in seine Gedanken versinkend, schob er das Buch von sich.

„Laß sehen!" sagte Felix und trat herzu. „Was ist das überhaupt für ein Foliant, den die armen Damen durcharbeiten …"

Das Wort blieb stecken; auch sein Auge war auf die Stelle gefallen, an der es von Delacroix hieß: „Er begriff nicht, wie ein Künstler die Last der Ehe schleppen mochte. Er war nicht unempfindlich für Frauengunst, ließ aber keine Neigung tyrannisch in sein Gemüth dringen."

Nachdem er gelesen hatte, blickte er erröthend auf. „Gieb das Buch nicht an Beuthens!" bat er trübe.

„Ich kann nicht anders, ich habe es versprochen. Auch glaube ich gerade nicht, daß – Susanne es lesen wird," antwortete Ulrich zerstreut.

„Es ist ja ein ganz beiläufiges Versprechen, ob Du das hältst oder nicht!"

Ulrich schien eine Entgegnung auf den Lippen zu haben.

„Meinetwegen," sagte Felix heftig, „ich habe Dir keine Vorschriften zu machen."

So wurde das Buch abgeschickt.

○○○

Und Susanne las es doch.

Gegen ihre sonstige Gewohnheit las sie jetzt überhaupt viel, denn es war ihr Bedürfniß, die Zeit des Tages, bis Felix zu kommen pflegte, rastlos mit Arbeit oder Genuß zu erfüllen; freilich ohne viel mehr dabei zu empfinden, als daß jede Stunde da sei, um zu vergehen, damit der Abend kommen könne.

Hilda war schon zur Ruhe gegangen und athmete in kummerlosem Schlaf an der Seite ihres Töchterchens, von freundlichen Träumen über Land und Meer nach dem glänzenden Pera getragen, von wo ihr der Gatte in allernächster Zeit unerwartet schnell zurückkehren sollte, als Susanne wieder einmal die von Ulrich geliehene Kunstgeschichte zur Hand nahm.

Sie kam heute zu Delacroix, den sie Ulrich einige Male besonders in Bezug auf Felix hatte erwähnen hören, und unwillkürlich versprach sie sich eine erhöhte Freude von dem vorliegenden Abschnitt.

Sie machte es sich behaglich und schlüpfte in Hilda's Boudoir, das ihr nach dem Vorzeigen der Silhouetten ein besonders entzückender Raum war.

Hoch aufathmend schlug sie das Buch voneinander. Es war so reizend, hier ganz allein bei Einbruch der Nacht zu lesen – und, was sie am Tage beunruhigt haben mochte, jetzt war es schön.

Bei jedem Gegenstande, den sie rings um sich her in zufälligem Aufblicken streifte, mußte sie an ihn denken: Dort die dumme japanische Vase hatte sie an jenem Abend mechanisch betrachtet, während er die schwarzen Werkchen in der Hand hielt. Deshalb warf sie auch heute wieder und wieder einen förmlich verliebten Blick auf den häßlichen Gegenstand. – Endlich war sie so weit gesammelt, daß sie sich mit ernsthaftem Eifer über das Buch beugte.

Eine Reihe von Seiten las sie hastig hintereinander fort; dann wurde sie zerstreut und immer zerstreuter; und plötzlich zuckte sie jäh zusammen. Ihre Hand, die auf dem Buche lag, fuhr zurück und mit starrem Ausdruck las sie noch einige Zeilen weiter.

Gieb das Buch nicht an Beuthens! hatte Felix gebeten.

„Das ist es!" schrie sie auf einmal und sah verzweifelt umher, als erwarte sie, eine Stimme zu hören, die ihr widerspräche.

Dann faltete sie die Hände und blickte mit großen entsetzten Augen immer nach der Stelle vor der Ampel, auf welcher er damals mit den Silhouetten gestanden hatte.

Schließlich löste sich die dumpfe Stille ihres Jammers. Sie warf das Köpfchen auf den Tisch und brach in wildes maßloses Schluchzen aus.

Viele Minuten – für ihr Gefühl war es eine Ewigkeiten verschlingende Sekunde gewesen – mochte sie so verharrt haben; und als sie aufblickte, war ihr Gesicht wie verwandelt. Sie weinte nicht mehr: eine fast durchsichtige Klarheit leuchtete aus ihren Augen.

Sie wußte jetzt, daß sie Felix liebe und daß sie ihn ohne Ende lieben würde. – Der selbe Augenblick, der ihr offenbarte, daß er nie der Ihre werden könne, hatte sie auch fühlen lassen, wie sie Alles, was sie an Liebe und Freundschaft besaß, jauchzend für seinen Besitz würde hingegeben haben; und das machte sie stolz. – Leidenschaftlich froh sprang sie auf. „O, ich bin glücklich! – ich bin doch glücklich!" rief sie mit hoch erhobenen Händen. Und ebenso – und vor allen Dingen wußte sie auch plötzlich, was die Gewitterschwüle zu bedeuten habe, die in jüngster Zeit auf dem Geliebten selbst gelastet hatte: es war ihm so klar wie ihr, daß er sie liebe und trotzdem nicht heirathen wollte; und das hatte seiner Brust den sorglosen Athem und seinen glanzesfrohen Augen den freien Blick genommen. – Eine schöne Saite seines Gemüthes war gerissen, und wenn er jetzt eine lustige Weise aufspielen wollte, so klang sie wild und unzusammenhängend. – O! was war er doch für ein Thor! und sie, das Mädchen, war größer als er!

Wieder und wieder dachte sie so; und ihr kindischer Trotz wuchs allmächtig über sie selbst empor und wurde in einer Stunde zum Charakter. Eine feierliche Kühnheit prägte sich mit fortschreitender Gewalt fast sichtbarlich in ihre Züge.

III

Als sie das nächste Mal mit Felix zusammenkam, lag etwas in ihrem Wesen, als sei sie verlobt. Sie lächelte ihn nicht mehr in unbewußtem Erröthen an; sie liebte ihn nicht nur, sondern sie wollte ihn jetzt auch lieben, ohne ein Hehl daraus zu machen. – Einer Anderen als ihr hätte man diese kühne Offenheit nicht verziehen, ja nicht verzeihen dürfen; doch sie gewann nur durch dieselbe an reiner Holdseligkeit und genialer Natur.

Felix war rathlos; er wurde von Wonne in Verzweiflung und von Verzweiflung in Wonne gestürzt; er konnte den alten harmlos fröhlichen Ton jetzt weniger denn je wiederfinden – und den neuen liebeheißen und liebesicheren nicht anschlagen, ohne in nächtlichem Alleinsein mit schmerzlicher Reue dafür zu büßen.

Oft dachte er, daß Ulrich Recht habe und daß er sich von ihr abwenden müsse. Aber dieser Gedanke war ihm unerträglich; und es gab nur ein Mittel, denselben zu besänftigen – nämlich täglich von Neuem zu ihr zu gehen und sich in ihrer Nähe zu berauschen.

Susanne fühlte das Alles wohl; aber sie ließ nicht nach; sie hoffte und hoffte auf das befreiende Wort; wohl auch aus Selbstsucht, denn sie hatte nur noch ein Ziel für ihr Leben: zu hören, daß er sie liebe.

Und es kam wirklich eine Stunde, in welcher sich nicht länger zurückhalten ließ, was das Herz erfüllte.

Hilda war ausgegangen, als Felix kam, und er saß allein mit Susanne.

Wie es sich machte, daß er redete, er wußte es nachher selbst nicht; es schien geradezu in der Luft zu liegen, daß sie sich endlich aussprechen mußten. Sie hatten über Ulrich geredet und darüber gesprochen, daß er nicht mehr käme und Susanne hatte gesagt: „Lassen Sie ihn doch, wo er ist! Ich mag ihn nicht! Er ist ein trauriger Philister."

Felix wollte sich immer noch wehren und sprach von Künstlerfreuden und -Schmerzen im Allgemeinen; aber dabei blieb es nicht; er redete immer lauter und überschwänglicher, und zuletzt traten ihm jähe Thränen in die Augen.

Da sah ihn Susanne an – und er sie; – und das schöne, traurige Gesicht voll auf sie gerichtet, sagte er ein einziges Mal: „Ach, Susanne!"

Dann fühlte sie plötzlich, wie er sie umschlungen hielt, und während sie sich zitternd bald an ihn schmiegte, bald sich befreien wollte, hörte sie, daß er ihr in's Ohr flüsterte, er liebe sie und er wisse auch, daß sie ihn liebe. – Dann drückte er sie plötzlich noch fester an sich und stammelte, daß er sich aber nicht binden könne; noch nicht! – noch nicht! – vielleicht ... ja, gewiß ... Nein – nein – auch später wohl nicht! – O, er wäre schlecht – er wäre ein Schuft! – Er liebe sie und wisse, daß es ein Unrecht sei, und käme doch wieder und immer wieder – er sei ein Verworfener!

Da richtete sie sich in die Höhe. „Sagen Sie das nicht! Das sollen Sie nie wieder sagen!" rief sie. „Sie sollen nicht niedrig von sich selbst sprechen und nicht niedrig von mir denken. Ich will, daß Sie glücklich und frei – ich will, daß Sie ein Künstler sein sollen! Ich – ja, ich liebe Sie!" und mit einem Schrei des Entzückens warf sie sich noch ein Mal in seine Arme. Da geschah es, daß er wieder glücklich wurde.

Und nach einer langen Weile stürzte er sich bewundernd vor ihr nieder auf die Knie und rief voll glühender Liebe: „Susanne, vergieb mir; ich habe nicht gewußt, wen ich liebte!" – Und sie streichelte ihm das fieberheiße Haupt mit den kleinen Händen und sagte kein Wort mehr. Sie war so stumm geworden – o, so stumm!

○○○

„Nun ist Alles gut," sagte sie einige Tage später zu ihm. Und sie wurde schöner vor seinen Augen und erblühte immer lieblicher und eigenartiger in ihrem Glück. Aber bei ihm war doch nicht Alles gut: sie gehörte ihm und gehörte ihm auch nicht; und er fühlte sich machtlos, die Dinge zu ändern. Je höher und leidenschaftlicher sein Herz in dieser Zeit schlug, je hellere Strahlen ihm die Sonne des Lebens zuwarf, sich widerspiegelnd in den weltentiefen Augen erster Liebe, desto mächtiger fühlte er auch sein ganzes Wesen sich entfalten, desto gährender sein ganzes Künstlerblut anschwellen.

Und so war es das Schicksal des süßen, bald so wilden, bald jetzt wieder so sanften Mädchens, daß sie den Geliebten, je reicher sie ihn mit Liebe und Freude erfüllte, desto gewisser von sich drängte. Dazu kam, daß er jetzt endlich eine vorläufig günstige Nachricht aus Paris bekam. Man wollte sich nicht an der Erstlingsschaft seines Werkes stoßen, und er wurde aufgefordert, dasselbe muthig einzuschicken.

Wie ein unermeßlicher Ocean, den er mit vollen Segeln zu durchschiffen hatte, lagen nun plötzlich Kunst und Leben im Strahlenglanz des erwachenden Ruhmes vor ihm – und er sollte sich eine Hütte am Strande bauen? Die Heirathsfrage war unter einen neuen Gesichtspunkt getreten, und er mußte sie abermals verneinen.

Und doch, er fühlte ja beständig, daß seine stolzesten Hoffnungen erst durch Susanne's Theilnahme den warmen Odem einer innersten Lebensfreude erhielten; er wußte daher nicht, was er schließlich doch noch gethan und wozu ihn das eigene Herz dennoch genöthigt hätte, wäre nicht noch ein Mal die Cousine vom Lande, jene scheinbar so zufällige Persönlichkeit, wie das Verhängnis selbst zwischen ihn und die Geliebte getreten.

Gemeinsam mit Erich, in dessen Begleitung sie die letzte Strecke ihrer Reise zurückgelegt hatte, traf sie eines Tages bei Beuthens ein, um sich in der Residenz für ihre Eltern, welchen sie alsbald entführt werden sollte, porträtieren zu lassen.

Und zwar war durch Hilda's Vermittlung Felix ausersehen, ihr Bild zu malen.

Obgleich man bereits vorläufig viel von Julia's in der Familie nicht unberühmter Schönheit geredet hatte, waren doch alle im höchsten Grade durch ihre persönliche Erscheinung betroffen; und nachdem Felix wenige Minuten mit ihr zusammen gewesen war, zeigte er sich geradezu entzückt von der ihm gewordenen Aufgabe.

Die Reize der jungen Dame waren ungewöhnlich, weil sie sich trotz vollendeter Formen und eines unvergleichlichen Farbenspiels nur selten in ganzer Fülle zeigten; denn Julie hatte eine allzu sorgfältige und allzusehr auf das Aeußere gerichtete Erziehung genossen, um sofort zu berauschen.

Aber wenn sie aufthaute, war es, als fiele die kalt schillernde Schlangenhaut glatter Salonmanieren wie durch eine plötzliche Zauberformel von der holdseligsten, sinnberückendsten Mädchengestalt.

Die Zeit drängte, und Felix begann schon am zweiten Tage sein Porträt. Aber nicht nur während des Malens schwelgte er mit reinster Künstlerwonne in Julia's Anblick, auch im geselligen Zusammensein des Tages ließ er kein Auge von ihr; und sie schien nicht ganz unempfänglich für die Huldigung des Malers zu sein, um so weniger, als sie für den Augenblick die persönlichen Aufmerksamkeiten ihres Bräutigams entbehrte, welcher vor Kurzem ein auswärtiges Kommando erhalten hatte.

Felix überließ sich Anfangs durchaus unbefangen seiner Schwärmerei und äußerte insbesondere gegen Susanne rücksichtslos seine Bewunderung, wußte er doch, daß ihn das kluge, bewegliche Geschöpf von Allen am besten begriff.

Sie that es auch dies Mal; und doch krampfte sich zuweilen ihr junges Herz qualvoll zusammen, und der Schmerz der Eifersucht warf sich mordgierig über sie wie ein wildes Thier; aber ihre Augen und Lippen lachten, und Felix ahnte nicht, was sie empfand, wenn sie ihre kleinen geistreichen Bemerkungen über die Schönheit Julia's machte.

Erst als er gelegentlich herausfühlte, daß der ritterliche Erich sein Betragen gegen die junge Dame, in welcher man die Braut eines Anderen zu respektieren hatte, unpassend fand, erst als Hilda immer kühler gegen ihn wurde und ihn nicht nur mit jenen großen scheuen Blicken maß, die er wohl an der Norne von einst, aber nimmer an der anmuthig gewandten Majorin v. Beuthen kannte, sondern ihn auch auf jede erdenkliche Weise daran hinderte, jetzt einmal allein mit Susanne zu sein – erst da kam ihm eine Ahnung seines Verbrechens.

Und Ulrich war es, welcher diese Ahnung zur Gewißheit machen sollte. Seit Erich zurückgekehrt war, hatte er nicht umhin gekonnt, trotz seines ausdrücklichen Vorsatzes wieder häufig bei Beuthens zu erscheinen, denn der Major, welcher ihn schon von früher kannte und schätzte, zog ihn ausdrücklich wieder heran und trat nach und nach in ein geradezu freundschaftliches Verhältniß zu ihm, während er sich zu Felix aus mehrfachen Gründen nicht vorzugsweise hingezogen fühlte.

So hatte denn auch Ulrich vollauf Gelegenheit gehabt, den Maler und die schöne Julie zu beobachten.

„Bist Du glücklich?" fragte er eines Tages in bitterer Ironie den Freund.

„Ja," sagte Felix nach kurzer Pause, denn es widerstand ihm, „nein" zu antworten.

„Du würdest auch glücklich sein, wenn Du mit Dreien oder Vieren spieltest anstatt nur mit Zweien," entgegnete Ulrich mit halb erstickter Stimme.

„Herr Gott, es wird immer besser!" rief Felix wild. „Bin ich ein Maler und darf mir eine entzückende Person, die ich porträtieren soll, nicht einmal ansehen? Soll ich schöne Mädchen häßlich finden? und nur mit Männern und alten Weibern verkehren? Ulrich, meine Geduld hat ihre Grenzen! Bin ich etwa verlobt? Solch' eine Puppe von Bräutigam mögt ihr kontrollieren, mich nicht! Antworte mir: Bin ich verlobt?"

Ulrich schwieg.

„Nein! nein! Gott sei Dank, nein!" fuhr Felix fort. „Ihr würdet mich an's Kreuz schlagen oder lebendig verbrennen, noch eh' mein Bild im Salon ist. – Antworte mir: Bin ich verlobt?"

„Nein, Du bist nicht verlobt; selbstverständlich nicht, sonst würdest Du Dich anders betragen."

Felix' Zorn war plötzlich erkaltet. Die Würde des Künstlers und die des unschuldig herausgeforderten Menschen kam über ihn. „Nein," sagte er ruhig, „das würde ich nicht; ich würde mich um keinen Deut anders betragen, wenn ich verlobt wäre. – Nicht wahr," fuhr er dann mit einem ungewöhnlich festen, leuchtenden Blick fort, „man macht ab und zu ganz gern ein Champagnerfrühstück mit, um die Sinne zu berauschen? Aber ich weiß doch genau, wo der Wein fließt, welcher das Herz erfreut." –

Ulrich hatte das Atelier verlassen, und Felix war allein. Er erwartete Frau v. Beuthen und Julie, welche um diese Zeit zur Sitzung zu kommen pflegten; das heißt, er wußte, daß diese Beiden sofort erscheinen würden – und Diejenige, welche er heute eigentlich erwartete, war Susanne.

Sie hatte die Damen schon mehr als ein mal begleitet, um das fortschreitende Porträt zu besichtigen; warum nicht heute? – Es schien ihm aus mehr als einem Grunde gerechtfertigt, wenn sie seiner augenblicklichen Sehnsucht entgegenkäme.

Und sie that es; – freilich kam sie nur, um kurz darauf wieder zu gehen.

Er begleitete sie als Wirth selbstverständlich bis an die Thür des Ateliers. „Susanne, gieb mir Gelegenheit, Dich ein einziges Mal wieder allein zu sehen," sagte er hier dann kaum hörbar, „sonst ..."

Sie sah auf, und es zuckte so ungewohnt leidenschaftlich um ihre Lippen, daß ihm das Wort auf der Zunge stockte. Aber als er das nächste Mal um die gewohnte Abendstunde zu Beuthens kam, fand er sie, die ihn schon vom Fenster aus erspäht hatte, doch im Korridor stehen.

Sie sah ihn mit großen Augen durchdringend an und

lächelte, während ihre Wangen heiß aufglühten. Da las er mit einem Blick Alles von ihrem Gesicht. „Du hattest Dir vorgenommen, mich nicht allein zu sprechen – und nun kommst Du doch?" flüsterte er.

Sie nickte, und er zog sie hastig an sein Herz.

„Susanne, bist du eifersüchtig?" fragte er weiter.

Sie antwortete nicht; aber er fühlte das Beben ihrer kindlich zarten Glieder, und leise abgebrochene Seufzer schlugen an sein Ohr.

„Ach, arme Susanne!" sagte er mit unstätem Blick und küßte sie wiederholt.

Da blickte sie eine Sekunde lang glückselig zu ihm auf; dann taumelte ihr Köpfchen in seinen Arm zurück, und ihr ward zu Muth, als schlügen weiche, sommerblaue Meereswogen schmeichelnd über ihrer heißen Brust zusammen.

„Wie könntest Du mich küssen, wenn Du eine Andere liebtest," lispelte sie, „und Du bist frei, frei, frei! Gott sei Dank, daß Du es bist!"

„Und ich wollte, ich wäre es nicht in diesem Augenblick – tausend und tausend Mal, Susanne, wollt' ich, Du wärest weniger groß und hättest mich unauflöslich an Dein süßes Joch gebunden! Warum bist Du nicht wie andere Mädchen? Susanne, sind wir glücklich oder sind wir es nicht?"

„Wenn Du es nicht bist, verlobe Dich!" flüsterte sie auf einmal neckisch und machte sich widerstrebend los. „Aber dann dürftest Du nie eine Andere bewundern," setzte sie nach einer Weile ernst hinzu, und ihre Augen flammten räthselhaft.

„Und wenn ich es doch thäte?"

„Dann würde ich unglücklich," sagte sie mit tragikomischem Pathos und verschwand plötzlich durch eine Seitenthür.

Felix wartete noch einen Augenblick, bevor er den Salon betrat; sein Herz schlug so menschlich warm, so sehnsüchtig zum Zerspringen; was war ihm heute Abend die schöne Julie? und doch, als er sie wiedersah, sprühte sein Auge entzückte Bewunderung. Aber wenn ihn nur das Kleid der vorüberhuschenden Susanne streifte oder ihr leichter Schritt neben ihm über das Parquet glitt, bebte er im Innersten seines Daseins auf; zu ihr zu sprechen oder sie anzublicken, wagte er in diesen Stunden kaum.

○○○

So wurde seine Seele von immerwährendem Zwiespalt zerrissen; und vergeblich war das Bemühen des Mädchens, ihn mit silbernem Lachen über den Abgrund hinwegzutragen.

Es kam so weit, daß er sich nach dem Ende dieses Zustandes sehnte und unbewußt auf ein Ereigniß hoffte, welches, mächtiger als er, ihn von Susanne trennen würde.

Dieses Ereigniß blieb nicht aus, aber obgleich es ersehnt war, würde es ihm dennoch zu früh gekommen sein, und er hätte nicht die Stärke des Entschlusses gehabt, es auszunutzen, wenn ihm nicht Susanne selbst, die mit klaren Augen in seiner Seele las und ihre eigene Widerstandskraft allmählich erlahmen fühlte, in einem Augenblick dazu geholfen hätte, als er es am wenigsten ahnte.

Felix kehrte eines Abends um die gewohnte Zeit aus der Königgrätzer Straße zurück in sein Atelier.

Draußen senkte sich, eingehüllt in weiche, ahnungsvolle Schatten, eine laue Frühlingsnacht auf die Erde; und so hold verschwiegen und zugleich so lieblich offenbar wie diese Nacht war auch das Geheimniß der Liebe heute Abend zwischen ihm und Susanne hin und wider geflogen.

Die schöne Julie war abgereist; doch Erich und Hilda waren fortwährend zugegen gewesen und hatten eine ausschließliche Unterhaltung zu Zweien unmöglich gemacht.

Aber trotzdem war wohl kein Wort von den Lippen der Liebenden gefallen, sei es auch bei Gelegenheit eines noch so abseits liegenden Stoffes geäußert, ohne daß es für sie selbst einen besonders anmuthigen, Alles umfassenden und Alles enthüllenden Sinn gehabt hätte.

Felix hatte noch ein Mal im wahren Sinne des Wortes den Augenblick genossen.

In dieser Stimmung betrat er das Atelier.

Kaum jedoch hatte er die Schwelle überschritten, als er sich von irgend Etwas fremd getroffen fühlte. Er blickte in halber Benommenheit hastig durch die Dämmerung um sich her und fand, daß Ulrich wieder ein Mal in gräßlichster Weise aufgeräumt hatte. Das war vorläufig Alles. Dann rief er nach ihm – keine Antwort. Er sah in Ulrich's Zimmer und fand es ohne Erleuchtung. Das Doppelgenie war also ausgegangen; seltsam! denn es war heute weder Maler- noch Schriftstellerklub.

Felix konnte sich des Freundes Abwesenheit zu dieser Stunde nicht erklären, legte sich aber auf geduldiges Abwarten.

Zunächst wollte er Licht anzünden; dann aber muthete ihn die wachsende, Phantasie und Herz entfesselnde Dunkelheit des stillen Raumes besser an; er öffnete alle Fenster und schritt eine halbe Stunde lang auf und nieder, bald singend, bald pfeifend, bald auch in Rückerinnerung des genossenen Abends verstummend.

Auf ein Mal blieb er mitten im Zimmer stehen. Von ungefähr hatte ihn eine Ahnung der Wahrheit überfallen. „Ulrich!" schrie er so laut, daß es aus dem Vorrathswinkel der Staffeleien im Echo zurückklang. Dieser Ton traf ihn vollständig unheimlich; um keinen Preis hätte er jetzt ein zweites Mal rufen mögen. Eilig machte er Licht an und sah sich mit vollständig regen Sinnen um: Ulrich's Paletten, Pinsel und Malkasten, seine Skizzen und Taschenbücher waren fort; – er leuchtete in den Winkel: auch die Feldstaffelei fehlte.

Er riß die Thür nach des Freundes Zimmer auf – Alles wie ausgestorben; er öffnete Schrank und Kommoden – sie waren leer.

Er leuchtete hierhin und dorthin, keine Spur. Da, endlich! auf dem Tisch vor der Chaiselongue lag etwas Weißes unter einem Briefbeschwerer. Er stürzte darauf los und entfaltete das lose zusammengekniffene Blatt. Es enthielt die wenigen Zeilen:

„Eigentlich wollte ich Dir heute Abend noch ausführlich schreiben, aber die Reisevorbereitungen haben mich zu lange in Anspruch genommen. In wenigen Tagen erhältst Du Nachricht. Möchte uns Beiden die Kraft werden, das Schicksal noch ein Mal zu bewältigen. Ulrich."

Felix legte das Blatt lautlos bei Seite. Mit hocherhobenem Haupt blieb er am Tische stehen. Es sah aus, als mache er sich stark, einen Gedanken nach allen Seiten hin auszudenken.

Mit List und Gewalt hatte er bis zu diesem Augenblick alles dahin Zielende von sich abgewehrt! jetzt war es nicht mehr möglich, und er mußte sich gestehen, wie es ihm eigentlich nichts Neues mehr sei, daß auch Ulrich Susanne liebe.

Und je länger er darüber nachdachte, desto mehr überkam ihn ein Gefühl der Scham gegenüber der großen Selbstbeherrschung in der Brust dieses kleinen anscheinend so verzärtelten Mannes. „Lieber Himmel, warum konntest du ihn dies Mal denn nicht verschonen? Warum mußtest du ihn ein zweites Mal so hart treffen?" fragte er schmerzlich. Und grollend mit sich und dem Schicksal, ging er wieder unruhig auf und ab, unwillkürlich immer suchend, ob nicht noch eine weitere Spur des fortgegangenen Freundes zu entdecken sei. Er fand lange Nichts und nur, als er endlich auf der Schwelle seines Schlafzimmers stand, wehte ihm ein offenbar auch noch von Ulrich herrührendes Papierstückchen entgegen. Begierig nahm er es auf und sah, daß es Verse waren:

Nur ein sanfter Hauch bewegt die grünen Blätter;
Und sie wehn in Zittern –
Und ich sollte nicht geheim erbeben dürfen
Vor den Ungewittern,
Die durch meine Seele wild und lautlos jagen
Manchen Mond und Tag?
Die kein Sommer stillt – kein Frühling übertönt,
Mit Nachtigallenschlag?

Das kleine Lied war so recht „Ulrichsch".

Felix' Hand, die das Blättchen hielt, zitterte. Er dachte nicht mehr an Schlafengehen. Er stellte eine künstliche Beleuchtung her und versuchte zu malen, aber es gelang ihm nicht. Der Mensch redete heute Abend einmal lauter als der Künstler. Seine Gedanken waren nicht bei der Sache.

„Er würde sie geheirathet haben!" rief er plötzlich bitter auflachend und lief nun abermals lange, lange rastlos durch das weite, öde Atelier.

○○○

Die folgenden Tage verbrachte er in großer Aufregung. Er ging zu allen möglichen Bekannten und suchte auf behutsame Weise zu erfahren, ob Jemand wisse, wohin Ulrich gereist sei; aber Niemand hatte eine Ahnung. Zu Beuthens zu gehen, konnte er sich nicht entschließen, denn er war sicher, daß Ulrich's Verschwinden ihnen ebenso räthselhaft sein würde, wie ihm selbst, und außerdem wußte er nicht, ob er ein Recht habe, das Geheimniß des verschwiegenen Freundes vor Susanne zu enthüllen.

Schließlich quälte ihn das fortgesetzte Fernbleiben von ihr am meisten. Unzählige Mal trat er deshalb im Laufe des Tages vor ihr Bild.

Unwillig schüttelte er wohl manchmal den Kopf, wenn er davor stand, und zornig abwehrend war zuweilen der Blick, mit welchem er in ihr wellenumschmiegtes Gesichtchen sah; aber nicht lange, so verklärte sich sein Unmuth: mit strahlendem Auge trank er den Zauber selbst ihrer gemalten Erscheinung, und es war, als spräche er zu ihr: „Ich möchte Dir wohl grollen, wenn Du nicht gar so reizend wärest und ich Dich nicht so unbeschreiblich lieb hätte!"

Und endlich, am vierten Tag, kam auch der ersehnte Brief von Ulrich. Er war von München datirt und lautete: „Freund, Du wirst Dich gewundert haben und vielleicht mehr als das.

Doch ich konnte Dir die Aufregung dieser Tage nicht ersparen. Ich habe gekämpft bis hart an die Unmöglichkeit hinan. Noch einmal sehnte ich mich nach Liebe, und sie ist mir nicht geworden. Der Ort ist ja ebenso unschuldig daran wie manches Andere. Aber es hat mich, wenn nicht Europa-müde, so doch Berlin-müde gemacht. Ich konnte diese kalte moderne Residenz mit ihrem schreienden Kunstenthusiasmus und ihrem öden Philisterherzen nicht ertragen.

Vielleicht ist es der schnöde Zorn des Sohnes, welcher der Mutter grollt, daß sie ihm einen ihrer traurigen Charakterfehler vererbt hat, denn ich bin mehrfach selbst ein Philister genannt worden.

Genug, ich mußte fort. – Ich gehe nach Italien. Wenn es wo einen Trost für mich giebt, so lebt er dort.

Du wirst mir nicht folgen. Ich weiß, was Dich hält. Du hast es mir nicht sagen wollen oder können; aber ich las es aus Deinem Wesen, daß Du trotz aller Vorgänge der letzten Zeit jetzt mit ihr von Deiner Liebe gesprochen hast; und schon dies Aussprechen ist ein Band, das Dich halten wird, denn es scheint nicht, als ob Beuthens den Muth hätten, Euch zu trennen. Uebrigens werde ich bald an den Major schreiben.

Ich kann nicht sagen: ‚Sei glücklich!' denn ich glaube in Deinem Verhältnis an kein Glück. Ich würde sagen: ‚Sei ein Mann!' aber ich habe auch dazu kein Recht, da unsere Begriffe über Manches zu grundverschieden sind. Was mir in Deinem Falle als Schwäche erscheint, erachtest Du als innere Nothwendigkeit, als ein vom Schicksal gebotenes Genießen. So bleibt mir Nichts übrig, als Dich und sie diesem Schicksal zu überlassen. Dein Ulrich."

Da Felix durch diese Zeilen keinerlei Weisung erhalten hatte, wie er sich in Bezug auf Ulrich's plötzliche Abreise den Freunden gegenüber benehmen sollte, war das Erste, was er nach der Durchlesung des Briefes that, daß er sich auf den langentbehrten Weg zur Beuthen'schen Wohnung machte.

Aber während er die bekannten Straßen durchstürmte und

sich glühend nach Susanne sehnte, schwoll seine Seele noch von einem anderen übermächtigen Verlangen – von dem nach Italien.

Das Landschaftliche des Nixenbildes däuchte ihn plötzlich farblos und stumpf, nordisch kalt und dürftig. Italien! „Wenn es wo einen Trost für mich giebt, so lebt er dort!" hatte Ulrich geschrieben. Und wenn irgendwo auch für ihn Vergessenheit zu finden war, so konnte sie gleichfalls nur unter Italiens ewig heiterer Bläue in sein unruhvolles Herz ziehen.

In seltsamster Stimmung betrat er die Wohnung der Freunde.

Als er nach Beuthens fragte und erfuhr, daß sie nicht zu Hause wären und nur Fräulein Brand zu sprechen sei, mußte er sich hüten, seine leidenschaftliche Freude nicht allzu deutlich zu verrathen.

Kaum war er in den Salon getreten, als ihm Susanne aus einem Nebenzimmer entgegengeflogen kam.

Sie sah nicht blaß aus, hatte aber tiefe bläuliche Ränder unter den lebhaft fragenden Augen, wodurch dieselben noch größer, als gewöhnlich erschienen.

Es war das erste Mal, daß sie sich am Tage so allein gegenüberstanden. Felix sah sich einen Augenblick fast beklommen und verwundert im Zimmer um, dann breitete er die Arme nach ihr aus und küßte sie so eigenthümlich sehnsüchtig, als wären sie wirklich eine lange Zeit getrennt gewesen und er könne sich nun gar kein Genüge thun.

Endlich rief sie: „Es ist genug! Sag' mir nun, was los gewesen ist?" Und über und über glühend wie ein eben erschlossenes Purpurröschen stand sie noch eine Sekunde lang vor ihm; dann rettete sie sich auf einen Stuhl und zog einen zweiten für ihn heran.

„Die Ewigkeit muß lang werden in der Verdammniß," sagte er, „wenn vier Tage schon so endlos sind! Aber ich konnte nicht kommen; ich war in verzweifelt ungemüthlicher Stimmung."

„Ja, was war denn?" fragte sie und beugte in reizender Spannung das lauschende Köpfchen vor.

„Als ich neulich Abends nach Hause kam, hatte Ulrich das Weite gesucht," antwortete Felix zögernd, „und erst heute giebt er endlich Nachricht."

„Und woher?"

„Aus München. Er hat Berlin für lange – vielleicht für immer den Rücken gekehrt."

„Laß ihn!" rief Susanne aufgeregt. „Er thut mir leid; aber ihm war nicht zu helfen!" Und Thränen schossen ihr aus den Augen, als sie ihn bei diesen Worten beredt ansah.

So wußte sie also wieder Alles, und er hatte nicht nöthig, noch Etwas hinzuzufügen.

„Ja," sagte er ernst und konnte doch nicht umhin, sie wieder in vollem Entzücken zu betrachten. „Der arme Kerl, auch er!"

„Schweig'!" rief sie unruhig und sah ihn flehend an.

Da warf er sich mit einer leidenschaftlichen Gebärde in den Stuhl zurück und versank in tiefes Nachdenken.

„Wohin ist er gereist?" fragte sie nach einer Weile wieder lebhaft.

Er zögerte lange; endlich sagte er sonderbar leise, ohne sie dabei ansehen zu können: „Nach Italien."

Sie fuhr zusammen und griff mit beiden Händen gegen ihre Schläfe; dann stand sie auf, und einen langen Blick nach ihm zurückwerfend, trat sie still an's Fenster.

Als er aufsah, hatte sie ihm den Rücken zugekehrt.

Plötzlich wandte sie sich verstört zu ihm. „Geht er auch nach Rom?" fragte sie.

„Ja – später," sagte Felix; und schon hatte er sie verstanden, denn er konnte ihren Anblick kaum noch ertragen; der erwartungsvolle Blick, den er in athemlosester Spannung auf sie gerichtet hatte, senkte sich plötzlich, wie auf schwerer Sünde ertappt, zu Boden.

Sie zitterte bis in die Knie; aber die Arme fest ineinander verschränkend, hielt sie sich aufrecht. Und indem sie ihn groß ansah, sagte sie hastig und beinah in einem beiläufigen Ton: „Geh' doch auch hin!"

Dann lief sie auf ihn zu und küßte ihm leicht und zärtlich die gerungenen Hände, die er in schmerzlich aufwallendem Gefühl vor die Stirn gepreßt hielt.

„Wenigstens bedanken kannst Du Dich jetzt!" sagte sie.

„Dafür, daß ich fort von Dir muß?"

„Ja, denn Du hast ja doch keine Freude mehr an mir."

„Weißt Du das? Sag' das nicht wieder, Susanne!"

„Erst recht! Es war dumm, zu denken, auch Dein Herz wäre ein Adler und flöge immer stolz und sicher auf. Es war dumm; solche Herzen haben nur Mädchen. Du mußt fort – und Italien mußtest Du auch sehen. Es paßt gut. Du bekommst ja auch bald Geld. Denn daß sie das Bild in den Salon aufnehmen, ist mir sicher. Und dort wird es gekauft!"

Darauf schwiegen sie; und nach einer Weile begann sie von Neuem: „Ich hab' es längst gewußt; und ich weiß auch, wer unser Glück zerstört hat. Er hat auch nichts dafür gekonnt. Es ist mal so! Es ist wohl oft so! Morgen packst Du hier ein und übermorgen reist Du fort. Geht es? Du, geht es?"

Er sagte weder „ja" noch konnte er „nein" sagen, denn zu Letzterem war er zu ehrlich.

Mit dem Ausdruck einer kummervollen Scham nahm er an, was sie ihm opferte.

„O, Susanne, Susanne," brachte er endlich gepreßt heraus, „ich komme mir so vernichtend klein vor!"

„Weh' Dir, wenn Du auch mir klein vorkämest!" sagte sie und drohte ihm, scherzend wie sonst, mit dem Finger.

„Holdselige!" schrie er, sie umschlingend. „Und – hör' mich jetzt, Mädchen: Ich hab' Dir noch nie Etwas geschworen, jetzt schwör' ich Dir, daß ich jedes Ruhmes werth zurückkommen will!" – und das in diesen Augenblicken gleichsam von ihr erlöste und aus allen Erdenbanden freigegebene Genie loderte in heißem Frohlocken aus Blick und Gebärde. Er sah schöner aus, denn je.

Sie lächelte ihn an; doch war ihre Kraft plötzlich zu Ende: sie sank an seiner Seite zu Boden; und wie in völliger Verlassenheit schmiegte sie ihr Köpfchen an ihn und brach in leidenschaftliches Weinen aus.

„Ich bleibe! Ich kann nicht fortgehen!" flüsterte er verzweifelt über ihr.

Noch ein oder zwei Mal schluchzte sie laut auf, dann stand sie plötzlich wieder vor ihm: „Wenn Du nicht gehst, würde ich gehen!" sagte sie kaum hörbar. Und noch ein Mal lagen sie sich in den Armen.

„Geh'! geh'!" sagte endlich Susanne. „Geh', eh' Hilda kommt!" und sie trieb ihn förmlich davon. „Und morgen beseh' ich mir noch ein Mal die Skizzen zum Nixenbild. Darf ich?" fragte sie mit gebrochener Stimme und bemühte sich, ihn noch ein Mal recht freundlich anzulachen.

„Susanne, Susanne! mach' mich nicht verrückt! Warum bist Du so hold, wie Keine sonst?" rief er mit erbleichendem Gesicht, und es war wirklich einen Augenblick lang, als kreise der blutlose Wahnsinn um sein Haupt.

○○○

Am anderen Vormittag ging sie, wie versprochen, in's Atelier. Und sie waren heute, namentlich zu Anfang, anders als gestern. Ihm schwellte der Gedanke die Seele, daß er nach Italien reisen werde; und sie schien stolz und fast glücklich über ihr Opfer zu sein.

Sie waren auf Augenblicke wie die Kinder im Genuß dieser letzten Zusammenkunft.

Wieder und wieder standen sie vor seinen Staffeleien; und wieder und wieder mußte sie ihm Stand halten und sich sagen lassen: „Die Nixenaugen, die sind es, die mir's zuerst in Deinem Gesichtchen angethan haben!" – „O, ihr lieben, geliebten Nixenaugen, wie habt ihr mich glücklich gemacht!" sagte er das eine Mal. „Und nicht blos glücklich, vielleicht auch groß, denn ihr seid es gewesen, die mir gleich am Abend des Wiedersehens so magisch in die Seele leuchteten, daß ich trotz aller Nornenenttäuschung im siebenten Himmel war! Du weißt doch, daß der siebente Himmel unser Privathimmel ist? und daß er weiter nichts bedeutet als ein großes Hippodrom, daselbst die Künstlerbande auf toll gewordenen Pinseln und Pegasussen umherreitet?"

Sie lachte unter Thränen, wie es denn heute überhaupt ein beständiges Weinen im Lachen und Lachen im Weinen war – und sagte, auf der Schwelle des Künstlerhimmels sei auch sie schon gewesen, und zwar so oft sie ihre Silhouetten geschnitten habe.

Da mußte sie versprechen, ihm alles Neue ihrer Kunst zuzuschicken; und er nannte sie sein kleines Genie und meinte, er wisse nur Eins, was ihm besser gefalle als ihre Silhouetten, das sei sie selbst und er danke es ihr tausend und tausend Mal, daß sie gekommen sei. Sie wöge alle Mädchen der Welt auf und – Gott im Himmel! er wisse nicht, wie er ohne sie bestehen solle.

Endlich bat er sie, ihm den Abschiedsbesuch bei Hilda zu erlassen; sie ahne nicht, wie marternd es sei, Hilda's verständige Schwesteraugen mit der ewig einen Frage auf sich ruhen zu fühlen – und vollends jetzt.

„Ja," sagte Susanne, kurz auflachend, „die Arme! sie hat auf eine landläufige Verlobung gehofft. Wie konntest Du ihr auch so was anthun!"

„Susanne! Du sollst nicht lachen!" beschwor er sie wild und schien plötzlich wieder verloren zu sein; aber sie umarmte ihn und bat scherzend, er solle ihr von dem Wein einschenken, der dort auf dem wüsten Frühstückstisch stände; sie wollten auf frohes Wiedersehen anstoßen.

Er that es; und hell und fröhlich klangen ihre Gläser an einander. Als sie aber ausgetrunken hatten, brachen sie selbst zusammen. Und bald darauf kam der letzte Augenblick.

ooo

Susanne war wieder auf Rügen; und was sie erlebt hatte, erschien ihr keineswegs wie ein Traum. Sie empfand deutlich auf Schritt und Tritt, daß sie anders geworden war; und wenn ihr Etwas in traumhaftem Nebel verschwamm, so war es ihr ganzes früheres Dasein. So oft sie jetzt genöthigt wurde, wieder an dasselbe anzuknüpfen, empörte sich etwas in ihr, und sie fühlte sich fremd auf der einst so geliebten Insel.

Durch die Vermittlung von Hilda, welche sehr liebevoll, wenn auch im höchsten Grade erschreckt gewesen war, als sie ihr nach Felix' Abreise Alles erzählt hatte, erhielt sie jetzt fast regelmäßig Briefe aus Italien. Sie waren voll glühender Sehnsucht nach ihr, aber auch voll glühender Begeisterung für den strahlenden Süden mit seiner völlig anderen Welt des Lichtes und der Farbenpracht, mit seiner gliederlösenden Hitze und seinem heiteren, Nichts überhastenden Dasein, welche Beide die Poesie der menschlichen Erscheinung anmuthig entfesseln und wie kein Norden in malerischer Plastik zur Anschauung bringen.

Schon daß es ihm Bedürfnis war, diese Begeisterung gegen sie auszuströmen und sie bis in's Kleinste an all seiner Künstlerwonne theilnehmen zu lassen, empfand Susanne als ein Glück; freilich war es ein aufregendes, und ohne daß sie eigentlich litt, konnte sie doch nicht mehr leichtherzig wie sonst sein.

Natürlich beantwortete sie seine Briefe stets, und zwar, wie sie ihm selbst sagte, rücksichtslos offen.

So schrieb sie ihm denn ein Mal, nachdem sie zuvor in ihrer lebhaften Weise auf Alles, was er ihr mitgetheilt hatte, eingegangen war:

„Siehst Du, wie gut es ist, daß ich Dich fortgetrieben habe? Das hindert aber nicht, daß ich manchmal, wenn ich allein bin, vor Sehnsucht, oder was es sonst ist, laut aufschreie. Dumm, elend, weibisch – nicht?

Ich glaube, das rasselnde Berlin, wo man täglich auf dem Sprung sein mußte, etwas Neues zu sehen, war besser. Hier geht Alles gleichmäßig hin; und wenn man nach etwas verlangt, heulen auch der Wind und die Wellen so sinnlos sehnsüchtig – und das macht es nicht gut.

Aber wart' nur, der Herbst ist da – bald kommen die großen Oststürme, die werden mein Herz schon todtbrausen! Schade, ich freue mich nur gar nicht darauf!

Wie ich mir jetzt selber vorkomme, namentlich, wenn ich bei den großen Steinen bin und mir vorstelle, daß ich da vor fünf Jahren oben als häßlicher kleiner Nix saß und unten stand die goldene Norne – und Du hattest für Niemanden Augen als für sie. Und jetzt liebst Du mich! Mir ist was eingefallen, das mir neu war: Geliebt sein, ist so berauschend, weil es uns in den eigenen Augen hebt; und wenn Du aufhörtest, mich zu lieben, würde ich in erster Linie nicht Dich, sondern mich hassen und abscheulich finden. So – und deshalb darfst Du mir auch niemals ernsthaft untreu werden; hörst Du, Malerherz?

Du fragst, ob ich neue Silhouetten habe? Nein – nein – nein! Es scheint, als hätte ich, seit Du weg bist, keine begeisterten Einfälle mehr, was Niemanden wundern kann, denn Nixen haben doch immer nur in den Armen des Geliebten eine Seele."

Einige Wochen später schrieb sie ihm heiterer, und gleich am Anfang der Epistel hieß es launig: „Gott sei Dank, daß wir arm und vernünftig sind! Wer weiß, wir wären uns am Ende ‚über' geworden, wenn wir uns geheirathet hätten."

Solche Briefe in ihrem durch und durch individuellen Stil waren natürlich Felix' Entzücken; und schon, um ihrer immer wieder sicher zu sein, betrieb er auch seinerseits gegen alle Malergewohnheit die Correspondenz mit Susanne lebhaft und regelmäßig.

So erfuhren sie denn Alles von einander, was ihnen wichtig sein konnte: Felix war im südlichen Italien nach mannigfachem Verfehlen und Kreuzen in einer kleinen apulischen Stadt endlich mit Ulrich zusammengekommen und hatte ihn wohl noch stiller als sonst, aber vorherrschend sanft und liebenswürdig gefunden.

„Die Sonne Italiens lichtet den Eifersuchtsgroll täglich mehr," meldete er Susanne. „Der Freund liebt und verzieht mich wieder wie früher. Er weiß nicht, daß ich mich nie von Dir losgerissen hätte, wenn Du nicht stärker gewesen wärest als ich.

Susanne, auch wenn ich steinalt würde und all' mein Erinnern zu einem Nichts zusammenschrumpfen sollte, wie Du in dem Augenblick aussahest, als Du sagtest: ‚Geh' auch nach Italien!' das könnte ich nie vergessen – nein, niemals! Und dann, als Du in's Atelier kamst – und dann ... ich höre heute nicht auf! Mädchen, einen Kuß für all das Geschreibe, und sei es noch so süß! So, ich beiße die Zähne zusammen und schlage mit der Faust auf den klapprigen Tisch meiner Wirthin; und nun geht's wieder eine Weile und ich ertrag es von Neuem! Schreib mir bald – aber schreib auch nicht zu oft; den Tag, wo Du geschrieben hast, fährt es wie Tollwuth in alle meine Pinsel.

Aber doch, schreibe nur bald   Deinem Maler."

„P. S. Den nächsten Brief richte nach Neapel *poste restante*. Eine Weile denken wir noch ausschließlich der schönen Natur zu leben. Später gehen wir nach Rom."

Als dann im Frühjahr der „Salon" eröffnet und Felix' Bild unter wetteiferndem Enthusiasmus von Künstlern und Publikum ausgestellt und schon innerhalb der ersten drei Wochen verkauft wurde, gab es wieder viel hin und her zu schreiben zwischen den Liebenden; und es wäre schwer zu sagen, wessen Jubel der größere war, der des Malers selbst oder der des mitjauchzenden Mädchens.

„Ruhm – Italien – und die Sehnsucht nach mir steigen jetzt immer abwechselnd wie Raketen in Deinen Briefen auf!" schrieb Susanne; und er antwortete umgehend: „Ja, Ruhm –

Italien – und die Sehnsucht nach Dir! Susanne, Du hast große Nebenbuhler. Aber fürchte Nichts, mein süßer Liebling! Oder glaubst Du auch an die alte Fabel, daß Künstler kein Menschenherz haben? Doch keine Raketen sind diese Drei; ich hoffe, mein nächstes Bild zeigt Dir, daß echtes Feuer in Deines Geliebten Brust glüht. Wie hätte er's sonst auch dem Silhouettchen anthun können, da es das begeisterte Reden und Schönthun so haßt?

Kind, wann werde ich Dich wiedersehen?

Sei still, mein Herz! Sag mir nur Eins: Wühle ich durch solche Worte auch in Dir wieder Schmerz auf? Dann sollst Du sie nicht mehr hören, dann nicht!"

Sie ließ ihn nicht lange auf ihre Entgegnung warten. „Schmerz wühlt es auf, wenn Du so schreibst wie neulich," antwortete sie; „aber der Schmerz ist besser als ein dummes Alltagsglück, und Du sollst mir nichts davon vorenthalten, denn er ist mein gutes Recht, wie Alles, was ich durch Dich habe."

Erst als es weiter in das Frühjahr hinein ging, wurden Felix' Briefe plötzlich seltener; und endlich schrieb er eines Tages, nachdem Susanne mehrere Wochen vergeblich auf Nachricht gewartet hatte, daß er in Rom sei. Er erging sich in lebhaften, sehr willkürlich herausgegriffenen Schilderungen römischen Lebens und Treibens, sprach von den Begeisterung sprudelnden Zusammenkünften der Kunstgenossen, seinen Besuchen im Vatikan, den Villen Borghese, Corsini u.s.w., von seiner Wohnung, seiner neuen Tageseintheilung und dem Beginn seiner klassischen Studien, unter welchen er besonders die Kopie von Tizian's „Amor sacro et amor profano" in der Villa Borghese erwähnte – eine Arbeit, die ihn ganz zu erfüllen schien.

Zum Schluß hieß es wiederholentlich, sie solle nicht fürchten, daß er sie in Rom vergesse, ein Geschöpf wie sie könne man nie und nirgends vergessen; und übrigens würden sie zur Zeit der Malaria die Zauberin Rom wieder auf einige Monate verlassen, wahrscheinlich, um nach Venedig zu gehen; Tizians Genius dürfte ihn unwiderstehlich nach sich ziehen.

Es war das erste Mal, daß Susanne nicht voll mit dem Geliebten empfinden konnte. Gleich einem Gespenst stieg es aus den Zeilen, die sie gelesen hatte, vor ihr auf. Wie das unerbittliche Grab ihres Glückes starrten die Mauern des ewigen Roms in ihre Phantasie, und ein athembenehmendes Grauen überfiel sie, so oft sie es sich in der folgenden Zeit beikommen ließ, an ihre Zukunft zu denken.

Doch wehrte sie sich mit angeborener Frische tapfer gegen solche Empfindungen und zwang ihre unruhigen Gedanken stets wieder in die Dürftigkeit des Augenblicks zurück.

Aber sie hatte recht geahnt: wirklich wurde Felix von Rom sichtlich mehr in Anspruch genommen als von den wildromantischen Landschaften der südlichen Gebirgswelt. Seine Nachrichten liefen immer spärlicher ein, und wenn er doch einmal schrieb, so waren seine Briefe ganz voll von dem, was ihn in der Kunst und im allergegenwärtigsten Leben anfeuerte, so daß die Sehnsucht nach der fernen Geliebten, gleichsam vom Augenblick verschlungen, nur noch ab und zu aus der Tiefe hervorklang, dann freilich in alter Gluth und ungetrübter Reinheit; aber das Mädchen empfand doch, daß er jetzt gut ohne sie leben konnte.

Sie war zu klug und zu gerecht, um sich darüber zu wundern, und liebte ihn zu sehr, um es ihm nachzutragen; sie fing nur an, sich sonderbar allein zu fühlen, und oft brach mitten im fröhlichsten Lachen ein leidenschaftlicher Schmerz aus ihren unbewachten Augen.

„Wie ist sie anders geworden, wie sehnt sie sich fort!" sagte der Patenonkel eines Tages.

„Ja, ich habe es auch gemerkt und lasse sie viel in der Wirthschaft thun," antwortete die Frau. „Das bringt immer am ersten auf vernünftige Gedanken."

„Strenge sie aber nicht zu sehr an, Auguste! Das Kind ist zart und rührt mich jetzt stets so."

„Nun, ihr geht doch bei uns nichts ab!"

„Das eben wissen wir nicht," antwortete der Pastor mit einem traurigen Stirnrunzeln.

Der feinfühlige alte Herr war es denn auch zuerst, welcher bereitwillig darauf einging, sein Pflegekind reisen zu lassen, als im Frühsommer eine Einladung Hilda's kam, die auf das dringendste bat, ihr Susanne wieder auf einige Monate zu überlassen, da sie es sich so schön denke, nach einem erneuten Zusammenleben mit der Cousine ihr Töchterchen durch dieselbe zu den Eltern zu senden, indem sie mit Erich für den Herbst einen bedeutenden Ausflug geplant habe, auf welchem sie leider die Kleine nicht um sich haben könnten.

Susanne ergriff die Gelegenheit, Berlin wiederzusehen, mit lebhafter Freude; und als der Tag ihrer Abreise bestimmt war, schrieb sie einen langen jubelnden Brief an Felix, in welchem es unter Anderem hieß: „Der Vergleich hinkt; aber mir ist zu Muth, als hätte ich jahrelang vergeblich an irgend einem Teiche Bethesda gelegen und wäre nun auf ein Mal gehend geworden." Schließlich bat sie den Geliebten, ihr nach der Residenz hin, welche sie auf Schritt und Tritt an ihn erinnern würde, zu antworten; und als sie am Vorabend ihrer Abfahrt noch ein Mal an den Strand hinabeilte und die von lichtem Maihimmel überspannte See blau und jauchzend an sie heranschwoll, wurde sie von einem Empfinden gepackt, als müsse sie nun geradeswegs Felix entgegenfliegen.

○○○

Susanne hatte kaum das Haus ihrer alten Jugendgespielin wieder betreten, als sie sich von Neuem so eingewurzelt in ihm fühlte, daß sie die inzwischen auf Rügen verlebten Jahre vollständig zu vergessen anfing.

Das Einzige, was sie anfangs von außen her unangenehm berührte, war, daß sie an Erich wahrzunehmen glaubte, er wisse durch Hilda von ihrem Verhältniß zu Felix und beurtheile dasselbe zwar nicht hart, aber, wie es einem verständigen Manne natürlich war, als romantische Grille.

Doch bald überwand sie das Verletzende dieser gewissen Mißbilligung, welche sie in der Stille von ihrem sonst so liebenswürdigen Wirth erfuhr, durch die kräftige Überlegenheit ihres eigenen Gefühls.

Auch begann sie nach Ablauf der zweiten Woche täglich auf einen Brief aus Rom zu hoffen; und als derselbe immer nicht eintraf, wurde ihr ganzes Denken so vollständig von fieberhaftem Warten verschlungen, daß Alles, was sonst um sie vorging, aufhörte, etwas für sie zu bedeuten.

Um sich zu zerstreuen, ging sie wieder häufig in's Museum, wo sie mit leisem Schauer empfand, wie die Liebe in mehr als einer Beziehung ihr Fassungsvermögen erweitert und ihr Urtheil geschärft hatte. So wurde es ihr dies Mal schon bei ihrem ersten Besuch klar, warum die eigenthümlich einheitliche Ruhe der antiken Statuen so großartig sei. Aber jetzt theilte sie ihre Bemerkung nicht mehr dem Onkel daheim mit; jetzt mußte sie wohl oder übel an Felix darüber schreiben. „Böser Maler," lauteten ihre Zeilen; „über vier Wochen bin ich schon hier ... aber darum schreibe ich nicht. Ich wollte nur mit Dir reden und Dir sagen, daß mir dort vorhin einfiel, warum es so großartig ist, daß die alten griechischen Bildwerke aussehen, als wären sie aus einem einzigen Gedanken geboren und hätten keinen anderen Zweck, als diesen darzustellen – während man doch denken sollte, das müßte langweilig sein. Aber das ist es, denk' ich mir: nur die glühendste Leidenschaft macht so großartig einseitig; und größer als Leidenschaft ist doch Nichts im Himmel und auf Erden! nicht? mögen die Statuen ruhig dastehen wie die Götter, ich wette, der Künstler, der sie gemacht hat, war von Leidenschaft verzehrt, als ihm ihr Bild aufging und als er sie nachher aus dem kalten Marmor schuf. Hab' ich nicht Recht, Maler? Solche durch allmächtge Kraft der Einseitigkeit zur Gottheit versteinerte und verklärte Leidenschaft, die ist es, die noch heute jeden Menschen – selbst mich – packt und die das gelehrte Volk ‚antike Ruhe' nennt. Ich hasse den Ausdruck und muß über ihn lachen, denn ich glaube nicht an ihn. Thust Du's? Schreib es mir, bitte, wenn Du noch Zeit hast für Deine Susanne – ja? bitte!"

Auch auf dieses Briefchen erhielt sie keine Antwort, und ohne es zu wissen, was sie fürchtete, kam nach kurzer Zeit ein rastloser Geist des selbstquälerischen Grübelns in sie, der endlich einer gewissen an Stumpfheit grenzenden Ruhe wich.

Schließlich hörte sie auch auf, in's Museum zu gehen, denn es that ihr weh, etwas Schönes zu sehen. Ihre Seele schloß sich wie der Kelch einer heiteren Blume vor hereinbrechender Nacht. Man erkannte das lebhafte Geschöpf von einst kaum wieder; und Hilda's klares Auge wurde in dieser Zeit von mancher heimlich vergossenen Thräne des Mitleids getrübt.

○○○

Es war schon im August, als die junge Frau eines Tages ihrer Cousine den lange geheimgehaltenen Reiseplan für den Herbst eröffnete. Jahre hindurch war es Erich's vergeblicher Wunsch gewesen, mit ihr nach Italien zu reisen; jetzt endlich schien derselbe erfüllbar zu sein. Der Major hatte den nöthigen Urlaub in der Tasche; das Töchterchen war alt genug, um in die Heimat gesandt zu werden; Freunde mit denen man gemeinsam genießen konnte, waren bereits an Ort und Stelle; denn Ulrich wurde von Beuthen in der That als Freund betrachtet und hatte sich auch seinerseits bis vor kurzem auf das gewissenhafteste als solcher erwiesen; nur seit Felix gegen Susanne verstummt war, hatten auch seine Nachrichten an das junge Ehepaar plötzlich aufgehört.

Aber das verschlug wenig, es schien eben selbstverständlich, daß die Maler um diese Zeit Rom verlassen haben würden, um erst gegen den Herbst dorthin zurückzukehren, und man stellte sich vor, daß sie bei vielfachem Hin- und Herreisen im nördlichen Italien nicht zum Schreiben aufgelegt seien. Hilda, welche sich nie nach Italien gesehnt hatte, war weniger froh im Gedanken an ihre Reise als Erich; und weil sie außerdem nur zu wohl wußte, daß Susanne mit schwerem Herzen in Deutschland zurückbleiben würde, hatte sie es so lange wie möglich vermieden, von dem ihr selbst bevorstehenden Genuß zu reden. Doch der Termin der Abreise rückte immer näher, und so war sie denn heute gezwungen gewesen, zu sprechen.

Susanne hatte der Eröffnung ihrer Cousine ohne einen Laut und ohne eine Miene zu verziehen zugehört. Sie hatte weder gelächelt noch geweint; aber sowie sie fähig gewesen war, sich zu regen, hatte sie abgewandten Blickes das Zimmer verlassen.

Erst drei Tage später löste sich ihre Zunge. Sie fiel vor Hilda auf die Knie nieder und beschwor die Erschreckte, sie mit nach Italien zu nehmen.

„Hilda! es ist das erste Mal in meinem Leben, daß ich um was bitte!" stammelte sie, als die junge Frau nicht gleich antwortete.

„Ja," sagte jetzt diese in wirrer Erregung, „früher bedurftest Du wenig, um glücklich zu sein; und was Du bedurftest, das hattest Du immer."

Da brach ein gellender Schmerzensschrei aus Susanne's Brust. „Rede nicht von früher!" rief sie und warf schluchzend das Gesicht auf Hilda's Schoß.

„Du denkst, wir gehen nach Rom?" fragte die junge Frau nach einiger Zeit unsicher und faltete die Hände über dem Haupt des Mädchens.

„Ich weiß, daß Ihr es thut," sagte Susanne langsam und erhob sich.

„Aber Felix und Ulrich ... wer weiß, wo sie sind! Ja, für den Augenblick sind sie gewiß nicht in Rom," meinte wieder Hilda.

„Wo sollten sie sonst sein?"

„Irgendwo; – aber sicher eben nicht in Rom, Kind!"

„O, Ihr mögt klug sein," hauchte Susanne mit einem leise verächtlichen Tone vor sich hin; „aber ich sage Euch, sie sind doch in Rom!"

„Und wenn sie es wären ... dann vollends ... Susanne, was wolltest Du dort?"

„Ah! Du hast es wohl vergessen, aber ich hab' es behalten, wie Du damals sagtest: ‚Er hat ein Lachen, das wie Musik klingt!' Hilda, ich komme um, wenn ich dies Lachen nicht noch ein Mal in meinem Leben höre!"

Da barg Hilda ihr Gesicht in den Händen und weinte, wie sie noch nicht ein einziges Mal in den Jahren ihrer glücklichen Ehe geweint hatte.

Als sie endlich wieder aufsah, warf sie einen fast zaghaften Blick auf das in Erwartung bebende Mädchen.

„Du sollst mit uns, Susanne, verlaß Dich auf mich!" sagte sie mit Bestimmtheit; und eine kleine Weile später setzte sie leise, wie in geheimnisvollem Sinnen hinzu: „Du bist ja immer anders gewesen als ich; und mir ist, als zwänge mich etwas, zu thun, was Du willst! Ich glaube, Du bist besser als wir Alle."

Susanne schien ihre letzten Worte vollständig zu überhören.

„Geh' zu Erich!" bat sie wie im Fieber.

Erich wollte natürlich zunächst Nichts von Susanne's Betheiligung an der italienischen Reise wissen und die Vernunftsgründe, welche er mit militärischer Sicherheit für seine Ansicht in's Feld führte, waren allerdings triftige. Aber Frauenbitten sind eine geheime Heeresmacht, die wieder und wieder von der unerwartetsten Seite her in das wohlbefestigte Lager fällt. So erreichte auch Hilda ihr Ziel und konnte halten, was sie versprochen hatte. Nach kaum acht Tagen war es beschlossene Sache, daß sie selbst zunächst ihr Töchterchen in die Heimat bringen sollte und man sich dann zu Dreien nach Italien hin aufmachen würde.

Es war natürlich, daß vorher noch ein Mal der Versuch gemacht wurde, Nachrichten über die beiden Maler zu erhalten. Beuthen schrieb in diesem Sinne an Ulrich und sandte seinen Brief an die ihm bekannte Adresse in Rom, hoffend, daß derselbe von dort aus weiter befördert werde.

Groß war daher sein und Hilda's Erstaunen, als in möglichst kurzer Zeit aus Rom selbst eine gedrängte Antwort des Malers kam, in welcher er seine Freude aussprach, Beuthens so bald wiederzusehen, und die herzlichste Bereitwilligkeit versicherte, in jeder Beziehung den Cicerone zu spielen. Aber von Felix kein Wort, und ebensowenig irgend eine Beziehung auf Susanne's Mitkommen, das Erich selbstverständlich auch erwähnt hatte.

Hilda konnte sich eines unheimlichen Gefühls nicht erwehren und wagte kaum, über Ulrich's Brief zu reden.

Als Susanne selbst ihn gelesen hatte, preßte sie einige Minuten lang die Lippen fest aufeinander; dann sagte sie nur: „In drei Wochen sind wir ja da."

○○○

Man war in Rom. Tausend Gedanken schossen durch Susanne's Hirn; aber sie dachte nicht einen einzigen aus. Nicht der ewig lebendige Herzschlag großer Erinnerungen pulsirte für sie in diesen Mauern, noch weniger der einer bunt bewegten, ihr fremdartigen Gegenwart; für sie schlug nur ein Herz in Rom, für sie lebte nur ein Mensch in dieser ewigen Stadt; und ihr eigenes Herz war das zitternde Echo von jenem, ihr eigenes selbst ein unruhiger Schatten dieses einen Menschen.

Am ersten Morgen nach ihrer Ankunft ließ sich Ulrich bei ihr melden. Erich und Hilda waren auch im Zimmer; aber sie vergaß jede Rücksicht.

„Er soll hereinkommen!" rief sie athemlos.

Und als er eintrat, das sorgenfahle, abgehärmte Gesicht scheu zu ihr erhebend, fragte sie geradezu: „Was ist mit ihm? wo ist er?"

„Er ist hier."

„Und ist er … ist er bis jetzt in Rom gewesen?"

Ulrich seufzte und bejahte es. „Er war so gesund, er ließ sich nicht abreden," sagte er müde. „Er mußte den Tizian kopieren," fuhr er dann bitter fort, „und inzwischen mußte er Anderes malen; Sie wissen, er hat das Müssen gehaßt und doch immer gethan, was er mußte."

„Was mußte er malen?" fragte Susanne gepreßt.

„Schöne Römerinnen!" war die leise Antwort. Susanne ging hinaus.

„Aber mein Gott," rief Erich, „wie konnten Sie denn im Juli in Rom bleiben!? Nicht wahr, Ihr Freund ist hier erkrankt?"

Ulrich nickte vollständig formlos; das Sprechen fiel ihm schwer.

„Was fehlt ihm?" fragte jetzt Hilda angstvoll.

„Er bekam das Fieber," war die dumpfe Antwort.

In diesem Augenblick trat Susanne, die sich Etwas umgethan hatte, wieder ein. Sie zitterte so heftig, daß sie die Thür nicht wieder hinter sich schließen konnte.

„Ich gehe mit Ihnen," sprach sie zu Ulrich.

Dann wandte sie sich an Hilda. „Laß mich!" sagte sie laut, aber tonlos, und jedes Wort hallte ihre innere Angst wider. „Kümmere Dich nicht um mich! laß mich jetzt gehen!" An Erich eilte sie vorüber, ohne ihn zu sehen.

Draußen nahm sie Ulrich's Arm. „Ist er schon todt?" fragte sie.

„Nein, noch lebt er."

„Liebt er mich noch?"

„Ja; er hat nie aufgehört, es zu thun."

„Schnell," raunte sie da und flog mehr, als sie ging.

ooo

Felix lag in seinem Atelier; und als Susanne hinter Ulrich eintrat, waren seine Blicke in gespanntester Aufmerksamkeit auf sie gerichtet.

Die Erregung des Augenblicks tauchte seine Wangen in trügerisches Roth; dennoch wußte Susanne nach dem ersten Blick in seine verfallenen Züge, daß das Wort des Todes über ihn gesprochen war.

Ein fremdartiges Grauen wehte von ihm zu ihr herüber; und erst, als sie dicht neben ihm stand und in verzweiflungsvollem Suchen tiefer und tiefer in den überirdischen Glanz seiner Augen starrte, loderte in ihnen wie durch räthselhafte Gewalt noch ein Mal der Ausdruck früheren erdenfrohen Daseins auf; und sie fühlte an dem heißen Schlagen ihres Herzens, daß er es noch war, den sie liebte.

Er sah sie fortwährend wie ein qualvoll Dürstender an. „Geh' nicht von mir, bis ich sterbe!" sagte er endlich.

Da warf sie sich an der Seite seines Lagers nieder; und all ihre Antwort war ein banger, aus der Tiefe ihres Daseins aufflammender Kuß, den sie zagend wie einen Schwur auf seine Lippen drückte.

So blieb sie bei ihm, blieb trotz Hilda's und Erich's Vorstellungen, welche ihre Pflege durch eine andere ersetzen wollten. Und Alles, was sie that, wehte ihn an wie neuer Lebensodem.

„Ulrich, Ulrice! es ist unmöglich – es geht noch nicht zu Ende!" rief er hoffnungsvoll am folgenden Tage; „sieh diese fröhlichen Gerüste meiner Arbeit!" und er warf einen leuchtenden Blick auf seine in die Ecke gedrängten Staffeleien – „wie sie meiner warten!"

Und am Ende desselben Tages sagte er zu Susanne, als sie behutsam die Schweißtropfen von seiner Stirn trocknete: „Ich kämpfe einen heißen Kampf. Sieh doch, mein Ruhm schießt zur Sonne auf wie ein Adler, und hinter ihm drein fliegt der Pfeil des neidischen Apoll. Susanne, bete, daß ich nicht auf halbem Wege sterbe! Ach, wie gut, wie Du mir anmuthig zunickst!"

Ein geheimnisvolles Siegesbewußtsein brach aus seinen Augen; und Ulrich mußte ihm seine italienischen Landschaftsstudien herbeiholen, sein „Römisches Liebespaar in der Tanzpause" vor Susanne aufrollen und ihm schließlich die kleine Leinewand reichen, auf welche ihr Porträt aus dem Gedächtniß gemalt war.

Es ist nicht möglich, daß er stirbt! dachte auch das Mädchen in solchen Augenblicken, und alles Nixenhafte und entzückend Lebendige kam wieder über sie, so daß Felix vor leidenschaftlicher Liebe wie berauscht war. Er machte Zukunftspläne; er sagte, sie müsse nun doch seine Frau werden, zog einen Ring von seinem Finger, steckte ihn an ihre Hand und flüsterte scherzend: „Todeskandidaten verloben sich nicht; Du siehst, wie stark ich wieder bin."

Und wirklich: noch ein Mal schien die Lebenskraft mit der Lebensfreude Hand in Hand zu gehen.

Bald aber erfolgte der Rückschlag: die krampfhaft angespannten Lebensfäden erschlafften von Neuem. „Der Widerstand kann nicht mehr lange dauern," entschied der Arzt im Geheimen und bat Susanne, so wenig wie irgend möglich mit dem Kranken zu reden. Er hätte es nicht nöthig gehabt, denn sie wußte Alles, was Felix bedurfte, ohne daß es ihr gesagt ward. Wortlos, wie ein hülfreicher Schatten schwebte sie seit der Minute, in welcher es wieder schlimmer mit ihm geworden war, um sein Lager; und manchmal, wenn er in Fieberträumen umherirrte, glitt sie still zu Häupten seines Bettes nieder, als thäte es ihm gut, daß sie dort mit weit geöffneten Augen lauschend Wache hielt.

„Ich weiß nicht, ob ich noch fühlen kann – ich glaube, ich kann's nicht mehr," sagte sie eines Nachts, als der Geliebte eben schlief, zu Ulrich. Er entfernte sich, denn er meinte, der Wahnsinn laure hinter den seltsamen Worten. Aber als er in ihre Augen sah, wußte er es besser. Sie waren anders, als ihm ihre Stimme geklungen hatte; sie waren groß und überirdisch still und nur wie erstarrt in einem noch unfaßbaren Weh.

Doch als er sie dann mit sanfter Gewalt auf's Sofa zog, damit sie dort ein wenig ausruhe, erschrak er zum zweiten Mal, so eiskalt und machtlos sank ihre Hand auf seinen Arm.

Sie blieb nicht lange ruhen; sie erhob sich gleich wieder und trat an das Bett zurück. „Nein," sagte sie, „lassen Sie mich doch hier, wie lange hab' ich ihn denn noch?"

Sie hatte Recht: es konnte nur noch kurze Zeit dauern. Jeder sah es. Aber es war, als ob das Schicksal selbst Erbarmen fühlte und immer zögernder ausschritte, je näher es dem Lager des Sterbenden kam.

Glühende Herbsttage schwebten noch über Rom, und die Luft, welche man von draußen durch die hohen Atelierfenster hereinließ, war schwül und gepreßt wie der Athem des Kranken. Der Arzt und Ulrich thaten alles Mögliche, um die Hitze zu mildern; nur Susanne wunderte sich, daß man es drückend finden konnte, denn sie ging wie in einem Traume umher. Stunde für Stunde mußte sie die fieberglühende Hand des Geliebten abkühlend in der ihren halten; und wenn sie allein mit ihm war, flüsterte sie: „Mein guter Maler," „Mein Felix" oder was es sonst war; zuweilen legte sie seine heißen Hände auch still auf ihr Herz und deckte sie fest mit ihren schlanken, zitternden Fingern zu, denn das hatte er gern.

„Da wagt sie der Tod nicht fortzuziehen!" sagte er noch am letzten Morgen und schaute mit einem flehenden Lächeln nach ihr um.

Ueberhaupt sprachen sie mehr an diesem Tage als an allen vorangegangenen. Und als Ulrich, der sie möglichst viel allein ließ, einmal durch die angelehnte Thür seines Zimmers hereintrat, hörte er, wie Susanne, die mit gesenktem Köpfchen, das Gesicht gerade im Profil, an der Seite des Kranken saß, plötzlich aufschreckend, sagte: „Was soll ich?" denn Felix hatte sie eine Weile scharf angesehen.

„Siehst Du," sagte er und fuhr mit der Hand über die Linien ihres Gesichtes, „ich will diesen Riß mit hinübernehmen!" Dann holte er mehrmals tief Athem, richtete sich mit Anspannung jeder Fiber in die Höhe und umarmte sie. „O, Susanne, Susanne! wie silhouettenhaft war unser Glück!" stieß er qualvoll hervor.

Darauf sank er in die Kissen zurück; kalter Schweiß bedeckte seine Stirn, und laut stöhnend warf er sich hin und her. „O, wär' ich anders gewesen – anders – anders!" murmelte er mit einem irren Ausdruck der Seelenangst vor sich hin.

„Nicht," beschwor sie ihn; „sei ruhig! Wenn Du anders gewesen wärest, hätt' ich Dich nicht geliebt."

Ein Freudenschimmer verklärte sein Gesicht.

Sie sah es, und ihre Zunge war plötzlich gelöst: „Wenn Eines Schuld ist, bin ich es, denn ich hab' Dich fortgedrängt!" sagte sie mit einem zitternden Seufzer.

Er blieb liegen, streckte aber noch ein Mal die Arme nach ihr aus. „Aus Liebe," meinte er mit ersterbender Stimme.

Da sank sie vor ihm nieder und schüttelte traurig das Haupt. „Nein," rief sie, „um Dich desto sicherer zu halten!" Und zum ersten Mal, seit sie bei ihm war, flossen Thränen über ihre Wangen.

Was sie sagte, klang nicht wie eine liebevolle Lüge – es klang wie eine ihr selbst bis zu diesem Augenblick verborgen gewesene Wahrheit.

„Du hast es gewußt!" flüsterte er. „Als Du mich frei gabst, schlugst Du mich zum zweiten Mal in Fesseln. Und wenn auch in Rom die Kunst – und ... und ... o, mein Gott! Dich hab' ich über Alles geliebt! und heute – heute liebe ich Dich mehr denn je!"

Den selben Abend um elf Uhr starb er.

Und als die Mitternacht vorüber war, saß Susanne noch wie in der Sekunde seines Todes starr und hülflos an seiner Seite, denn Ulrich wagte nicht, ihr zu nahen; er stand fern und abgewandt, das dumpfe, thränenschwere Haupt einsam gegen den Thürpfeiler seines Zimmers gelehnt.

Durch die weit geöffneten Fenster strömte hastig die Nachtluft herein und glitt kalt über Susanne's ausdrucksloses Gesicht.

Das Haupt des Todten aber war mild und freundlich.

Mit einem stolzen, fast hoffnungsfrohen Wurf lag es auf den Kissen, und ein niedriges Lämpchen übergoß es von der Seite her mit stillen, warm schimmernden Strahlen.

Plötzlich richtete sich Susanne auf: das Lampenlicht, das gerade kein Luftzug bewegte, fiel voll auf die Leiche; und in scharf geschnittenen Umrissen zeichnete es die schöne, kühn geschwungene Silhouette des Verstorbenen an die Wand.

Susanne sank in die Knie und erhob wie anbetend ihre Hände; dann brach sie ohnmächtig zusammen.

Ulrich, der aus der Tiefe des Zimmers herangetreten war, trug sie in einen Sessel. Und unbewußt, wie von wahnsinnigem Verlangen verzehrt, griff er nach ihrer Hand, führte sie erst scheu an die erbenden Lippen und bedeckte sie dann mit unzähligen Küssen. Aber er besann sich, stutzte, ließ das kleine wehrlose Händchen wieder fahren und wandte sich mit einem wilden Aufschrei zur Seite. Dann, als er sah, daß Susanne in's Leben zurückkehrte, trat er langsam, als hinge die Reue wie Blei an seinen Schritten, vor das Lager des todten Freundes; und in stummem Schmerz preßte er einen Augenblick lang, Vergebung fordernd, die erglühte Stirn gegen die kalte, farblose Wange dessen, der noch vor Stunden flammend geliebt hatte wie er.

Früh am anderen Morgen trat auch Hilda an Erich's Arm in das Atelier, ohne zu wissen, daß Felix schon todt war.

„Sie kommen zu spät," sagte Ulrich leise; und Susanne hob wie grollend ihren Schleier von dem Antlitz des Todten und sah den beiden Eintretenden entgegen, als spräche sie: Er ist todt. Was wollt ihr noch? Todt! - todt!

Hilda bebte zurück; und laut aufweinend, schmiegte sie sich fester in Erich's Arm. „O, der liebe, liebe Mensch!" schluchzte sie.

Auch Beuthen war tief erschüttert; und als sie endlich gehen wollten, trat er mitleidig auf Susanne zu und sagte, ihren Arm fassend: „Du mußt jetzt mit uns, Susanne!"

„Erst ..." stammelte sie –

„Was meinst Du, Susanne? fasse Dich!"

„Erst wenn er begraben ist, gehe ich fort!" sagte sie und stand wie angewurzelt.

ooo

Jahr und Tag waren vergangen. Vor seiner nächtlichen Lampe in Düsseldorf saß ein einsamer Dichter und Denker. Seit Felix todt war, hatte der Maler mehr und mehr dem Poeten weichen müssen, denn Ulrich war jetzt vollends in sich selbst versunken; und es wäre ihm heute unmöglich gewesen, noch anders, als dichtend aus sich herauszutreten.

Ein unheimliches Gewebe von Staub und verödeten Spinnennetzen überzog grau, wie die Vergessenheit selbst, die unbenutzten Staffeleien, und traurig aufgeschichtet lagen Paletten und Malkasten in einer einsamen Ecke.

„Wie entsetzlich ordentlich!" würde Felix rufen, wenn er auf Augenblicke von den Todten auferstehen und hier eintreten könnte.

Etwas nur aus Ulrich's Malervergangenheit hatte sich ein eigenthümliches Leben bewahrt: es war das „Waldinterieur", das eingerahmt über seinem Haupte hing und wieder wie ein Sinnbild seiner selbst auf ihn herabsah; ja, die Eigenart desselben deckte sich sogar noch genauer mit dem stillen, weltentrückten Sinnen des Dichters als mit der reizbaren Schwermuth des Maler-Poeten von einst.

Ulrich arbeitete in diesen Augenblicken nicht im eigentlichen Sinne des Wortes.

Das zierliche Bändchen in Goldschnitt, welches er in der Hand hielt, umfaßte seine eigenen Gedichte. Er hatte sie als literarisches Erstlingswerk vor Kurzem veröffentlicht, und träumerisch blätterte er jetzt wieder hin und her in dem kleinen, fast übertrieben reich ausgestatteten Buche.

Eine Welt von Kampf, ein Meer ungestillter Sehnsucht rauschte für das Ohr seiner eigenen Seele aus den so sorgfältig abgefeilten und so ironisch elegant gedruckten Versen.

Aber sein Schicksal erfüllte ihn heute nicht mehr mit Bitterkeit, denn die schöne dichterische Krystallbildung seiner einst unruhig auf und ab wogenden Schmerzen gewährte ihm einen geheimnißvollen Genuß; ein ungewöhnliches Leben verbreitete sich mehr und mehr während des Lesens über seine Züge und steigerte sich bis zum Ausdruck höchster Leidenschaft; aus seinen stillen, umflorten Augen brach es wie Funkenschein, und über sein ganzes Wesen flog ein verjüngender Schimmer; es war die aus völligem Versenken in den innersten Beruf geborene Befriedigung – das verspätete Glück.

Auf einer Seite hielt er besonders lange an. Das ihn fesselnde Gedicht trug die Ueberschrift „Schnee", und gerade, als er beim Durchlesen an die Stelle kam: „So sinket der Schnee der Vergessenheit auf klaffende Wunde und junges Leid", wurde er gestört, denn seine Wirthin trat ein und bat sehr um Entschuldigung; daß sie noch so spät „vorkäme"; sie hätte aber vergessen, als er vorhin nach Hause zurückgekehrt sei, ihm diesen Brief zu übergeben, der, wie sie sähe, wegen der ungenauen Adresse bei allen möglichen Malern Düsseldorfs herumgeirrt wäre – und vielleicht auch nicht ein Mal an ihn sei, denn er wäre doch eigentlich gar kein Maler: Erstens, weil er weder Wein noch Bier „trinken gehe", und zweitens, weil er den ganzen Tag schreibe und seine schönen großen Malkasten verstauben ließe.

„Aber ich bin einmal einer gewesen; es ist eine alte Gewohnheit meiner Freunde, so zu adressiren," meinte Ulrich lächelnd und griff ziemlich gleichgültig nach dem Brief.

„Er ist an mich!" sagte er dann hastig, und die Frau merkte, daß sie gehen könne.

Der Brief war von Hilda. Ulrich kannte die klare und doch

zierliche Handschrift, auch kam ihm das Schreiben der Majorin nicht überraschend, denn er hatte es sich nicht versagen können, ihr einen Band seiner Gedichte zu übersenden, und wartete bereits seit Tagen auf eine Antwort.

Trotzdem ließ er jetzt den Brief lange uneröffnet vor sich liegen; und als er sich endlich entschloß, ihn aufzubrechen, geschah es mit zitternder Hast, in welcher noch immer ein halbes Zögern lag.

Hilda gab ihrer Freude und Bewunderung über die ihr geschenkten Poesien, wie zu vermuthen war, den liebenswürdigsten Ausdruck und hatte sich schon auf der zweiten Seite so warm geschrieben, daß sie nach Frauenart persönlich wurde und von sich und ihrem Ergehen zu erzählen begann. So berichtete sie denn, daß ihr Vater aus allerlei äußeren Rücksichten die geliebte Strandpfarre aufgegeben habe und in's Binnenland gezogen sei; sie aber hätte sich keinen Sommer ohne einsame Meerspaziergänge denken können und deshalb ihren Mann beredet, mit ihr und Susanne in das kleine entlegene Seebad zu reisen, von welchem ihr heutiger Brief abgehe. – „Ich bin entzückt von dem stillen Dörfchen," schrieb sie, „dessen Umgebung mich so sehr an unseren guten alten Heimatstrand mit seinen Dünen und hohen Ufern erinnert, und hoffe, auch Susanne soll hier wieder aufblühen.

Ich denke immer, es wäre gut, wenn Sie ein Mal zu ihr sprächen. Ihr leidenschaftliches Herz hat Ihnen eine warme Erinnerung bewahrt, und wenn Sie ihr riethen, ihr schönes Talent von einst wieder aufzunehmen, hätte das vielleicht mehr Erfolg als meine Versuche in dieser Beziehung. Sie würden ihr besser beweisen können, daß nicht nur in der Ausübung der Kunst ein großes Selbstvergessen liegt, sondern daß jedes Talent auch die Pflicht der Benutzung mit sich bringt; denn Sie würden aus eigener Erfahrung Manches hinzufügen können. Die arme liebe Susanne! Sie ist nicht verzweifelt. Sie ist überhaupt viel liebenswürdiger geworden; aber sie ist auch nicht glücklich. Ich glaube, sie ist inmitten unserer Liebe allein. Aber es wäre grausam, wenn ihre schönen Nixenaugen Recht behalten sollten, die oft mit einem ganz sonderbar siegreichen Ausdruck zu behaupten scheinen: Wir haben mit dem Leben abgeschlossen! Sie ist ja noch jung – ach, so jung! Wenigstens versuchen sollte man, sie noch einmal glücklich zu machen, nicht wahr? Ich hoffe, es trifft sich so, daß Sie bald einmal nach Berlin kommen und wir Sie bei uns sehen, ich würde mich sehr darüber freuen; sind Sie doch fast der einzige Mensch, für den sie noch ein wirkliches Interesse hat und von dem sie mit Freude spricht. Ihre Gedichte hat sie sofort an sich genommen und giebt sie nicht wieder heraus; beinah, als wäre das etwas Selbstverständliches."

Ulrich legte den Brief aus der Hand, nahm ihn dann hastig wieder auf – schob ihn von Neuem auf den Tisch zurück und versank langsam in seinen Arbeitsstuhl. Vielleicht war in letzter Zeit auch auf Susanne's Bild schon manche kühle Schneeflocke der Vergessenheit gefallen; und jetzt auf einmal in dunkler Nacht, ungeahnt und ungewollt, schmolz die leichte Decke; die Gestalt des einst geliebten Mädchens stieg warm und lebendig herauf und erfüllte seine ganze Seele mit altem, wenn auch wunderbar verklärtem Zauber.

Und noch ein Mal griff er zögernd nach Hilda's Schreiben; aber sein Auge glitt nur mechanisch über die Schriftzüge der blonden Freundin; denn er las nicht die Zeilen selbst, er las, was dazwischen stand. Eine Hoffnung, an die er selbst nicht glaubte, stieg warm und schmeichelnd in ihm auf; und seine Phantasie spielte mit ihr wie mit einer feurigen Huldgestalt, er fühlte sich wie umschlungen von scheuen, weichen Armen.

Er athmete schwer – und lächelte unsicher, gleich einem Berauschten. Dann stützte er abgebrochen seufzend den Kopf. War es möglich? Konnte das Schicksal so raffinirt grausam sein, ihn deutlich winkend von seinem stillen Wege abzulocken, um ihn abermals in die Einsamkeit zurückzustoßen?

ooo

Die Nacht brach herein. Eine dunkle Wolke zog wie ein breites ehernes Band am Horizont hin und umspannte, so weit das Auge trug, den finsteren Meeresbusen, welchen der Ostwind zu schäumenden Wellenhügeln aufwühlte. Aber darüber war es feierlich hell und göttlich heiter. Groß und golden stand der Mond im freundlichen Aether; mild strömte er sein stilles Licht in die dunkle Flut hinab, die es bald unruhig verschlang, halb hastig auf- und niederschaukelte; und davor ruhte er in sanftem Widerschein auf dem weiten, ebenen Sande des flachen Strandes, wie auf den hohen, tiefschluchtigen Felsenufern zur Linken.

Auch goß er einen geheimnisvoll belebenden Schimmer über die rechts daran stoßende Dünenwelt, daß ihre öden Hügel sich zu recken und ihre einsamen Thäler aus tiefem Schlafe zu erwachen schienen, als wären sie Zauberhorte einer stillen, weltfernen Poesie, die plötzlich im Kusse des Mondlichtes den grauen Schleier der Träume von sich streift und säuselnd ihre Geheimnisse in die wehenden Aehren des Strandhafers emporraunt, der unermüdlich nach allen Seiten hin schwankt und flüstert.

Schräg durch die Dünen aus der Richtung eines kleinen, erst vor Kurzem entstandenen Badeortes kam jetzt die schlanke, unbestimmt leuchtende Gestalt eines Mannes. Es war Ulrich.

Er hatte in der Beuthen'schen Wohnung vorgesprochen, aber weder das Ehepar selbst noch Susanne zu Hause gefunden, und lenkte nun planlos seine Schritte an's Ufer.

Als er die Höhe eines Sandhügels erreicht hatte, stand er lange wie gebannt still. Sein zarter Körper schien sich emporzurecken, und seine verschleierten dunkelblauen Augen wurden von Sekunde zu Sekunde freier und heiterer.

Endlich ging er, indem er fortwährend erhobenen Hauptes in den Mond sah, an den Strand hinab und, gleichmäßig ausschreitend, das Ufer entlang.

Plötzlich aber fuhr er zusammen. Wenige Schritte von sich entfernt hörte er ein leises Geräusch; und als er sich umsah, bemerkte er eine beleuchtete weibliche Gestalt, die auf der Düne gelegen hatte, sich jetzt schnell erhob und nach einem letzten Rückblick auf das Wasser wieder verschwand.

Gleich darauf sah er sie noch ein Mal auftauchen und sich einem entfernter stehenden Paare, von welchem er nur die hohen dunklen Umrisse erkennen konnte, anschließen. Mit diesem verfolgte sie dann langsam die Richtung zurück, welche er hierher eingeschlagen hatte.

„Susanne," sagte Ulrich leise vor sich hin; aber es war ihm unmöglich, den Davongehenden zu folgen, denn er wußte, daß sein erstes erneuertes Begegnen mit dem Mädchen die endgültige Entscheidung seines Schicksals in sich tragen würde, und er war eine jener mehr weiblichen Heldennaturen, die besser dulden als herausfordern können.

Mit fiebernder Seele blieb er in der nächtlichen Einöde zurück; erst nach Stunden war es ihm, als löse sich sein Geist langsam von ihm selber; und gleichsam Eins mit dem seligen Weltodem über den Wassern dichtete er fast bewußtlos vor sich hin.

○○○

Doch am anderen Morgen konnte er das Wiedersehen mit Susanne kaum erwarten.

Er traf Hilda und Erich zunächst allein; und ihre gegenseitige Begrüßung war herzlich, aber nicht ohne jene Befangenheit, wie sie die Erinnerung an ein ernstes Ereignis mit sich bringt, das durch das Erscheinen einer bezüglichen Persönlichkeit plötzlich wieder in der Seele lebendig wird. Dazu mochte Hilda noch ihren besonderen Grund haben, etwas verlegen zu sein.

Endlich erschien Susanne. Ihre Züge waren gealtert, aber ihre Gestalt hatte noch wie sonst etwas Kindliches – und in gewissem Sinne auch ihr Blick. Es fiel Ulrich auf, daß sie leiser sprach und leiser auftrat als früher; nur die Schnelligkeit in allen ihren Bewegungen hatte sie behalten.

Sowie sie ihn erkannte, stieg ein freudiges Roth der Ueberraschung in ihre Wangen, und in ihren Augen leuchtete es warm auf. „Nach Ihnen hab ich mich lange gesehnt!" rief sie mit ihrer alten Ehrlichkeit; und als trotzdem die Unterhaltung nicht recht in Fluß kommen wollte und Ulrich Nichts Anderes übrig blieb, als doch bald fortzugehen, begleitete sie ihn noch allein bis vor die Hausthür.

„Das nächste Mal müssen Sie von ihm reden," sagte sie dort und preßte leidenschaftlich seine Hand. Dann trat sie schnell in den Flur zurück, und er war wieder allein. Eine lange Weile stand er regungslos auf einem und dem selben Fleck. Seine Hoffnung war ja schon todt gewesen, aber in diesem Augenblick hatte er sie begraben – und jede Selbsttäuschung hatte ein Ende; schweigend sah er ihr nach.

○○○

In den nächsten Tagen kam er oft mit Susanne zusammen und je häufiger er sie sah, desto mehr vergaß er sich selbst über dem wachsenden Mitleid mit ihr. Sie schien ihm eine Art von Schattenleben zu führen, so gleichgültig und seelenlos klangen ihre lebhaftesten Worte; und nur, wenn sie von Felix sprach, erwachte sie wieder zu ihrem früheren Wesen. Doch wollte er seine Mission zu Ende führen, deshalb brachte er endlich das Gespräch mit unverkennbarer Absicht geradezu auf ihr Genie im Silhouettenschneiden.

Sie sah ihn lange starr an, ohne zu antworten. Dann holte sie ein kleines Buch, schlug es in der Mitte von einander, legte es in seine Hand und blickte ihm wie verzaubert über die Schulter.

Es war die meisterhafte Silhouette von Felix' Todtenantlitz, welche sie jetzt Beide betrachteten.

Ulrich's Brust hob und senkte sich in heftigster Bewegung.

„Seitdem hab' ich Nichts mehr gemacht," sagte sie endlich flüsternd. „Aber ist sie – ist sie nicht schön?" rief sie dann, und ihre von Stolz durchschauerte Stimme klang wie Musik in seinen Ohren.

Er sah sich nach ihr um und wollte etwas antworten; aber es konnte nicht mehr, denn ihr Kopf sank leise schluchzend gegen seine Schulter.

Da legte er seine Hand wie in väterlichem Mitleid behutsam auf ihre Stirn; doch sie bemerkte trotzdem seine Verzweiflung und raffte sich mit größerer Selbstbeherrschung zusammen, als sie einst gewohnt war, sie zu üben. „Es ist nicht, wie Sie denken," sagte sie in zuversichtlichem Ton. „Wer ihn gekannt hat, kann der unglücklich sein? Ich sehe ihn heute noch so deutlich vor mir, als wäre er vor einer Stunde gestorben!"

Ulrich schwieg: erst nach einer langen Weile sagte er: „Der todte Freund ist lebendiger als ich. Aber – ich will nicht an mich denken!"

„Sie sind gut," sagte sie. „Ich weiß jetzt auch, daß Sie kein Philister sind. Aber wir, er und ich, wir waren Kinder! O, aber das sage ich Ihnen, ich wollte nicht, daß es anders gewesen wäre!"

Mit plötzlicher Bitterkeit wandte sich Ulrich ab.

Sie sah es und sagte traurig: „Ich habe Ihnen viel abzubitten!" und dabei reichten sie sich die Hände.

Auf einmal blickte sie ihn erröthend an und rief wie auf eine plötzliche Eingebung hin: „Wissen Sie auch, was es mit Ihnen ist? Sie sind so gut, daß man immer darüber vergißt, wie groß Sie sind. Darum konnten Sie nicht glücklich werden!"

„Ich danke Ihnen," war Alles, was er antworten mochte. Erst nach einer Weile fuhr er fort: „Aber es handelt sich nicht um mich, es handelt sich um Sie! und ... seit ich das Malen aufgab und nur dichte, bin ich glücklich! Sie sollten auch ...

Susanne, wenn Sie sich aufraffen könnten, Sie würden noch viel leisten mit Ihrer Kunst."

Sie schüttelte den Kopf. „Dies war das Schönste, was ich machen konnte!" sagte sie kaum hörbar, und mit einem abwesenden Lächeln legte sie die Silhouette des todten Geliebten in das kleine abgegriffene Büchelchen zurück.

Spätsommer

„Ja, sehen Sie, in diesem Jahre weiß auch ich ein Mal mit dem Fortgange des Frühlings Bescheid, denn ich bin wirklich nach dem Westen gezogen!" sagte der Regierungsbaumeister Arndt zu einem jüngeren Herrn, mit dem er soeben ein Lokal der Hauptstadt verließ, in welchem er jeden Vormittag einen eiligen Frühschoppen zu trinken pflegte.

„Also wirklich umgezogen? Mit oder ohne Familie?"

„Ohne. Ich habe die bevorstehenden Monate schärfer zu arbeiten, als sonst. Ich mußte unabhängig sein."

„Sie haben doch die Wohnung mit dem Gärtchen genommen?" fragte der Begleiter eifrig.

„Ja, die ‚mit dem Gärtchen'!" erwiderte Arndt lächelnd.

„Und, was mich betrifft, würde ich Ihnen dieses Stückchen gepachteten Residenzfrühlings von Herzen gerne überlassen."

„Ich bin es gewohnt, daß man in Berlin über meine Naturschwärmerei spottet," meinte der junge Mann aus der Provinz bescheiden.

„Ah!" sagte Arndt, indem er nach der Uhr sah, „Sie nennen solch' ein Bischen gedrechselten Strauchwerkes ‚Natur'? Wir Berliner denken höher von der Natur. Wir sind eben in Allem blasirt!" und er schritt eiliger aus, denn zuvor.

Der junge Mann sah respektvoll zu ihm auf.

Georg Arndt war entschieden ein bedeutender Mensch, und wenn er keinen sehr ausgiebigen Gesellschafter machte, so lag das an seinen besonderen Verhältnissen: Fast, seit er erwachsen war, hatte er als ältester Sohn einer verwaisten Familie für den Lebensunterhalt der Seinen zu sorgen gehabt. Seine Kräfte – seine physischen und seine moralischen – waren an dieser Pflicht erstarkt, aber die stolzen Träume eines phantastischen Knabenherzens vor ihren Anforderungen zu Schanden geworden. Statt über Länder und Meere zu ziehen und die großen Nationalbauten der Völker unter heimischem Himmel zu schauen, oder die Denkmale eines einzelnen Genius dort zu erblicken, wo die Natur sie dem Geiste des Künstlers gleichsam vorgedacht hatte und nun wie in dankbarer Huldigung mit stiller Harmonie umgab – kurz, statt an alle jene Orte zu gehen, welche sein architektonisches Urtheil erweitert haben würden, hatte er sich und seine Fähigkeiten auf den gemeinen Markt des Lebens zu stellen gehabt. Er hatte es gern gethan, weil er der Stimme einer natürlichen Pflicht gehorchte und die Seinen liebte, wie jeder Starke den Schwachen liebt, welchem er wohlthut – und gern gethan, weil er sich trotz Alledem zu seiner Aufopferung zwingen mußte und er kein größeres Glück kennen gelernt hatte, als Selbstüberwindung.

Und doch hatten sich ihm um Mund und Schläfe kleine ironische Falten eingegraben, scharf und kenntlich, wie Narben. Sie unterbrachen jene schlichte Einheit, welche die Natur in klaren Zügen angestrebt hatte, mit eigenthümlicher Schicksalsschrift, denn im Uebrigen hatten Arndt's Gesicht und ganze Erscheinung etwas monumental Großartiges.

Seine Ironie war auch keineswegs mit ätzender Schärfe zu verwechseln, noch hatte sie einen geistreich dekorativen Anstrich. Das lächelnde Berühren schmerzlicher Gegensätze gehörte zu seinem thatkräftigen Wesen, wie ein intimer Freund mit entgegengesetztem Charakter auch gewissermaßen zu uns selbst gehört: der tägliche Gedankenaustausch mit ihm ist ein Bedürfnis geworden, doch der Kern des Wesens bleibt dabei selbständig. –

Die Mitglieder des Frühschoppens waren durchaus einer und der selben Meinung, was die Vorzüge Georg Arndt's betraf.

Der demüthige Jüngling aus der Provinz strengte sich außerordentlich an, Arndt während ihres gemeinsamen Weges gut zu unterhalten. Doch dieser schenkte seinen Reden dauernd eine getheilte Aufmerksamkeit, denn er hatte den Kopf voller

Geschäfte. „Ja, ja," sagte er schließlich, „ich gebe Ihnen zu, wieder höchst anspruchsvoll zu sein! Ich liebe keine halben Genüsse, vielleicht, weil ich niemals in der Lage war, auch meine Arbeit nur halb zu thun. Und wissen Sie, es sind doch in den meisten Fällen wirklich nicht die Dinge an sich, die den Werth für uns ausmachen, sondern das Unsichtbare, aber Eigenthümliche um sie her – ich meine die Stimmung, welche sie trägt und einhüllt. Ich bewundere Ihre Harmlosigkeit, die meint, man könne in Berlin unmittelbar an einer lebhaften Straße in einem sechs Fuß breiten Garten Stimmung antreffen, selbst wenn man Zeit hätte, nach ihr zu suchen."

Es fügte sich sonderbar: Arndt hatte kaum ausgeredet, als er sich plötzlich von seinem Gefährten abwandte und das lebhafte Gesicht mit einem aufhorchenden Ausdruck gegen das eben besprochene Vorgärtchen kehrte; aber nur eine Sekunde lang, dann widmete er sich wieder dem jungen Manne, und dieser bemerkte kaum, daß etwas Zerstreutes in den Zügen des Baumeisters zurückgeblieben war.

Nach wenigen Schritten trennten sich beide Herren, denn Arndt war vor seiner neuen Wohnung in der Nr. 11 angelangt. Er zögerte, bevor er die Klingel des Portiers drückte, und als er es schließlich doch gethan hatte und im nämlichen Augenblick die Hausthür aufsprang, warf er sie hastig wieder von außen in's Schloß und trat mit einem eigenthümlichen Lächeln der Selbstverspottung seitwärts in das noch vor wenigen Minuten geschmähte Paradies des kleinen Gartens ein.

Dieser lief als schmaler Streifen die Front des Hauses entlang und erweiterte sich nach der einen Giebelseite hin zu einem kleinen Viereck. Der Streifen war nach der Straße zu mit eisernem Gitterwerk und spanischem Flieder eingefaßt, und das kleine, viereckige Hauptstück wurde durch die gleiche Umfriedigung von den zu Nr. 10 gehörigen Gartenanlagen getrennt; nur daß hier die Fliederbüsche schon etwas höher waren, weshalb sie die Einsicht hinderten.

Trotzdem war es eben der Nachbarsgarten, welcher Arndt

im Augenblick bewegte, seine vorgefaßte Meinung wider gepachtete Büsche etwas zu lockern; denn in ihm hatte er vorhin von der Straße her Stimmen vernommen, welche ihn interessirten.

Schon während der ersten Wochen des Mai war er mehrmals beim Hinaustreten auf die Straße, oder bei der Heimkehr in's Haus an einer jungen Dame vorübergegangen, die einen fünf bis sechsjährigen Knaben an der Hand führte. Beide waren, wie er bald bemerkte, Bewohner des Nachbarhauses und hatten ihn seit der ersten Begegnung lebhafter beschäftigt, als andere Vorübergehende. – Sie sahen sich nicht ähnlich. Der Knabe war auffallend blond, hatte blaue, phantastische Augen und einen großen, ungewöhnlich sprechenden Mund, gegen welchen das kleine, abgestumpfte Näschen merkwürdig zurücktrat. Die Dame dagegen war entschieden brünett, und die Züge ihres feinen Gesichts, in welchem Arndt die leicht gebogene Nase als besonders schön auffiel, gaben nicht die geringste Aehnlichkeit für diejenige des Knaben her.

Trotzdem waren Beide Mutter und Sohn; denn Arndt hatte öfter im Vorbeigehen gehört, daß der stets aufgeregte und, wie es schien, namentlich beständig fragende Knabe seine Begleiterin „Mama" nannte. –

Auch die großen, rehbraunen Augen der jungen Dame erinnerten in Nichts an die ihres Sohnes; sie waren etwas verschleiert und hatten einen geheimnißvollen, vorzugsweise sinnenden Ausdruck, der nur gerade dann einem kurzen Aufleuchten wich, wenn der Knabe sie Etwas fragte, und sie sich, lebhaft antwortend, zu ihm wandte, offenbar überrascht, oder erfreut durch den Gegenstand, wie die Art seiner Erkundigung.

Wer mochten Mutter und Sohn sein? und wer war ihr Gatte und Vater? – Trotz unzähliger geschäftlicher Dinge, die ihn gerade jetzt belagerten, war Arndt doch immer wieder auf diese Frage zurückgekommen. Der Knabe war eben kein gewöhnlicher Knabe und seine Mutter keine alltägliche Frau.

So gab er denn auch jetzt dem eigenthümlichen Interesse nach, das Beide in ihm erweckt hatten, und folgte ihren immer deutlicher werdenden Stimmen bis in die äußerste Ecke des Gärtchens, in welcher das Grenzgebüsch am höchsten war. Hier hatte der Wirth einen kleinen, grünen Käfig angebracht, welchen er eine Laube benannte; und als Arndt jetzt in denselben eintrat, bemerkte er, daß sich in unmittelbarer Nähe des diesseitigen Gartenhäuschens auch ein jenseitiges befand, und daß Mutter und Sohn dies, wie es schien, soeben betreten hatten.

„Komm' jetzt, Kurt!" sagte die junge Frau; „aber – was ist das? Du hast ja Deine Tafel nicht mit?"

„Ah! das alte Geschreibe!" war die hastige Antwort.

„Kurt!" sprach es zurück, weiter Nichts; aber der Knabe kehrte doch offenbar um und that, was er sollte. Es lag eine empfindsame Weichheit und zugleich eine wunderbare, aus der Tiefe hervordrängende Energie in dem musikalischen Organe der Mutter; und der Kleine schien durchaus unter dessen Banne zu stehen.

Nicht lange, so war er mit seiner Tafel zurück.

„So, nun sieh auch ordentlich auf das Vorgeschriebene!" sagte die Dame; und nach einiger Zeit meinte sie: „Nein, Kurt, Deine Buchstaben fallen doch wirklich wieder auf die Nase!"

Der Junge lachte unbändig. „Meine haben immer zu kurze Beine! so kurze Beine, wie Onkel Dietrich!" rief er.

„Kurt, Du sollst nicht über Onkel Dietrich's kurze Beine lachen! die hat ihm auch der liebe Gott gegeben; ebenso gut, wie Dir Deine mageren Stöckchen."

„Ja, warum hat der liebe Gott ihm die gegeben? Du sagst doch, die Menschen hat der liebe Gott am liebsten von Alles, was auf der Erde is'? warum hat er denn so viele Menschen mit kurze Beine und mit rothes Pudelhaar und mit alten, häßlichen Gesichtern gemacht? und sonst is' Alles hübsch – alle Blumen, die der liebe Gott gemacht hat, sind hübsch und alle kleinen Thiere – und Alles, Alles!" –

„Ja, sieh mal, bei den Menschen ist es nicht so wichtig, wie sie aussehen," sagte die Mutter; „bei ihnen kommt es nur darauf an, daß sie ein gutes Herz haben. Die Blumen und die Thiere haben kein Herz; und damit sie doch auch Etwas haben sollten, hat sie der liebe Gott so hübsch gemacht."

„Manche Menschen haben aber auch kein Herz; wenn ..."

„Nun, was meinst Du? Wenn ..."

„Wenn ein Mensch oder ein Kind schlecht is', sagt man doch auch: Du hast kein Herz!"

„Ja, Söhnchen, das redet man so; man meint das nicht wirklich. Es soll nur heißen: Du hast kein gutes Herz."

„Das ist aber recht dumm, wenn man was sagt, was man gar nicht meint! – Hat denn Onkel Dietrich ein gutes Herz?"

„Gewiß hat er das."

„Warum magst du denn nicht, wenn er Dir die Hand küßt, und sagst immer: ‚laß! – laß!'?"

„Ach, Junge!"

Da lachte der Knabe wieder hell auf.

„Kurt, Du sollst schreiben; laß jetzt das Lachen und Fragen sein!"

Das Kind kicherte wie ein kleiner Kobold.

„Wenn Du sagst ‚ach, Junge!' siehst Du gar nicht ordentlich böse aus!" sprudelte es heraus.

„So," sagte sie mit ernster Gewalt, „jetzt hole ich nun meine Uhr heraus. Die Stunde geht wirklich an! Sei ganz ruhig; eh' Du diese Seite nicht voll geschrieben hast, sprechen wir kein Wort mehr mit einander."

„Ich mag aber nich! – Ach! ich mag aber nich! Bei dem schönen Sonnenschein! Erst fix noch ein Mal Kopfstehen auf'm Rasen!"

„Nein, Kurt!"

„Ein Mal, blos ein Mal!"

„Kurt, hast du denn kein gutes Herz? Ich wünsche, daß du schreibst; Du mußt es mir zu Liebe thun."

Nachdem diese Worte mit besonderer Betonung gesprochen waren, wurde es drüben eine Weile so mäuschenstill, daß sich Arndt hüten mußte, seine Anwesenheit durch ein unwillkürliches Geräusch zu verrathen. Er vergaß ganz, daß er zum Mittagessen hätte gehen müssen und lauschte, ob das Geplauder nebenan nicht wieder beginnen würde. – Dazu empfand er zum ersten Mal in diesem Jahre, daß es Frühling war.

Mit schwerer Süßigkeit umströmte ihn der würzige Hauch des eben erschlossenen Flieders, und die tief herabfallenden Blüthentrauben streiften fast seine Wange. Auch ein unermüdliches Vögelchen ließ sich mit sanft flötender Stimme im Gebüsch vernehmen und schien ganz unbekümmert um den rings wogenden Lärm der Großstadt zu sein.

Arndt genoß die sich selbst abgerungene Muße klopfenden Herzens und eigenthümlich gierig, wie eine verbotene Frucht.

Nach einiger Zeit hörte er, wie drüben der Griffel auf der Schiefertafel verdächtig zu quiecken begann; und dies unmelodische Geräusch nahm bald so zu, daß er förmlich sah, wie die Buchstaben wieder zu kurze Beine bekamen und auf die Nase fielen.

„Siehst Du," sagte auch die Mutter nach einigen Minuten, wie aus einem Traume auffahrend, „die oberste Reihe ist ganz nett; das sind lauter hübsche, schlanke ‚K'; aber hier purzeln sie schon wieder; es ist die alte Geschichte! Wir löschen sie geschwind wieder aus."

„Au, Mama! laß mich wischen, wischen thu' ich für mein Leben gern!"

Dann schwiegen sie wieder einige Sekunden lang; und der Vogel fing von Neuem mit schmetternder Stimme zu singen an. Aber plötzlich unterbrach ihn der Knabe ziemlich laut. „Mama," rief er, „wenn es auf das gute Herz ankommt, warum giebt es denn Leute mit bösen Herzen? Warum macht der liebe Gott böse Herzen? er braucht doch nich!"

Die Mutter stutzte offenbar einen Augenblick; dann sagte sie schnell: „Die macht der liebe Gott nicht. Der macht lauter gute Herzen. Es ist uns're Schuld, wenn wir in das gute Herz, das er uns giebt, die bösen Gedanken und Ungezogenheiten hineinlassen."

„Aber ... aber, der liebe Gott kann doch Alles, warum sagt er denn nich, wir sollen das Böse nich 'reinlassen?"

„O, Kurt, das könntest Du schon selber wissen, daß der liebe Gott uns jeden Tag befiehlt, wir sollten das Böse lassen; doch wir sind nicht immer gehorsam."

„Aber ...!"

„Laß jetzt das Schreiben, Kurt!" unterbrach die junge Dame, wie es schien, etwas beunruhigt, den wieder mit seinem eigenthümlich philosophischen „Aber" begonnenen Satz des Söhnchens. „Du kannst Kopf stehen oder was Du sonst willst. Geh'!"

„Aber warum darf ich denn heute meine Seite nicht voll schreiben?"

„Weil Du schon ganz heiße Backen vom Sitzen hast."

„Ich möchte aber ..."

„So – Du möchtest, Kurt? Und was ich möchte, daran denkst Du nicht? Willst Du denn nicht mir zu Liebe spielen, weil ich es jetzt besser finde?"

Wieder klang die Stimme der Frau so eigen – so gleichsam von einem andächtigen Schauer getragen; es war ganz, wie vorhin, als sie schon ein Mal dieselben Worte gesagt hatte.

Der Junge gehorchte auch jetzt sofort; und Arndt hörte die Mutter gleich darauf ermunternd zu ihm hinüberrufen: „Du kannst aber auch prächtig Kopf stehen und ‚baumeln'! Das ist brav! Aber wart', jetzt komm' ich und greife Dich!"

Bei diesen Worten stand auch Arndt eilig auf. Er mußte sich sofort wieder an die Arbeit begeben; aber sein versäumtes Mittagsbrod verdroß ihn kaum: in der Unterhaltung, welche er gehört hatte, lag so viel mehr, als ein gewöhnliches Kinderstubengespräch zwischen Mutter und Söhnchen.

Und doch gönnte er sich in den nächstfolgenden Wochen nicht die Zeit, von Neuem in dem kleinen Schmuckkasten des Wirthes auf Wachposten zu ziehen; und erst um die Mitte des

Juni traf es sich wieder einmal so, daß er Zeuge einer eigenthümlichen Scene wurde, welche sich drüben abspielte.

Der Flieder war längst verblüht, und der Wirth hatte vor Kurzem seine Musterlaube in Ordnung gebracht; das heißt: alle herabhängenden Zweige möglichst straff und gerade in die Höhe gebunden, wodurch an der einen Stelle eine kleine Lücke und somit ein Durchblick nach dem anstoßenden Garten entstanden war.

Diesen zu benützen, konnte sich Arndt nicht enthalten, nachdem er eines Tages nebenan wieder die wohlbekannten Stimmen vernommen hatte.

Sie klangen heute entfernter, als das erste Mal; und als er durch die Oeffnung des Gebüsches blickte, sah er, daß sich Mutter und Sohn heute nicht in seiner unmittelbaren Nähe befanden. Die Dame saß auf einem niedrigen Stühlchen unter dem breitastigen Obstbaum, welcher sich aus der Mitte jenes grünen Rasenplatzes erhob, der einen Haupttheil ihres Gartens ausmachte, während der Knabe unausgesetzt um den Platz herumlief und mit hochrothem Gesicht einen Reifen vor sich hertrieb.

Arndt belobte im Stillen den Kleinen, daß er sich einmal auf eigene Hand beschäftigte; und sein Blick blieb mit ungetheiltem Interesse auf der Mutter haften, welche er zum ersten Mal in Hauskleidung, also ohne Hut und Umhang sah.

Sie trug glattgescheiteltes Haar und am Hinterkopf eine starke Flechte, welche sie geschmackvoll um einen hohen Kamm gelegt hatte. Glanz besaß ihr Haar nicht; aber Arndt fand, daß die stumpfe Schlichtheit desselben gut zu dem feinen Gesicht und zu der zarten Hautfarbe stand. Ihre Gestalt war schön und jugendlich voll; und es war wohlthuend, daß der zierliche Kopf von einer solchen getragen wurde, weil die ganze Erscheinung sonst zu überirdisch gewesen wäre.

Sie hatte Arndt anfangs nur das Profil zugekehrt; und er sah, daß um den Mund ein schwärmerisch idealer Zug lag und daß die nicht ganz regelmäßig gebildete Stirn etwas geheimnißvoll Energisches hatte. Etwas, das unwillkürlich an die Eigenthümlichkeit ihres tiefen, weich-metallenen Organs erinnerte.

Plötzlich wandte sie sich so, daß er ihr auch voll in die Augen sehen konnte. Sie ließ ihre Handarbeit in den Schooß sinken und blickte lebhaft nach dem Knaben.

„Es ist heiß, Kurt, laufe Dich nicht außer Athem!" rief sie.

„O, ich hab' noch viel Athem! Hör' mal, Mama!" antwortete das Kind wichtig, ließ den Reifen mitten im Wege liegen, stürzte auf sie zu und holte mit aufgeregter Miene immer schnell hinter einander Athem, indem es sich dabei auf die Brust klopfte.

„Es ist schon gut, Narr; ich höre, wie prächtig Du athmen kannst," sagte die Mutter und streichelte ihm mit einem unbeschreiblichen Ausdruck von Liebe und über den Augenblick hinausgehender Fürsorge das kleine, glühende Gesicht. Da sah auch der Junge zu ihr empor und in seinen Augen blitzte es vor leidenschaftlicher Zärtlichkeit auf, so daß sich ihre Pupillen erweiterten und sie auf Sekunden ganz dunkel erschienen. Auch lächelte er dabei so lieblich, daß er für einen Knaben fast unnatürlich hold aussah.

Doch schon im nächsten Augenblick hatten seine lebhaften Züge von Neuem den Ausdruck gewechselt.

„Hör' doch!" rief er mit hartnäckiger Gründlichkeit, „was ich noch für Athem habe!" Und nun drehte er sich nach den verschiedensten Richtungen um, fortwährend „Mama! Mama!" rufend.

„Wart'!" sagte die Dame plötzlich und sprang leichtfüßig, wie ein Kind empor. „Sieh' zu, ob Du mich greifen kannst!"

Darauf hob sie den Knaben auf und stellte ihn an den Weg.

„So," fuhr sie fort, „hier am Baum ist ‚Tick': eins! zwei! drei!"

Der Kleine war außer sich vor Vergnügen; und unter lebhaftem Wetteifer liefen Mutter und Sohn mehrmals um den Rasen, bis die junge Frau schließlich zuerst das Ziel erreichte.

Sie stand jetzt wieder mit dem Antlitz voll gegen Arndt

gewendet; und ihm war, als sähe er gegen sonst ein völlig verwandeltes Wesen vor sich. Ein wunderbar rührender Liebreiz hatte sich plötzlich über ihre interessanten Züge ergossen. Ihre zarten Wangen glühten, und aus ihren großen, frauenhaft ernsten Augen brach ein unschuldiges Schelmenglück, das neckend, wie leuchtender Sonnenglanz zu ihrem kleinen Gefährten hinüberspielte.

Doch alles Dies war flüchtig, wie eine zauberhafte Luftspiegelung, welche dem Auge Dinge zeigt, die für gewöhnlich nicht in dem Kreise des Sichtbaren liegen.

So wie Arndt sie eben gesehen hatte, war sie vielleicht als Kind, als muthwilliges Mädchen gewesen; so hatte sie vielleicht gelacht und geblickt, ehe sie sich verheirathet hatte.

Während der ungewöhnlich belustigte Kurt mit erneutem Eifer sein Reifenspiel wieder aufnahm, setzte sich die Mutter auf ihr geschütztes Plätzchen zurück und sah aus, wie immer: ihr Blick wurde wieder innig und gedankenvoll, ihre Bewegungen nahmen das alte, sanfte Ebenmaß an, welches sie für gewöhnlich auszeichnete, und nur ihre Wangen waren noch lebhaft geröthet, als sie sich mit nachholendem Eifer über die Handarbeit beugte.

Doch nicht lange sollte sie ungestört bleiben; denn plötzlich blieb der ziemlich athemlose Knabe vor ihr stehen und fragte: „Wenn man stirbt, kann man dann auch noch Athem kriegen?"

„Nein, Kind."

„Sag' mir mal, wie das ist beim Sterben!" bat der Kleine lebhaft.

„Beim Sterben verläßt die Seele den Körper und fliegt in den Himmel."

„Ach! - Was ist das, die Seele?"

„Alles, was in Dir nachdenkt, was in Dir traurig ist und sich freut, das ist Deine Deele," antwortete die junge Frau und blickte aufmerksam in die strahlend auf sie gerichteten Augen des Kindes.

„Die Seele ist das Licht, welches das Haus hell macht, und aus Deinen beiden Augen herausleuchtet," fuhr sie dann fort. „Ja, so ist es; gieb mir einen Kuß, Kurt!"

Diese letzten Worte hatte sie ganz leise gesprochen und, obgleich sie den Knaben jetzt fast zögernd zu sich herannahm, sah man doch, daß sie leidenschaftlich bewegt war.

„Mehr! erzähl' mir mehr vom Sterben!" rief Kurt, sowie ihn die Mutter frei gegeben hatte.

„Mehr? Ich weiß nicht mehr. – Wenn die Seele im Himmel ist, spielen die Engel mit ihr."

Eine Weile war der Knabe still. „Jeder Mensch stirbt doch blos ein Mal, nicht Mama?" fragte er dann plötzlich.

Da erblaßte die junge Frau und hob langsam den Kopf. Dann legte sie leise ihre Hand auf die Schulter des Kindes.

„Mama! sag' doch, Mama! erzähl' mir noch 'n Bischen vom Sterben!"

„Es ist, als ob ein Licht ausgeblasen wird," sagte sie eigenthümlich kalt.

„Woher weißt Du das? Hat Dir das der liebe Gott gesagt?"

Sie antwortete wieder nicht.

„Mama! Mama! Wer pustet denn das Licht aus? Der liebe Gott, Mama?"

Aber auch dies Mal schwieg sie. Sie ließ das Kind fahren und strich mit der flachen Hand über ihre Arbeit, als wolle sie Etwas abmachen oder von sich thun.

Da half sich der Knabe selbst. „Ja, der liebe Gott thut's!" rief er. „Der liebe Gott mit seinem langen, langen Athem. O, so lang, so ganz, ganz lang! Und dann stirbt der Mensch, oder das Kind und dann geht's mit 'nem Ruck in den Himmel! Weißt Du noch was vom Sterben, Mama?"

„Nein, Kurt."

„Ach, sag' doch!"

„Kurt!"

Beschämt schlich der Knabe davon; aber er konnte sich

nicht völlig beherrschen; noch ein Mal drehte er sich um: „Ich möcht's doch so schrecklich gerne wissen!"

„Hast Du mich lieb, Kurt?" fragte sie mit sanftem Vorwurf, und kaum hatte sie ausgesprochen, als das ungestüme Kind mit lautem Aufschluchzen in die Arme seiner Mutter stürzte.

ooo

„Es ist, als ob ein Licht ausgeblasen wird!"

Arndt konnte sich in der nächstfolgenden Zeit dieser Worte gar nicht mehr erwehren, und wußte nun gewisser, als zuvor, daß es Etwas in dem Leben seiner Nachbarin gab, das sie erst zu dem gemacht hatte, was sie jetzt war.

Und zudem fügte es sich so, daß gerade diese Worte auf Jahre hinaus das letzte Bedeutsame sein sollten, was Arndt von der jungen Frau selbst hörte.

Dagegen trat ihm der Knabe noch ein Mal näher und kam sogar auf originelle Weise in persönlicher Berührung mit ihm.

Die Monate waren schon bis an die Grenze von Sommer und Herbst vorgeschritten, als Arndt an einem sonnigen Nachmittage in Erwartung eines Geschäftsfreundes hastig den kleinen, ihm nachgerade ganz vertraut gewordenen Garten auf- und niederschritt. Plötzlich flog ein bunter Ball vor ihm auf den Kiesweg und verwickelte sich, übermüthig taumelnd, in einige vom Regen der verflossenen Nacht herabgeschlagene Blätter. Gleichzeitig wurde es im Nebengarten laut. „O, mein Ball! mein Ball!" rief der Knabe kläglich, während Arndt den Verlorenen aufhob.

„Suche nur; Du hast ihn gewiß in's Gebüsch geworfen!" antwortete indessen drüben die Mutter.

„Nein, nein!" erwiderte der Kleine schluchzend, „er ist drüber weg geflogen in den alten, fremden Garten!"

Arndt hielt den Ball in der erhobenen Rechten; doch ein seltsames Gefühl von Feierlichkeit zog seine Muskeln noch an. Da mußte er über sich selbst lächeln: Geberdete er sich nicht, als ob das bunte Kinderspielzeug in seiner Hand eine kleine aus ihren Bahnen gestürzte Welt sei? Noch eine Sekunde zögerte er; dann warf er schnell den Ball hinüber.

„Danke!" jubelte es sofort helltönig auf. „Bist Du auch ein Junge, oder ein Herr?"

„Ein Junge!" rief Arndt neckend.

„Ha! das is' nich wahr!: Du hast 'ne ganze Brummstimme!" antwortete der übermüthige Kleine, dies Mal mit Absicht den Ball über das Gebüsch fortschleudernd.

„Hoho!" rief Arndt, ihn wieder zurückwerfend, und so flog das Ding eine gute Weile unter dem beständigen Gelächter des Knaben hinüber und herüber.

Endlich, als sich der Ball wieder einmal in seinen Händen befand und er eben im Begriff war, ihn auch dies Mal zurückzubefördern, rief das Kind: „Nein! nein! ich komm' und hol' ihn selbst!"

„Desto besser, kleiner Nachbar!" antwortete Arndt ermuthigend.

„Mama, ich will! Soll ich? Ach ja! es macht so schrecklichen Spaß! Selbstholen, bitte, bitte, bitte!"

Die Mutter schien flüsternd ihre Erlaubniß zu ertheilen; und einige Minuten später empfing Arndt den Knaben an der Eintrittspforte seines Gärtchens, bis zu welcher er ihm entgegen gegangen war. Der Kleine kam eilig herangelaufen; als er aber dem fremden Manne gegenüberstand, wurde er doch vor plötzlicher Verlegenheit dunkelroth.

„Nun," sagte Arndt, „es freut mich sehr, daß Du mich besuchst. Komm herein! Warum wolltest Du Deinen Ball denn so gern selbst abholen?"

„Ja, ich wollte wissen, wie du aussiehst!"

„So? Nun, wie gefalle ich Dir denn?"

„O, sehr schön. Bist Du schon sehr alt?"

Arndt war außerordentlich amüsirt.

„Fünfunddreißig," antwortete er mit der Ehrbarkeit eines Schuljungen.

„Und wie alt ist Deine Frau?"

„Ich habe keine."

„Das ist aber schade!"

„Nun, warum denn, Du junger Weiser?"

„Na, denn hätt'st Du doch 'n kleinen Jungen, wo ich mit ihm spielen könnte."

„Deine Hypothese ist kühn! Doch Du hast Recht wie Jeder, der an seine Sache glaubt," scherzte Arndt.

Der Kleine kümmerte sich indessen nicht um die unverstandenen Worte. „Hast Du auch keine Brüder?" fragte er weiter. „Wohnst Du hier ganz allein?"

„Ja; denke mal, ganz allein."

„Na, das gefiele mir auch nicht!"

Arndt besann sich einen Augenblick. Dann ging er vom Antworten zum Fragen über. „Hast Du denn Brüder?" begann er auf einem Umwege.

„Nein; ich spiele immer mit Fritz Kleist aus der Anhalter Straße; und am öft'sten spiele ich mit Mama."

„Und Schwestern hast Du auch nicht?"

„Nein. Ich bete immer, Papa soll mir eine schicken, aber er thut's nich."

Mit dieser Aeußerung war das Kind schnell bei derjenigen Person angelangt, auf welche Arndt hinauswollte und er hatte nun leichtes Spiel. „Wo ist denn Dein Papa?" fragte er lebhaft.

„Im Himmel. Schon bald zwei Jahr. Möcht'st Du auch da sein?"

Arndt war gedankenvoll stehen geblieben. Eine weitere Frage schwebte ihm auf den Lippen; doch in dem selben Augenblick sah er von der Straße her den erwarteten Freund herantreten; und kaum hatte er noch so viel Zeit, sich nach dem Namen des Kleinen zu erkundigen, ihn herzlich zu verabschieden und zu einer baldigen Wiederholung seines Besuches einzuladen, welche Kurt auch auf das Bereitwilligste zusagte.

Es war dem Manne Ernst mit seiner Aufforderung an das Kind gewesen; und als mehrere Tage vergingen, ohne daß es sich bei ihm blicken ließ, wurde er eigenthümlich enttäuscht; denn durch die Berührung mit dem Knaben und mittelbar auch mit dessen Mutter war ein idealer Hauch in das abstumpfende Treiben seines Geschäftslebens gekommen; und er hätte gern mehr von diesem Hauch eingesogen, um ihn noch heimischer in sich werden zu lassen. Seit er wußte, daß seine Nachbarin Wittwe sei, war vielleicht seine Sympathie für sie erkaltet; denn es berührte ihn fremdartig, in ihrem Wesen keine unausgefüllte Lücke zu bemerken: Mochte die junge Frau auch vorzugsweise etwas ernst Sinnendes haben, ja zuweilen mit stillem Grausen an ein tragisches Erlebniß zurückdenken, immerhin hatte ihr augenblickliches Sein etwas durchaus Harmonisches – etwas gleichsam in sich Ruhendes; und eben das widerstrebte seiner energischen Empfindungsweise. Dagegen war das ungewöhnlich lebhafte Interesse, welches seine Nachbarin ihm von vornherein auch objectiv erregt hatte, nur noch gewachsen, seit jenes psychologische Räthsel, das sie fast sichtbar umwebte, durch die Enthüllung des Knaben unauflösbarer, denn je erscheinen mußte.

Und Arndt gab sogar zur Zeit diesem Interesse so weit Raum, daß er eines Tages im Begriff stand, der Dame geradezu seinen Besuch zu machen, indem er sich Formengewandtheit genug zutraute, sein im Uebrigen unbegründetes Erscheinen als eine dem Kleinen geltende Gegenvisite hinzustellen; und nur das unvermuthete Dazwischentreten des Knaben selbst hinderte ihn an der Ausführung seiner Absicht. Kurt begegnete ihm nämlich, als er bereits, im Begriffe einzutreten, vor der Thür des Nachbarhauses stand; und auf seine Frage, warum er noch nicht wieder bei ihm gewesen sei, erwiderte der Kleine unbefangen: „Mama sagt, ich hätte Nichts bei dem unbekannten Herrn zu suchen."

Diese Antwort war natürlich entscheidend für Arndt: ebenso schnell, wie er gekommen war, kehrte er wieder um. „Schade," dachte er bei sich selbst; „man begegnet so selten interessanten Leuten – immer sind es dieselben Dutzendausgaben! – und hier ... es soll mich doch wundern, was aus diesem Knaben wird!" Auch würde er gern noch erfahren haben, ob die Frau wirklich die leibliche Mutter des Knaben sei; er bezweifelte es, denn er meinte, gegen sein eigen Fleisch und Blut wäre niemand von so aufopfernder Geduld, wogegen wohl ein edles und gebildetes Wesen fähig sein könne, ein Stiefkind mit völliger Selbstaufopferung und einer an Andacht grenzenden Scheu zu erziehen. Auch hatte er mit ebenso viel logischer Consequenz als erstaunlichem Zartsinn aus dem Benehmen seiner Nachbarin das fortgesetzte Bestreben gefolgert, durch Liebe und theilnehmendes Verständnis an Stelle der natürlichen Zugehörigkeit täglich wieder von Neuem ein sittliches Recht auf die junge Seele zu gewinnen.

Der Kleine begleitete ihn noch bis an die Hausthür, dann sagte er sehr entschieden: "So – weiter nicht! Sag' mal; ist es hübsch in Deinen Stuben?"

"Nicht besonders."

"Das freut mich wenigstens," und damit trollte das eigenthümliche, kleine Menschenkind davon.

Dies war auch das Letzte, das Arndt zur Zeit von dem Knaben vernahm; und da er schon vierzehn Tage später in einen fast entgegengesetzten Stadttheil zu seiner Familie zurückkehrte, durfte er sich kaum darüber wundern.

Jahre vergingen. Ein Tag harter Arbeit drängte sich an den andern; und wie eine eherne Kette schmiedete sich das Leben um die Seele des Mannes. Er trug die aufgebürdete Last, wie bisher, ohne Murren; aber er fühlte sich älter, als er war.

ooo

Nichts von den Dingen der Außenwelt verstimmt so, wie ein trüber Sommertag. Ja, er kann mehr, als verstimmen; denn er hat etwas in sich Verfehltes.

Wohin das Auge sah, ödes, einförmiges Grau. Unmerkbar war die trübe Nacht in einen trüben Tag übergegangen.

Schlaff und ausdruckslos spülte die Ostsee ihre farblosen Fluten gegen den blassen Strand; und der Himmel hing schwer, wie eine leblose Masse über Meer und Erde. Fröstelnde Mißstimmung ging durch die ganze Natur, in welcher sich Nichts regte, als nur ein leise fühlbarer, naßkalter Morgenwind.

Trotzdem – oder vielleicht gerade deshalb – schritt der einsame Wanderer, den sein Weg unmittelbar am Ufer entlang führte, rüstig aus.

Wäre er Maler gewesen, hätte er allerdings ein besonderes Recht gehabt, sich für wenig begünstigt zu halten und – fern von liebevollem Eingehen auf die landschaftliche Umgebung – seinem Aerger in ungeduldiger Hast einen befreienden Ausdruck zu geben.

Aber nicht jeder einsame Wanderer an der Küste Rügens muß ja durchaus ein Maler sein.

Der in aller Frühe hier so eilig Ausschreitende war Georg Arndt.

Die brütende Sommerhitze der Residenz hatte ihn nach langen Jahren unausgesetzter Arbeit zum ersten Mal wieder auf Urlaub getrieben. Er wollte sich ungefähr zwei Wochen lang durch Rügen'sche Seebäder stärken und dann höher hinauf gen Norden gehen, wohin ihn das besondere Interesse einer Gesellschaft von Berufsgenossen führte, in deren Auftrag er mehrere alte Kirchen Norwegens zu besichtigen hatte.

Ein Freund von weiten Märschen und möglichst großer Unabhängigkeit, hatte er die üblichen Reisegelegenheiten der Insel, als da sind: kleine, saubere Raddampfer, primitive Segelboote und noch primitivere Einspänner unberücksichtigt gelassen und suchte das Dörfchen, in welchem er Quartier nehmen wollte, zu Fuß auf.

Wer ihm begegnet wäre, würde wohl bemerkt haben, daß er, abgesehen von der Zufälligkeit eines trüben Tages, nicht zu den sorglosen Vergnügungsreisenden gehörte. Ueber der selbstbewußten Kühnheit seiner breitgewölbten Stirn lag eben ein Schatten, älter, als die Regenwolken des heutigen Morgens; und das kluge Auge, welches unter ihr aufblitzte, war ernst und gedankenvoll, wie früher.

Trotzdem nahm sich seine Erscheinung eigenthümlich an dem stillen Strande aus; denn seine energischen Bewegungen standen nicht im Einklang mit dieser sonnenlosen Natur, die gleichsam in mürrischer Trägheit dalag, um den drohenden Regen widerstandslos über sich ergehen zu lassen.

Mittlerweile fielen wirklich die ersten schweren Tropfen und zerplatzten auf der See in großen, weißen Blasen, welche die bleierne Eintönigkeit des Wassers wunderlich unterbrachen.

„Endlich!" sagte Arndt, als hätte er den Regen förmlich ersehnt.

Und gleich darauf ging die lähmende Stille um ihn her in ein ungeheures, gleichmäßiges Rauschen über. Man mochte blicken, wohin man wollte, rechts und links – vor und zurück – man sah Nichts, als Ströme herabfallenden Regens. Es war, als hätte sich die Welt in Wasser aufgelöst, und die unerschöpflichen Meere der Höhe ergössen sich in das Meer der Tiefe. Arndt warf sein Plaid um die Schultern, drückte den Hut in die Stirn und marschirte womöglich noch schneller, als zuvor.

Plötzlich blieb er stehen und sah um sich: Er hatte die Spezialkarte der Insel ziemlich genau im Kopf und wußte, daß kein größerer Ort in der Nähe sein konnte, aber möglicherweise lag jenseits der Dünenkette irgend ein vereinzelter Bauernhof.

Doch Nichts dergleichen war zu erspähen; nur das schwarzgetheerte Dach einer bretternen Badehütte lugte melancholisch über die grauen Sandhügel herüber. Kaum hatte Arndt dasselbe entdeckt, als er seine Schritte landeinwärts lenkte und in die Dünen einbog. Daß die Hütte verschlossen war, machte ihn nur eine Sekunde lang stutzig; mit der spitzen Zwinge seines Stockes fuhr er in das Schlüsselloch, schob den ländlich einfachen Mechanismus zurück und öffnete dann die Thür, welche er von innen wieder hinter sich heranzog.

Wie ein lebendig Begrabener stand er in dem kleinen, dunklen Raume, der so niedrig war, daß er in ihm kaum das Haupt aufrecht halten konnte.

Er tappte an den Wänden entlang und stieß nach wenigen Griffen an eine hölzerne Schiebeöffnung, die sogleich zurückflog und ein trübes Dämmerlicht hereinließ. Er nahm Hut und Plaid ab und hing die Durchnäßten an der Wand auf; dann trat er an das Fensterchen und sah eine lange Weile aufgeregt hinaus: Wann wohl das Schicksal einmal müde sein würde, ihn zu verfolgen?

Etwas wie titanischer Trotz zog sich auf seiner Stirn zusammen, während sein Auge verständnißvoll über das öde Bild flog, das sich ihm durch den engen Rahmen der Oeffnung darbot. –

Eine halbe Stunde nach der anderen verging, und es lag eine fast unheimliche Gesetzmäßigkeit in dem bleischweren Herabfallen des Regens, ob er sich nun rechts in die todte See ergoß, oder zur Linken auf die bereits triefenden Dünen niederklatschte. – Kein lebendes Wesen, nicht einmal ein Seerabe, ließ sich erblicken. Auch die hohen Strandhaferbüsche, welche sonst ihre schlanken Aehren träumerisch im Morgenwinde spielen lassen, waren erschöpft und sanken alle in der geraden Richtung von Westen nach Osten tief auf die nassen Sandhügel herab. Nur jene steilen Felsenufer, die sich einige hundert Schritt von der Hütte erhoben und jetzt wie durch einen gleichmäßig dichten Schleier sichtbar waren, hatten sich in der weiten Oede ein trotzig eigenartiges Ansehen bewahrt: nackt und regungslos starrten sie auf das graue Einerlei um sich her; nur an einer Stelle wurden ihre schwarzen Häupter von struppigen Dornbüschen gekrönt, deren kurze Zweige sich langsam und melancholisch auf und nieder bogen, eine Bewegung, die so unablässig war, daß man hätte meinen mögen, sie sei von Ewigkeit her gewesen, um die unerschütterliche Ruhe der Felsen noch augenscheinlicher zu machen.

Und Alles in Allem hatte diese ungastliche Landschaft etwas geheimnisvoll Erregendes: ihr Anblick verdichtete alle Reflexionen; und die Stimmung, welche ihm entwuchs, störte feindselig jede beunruhigende Seite des Gemüthes auf, um sich trotzdem wie Blei an die Schwungkraft der Seele zu hängen.

Arndt hatte sich endlich in eine Ecke der kleinen Holzbank geworfen, welche an den Wänden der Hütte entlang lief, und fiel jetzt ohne Widerstand seinen stürmischen Gedanken anheim: Er sagte sich, daß er seit Kurzem an einem Wendepunkt des Lebens stehe; denn die fortgeschrittenen Verhältnisse hatten alle bisherigen Lasten von ihm genommen, und er warf die Frage auf, ob es ihm noch möglich sein würde, die Ideale seiner Jugend zu verwirklichen? Doch die Antwort war eine ungewisse; denn Freiheit ohne Jugend ist wie ein köstliches Gefäß, dem der Inhalt mangelt.

Leidenschaftlich bewegt hob er den intelligenten Kopf: war er etwa noch jung? hatte er etwa noch die Kraft, den Staub des Lebens von sich zu schütteln? noch den Schwung der Phantasie, etwas nennenswerth Neues und Großes zu leisten? Sollte er noch mit den Besten seiner Berufsgenossen in die Schranken treten, um mit dem sprödesten Material die erhabensten Empfindungen und die auf das kleinste gegliederten Gedanken zu offenbaren? Sollte er noch jetzt versuchen, sich einen Namen zu machen?

Diese Reise hatte ihn zur Gewißheit über sich selbst bringen – ihm gleichsam eine Zwischenstation des Lebens sein sollen, auf welcher er sich vom Gerassel der Welt erholen und auf seine eigensten Angelegenheiten besinnen wollte. Ihr Anfang war kein ermuthigender.

Er stand ungeduldig auf und trat zum zweiten Mal an die Oeffnung: Vielleicht versprach der Himmel, sich aufzuklären und gestattete ihm, weiter zu gehen. Im körperlichen Ausschreiten war ihm schon oft auch Muth in die Seele gekommen, und Entschlüsse, deren schwankende Umrisse sein Gemüth in dumpfer Enge fruchtlos hin und her geschoben hatte, pflegten sich ihm unter freiem Himmel wie von selbst zu formen.

Er preßte die klopfende Schläfe gegen den Rand der Luke. Erst nach geraumer Zeit sprang plötzlich der Wind um, peitschte flüchtig gegen die schlaffe Oberfläche des Meeres und fuhr wie unmuthig über den dunklen Himmel, dessen Wolken er mit unstätem Athem auseinander trieb, so daß die Gewalt des Regens nachließ und endlich nur noch einzelne große Tropfen laut und hart auf das Dach der Hütte niederfielen.

Arndt horchte unverhältnißmäßig erregt auf das seltsame Geräusch. Ihm war zu Muthe, als durchbohrten jene Tropfen die Decke über seinem Haupte und fielen eiskalt in seine Seele, wie die kleinen und darum desto peinlicheren Leiden eines nüchternen unliebsamen Geschäftslebens.

„Wen der Teufel nicht im Gewühl der Welt packen kann, den faßt er in der Phantasie! Ich werde hier noch zum sündlichen Träumer!" murmelte er, blieb aber trotzdem unbeweglich an der kleinen Luke stehen; nur allen Mißmuth und Kleinmuth bannte er auf einmal mit kräftigem Willen aus seinem Geist.

Aufmerksam verfolgte sein Blick, wie die frische Ostbrise immer neckischer über die graue See zog und das Wasser zu tausend und aber tausend flüchtig schäumenden Wellchen aufwiegelte. Da war es, daß ein anmuthiges Zukunftsbild ihm plötzlich ein Lächeln entlockte, um ihn gleich darauf von Neuem in ernsteres Nachdenken und, mehr als das, in ein ihm sonst fremdes Ueberlegen zu werfen: Sei es nun, wie es sei, mochte er im Stande sein, neue Bahnen seines Berufes zu gehen, oder nicht, warum sollte er nicht seine reifen Mannestage durch den herzerfreuenden Zauber eines Frauenlächelns verschönen?

Er hatte in seinem Leben mancherlei Frauen gesehen; aber zwischen ihm und den Besten hatte häufig von vornherein jene Scheidewand der „Verhältnisse" gestanden, über welche wohl ein leicht beschwingter Traum hinweg fliegen mag, an der aber alle weiteren Erwägungen abprallen.

Nun war er vor Kurzem einer jungen Dame begegnet, mit welcher eine Verbindung für's Leben ebenso vernünftig gewesen wäre, wie sie ihm angenehm und schön erschien. Erna Lepel war wohlhabend, heiter und witzig, voll anziehender Freundlichkeit und natürlichen Wesens. Sie hatte ein hübsches Zeichen- und Maltalent, zu dessen Ausbildung sie in die Residenz gekommen war und das auch ihn gelegentlich sehr interessiert hatte. In ihrem gemeinsamen Bekanntenkreise war er nicht der einzige Mann, welchem sie gefiel, aber er glaubte bemerkt zu haben, daß die hübsche junge Dame von vornherein nur ihn auszeichnete.

Liebte er das Mädchen wirklich? oder beruhten seine Wünsche nur auf einer allgemeinen, mehr selbstsüchtigen, aber gewissermaßen dennoch gerechtfertigten Regung, indem er, der bisher nur für Andere gesorgt hatte, nun auch jemand Lieben und Anmuthigen sein eigen nennen wollte, der für ihn lebte? Er sehnte sich durchaus nicht nach der Ruhe des häuslichen Herdes; aber die Freuden und Anreizungen, kurz, der lieblich bewegte Flammenschein desselben gaukelte zuweilen in heiteren Bildern durch seine Seele und schien ihm Ersatz zu verheißen für Manches, das er bisher entbehrt hatte und das ihm auch die Zukunft vielleicht versagen würde.

Und - mochte er nun Erna Lepel leidenschaftlich lieben, oder nicht ... die großen Fragen im Getriebe der Welt, alle die dauernd ausgeprägten Gedanken in der Natur, in Wissenschaft und Kunst forderten leidenschaftliche Theilnahme genug vom reifen Mannesherzen; warum sollte es da nöthig sein ...? ja, vielleicht war es gar nicht einmal wünschenswerth, auch die freundliche Gefährtin dieses ernsten Daseins mit auf das Aeußerste erregten Gefühlen zu umfassen!?

Jedenfalls hatte er vor diesem Mädchen auch keine Andere geliebt; - - - und höchstens seine Phantasie hatte sich einmal Monate lang, bevor er Erna Lepel kennen lernte, mit einer Frau beschäftigt.

„Doch hinaus, aus diesen Gedankenkasten!" unterbrach er

sich selbst. Und eben wollte er Plaid und Hut von der Wand nehmen, als sein Blick auf einen groß und leserlich an die Bretter verzeichneten Namen fiel.

Daß der Eigenthümer desselben noch kein Mann sein konnte, leuchtete sofort ein, denn die Buchstaben waren mit strahlendem Rothstift geschrieben und durch schöne, symbolische Initiale und Endschnörkel verziert. Arndt stutzte und starrte einige Sekunden lang auf die Wand.

„Wer sich mit Räthseln abgibt, dem wachsen die Räthsel entgegen, wie Hydraköpfe!" meinte er unwillig und trat in's Freie.

Aber seine Gedanken gewannen dadurch nicht sogleich eine andere Richtung. „Kurt Brandenburg!" sagte er laut und beschrieb mit seinem Wanderstecken einige weite Kreise in der Luft. Dann schritt er mit willenskräftiger Eile, wie Jemand, welcher findet, daß er sich zu lange bei sich selbst aufgehalten hat, vorwärts.

Im Süden theilte sich die letzte Wolkenmauer. Unsichere Sonnenstrahlen fielen schräg über die Dünen auf den Sand; fern im Westen dämmerte der Wald hervor; und ein weiches, verlorenes Grün schimmerte Leben verkündend durch die graue See. Flüchtig, wie ein eilender Bote des Lichts wurde es bald hier, bald dort sichtbar und schlängelte sich in tausend flüssigen Formen durch die mit weißen Schaumkrönchen spielende Flut.

Doch Arndt dachte an Kurt Brandenburg und an seine Mutter; denn eben diese war es, welche einst lange seine Phantasie beschäftigt hatte. Und während er seinen Weg nicht ohne schließliche Anstrengung auf dem noch weichen Sandboden fortsetzte, welcher sich nach jedem Schritte wie eine breiige Masse in seine Fußspuren zurückdrängte, stürmte, unbekümmert um alle körperlichen Strapazen, Erinnerung auf Erinnerung durch seine angeregte Seele.

Merkwürdig, daß er heute nach Jahren auf einer entfernten Insel den Namen des Knaben lesen mußte! und noch dazu in dem nämlichen Augenblick, da ein flüchtiges Gedenken das zur Zeit so lebhaft von ihm erfaßte Bild der Mutter gestreift hatte – jenes Bild, das mit seiner feinen Individualität wohl noch Monate lang nach dem damaligen Umzuge lebendig in ihm gewesen, dann aber naturgemäß von Näherliegendem verdrängt worden war. Der Zufall hatte da ein wunderliches Spiel mit ihm, dem ernsten Manne, getrieben.

Doch jeder anhaltenden Träumerei ungewohnt, blieb jetzt Arndt auf einmal befremdet stehen: Ihm war, als habe sich die Landschaft um ihn her wie mit einem Zauberschlage verändert. Ganz mit seiner Innenwelt beschäftigt, hatte er jenes Ringen von Licht und Schatten, jenes Wallen und Ziehen am Himmel und auf Erden, kurz, alle jene dramatischen Schönheiten des Ueberganges von einer Naturstimmung in die andere übersehen.

Jetzt strahlte der Himmel im reinsten Azurblau. Die kühn aufgebauten Wolken am Horizont leuchteten silberhell über die lachende See und schienen in selbstbewußter Heiterkeit ihre stolzen Riesenleiber hoch und höher in die freien Lüfte hinaufzurecken.

Die Dünenkette lag bereits weit zurück, und während die Sonne unermüdlich auf dem Meeresgrunde ihre feinmaschigen Goldnetze zog, so oft auch eine heranplätschernde Welle sie ihr wieder zerreißen mochte, floß das Licht über die hohen Uferwände, welche sich nunmehr zur Linken des Wanderers erhoben, in breiten Strömen, so daß ihre feuchten, tiefschluchtigen Hänge auf den buntsteinigen Strand herabschimmerten, als wären sie mit reichem, stellenweise schön gefaltetem Sammet umkleidet.

Arndt legte die Arme fest in einander; reckte sich, tief aufathmend, in die Höhe und sah lange um sich. Ihm ward zu Muth, als tränke er in diesen Augenblicken einen feierlichen Verjüngungstrank.

Dann, nachdem er eine gute Weile so gestanden hatte, bog er in einen kleinen Fußpfad ein, welcher sich das hohe Ufer hinaufschlängelte, warf, oben angekommen, noch einen letzten Blick auf die weite, leuchtende Meeresfläche zurück und wandte sich schnell landeinwärts, um geraden Weges auf das kleine Stranddorf loszuschreiten, welches das nächste Ziel seiner Wanderung war.

ooo

Im Speisezimmer des kleinen Gasthofes zum „schwarzen Seehund" war es fast leer. Die meisten Badegäste, welche sich zur Zeit in dem Dörfchen aufhielten, dessen vornehmstes Lokal er war, hatten bereits früh zu Mittag gegessen, um ihren weiteren Tagesvergnügungen entgegenzueilen. So konnte sich denn die Sonne ungehindert auf dem schönen, „eigengesponnenen" Tischtuche breit machen, welches seiner ganzen Länge nach über der Haupttafel des Zimmers ausgespannt lag, obgleich nur noch an ihrem obersten Ende, und zwar von einer einzigen Person gespeist wurde.

Es war Arndt, welchem man hier nachträglich aufwartete und dem die Fürsorge der Wirthsleute nach seinem anstrengenden Marsche wohl zu thun schien.

Der Wirth selbst, eine breitschulterige, ziemlich untersetzte Insulanergestalt saß in unmittelbarer Nähe des Gastes rauchend am Fenster und sorgte für die Unterhaltung, so oft sich seine Frau entfernte, um ein frisches Gericht hereinzubringen. Er sprach freilich wenig, aber seine Erscheinung war so originell, daß ihr flüchtiger Anblick mehr Erheiterung und Zerstreuung bot, als zuweilen ein stundenlanges Gespräch. Mit beiden Händen in den Hosentaschen, jedoch die Arme breit vom Körper abhaltend, lag er mehr auf dem Stuhl, als daß er saß und gab durch diese Haltung untrüglich zu erkennen, daß er vor Uebernahme des „Seehunds" Schiffer gewesen war. Noch eigenthümlicher, als seine nachlässige Stellung war sein höchst charakteristischer Kopf, welcher ein ebenso absonderliches, wie standesgemäßes Gepräge hatte; denn wenn auch jede Falte seines gelbbraunen, über und über runzligen Gesichtes einen ausgesprochenen Schifferhumor verrieth, waren doch das dreist überlegene Lächeln seines auffallend breiten, etwas schief geschlitzten Mundes, sowie der lebhafte, halb schlaue, halb guthmüthige Ausdruck seiner weiten, ebenfalls geschlitzten Augen von ganz besonderer Art.

Arndt hätte keine ihm angenehmere Tischunterhaltung haben können, als den Anblick dieses Mannes, der größtentheils schweigend die „Honneurs" machte und jeden beobachtenden Blick mit einem wohlgefälligen Blinzeln zurückgab, das nicht nur zu sagen schien: „Ick glöv woll, dat ick Die gefall! sonnen Kierl as mie, sehn Iie Binnenländschen nich all Daag!", sondern auch eine sehr ungenirte Gegenbeobachtung ausdrückte.

Redseliger, als der Alte, war offenbar die kleine blaubebrillte Wirthin, welche sich einer höheren Schulbildung erfreute und ihrem neuen Gaste schon während der Suppe in sehr gespreiztem Hochdeutsch ihre eigene Lebens- und Familiengeschichte berichtet, sowie diejenigen der verschiedensten Badegäste des Dorfes angedeutet hatte.

Soeben trat sie mit dem Braten ein; und Arndt erwartete ziemlich bestimmt, nun auch den Namen „Brandenburg" von ihr zu hören, als eine lebhafte Bewegung des Wirthes seine Aufmerksamkeit von der behende herantrippelnden Frau ablenkte.

„Kieken's!" sagte der Alte, mit dem Daumen über die Schulter fort nach draußen zeigend, ohne seine sonstige Stellung zu verändern.

Arndt sah hinaus und bemerkte, daß zwei nicht mehr junge Damen auffallend eiligen Schrittes am Fenster vorübergingen.

„So hild hebben de dat ümmer!" fuhr der Wirth fort, schwieg dann wieder und blinzelte Arndt herausfordernd an.

„Wohnen die Damen hier bei Ihnen?" fragte dieser mit der müßigen Neugier des Reisenden.

„Nein; aber sie nehmen hier ihre Mahlzeiten ein," rief die kleine Wirthin, gewandt die Unterhaltung an sich reißend. „Und da sie schon so langjährige Kunden sind, Herr Regierungsbaumeister Arndt, nehmen wir Rücksichten und heben mit dem Essen herum, so lange es irgends gehen will! Zuweilen freilich, hat es große Bedenklichkeiten für eine Hausfrau, die doch stets ..."

Die Zungenfertigkeit der gebildeten Rügianerin wurde kurz abgeschnitten; denn die Thür eines Nebenzimmers ging hastig auf, und die beiden besprochenen Damen traten rasch hinter einander ein. Die vordere nickte kurz dem Wirth und der Wirthin zu, warf von unten herauf einen beobachtenden Blick auf Arndt und sagte dann sehr vernehmlich: „Guten Tag!" worauf auch die nachfolgende in etwas zerstreutem Ton und mit einer auffallend tiefen, aber nicht unschönen Stimme grüßte. Dann schossen Beide in ungewöhnlicher Geschwindigkeit auf ein Nebentischchen los, an welchem bereits für sie gedeckt war.

Arndt hatte durchaus den Eindruck, als fühlten sich die Damen irgendwie durch ihn in ihren Rechten gekränkt; vielleicht, weil sie sonst um diese Tageszeit hier die Alleinherrschaft zu haben pflegten und gern ungestört waren; vielleicht auch nur, weil neben ihm, weit aufgeschlagen, das Unicum einer Gasthofszeitung lag, welches er vorhin ihrem Tischchen entnommen hatte.

Indessen verspürte er keine Lust, ihnen zu weichen, und verzehrte mit völliger Muße seinen Braten, während die Wirtin hinauseilte, um auch die Neuangekommenen zu bedienen, und ihr Mann mit behaglicher Pfiffigkeit zu den Damen hinüber sah, welche eifrig einige Worte mit einander flüsterten.

„De sünd gornich so inheimsch, as s' utsehn! Aebers, wats' nich kennen, dat fatens' nich mit Hanschen an!" sagte er schließlich laut zu Arndt, sobald seine Frau wieder eintrat und mit vollen Tellern und übervollem Redestrom auf die Damen zueilte.

Arndt sah jetzt auch wieder auf und betrachtete die Letzteren mit einem Gemisch aus Neugier und Gleichgiltigkeit, das man in öffentlichen Gastzimmern seinen Mitspeisenden gegenüber zu empfinden pflegt. Es schien ihm unzweifelhaft, daß Beide Schwestern waren, denn ihre schlichte, aber geschmackvolle Kleidung sah sich zum Verwechseln ähnlich; auch waren sie gleicherweise tief brünett und hatten die nämlichen ausgesprochen kräftigen Bewegungen.

Trotzdem mußten sie sehr verschiedenen Charakters sein, denn in den ziemlich regelmäßigen Zügen der etwas Jüngeren, welche zuletzt das Zimmer betreten hatte, lag eine versteckte weibliche Anmuth, und ihre großen, sammetbraunen Augen verriethen, wenn sie einmal schnell vom Tischtuch aufblickten und zur Schwester hinüber sahen, ein nach innen gekehrtes, beinahe fanatisches Feuer.

Von Alledem zeigte das Gesicht der Aelteren, welche annähernd fünfzig Jahre zählen mochte, keine Spur. Es hatte auf den ersten Blick etwas Trockenes, ernsthaft Entschlossenes; sah man aber aufmerksamer in die kleinen, schwarzbraunen Augen, so blitzte darin ein ungewöhnlich scharfer Mutterwitz, der eine warme Herzensgüte mehr zu verdunkeln, als auszuschließen schien. –

Der Wirth, welcher Arndt's Blicken gefolgt war, nahm wieder einmal das Wort, sprach aber dies Mal etwas leiser, obgleich die Schwestern drüben mit seiner Frau redeten. „Jung nich, hübsch ook nich, aewer pläsirlich!" sagte er schmunzelnd.

„Wenn Sie sich selbst meinen, Herr Putbrese, paßt Ihre Schilderung allerdings auffallend!" antwortet Arndt lachend.

Der Alte grinste verständnisvoll. „De nähmen mie nix äöwel!" entgegnete er selbstbewußt. „Ja," fuhr er dann fort und verzog den Mund noch mehr, als gewöhnlich, „blots üm mie sünd 's nu all vier Monden hier, jä! jä!"

Dann stand er auf; aber natürlich, ohne die Hände aus den Taschen zu nehmen, wankte er auf die Damen zu und fragte fast gönnerhaft nach ihren Thaten des Vormittags.

Die Schwestern antworteten mit vielem Humor, und die

jüngere, welche sich bei Putbreses Annäherung lebhaft in die Höhe gerichtet und ihre Zerstreutheit aufgegeben hatte, that es der älteren fast noch zuvor, als sich jetzt an dem Tischchen eine Unterhaltung zu Vieren entspann; ja in dem ihr eigenthümlichen Basse ließ sie von Zeit zu Zeit ein herzhaftes Lachen ertönen.

Arndt behielt Aufmerksamkeit genug für die kleine Gruppe, um Alles zu bemerken und auch bald dem Gespräche zu entnehmen, daß beide Damen Malerinnen waren, obgleich er seine geraubte Zeitung vorgenommen hatte und auch gelegentlich einen belustigten Blick über die stark in Kreidefelsen und Grasgrün gearbeiteten Wandgemälde des Zimmers gleiten ließ.

Nach einiger Zeit trat der Wirth wieder zu ihm heran. „Jä," sagte er, mit seiner gewöhnlichen Handbewegung rückwärts auf die Schwestern deutend, „Se glöben mie 't woll nich?"

„Was?" fragte Arndt und blickte aufgeregt zum Fenster hinaus, unter welchem soeben ein kleiner Schatten vorüberhuschte.

„Na nu!" meinte der Alte und sah sich gleichfalls um, kehrte aber sofort wieder den Blick in's Zimmer zurück. Dann kniff er das eine seiner weiten Schlitzaugen vollständig zusammen und sagte ziemlich laut: „Ja, wat de Jüngste is, de het 'ne ‚unglückliche Leidenschaft' für mie – hä! hä!"

„Wen wollen Sie eigentlich zum Besten haben, Herr Wirth, sich oder mich?" fragte jetzt Arndt mehr ungeduldig, als amüsirt.

„Na, na, man ümmer sachten," grinste der Alte. „Jä, jä, dat sünd so'n Sacken!" und, indem er launig die Schultern auf und nieder zog, setzte er sich wieder auf seinen Fensterplatz zurück.

Aber Arndt beachtete ihn nicht mehr; denn soeben war in der Thür des Nebenzimmers ein blonder ungefähr neunjähriger Knabe erschienen. Ohne sich weiter umzusehen, ging derselbe auf die beiden Malerinnen zu.

„Na ja, das wußt' ich ja!" sagte er. „Guten Tag! Es ist schrecklich heiß draußen!"

„Was wußtest Du?"

„Daß ihr noch nicht fertig mit Eurem Mittag seid."

„Du entschuldigst wohl, Kurt," sagte die jüngere Dame lachend, „wenn wir weiter essen?"

„Meinetwegen könnt Ihr so lange essen, wie Ihr wollt! Das alte Gemale ist das Langweiligste auf der ganzen Welt!"

„Du bist ja recht höflich. Willst Du nicht Platz nehmen?"

„Muß man höflich sein ..." sprudelte der Knabe feurig heraus, brach dann aber kurz ab und setzte sich neben die ältere Schwester.

„Du kannst immer ausreden. Du weißt, wir verbieten Dir nie den Mund," sagte diese trocken.

„Ach! ich meine ... wenn man sich ‚Du' nennt?"

Diese Worte warf der Junge gleichsam hastig hinter den Anfang seines Satzes her; und es schien, als ob sie ihn innerlich verlegen gemacht hätten; denn er lächelte, während er sprach, und fing gleich darauf an, mit großem Ernst eine Scheibe trockenen Brodes zu verzehren.

Arndt hätte ihn gerne noch länger aus der Entfernung beobachtet; aber er fürchtete, die Malerinnen möchten aufbrechen, bevor er sie gesprochen, wenn er jetzt zögere. So erhob er sich schnell und trat auf das Nebentischchen zu. Einen Augenblick stutzte Kurt, aber nur einen Augenblick.

„Ah!" rief er dann und flog von seinem Stuhl in die Höhe.

„Ja, wir sind alte Freunde!" sagte Arndt, dem es eine wirkliche Befriedigung war, daß ihn der Knabe sofort wieder erkannte. „Verzeihen Sie, meine Damen, mein Name ist Arndt, Regierungsbaumeister."

Die ältere der Damen stand rasch auf. „Auguste Lappe," sagte sie mit Würde und setzte sich auf der Stelle wieder nieder. Dann hustete sie kurz an, zeigte auf ihre sich nur ein wenig erhebende Schwester und fügte hinzu: „Adelheid Lappe. Wir können wirklich Nichts dafür!"

„Ich kenne auffallendere Namen," erwiderte Arndt belustigt.

„Das tröstet uns," sagte die eigenthümliche Ceremonienmeisterin, ohne eine Miene zu verziehen.

„Aber schön ist es nicht, Lappe zu heißen; man denkt dabei an waschlappige Leute, an ganz andere Menschen, als Ihr seid!" rief Kurt eifrig dazwischen und somit trat er wieder in den Vordergrund, während die beiden Malerinnen die Erscheinung des Fremden einer halb scheuen, halb energischen Prüfung unterwarfen.

Arndt hielt noch immer die Hand des Knaben, der so aufgeregt zu ihm emporblickte, als wisse er vor lauter Gedanken, die ihm durch den Kopf schössen, nicht, wo er anfangen sollte, zu reden.

„Also, Du hast mich wirklich wiedererkannt, mein Sohn? Spielst du denn noch fleißig Ball?" begann Arndt.

„Gewiß nicht!"

„Schade! – Du bist wohl zu groß dazu geworden?"

„Nein; aber zu alt. Groß bin ich nicht! Sehen Sie nicht, daß ich ein Knirps bin?"

„Nein, das sehe ich wirklich nicht, aber ebenso wenig wäre mir Dein hohes Alter aufgefallen."

„Meinetwegen können Sie lachen," sagte der Knabe ernsthaft. „Für einen Jungen bin ich aber doch zu alt, Ball zu spielen!"

„Natürlich," stimmte Adelheid bei, „für ein Mädchen wärest Du es nicht!"

„Nein. Mädchen und Frauen können noch spielen, wenn sie schon alt sind."

Die Damen lachten, aber Arndt lächelte nur und sah den Knaben aufmerksamer, als zuvor an, denn er glaubte, seine Ideenverbindung zu kennen.

„Wenn Du nur Recht hast," sagte er vorsichtig.

Kurt wurde roth und warf den Kopf selbstbewußt in den Nacken. „Freilich hab' ich Recht!" sagte er nach einigen Minuten, zwischen Rechthaberei und eigenthümlichen Zartgefühl kämpfend.

Schließlich siegte Erstere. „Na ja, ich weiß es von meiner Mutter her!" stieß er hastig hervor; denn es war ihm sichtlich unangenehm, den Namen der geliebten Mutter vor einem Fremden zu nennen.

Auguste lachte wieder. „Die ist freilich sehr alt!" bemerkte sie trocken, während Adelheids Augen sich plötzlich ernst auf den Knaben richteten.

Dieser erschien jetzt gereizt und reckte stolz sein kleines Figürchen in die Höhe. „Ja, und sie ist doch alt," rief er leidenschaftlich; „denn sie ist ernsthaft! – Ich kenne sie wohl besser, als Ihr!"

„Deine Frau Mutter konnte doch früher so schön lachen?" fragte Arndt, welchem daran lag, das Gespräch um jeden Preis festzuhalten.

„Das kann sie auch noch," antwortete der Knabe. Dann sah er plötzlich zu Arndt auf und blickte ihn mit wunderlich leuchtenden Augen trotzig an.

„Aber ernsthaft ist die doch!" setzte er mehr unwillkürlich, als absichtlich hinzu; denn er wurde gleich darauf unruhig und fragte lebhaft: „Sie ... woher kennen Sie denn meine Mutter?"

„Das kann ich Dir sagen; ich habe sie von meinem Garten aus reden und lachen hören, als ich Euer Nachbar war. – Doch jetzt, mein Junge, will ich Dich nicht länger aufhalten."

Fräulein Lappe's erhoben sich so rasch, als hätten sie längst unwillig auf diese Aeußerung gewartet.

„Ich habe für acht Tage bei Herrn Putbrese Quartier genommen und hoffe, wir setzen hier unsere Berliner Bekanntschaft fort," fügte Arndt noch eilig hinzu. „Wo wohnst Du?"

„Wir wohnen nicht hier; wir wohnen im andern Dorf!"

„Diese Dörfer sind nämlich Zwillingsdörfer!" warf Auguste ein.

„Und ich quäle ihn, jeden Nachmnittag zu mir zu kommen," erklärte Adelheid. „Wir bilden uns nämlich ein, Kurt wird einmal ein großer Mann werden; und da möchte ich gern sein Kindergesicht unsterblich machen."

„Es wird eine Ueberraschung!" seufzte Kurt mit ehrlichem Abscheu.

„Ja, das hilft Dir Nichts, Kurt; die Unsterblichkeit wird immer theuer erkauft!" tröstete Adelheid.

„Sie sind also Porträtmalerin, mein gnädiges Fräulein?"

„Ja, meine Schwester ist Malerin!" betonte Auguste mit mütterlichem Stolze.

„Sie nicht auch, gnädiges Fräulein?"

„Natürlich – ich auch."

„Natürlich?"

„Sie kennen das also nicht? Das Malen ist ansteckend. – In Berlin ist es epidemisch."

Arndt und Adelheid lachten herzhaft.

„Wenn die Damen erlauben, werde ich Ihnen meinen Besuch machen," sagte Arndt. „Das Porträt unseres jungen Freundes interessirt mich."

„Es ist noch nicht fertig!" beeilte sich Adelheid ängstlich hervorzuheben.

„Fürchten Sie Nichts, mein gnädiges Fräulein! Ich verspreche, mich auch im Stillen jedes voreiligen Urtheils zu enthalten. Darf ich kommen?"

„Gegen fünf," vermittelte Auguste, „dann wird das Atelier aufgehoben."

„Aber, wie gesagt, das Bild ist noch nicht fertig," betonte Adelheid noch ein Mal.

Arndt schien es zu überhören.

„Auf Wiedersehen!" sagte er und schüttelte Kurt herzhaft die Hand; dann empfahl er sich auch den Damen.

Es war zwei Stunden später und genau um die angegebene Zeit, als er bei den Malerinnen erschien.

Wie erlöst sprang Kurt in die Höhe, als Arndt auf Augustes „Herein!" das Zimmer betrat.

„Einen Augenblick noch," bat Adelheid, nachdem sich beide Schwestern straff gegen den Eintretenden verbeugt hatten. „Kurt, Du mußt noch einen Augenblick still sitzen."

Arndt blieb im Hintergrunde des Zimmers stehen und trat vor das wirklich meisterhaft gemalte Bild des alten Putbrese, das dort auf einer Staffelei ausgestellt war. „Ausgezeichnet!" rief er ganz unabsichtlich. „Ein in's Nordische übersetzter Silen!"

Adelheid ließ Palette und Pinsel sinken: So war ihr also endlich das Bild geglückt!? Sie hatte noch immer daran gezweifelt. Diesen günstigen Augenblick benützte Kurt; mit einem Sprunge hatte er seinen etwas erhöhten Sitz verlassen und stand neben Arndt. „Herr Arndt bewundert Tante Adelheid's unglückliche Liebe!" schrie er ausgelassen.

„So, nun hast Du Dir etwas an den Mund geredet," sagte Auguste; „nun schenken wir Dir zu Weihnachten doch einen gewissen Korb."

Adelheid war ganz roth geworden. Die kindische Wiederholung eines offenbar familiären Witzes vor fremden Ohren schien sie einen Augenblick heftig zu ärgern.

Aber die Freude, welche ihr Arndt's aufrichtige Bewunderung gewährt hatte, hob sie schnell über jede kleinliche Empfindung hinweg. „Es freut mich, daß Sie ihn ähnlich finden," sagte sie, rasch hinter den Architekten tretend. „Es ist das zweite Bild, das ich von ihm male; und es ist gar nicht leicht, das Gemisch von Gutmüthigkeit und Schlauheit herauszubringen und auf diese breite Gesichtsfläche zu vertheilen."

„Das kann ich mir denken," bestätigte Arndt; „denn beide Eigenschaften müssen ja auch wieder in selbständiger Prägnanz hervortreten." – „Und Sie haben Recht," fuhr er, immer auf das Bild blickend, fort; „dabei ist der Kerl eitel, ganz abnorm eitel und kokettirt mit seinen nachlässig hingeworfenen plattdeutschen Brocken wie Einer! Ein Elementarmensch mit den natürlichen Keimen zu allen conventionellen Sünden."

Adelheid hatte ihre bisherige Zurückhaltung gegen Arndt plötzlich überwunden. Die Kunst schien ihr ein Heiligthum zu sein, dem sie mit Leib und Seele diente, ohne Unterschied der einzelnen Fälle und Anforderungen. Es hatte für Arndt etwas halb Rührendes, halb Komisches, wie sie voll ernster Andacht zu dem Bilde des wunderlichen alten Kauzes aufsah und noch ausführlich in einer sonderbar begeisterten Weise mit ihm über dasselbe sprach.

Beide wurden erst von ihrem Thema abgelenkt, als Auguste diktatorisch sagte: „Wir müssen jetzt aufbrechen, wir machen mit mehreren Herren und Damen eine Segelpartie. Wollen Sie sich uns anschließen, Herr Arndt?"

Arndt nahm die Einladung mit großer Bereitwilligkeit an.

„Tante Auguste, mein Hut! wo hast Du meinen Hut hingelegt?" rief jetzt plötzlich Kurt. „Ich muß fort; sonst komm' ich zu spät!"

„Hier," sagte Fräulein Auguste, „amüsirt Euch gut! Grüß' auch Deine Mutter!"

Arndt fühlte sich auf einmal ernüchtert: Also Frau Brandenburg und ihr Sohn machten eine andere Partie? Er hatte das nicht erwartet.

„Kommt Mutter Dir entgegen?" fragte Adelheid.

„Ja, bis an's hohe Ufer!"

Die Malerin zögerte einen Augenblick.

„Adieu, Kurt! Sag' Deiner Mutter, übermorgen könnte sie kommen," entschied sie dann hastig.

„Und mich empfiehlst Du Deiner Frau Mutter unbekannter Weise. Hörst Du, mein Sohn?" sagte Arndt.

„Gar nicht unbekannt! Ich hab' ihr tausend Mal früher von Ihnen erzählt!" rief der Knabe und erwiderte feurig Arndt's Händedruck. Dann schoß er eilfertig davon.

Adelheid sah ihm vom Fenster aus nach, und Auguste bemerkte: „Ein verrückter Brausekopf! nur seine Mutter vergißt er niemals. Er hat uns auch erzählt, wie er mit Ihnen bekannt geworden ist."

„Nicht wahr, ein hübsches, kleines Erlebniß in Mitten der Großstadt, wo man sonst vor lauter Lärm Nichts zu erleben pflegt, selbst wenn man die Zeit dazu hätte? Und jetzt erlauben Sie ... ich interessire mich ungewöhnlich für diesen ‚verrückten Brausekopf‘,“ und damit trat Arndt vor Kurt's Porträt.

„Aber kein Wort!" befahl Auguste und verließ mit ihrer Schwester das Zimmer.

Arndt blieb unruhig zurück und sah halb zerstreut, halb gefesselt auf das vorzüglich ähnliche Bild, dem seiner Meinung nach nur noch wenige Pinselstriche zur Vollendung fehlten.

Einige Minuten später traten die zur Segelfahrt gerüsteten Schwestern wieder ein, und Arndt schloß sich ihnen an.

Er blieb den ganzen Tag nach einer bestimmten Richtung hin enttäuscht, weshalb seine Unterhaltung zuweilen eine leichte Schärfe annahm, die von der Gesellschaft der Segelpartie dermaßen geistreich gefunden wurde, daß sie ihn einstimmig für „entzückend" erklärte, indem sie mit Ausnahme der beiden Malerinnen nicht zu bemerken schien, daß sie selbst seinem Witz als Schleifstein und zugleich als Zielscheibe dienen mußte.

Doch es war eigen, Arndt's Verstimmung schwamm gleichsam nur auf der Oberfläche seines Gemüths: Daß er enttäuscht war, ärgerte ihn; aber daß er es noch sein konnte, war ihm neu und an sich selbst interessant.

Wäre Henriette Brandenburg heute Nachmittag wirklich von der Partie gewesen, würde er ihr mit lebhaften Erwartungen und besonderer Aufmerksamkeit, aber doch ohne innerste Erregung entgegengetreten sein; daß sie es zufällig nicht war, erhöhte plötzlich ihren fremdartigen Reiz; und er konnte es nicht hindern, daß seine Phantasie ihr Nichterscheinen mehr und mehr mit einer geheimnißvollen, ja gewissermaßen absichtlichen Zurückhaltung verschmolz. Dies machte ihn nur noch begieriger, sie kennen zu lernen, und eine so ausgesprochene Spannung drängte sich durch sein Empfinden, daß er sich nicht genug über sich selbst wundern konnte.

Zum zweiten mal an diesem Tage meinte er, Rügen habe ihn eigenthümlich verjüngt, und wie im Traume zogen Felsen und Wälder, Flutengekräusel und fremdes Menschengeschwätz, sowie seine eigenen Worte an ihm vorüber.

Als die ersten Sterne heraufdämmerten, lief das Segelboot wieder in den Hafen des Stranddörfchens ein, und einige Minuten später schritt Arndt an der Seite der Schwestern durch die lange Hauptstraße des kleinen Ortes.

„Sie haben sich ein großes Verdienst um die Partie erworben," sagte Auguste.

„Es schien mir auch so," meinte Adelheid; und ihr tiefes Lachen klang angenehm an Arndt's Ohr.

„Wie so?" fragte er. „Die Damen wollen mich hoffentlich nicht jetzt entgelten lassen, was ich auf dem Wasser verbrach?"

„Nein; durchaus nicht;" erwiderte die Porträtmalerin. „Wir bedanken uns ganz ernsthaft dafür, daß Ihr Witz uns heute über Wasser gehalten hat."

„Ja," warf wieder Auguste ein; „wenn wir hier Jemanden zu etwas auffordern, kann er sicher sein, daß es aus Egoismus geschieht. Ich wußte ganz genau, welchen Ballast an Dummheit wir heute Nachmittag laden würden."

„Sie sind keine von den schlimmsten Egoistinnen, mein gnädiges Fräulein, da Sie Ihre Karten so ehrlich aufdecken; und damit Sie sehen, wie wenig ich mich vor Ihnen fürchte, möchte ich um die Erlaubniß bitten, Sie dieser Tage wieder aufsuchen zu dürfen."

„Aber bitte, nicht vor übermorgen! Uebermorgen wird Kurt's Bild fertig," sagte Adelheid.

„Uebermorgen, wie Sie befehlen!"

○○○

„Merkwürdig, ich hab' ihn doch hier hinein gethan," meinte die jüngere Malerin einige Stunden später und kramte mit nervöser Hast in ihrem Koffer.

„Ja, was suchst Du eigentlich?" fragte Auguste, die ihre Schwester schon eine Weile schweigend beobachtet hatte.

„Den letzten Brief von Frau Lepel."

„Wenn es weiter Nichts ist, geh' lieber zu Bett!"

„Laß doch nur! Ja wohl ... hier muß er sein! Ich habe eben kein Namengedächtniß. Aber die Beschreibung paßte genau. Und jetzt weiß ich auch, daß er Arndt heißt."

„Und wenn meine Pathen heirathen, will ich doch gern aus eigener Anschauung meinen Segen dazu geben," fuhr sie mit Humor fort und erhob unwillkürlich ihre Stimme, als ob sie vom Katheder herab rede. „Besinnst Du Dich, Auguste, daß Frau Lepel schrieb, sie hätte von den Berlinern gehört, Erna interessire sich für einen Architekten Arndt?"

„Allerdings; aber ich finde daran nichts Besonderes."

Adelheid wurde immer eifriger. „Freilich," sagte sie; „es ist aber doch ein eigenthümlicher Zufall, Auguste, daß wir ihn hier kennen lernen;" und sie fuhr fort, zwischen ihren Papieren zu suchen.

„Geh' zu Bett, Adelheid! Du bist zerstreut. Es ist Nichts mit dir, wenn Du einen Tag lang Henrietten nicht gesehen hast!" sagte Auguste und setzte ihre Nachtmütze auf.

Adelheid wurde roth. „Ja," rief sie leidenschaftlich, verließ ihren Koffer und begann im Zimmer umher zu wirthschaften; „man kann die Welt absuchen, eh' man wieder auf eine Henriette stößt! - Und man muß die Gegenwart wahrnehmen, wenn man alt wird. - So ungestört wie hier, kann ich sie nirgends genießen! In der Berliner Tretmühle zieht Jeder seinen Strang, ohne zum Andern zu können."

„Bitte, rege Dich nicht auf!" meinte jetzt Auguste scheinbar ernsthaft. „Ich beurtheile Deine Schwärmerei durchaus mit Toleranz. Alter und Genialität sind mildernde Umstände." -

Damit schwiegen plötzlich die erhobenen Stimmen der Schwestern; und nächtliche Stille zog in ihre kleine Miethswohnung ein, während Henriette Brandenburg, von der sie zuletzt gesprochen hatten, im benachbarten Stranddörfchen noch wachend am Bette ihres Sohnes saß.

„Mutter," bat der Knabe, „geh' noch nicht fort, ich kann doch nicht einschlafen."

„Aber sprich nicht mehr, Kurt. Du wirst immer munterer," sagte Henriette und fuhr leise mit der Hand über seine Stirn.

Da faßte der Knabe plötzlich ihren Arm und hielt ihn fest, sodaß ihre Hand auf seinem Gesichtchen ruhen blieb.

„So ist's schön!" flüsterte er; und einige Minuten war es so lautlos still in dem kleinen, dunklen Gemach, daß man deutlich unter den Fenstern das Anschlagen der See gegen das nahe Ufer vernehmen konnte; es klang unruhig träumerisch, bald leise flüsternd, bald voll aufrauschend.

Und ähnlich wie draußen die vom Halbschlummer der Natur umsponnenen Wellen, mochten hier die Gedanken in einem Kindeshaupte auf und abwogen.

„Mutter!" rief der Knabe, als wäre er auf einmal aus dem Traume erwacht; „wie ist das? Ich las in dem Buch von Indien, die alten Brahmanen hätten geglaubt, das, was jetzt ist, die Welt und die ganze Erde sei viel schlechter, als das Nichts, das vorher war; deshalb sagten sie, Brahm, ihre große Weltseele, schliefe jetzt und hätte früher gewacht. Mutter! und nun kann ich nicht einschlafen! Immer, wenn ich nun die Augen zumachen will, muß ich denken: ‚Brahm schläft!' und immerzu: ‚Brahm schläft!' Mutter! ... und dann muß ich immer denken, Alles, was du sagst und was ich sage, und was wir sehen und hören, das sind auch Alles bloße Träume. Mutter! Mutter! O, Mutter, wenn der liebe Gott nicht schliefe, ließ er gewiß nicht so viel Unglück zu! Siehst Du?"

Henriettes Hand, welche noch immer auf dem Haupte des Knaben lag, der sich jetzt hoch im Bette aufgerichtet hatte, zitterte. „Du ängstest Dich oft recht unnöthig, mein Sohn," sagte sie sanft. „Die alten Brahmanen dachten sich die Dinge anders, als sie sind. Gott schläft nicht. Wir brauchen gar nicht weit zu denken; wir wollen bei uns stehen bleiben: Hätte es Gott wohl klüger und besser machen können, als er es mit uns Beiden gemacht hat? Wenn ich nun nicht Deine Mutter geworden wäre, dann hättest Du Niemanden auf der weiten Welt; und wenn Du nicht mein Sohn geworden wärst, dann hätte ich auch ..."

„Ja, ja," fiel der Knabe ein; „dann hättest Du auch Niemanden. Aber dann hätt'st Du vielleicht Jemand geheirathet."

„Nein, mein Sohn, das hätte ich nicht. Siehst Du nun, daß Gott nicht schläft? so gut, so klug, wie es mit uns Beiden geschehen ist, wird Nichts im Schlafe gemacht; denn Träume sind unvernünftige Gedanken. O, mein lieber, lieber Junge, glaube mir, es ist schön auf der Welt! Wir können Alle glücklich sein, wenn wir nur wollen. Aber gut müssen wir sein und daran denken, wie wir einander Freude machen. Gute Nacht, mein Junge, freue Dich auf morgen, dann gehen wir wieder weit spazieren und sehen vielleicht wieder einen so prachtvollen Sonnenuntergang wie heute."

„Mutter! Mutter! O, Mutter, ich wünsche mir Etwas!" rief der Knabe und fiel Henrietten um den Hals. „Ich will an einem Tag mit Dir sterben!"

Henriettes Herz pochte ungestüm an dem Herzen des Kindes. „Aber vorher wollen wir noch mit einander leben," sagte sie leise. „Wie schön ist es jetzt; und wie schön wird es sein, wenn Du erst groß bist, Kurt!"

„Ja, ich freu' mich auch auf's Großsein!" antwortete der Knabe lebhaft und nach wenigen Minuten machte er sich's wieder behaglich in seinem Kissen.

Der Sturm war vorüber.

„Mutter, es ist abscheulich, daß ich schon so alt und noch immer solch Knirps bin! Großgewachsensein ist noch mal so schön! Herr Arndt, Mutter, das ist ein prächtiger Mann; Du sollst mal sehen! Ich erkannte ihn auch auf der Stelle wieder."

Henriette lächelte dankbar, es war ihr wieder einmal gelungen, den Geist des Knaben ohne Gewalt in das natürliche Bett kindlicher Enge zurückzudrängen. Als sie ihn nach einigen Augenblicken gleichmäßig athmen hörte, faltete sie unwillkürlich die Hände und blieb noch eine Weile in Gedanken vor ihm sitzen. „Schlafe! was willst Du mehr?" flüsterte sie dann über seinem Haupt und erhob sich leise.

Sie trat an's Fenster und horchte auf die gedämpfte, immer mehr und mehr in ein verworrenes Geplätscher übergehende Nachthymne der Natur.

„Brahm schläft," sagte sie unbewußt; dann aber schüttelte sie den Kopf und warf wie in plötzlichem Drange die Arme über das Haupt empor.

„Nein!" flüsterte sie; „die Welt ist schön, und das Leben ist gut, wenn man nur will und es glaubt!" –

„Uebermorgen!" sagte Arndt einmal laut vor sich hin, als er eine Stunde später noch gegen Mitternacht auf dem dunklen Strandwege zwischen den beiden benachbarten Dörfchen entlang ging. Er hatte wohl über zwei Stunden in seinem engen Wirthshauszimmer gesessen, indem er Anfangs ein Werk über Norwegen vorgenommen, dann aber das Buch bei Seite geschoben und allerlei phantastische Zeichnungen zu einem „Schloß am Meere" hingeworfen hatte.

Dabei war ihm das Schloß so mächtig vor der Einbildungskraft erstanden, daß er noch hinausgehen und sich an Ort und Stelle ausmalen mußte, wie sich die mächtigen Strebepfeiler am Rande des steilen Ufers erheben und voll Trotz in die wallende See hinabsehen würden, gleichsam, als sprächen sie zu dem dumpf emporhallenden Rauschen der Wogen: „Mächtig ist die Natur, aber gewaltiger ist der Geist des Menschen im Wollen und Vollbringen! groß ist das Gefühl, jener Odem des elementaren Lebens, der geheimnißvoll, wie Ihr da unten, durch das Weltall braust, aber größer ist der That gewordene Gedanke!"

Und doch, eine einzige Sturmflut, wie die von anno 72 ...
Arndt brach seine Vorstellung jäh ab.

„Man muß glauben – nur an sich glauben, sonst bleibt

man ein Stümper!" rief er bei sich selbst. „Glauben wie die Kinder – und thun wie die Kinder! Denn wer ist thätiger als sie? Aufbauen, nur aufbauen – und meinen, es hielte für die Ewigkeit! Mit einem Worte: Man muß jung sein!"

Sicher wie am Tage schritt er immer weiter am dunklen Ufer. Seine Glieder waren noch rüstig und frisch; aber seine Phantasie wurde nachgerade träger und wie eine versteckte Melodie rauschte von Zeit zu Zeit das Wort „übermorgen" aus den träumerischen Variationen des Wassers auf.

Arndt blieb dann stehen und lächelte wegwerfend.

„Weiß Gott, Reisen ist ... Reisen wird eine Untugend, wenn man dabei sich selbst verzettelt!" meinte er endlich. „Es geht mir mit dem Reisen wie den armen Schluckern, die lange nichts Gutes aßen, mit einem gehaltvollen Diner – sie vertragen es nicht!"

Damit kehrte er entschlossen um und begab sich endgültig auf den Heimweg.

○○○

Kurt hatte schon das Weite gesucht, um seiner Mutter entgegenzulaufen, welche heute nach Vollendung des Porträts bei Lappe's erwartet wurde, und Arndt war mit den beiden Schwestern vor der Staffelei zurückgeblieben.

„Ich habe immer das Gefühl, als müßte sich dieser große, schön geschweifte Mund in der nächsten Sekunde aufthun, um entweder das allernaivste Kindergeplauder, oder irgend ein tiefsinniges und überreifes Wort hören zu lassen; mehr kann ich Ihnen nicht sagen, mein gnädiges Fräulein!" äußerte er.

Adelheid schwieg, war aber in fortwährender Bewegung vor dem Bilde, indem sie bald einen Schritt vorwärts, bald einen zurück trat, um seine Wirkung auf die verschiedenen Entfernungen hin zu prüfen; indessen Auguste in stummer Befriedigung auf einem und demselben Flecke stand und das

Kunstwerk ihrer Schwester von der Tiefe des Zimmers aus betrachtete.

„Es muß eine höchst eigenthümliche Lebensaufgabe sein, diesen Knaben zu erziehen," nahm Arndt nach einer Weile wieder das Wort und zwar mit einem Blick auf Adelheid.

„Ja; ich würde ihr nicht gewachsen sein," sagte diese nachdrücklich.

„Frau Brandenburg ist früh Wittwe geworden, wie ich den Aeußerungen des Knaben entnommen habe?" fuhr Arndt fort, doch Adelheid schien dies Mal seine Frage zu überhören, denn sie trat vor das Bild und rückte die Staffelei, auf der es stand, mehr in die Mitte des Zimmers, ohne zu antworten.

„Ja; ja sie war erst einundzwanzig Jahre, als Professor Brandenburg starb," erwiderte Auguste an Stelle der Schwester.

„Ich kenne kein interessanteres Kind," erwiderte Arndt von Neuem. „Sieht der Knabe seiner Mutter ähnlich?"

„Das wissen wir nicht. Wir haben seine Mutter nicht gekannt," sagte wieder Auguste. „Die jetzige Frau Professor Brandenburg ist seine Stiefmutter. Sie haben Sie ja in Berlin schon gesehen."

„Nur flüchtig und aus der Entfernung."

„Nun, dann werden Sie in den nächsten Minuten den Vorzug haben, sie in der Nähe zu sehen."

„Sie kennen die Dame schon längere Zeit, gnädiges Fräulein?"

„Wie man's nehmen will; wir kennen sie seit ihrer Kindheit. Wir kennen die Leute immer seit ihrer Kindheit."

„Unter Umständen eine große Vergünstigung," sagte Arndt lachend.

„Wir finden das auch; und in diesem Fall gewiß. Nicht wahr, Adelheid?"

„Ja, gewiß!" sagte diese, begann ihre Pinsel zu waschen und verließ gleich darauf das Zimmer.

„Ihr Fräulein Schwester scheint nicht gern von Frau Brandenburg zu reden?" bemerkte Arndt. „Ich bitte um Entschuldigung, wenn ich irgendwie indiscret gefragt habe. Ich war mir dessen nicht bewußt."

Auguste legte die Arme in einander und lehnte sich mit dem Rücken ungenirt gegen die Wand. „Sie müssen sich über so Etwas nicht wundern!" sagte sie trocken. „Meine Schwester würde eher sich selbst rühmen, als ihre Freunde."

„Ein feiner Zug," sagte Arndt mit lebhafter Ungezwungenheit und fragte dann, in einem gleichgültigen Unterhaltungston übergehend, ob auch Fräulein Auguste selbst mit der jetzigen Frau Professor Brandenburg befreundet sei.

„Etwas," antwortete die Malerin, und der kleine, satyrische Lachteufel, welchen Arndt schon an ihr kannte, sprühte einmal wieder aus ihren Augen.

Er bemerkte ihn sehr wohl und sah sie einen Augenblick scharf an.

Sein Blick schien sie zu amüsiren; denn sie schwieg eine Weile hartnäckig. „Sie wundern sich schon wieder," sagte sie dann gelassen. „Ich bin der Schatten meiner Schwester. Haben Sie das noch nicht bemerkt? Alles, was sie sehr ist, bin ich folglich nur etwas."

„Dann müßte sich nach den Gesetzen der Logik das Verhältniß auch umkehren lassen - Ihr Fräulein Schwester also sehr paradox sein - und daran glaube ich offen gestanden nicht! Das möchte ich eher …"

„Das möchten Sie eher mir zuschreiben?"

„Ich muß Ihrem Scharfsinn einräumen, daß Sie richtig gerathen haben," war Arndt's belustigte Antwort. „Aber jetzt sollten Sie Ihr Versprechen erfüllen und mir auch Einiges von Ihren eigenen Malereien zeigen, mein gnädiges Fräulein," fuhr er fort.

„O, gern, außerordentlich gern!" sagte Auguste und führte in gewisser Reihenfolge ihre landschaftlichen Oelskizzen des Sommers vor, welche Arndt genau so anziehend und genau so barock, wie die Künstlerin selbst fand.

Diese war mit eigenthümlichem Lächeln seiner Betrachtung und seinen so weit als möglich unmittelbaren Aeußerungen gefolgt. Plötzlich sagte sie ohne jeden scheinbaren Zusammenhang: „Sie interessiren sich also auch für Kurt's Mutter?"

„Gewiß; wen der Knabe interessirt, dem kann die Mutter nicht gleichgültig sein. Ich wußte übrigens bisher nicht, daß die jetzige Frau Professor Brandenburg nur Stiefmutter ist."

„Mir scheint, daß sie das nur interessanter macht!" bemerkte Auguste. „Man findet es sonst schon viel, wenn Frauen überhaupt einen Charakter haben," fuhr sie dann halb ironisch fort, „aber wenn sie einen solchen Charakter haben, wie Henriette Brandenburg und nicht emancipirt sind, ist es ein Wunder."

Arndt horchte gespannt auf jedes Wort, während er eine eben bei Seite gelegte Oelskizze noch einmal zur Hand nahm.

„Die gefällt Ihnen wohl besonders?" fragte Auguste.

„Ja," sagte sie dann nach einer Pause. „Meine Schwester würde für Frau Brandenburg durch's Feuer gehen."

„Und Sie?"

„Ich? – natürlich auch!"

Arndt sah die sonderbare Sprecherin prüfend an. „Warum zeigen Sie für gewöhnlich so viel weniger Gefühl, als Sie besitzen?" fragte er lächelnd.

„Aus Bequemlichkeit!" war die schlagfertige Antwort.

„Eine Maske denke ich mir unter allen Umständen unbequem."

Auguste räusperte sich. „In der Architektur maskirt man auch," meinte sie und streifte Arndt's Gesicht mit einem anscheinend ganz unschuldigen Blick.

Was war das? Bildete sich dies originelle alte Mädchen ein, er habe mehr, als ein allgemeines Interesse …?

Er sah mit einem Aufblitzen selbstbewußter Sicherheit zu ihr hinüber und nahm dann gewandt den hingeworfenen Scherz auf „Man?" fragte er „Ja, mein gnädigstes Fräulein, man ist allerdings der ärgste Sünder auf der Welt und ich habe gar Nichts dagegen, wenn ihm auch in der Architektur die infamste Charlatanerie aufgepackt wird!"

In diesem Augenblick erklang Kurt's Stimme auf dem Flur; und gleich darauf trat er, mit seiner Mutter, gefolgt von Adelheid, in's Zimmer.

Seltsam – Henriette Brandenburg war jünger geworden. Ihr Gesicht hatte etwas lebhaftere Farben und ihr Auge einen erhöhten Glanz angenommen. Und was auch der Knabe behauptet hatte, sie erschien weniger ernst, als früher.

Das sah und empfand Arndt ganz deutlich auf den ersten Blick, indem er alles Zufällige des erwartungsvollen Momentes, in welchem sie das Bild ihres Kindes sehen sollte, durchaus von dem Wesentlichen unterschied.

Als er ihr vorgestellt wurde, erröthete sie leicht, reichte ihm aber mit ebenso viel Anmuth, als Sicherheit die Hand.

„Mein Sohn hat mir von Ihnen erzählt," sagte sie; „ich kenne Sie seit Jahren und schulde Ihnen noch einen herzlichen Dank für den zurückbeförderten Ball."

‚Mein Sohn', – wie eigenthümlich ... rührend dies Wort von ihren Lippen klang! – Sie sah eben unendlich viel jünger aus, als sie war.

„Man hat selten das Glück, für einen so leichten Dienst noch nach Jahren einen Dank zu erwerben," antwortete Arndt lebhaft.

„Vielleicht, weil man die kleinen Dienste zu gering anschlägt und deshalb unterläßt. – Man denkt nicht, welche Freude man mit Wenigem machen kann," bemerkte sie unbefangen warm.

Dann trat sie vor die Staffelei, welcher schon beim Eintreten in's Zimmer ihr erster Blick gegolten hatte, und Arndt nahm dabei wieder in ihren Bewegungen die selbe ruhige Leichtigkeit und sanfte Energie wahr, welche er schon früher an ihnen bewundert hatte.

Willig trat er einige Schritte seitwärts und verlor sich, während sie das Porträt betrachtete, in den Anblick ihrer Erscheinung.

„Adelheid, mit Nichts auf der Welt hättest Du mich glücklicher machen können," sagte sie nach langer Zeit.

„Also findest Du es gut?" stieß die Malerin hervor; und ihre dunklen Augen hingen unbeweglich an Henriettes Gesicht.

Diese war wirklich wie verklärt in schwärmerischer Freude. Immer von Neuem schaute sie förmlich in das Bild hinein.

„Ja, das sind seine Augen – gerade so wendet er den Kopf, wenn er fragt!" sagte sie nach einer Weile und sah sich gleich darauf wie vergleichend im Zimmer um.

„Er ist fortgelaufen, nachdem er Herrn Arndt die genügende Zeit angestarrt hatte. Sein Freund Putbrese ging vorbei," erklärte Auguste; – und sofort kehrte sich Henriette wieder dem Bilde zu: „Und wie Du das zerstreute Lächeln hast über das bewegte Gesicht zaubern können!" rief sie. – „Ich fasse es nicht! – Und dann das Näschen! – lacht nicht über seine kleine, häßliche Nase! – es ist, als sähe man ihre durchsichtigen Flügel in kindischer Leidenschaft zittern. – Aber die Augen! wenn Du wüßtest, Adelheid, wie wunderbar gut sie sind!"

„Vielleicht weiß sie es," meinte Auguste.

Henriette lächelte. „Nein," sagte sie gedankenvoll, „ich glaube nicht, Auguste, daß sie es so durchaus weiß. Dann würde mehr Absicht und weniger Unmittelbares in dem Bilde liegen."

„Da hast Du ganz Recht, Henriette, das Beste wird einem erst klar, wenn es heraus ist – wenigstens mir!" bestätigte Adelheid mir ausdrucksvoller Hast.

„Natürlich hat sie Recht," sagte Auguste, die wieder mit verschränkten Armen im Hintergrunde des Zimmers stand.

Dann wandte sie sich an Arndt und fragte: „Was sagen Sie, Herr Arndt? Ich hoffe, Sie stehen nicht über den Parteien?"

„Nein, mein gnädiges Fräulein, in dieser Region der kalten langen Weile halte ich mich selten auf, muß Ihnen aber gestehen, daß ich mit der Majorität für die hauptsächlich unbewußte Intuition des Künstlers stimme."

„Dann bin ich wieder einmal die Einzige, die kein Verständniß für das Wirken des Genius hat!" antwortete Auguste mit launigem Achselzucken.

„Ach Adelheid! ... Verzeihen Sie, Herr Arndt! ... Aber so bald kann ich mich nicht von diesem Bilde trennen!" rief Henriette dazwischen. „Wann wird es trocken sein? – Aber nein – Du sollst es nicht so eilig los werden. Wie schwer muß es sein, so etwas fortzugeben!"

Arndt hatte das Gefühl, als würde Henriette jetzt der Freundin leidenschaftlich die Hand drücken, oder noch mehr sagen, wenn er nicht zugegen wäre; deshalb empfahl er sich, versprach aber den Malerinnen, in einer Stunde wiederzukommen, um sie und Frau Professor Brandenburg im Putbrese'schen Boot spazieren zu rudern; und mit der ihm eigenen vornehmen Natürlichkeit erbat er sich von Henrietten die Erlaubniß, ihren Sohn aufsuchen und auf einer kleinen Wanderung unter vier Augen die alte, damals so schnell abgebrochene Bekanntschaft erneuern zu dürfen.

„Sie sind sehr gütig gegen meinen Sohn," sagte Henriette, „Bleiben sie längere Zeit hier?"

„Acht bis vierzehn Tage, gnädige Frau."

„Dann sehen wir uns vielleicht noch öfter?"

„Ich hoffe, gnädige Frau."

○○○

Es war Tags darauf. Arndt hatte nun auch Henrietten seinen Besuch gemacht und war mit ihr in Kurt's Begleitung an den Strand gegangen. Mehr als ein gemeinsames Interesse hatte sie seit der gestrigen Ruderpartie nicht nur innerlich, sondern auch in den äußeren Umgangsformen schnell einander genähert; und auch jetzt unterhielten sie sich lebhaft, während der Knabe bald träumerisch hinterdrein ging, bald ausgelassen vorweg lief, falls er nicht gerade mit irgend einem Steine, oder einer Pflanze zu Arndt herangesprungen kam, um in seiner stürmischen Weise eine Erklärung des ihm fremden Gegenstandes zu erbitten. Und so oft Arndt mit Schärfe und männlicher Klarheit eine solche abgab, bemerkte er, wie Henriette mehr als aufmerksam zuhörte.

„Dergleichen sollte man selbst wissen!" meinte sie schließlich ganz erregt. „Ich habe mich früher nie für die exacten Wissenschaften interessirt."

„Sie passen auch gar nicht für Sie, gnädige Frau," sagte Arndt offenherzig; denn es fuhr ihm durch den Sinn, daß eine Menge trockenen Wissens eine unnatürliche Last für die Flügel ihres feinen Geistes sein würde, der so viel mehr auf Höhe und Tiefe als auf die breite Masse der Dinge gerichtet zu sein schien.

„Für mich passen sie vielleicht nicht; aber für Kurt passen sie," antwortete sie freundlich. „Sein Geist bedarf ein fortwährendes Material, wenn er sich nicht selbst aufreiben soll. Er ist ein wunderbares Kind."

„Das glaube ich. – Ich kann Ihnen aufrichtig sagen, daß mich dieser Knabe seit dem ersten Blick interessirt hat, den ich zufällig auf der Straße aus seinen Augen auffing. – Er hat keine Alltagsaugen!"

„Nein," sagte Henriette, indem sie Arndt wie aufmerkend ansah, und der Ausdruck einer ungewöhnlich warmen Sympathie leuchtete aus ihren Zügen.

Arndt bemerkte ihn und wurde immer lebhafter. „Seine Augen sind nicht nur schön, weil sie eine Fülle durchsichtigen Lichtes und geistigen Wesens gleichsam ausströmen," fuhr er fort, „sondern weil man ihnen ansieht, wie die Kindesseele tausend Bildern und Ideen, welche von außen auf sie zudrängen, entgegenquillt. – Ich möchte sagen, es ist ein dramatisches Leben in seinem Blick!"

„Ach," sagte Henriette, unwillkürlich stehen bleibend. „Wie Sie ihn kennen! – Sie kennen ihn wirklich wunderbar gut. Ja, seine Augen sind keine Alltagsaugen!" – Ihr Blick geht eigenthümlich in die Ferne. – „Wenn gewöhnliche Menschen einen abgehauenen Baumstamm in einem Winkel des Hofes liegen sehen, schauen die Augen meines Sohnes mitten in sonnigem Walde einen grünen Baum, in dessen Zweigen die Winde spielen und die Vögel singen."

„Gewiß, denn er sieht mit den Augen der Phantasie."

„Ja," antwortete Henriette, plötzlich zögernd; „so ist es." – Und es war, als ob ein ernster Schatten über ihre weiße Stirn zöge, um nicht so schnell wieder zu weichen. – „Und diese Augen sind nicht nur gefährlich für den, der sie sieht, sondern auch für ihn, der sie hat," fuhr sie gedankenvoll fort. – „Es ist eine kindische Frage – aber sagen Sie mir: Glauben Sie, daß der Knabe einmal glücklich werden wird?"

„Gnädige Frau, was verstehen Sie unter Glück? Die Summe des Genusses, den der Mensch aus seinen eigenen Kräften und Fähigkeiten zieht?" fragte Arndt. „Und auch in diesem Fall," setzte er aufgeregt hinzu, „fragt es sich ja, ob das Schicksal eine normale Ausbildung der innewohnenden Kräfte also einen ungetrübten Genuß zuläßt."

„Das Schicksal!" rief Henriette, und es war, als ob eine geheimnißvolle Leidenschaft die sanfte Ruhe ihres Wesens durchzittere. „Wissen Sie, ich glaube, die Menschen räumen ihm eine zu große Gewalt über sich und Andere ein."

„So leugnen Sie diese Gewalt? Gnädige Frau, das dürfte denn doch ein titanisches Vermessen sein!" sagte Arndt scharf accentuirt.

„Gewiß nicht; wie könnte ich sie leugnen?" antwortete die junge Frau; und es wollte ihm erscheinen, als nähme plötzlich ihr Auge einen feuchten und eigenthümlich schwärmerischen Glanz an. „Ich meine nur, daß nach den meisten Schicksalsfällen noch ein unendlich werthvoller Rest des Lebens bleibt, den man mit etwas gutem Willen für sich und Andere retten, und vielleicht zu einem schönen Ganzen gestalten kann. Und zu diesem guten Willen da sollte man frühzeitig den Keim legen. O, ich meine immer, wenn nur zur rechten Zeit das Rechte geschieht, müßte man es vom Schicksal erzwingen können, daß gewisse Menschen glücklich werden!"

„Sie scheinen das Glück für die vornehmste Lebensbedingung zu halten? Und doch entfaltet sich manche Natur historisch nachweisbar nur im Unglück zu voller Reife," entgegnete Arndt immer interessirter.

„Ich weiß es; aber ich möchte doch, daß der Knabe glücklich wird, " sagte sie leise. „Können Sie mir das verdenken?"

Es lag eine große Bewegung in dem Ton ihrer Stimme; als aber Arndt zu ihr niederblickte, las er auf ihrem Gesicht nichts Trauriges. Bewundernd schweifte ihr Auge über die weite Fläche der sonnigen See und hinauf in den wolkenlosen Himmel. „Er wird schon glücklich werden!" sagte sie lebhaft, „denn es giebt nichts Schönes auf der Welt, das er nicht empfände, und nichts Gutes, das er nicht wollte."

Doch plötzlich mußte ihr einfallen, daß es Arndt langweilen könne, nur immer von dem Knaben reden zu hören. Sie sagte Nichts hierüber; aber mit einem Eifer, als habe sie ein wirklich ernstes Versehen wieder gut zu machen, fragte sie auf einmal nach seinen Interessen: erkundigte sich nach der Norwegischen Reise und ließ sich noch Manches von den besonderen Verhältnissen seines Berufes erzählen. Dabei wurde auch der Hauptstadt erwähnt, in welcher Beide lebten; und durch die verschiedenartigsten Kunstinteressen, welche dort vertreten sind, ergab sich stets neuer Stoff zur Unterhaltung.

Aber, wie anregend diese auch immer sein mochte, das Innerste von Henriettes Seele schien unbewußt doch fortwährend mit dem Knaben beschäftigt zu sein; denn sowie er herangesprungen kam, hatte sie sofort Aufmerksamkeit für ihn, und wenn er ja einmal längere Zeit fern geblieben war, blickte sie sich mitten im Gespräch suchend um.

Es war seltsam: sie gehörte eigentlich nicht zu den Wesen, an welchen sich Alles auf den ersten Blick begreifen läßt, und doch wurde Arndt, streng genommen, durch Nichts an ihr überrascht. Vielleicht, weil er von vornherein gewußt hatte, daß sie eine ungewöhnliche Frau sei und daß er jede Stunde etwas Neues an ihr entdecken würde; vielleicht auch nur, weil sie eine geheimnißvolle Kraft besaß, durch welche sie das Fremdartigste in einem gewissen Geiste zusammenfaßte.

Der Abend war schon vorgeschritten, als man sich, vom Spaziergange zurückkehrend, trennte; und Arndt war zufrieden: er hatte sich heute noch länger und eingehender mit Henrietten unterhalten, als es gestern bei der Ruderpartie hätte der Fall sein können.

Mit einem eigenthümlichen Interesse, das wohl an Befriedigung grenzte, bemerkte er im Verkehr der folgenden Tage, wie selbst die Gestalten der beiden originellen Schwestern ohne Weiteres vor ihr in den Hintergrund traten. Mochte es von Adelheids Seite ein fanatisches Freundschaftsbedürfnis sein, nur eine Folie für Henrietten abzugeben, so lag ein derartiger Cultus durchaus nicht in Augustes Natur; und doch schien auch sie ihren hellen Verstand und schlagfertigen Mutterwitz in Henriettes Gegenwart nur Funken sprühen zu lassen, damit diese oft plötzlich eine Flamme an ihnen entzünde, die überraschend hell und lieblich in die Höhe schlug.

Ein eigentlich schöpferisches Talent, auf das sich ihr Wesen von vornherein einseitig zusammengedrängt hätte, besaß Henriette nicht. Dafür aber hatte sie in seltener Weise die Fähigkeit in sich ausgebildet, Fremdes zu beherzigen und es durch selbständiges Fühlen und Denken weiter zu führen, oder zu vertiefen. Und diese Gabe stimmte so eigenthümlich harmonisch zu dem schwärmerischen Zuge ihrer Seele, sich auch im unmittelbaren Leben der Wirklichkeit stets für Andere zu opfern, daß sie dazu beitrug, ihr Dasein mit einer holden Größe zu erfüllen, welche, von innen herausstrahlend, auch ihre ganze äußere Erscheinung wunderbar hob.

Es waren oft kleine Dinge und Veranlassungen, bei denen sich ihre Eigenart, mehr an Andere, als an sich zu denken, offenbarte; aber je kleiner sie waren, desto charakteristischer mußten sie dem aufmerksamen Beobachter erscheinen. So wußten sie es zum Beispiel durch alle erdenklichen Vorwände von einem Tage zum anderen zu verschieben, daß Kurt's Bild aus Adelheids zeitweiligem Atelier in ihre Wohnung überging.

Arndt hatte das selbst gelegentlich wahrgenommen; und Auguste bestätigte es ihm.

„Wenn alle Leute so eigensinnig auf ihren edlen Absichten beharrten, wie Henriette, wäre es unerträglich in der Welt vor Zank und Streit," sagte sie. „Ich würde an Adelheids Stelle das Bild ganz behalten."

Und wenige Tage nach ihrem ersten gemeinsamen Spaziergange fand Arndt die junge Frau eines Nachmittags vor der Thür ihrer Wohnung über einen kolossalen Band Naturgeschichte gebeugt. Er wußte, ohne zu fragen, welche Regung ihr denselben in die Hand gedrängt hatte. Aber Adelheid, die ihn später auf der Bank liegen sah, knüpfte eine erstaunte Bemerkung an seine Ungeheuerlichkeit, und Auguste erkundigte sich spöttisch, aus welchem vorsündflutlichen Leihinstitut sie denn diesen altersgrauen Folianten habe kommen lassen und zu welchem unbegreiflichen Zweck? Da die Sache einmal in's Lächerliche gezogen war, mochte sie sich scheuen, den wahren Grund ihres plötzlichen Studiums zu gestehen; deshalb beichtete sie nur lächelnd, daß sie das Werk von einem alten, in der Gesellschaft höchst wunderlich erscheinenden Gelehrten geliehen habe, über den schon mancher Witz aus dem Munde der Schwestern Lappe gefallen war. Sie habe dem armen Einsiedler einmal eine Freude machen wollen und ihn deswegen um Etwas gebeten, behauptete sie scherzend; und das sei ihr denn auch merkwürdig gut gelungen; er sei gewiß Jahre lang so von den alleralltäglichsten Beziehungen der Gesellschaft losgetrennt gewesen, daß ihn das Gefühl, einem anderen Wesen etwas nützen und geben zu können, wie ein ungeheueres Glück überrascht hätte.

Arndt fand, daß auch dieser Scherz, mit welchem sie ihren wahren Grund für den Augenblick verdeckte, wieder voll besonderster Liebenswürdigkeit war; denn eine aufrichtige Rührung mischte sich augenscheinlich in ihr Lächeln über den alten Gelehrten. „Sie kann nicht aus sich selbst heraus," dachte er; „sie verstrickt sich sofort von Neuem in ihre eigene Anmuth, wenn sie einmal einen schönen Zug von sich verleugnen will!" Auch bemerkte er in den folgenden Tagen, wie sie nicht mehr in die satyrischen Bemerkungen über den sogenannten „steinernen Gast" einstimmte, ihn aber bei jeder Gelegenheit nach Etwas, das ihm speciell bekannt war, fragte; jedenfalls um ihm wieder eine Freude zu machen.

Und diese gleiche fortwährende Liebe und Freundlichkeit, welche Henriette selbst Anderen erzeigte, forderte sie auch von ihrem Sohne.

Sie sagte nicht mehr laut wie früher: „Thu' es mir, oder thu' es Diesem oder Jenem zu Liebe!" aber, wer diese Worte einst von ihr vernommen hatte, hörte sie dem Sinne nach auch jetzt wieder und wieder aus all' ihrem Reden und Thun wie einen leisen, unermüdlichen Refrain heraus.

Daß überhaupt ihr inneres Verhältniß zu dem Sohne das nämliche geblieben war, fühlte Arndt deutlich; doch naturgemäß hatte sich ihr äußerer Verkehr mit dem Knaben, wie dieser selbst, geändert.

Er war eben nicht mehr ganz Kind, wie früher; er fürchtete schon, seine Gefühle zu entweihen, wenn er sie laut und vor Mehreren aussprach. So erschien er denn nach außen wild und naiv, ja zuweilen wohl auch altklug und ließ in die geheime Werkstatt seiner phantastischen Gedanken und heißen Gefühle Niemanden blicken, als die Mutter. Nur aus dem leidenschaftlichen Aufblitzen, oder dem rastlosen Sinnen seines zerstreuten Auges konnten zuweilen auch Andere wahrnehmen, wie es in dem lebhaften Gehirn und dem kleinen, glühenden Herzen hämmerte.

Bei dem ersten Spaziergang, welchen Arndt mit dem Knaben allein machte, hatte er ihn gefragt, ob er nicht mit seinen Altersgenossen unter den Badegästen verkehre. „Nein," hatte er verächtlich gesagt; „es sind dumme Buben. Sie dachten, ich könnte mich nicht prügeln! Ich hab' ihnen aber gezeigt, daß ich prügeln kann; und nun mag ich sie nicht mehr; sie sind gräßlich langweilig!"

Arndt bedauerte im Stillen das Alleinstehen des Knaben und glaubte auch in diesem selbst das unbewußte Bedürfniß wahrzunehmen, in irgend einem männlichen Verkehr ein Gegengewicht für die eigene allzu empfindsame Natur zu finden. So wenigstens erklärte er sich die lebhafte, fast leidenschaftliche Anhänglichkeit, welche Kurt ihm alsbald erwies. Es war oft, als würde das wunderbare Kind förmlich von sich selbst erlöst, wenn es mit Arndt im Boote saß und ruderte, ihm die Segel spannen half, an seiner Seite die ersten Schwimmversuche machte, oder auch nur still zuhörte, sobald der Architekt mit seiner Mutter und Lappe's über Welt- und allgemeine Lebensverhältnisse sprach. Durch Arndt war offenbar ein Element in sein Leben gekommen, das ihm bisher gefehlt hatte: es war das Element praktischer Frische, das Henriette ihm beim besten Willen nicht in diesem Maße zuführen konnte, da sie ihrer Natur nach selbst in dem Banne jener ausschließlich idealen Welt lebte, welcher das Wesen des Knaben zugehörte.

Deshalb war sie jetzt besonders glücklich und empfand eine aufrichtige Dankbarkeit gegen Arndt, dessen günstiger Einfluß auf Kurt ihr nicht entging; und da sie zu wenig selbstsüchtig war, um dem Knaben Alles sein zu wollen, begünstigte sie ohne jede störende Nebenempfindung sein Zusammensein mit dem männlichen Freunde und trat dadurch diesem auch für ihre eigene Person nothwendig immer näher. Sein Charakter, sowie seine Art, sich zu geben, sprachen sie außerordentlich an; denn sie fand darin Verwandtes, das ihr lieb war – und wiederum Andersartiges, das sie zum Nachdenken reizte.

Auf diese Weise verflossen die Tage von Arndt's Anwesenheit auf Rügen in lebhaftem Freundschaftsverkehr, dessen interessante Lieblichkeit ihn, der es so wenig gewohnt war, ausschließlich dem Genusse zu leben, mit fremdartigen Empfindungen umstrickte. Alles, was er erlebte, zog noch immer wie ein wunderlicher Reisetraum an ihm vorüber, obgleich ihn Henriette Brandenburg von Tag zu Tag mehr fesselte.

Aber nicht, als ob er besinnungslos sein Herz an sie verloren hätte, wie ein Jüngling! Er war sich sogar bewußt, daß es Etwas in ihrem Wesen gab, das ihn störte, ihn vielleicht dauernd stören würde. Und das war nicht mehr, wie vor Jahren, das Gefühl, als betraure sie ihren Gatten nicht wie es sich gebührte; das war wunderbarer Weise eben das Charakteristische an ihr, das, was sie ihm selbst so interessant machte und so über alle Anderen emporhob; das war jenes beständige Wandeln auf den Höhen des Lebens, jene geheimnißvolle systematische Größe und schwärmerische Absichtlichkeit selbst im Genießen.

Es zog ihn an und fesselte ihn, daß sie, wovon sie auch sprechen mochte, immer eine sinnige Bemerkung einflocht und jedes Gespräch unwillkürlich auf einen Gegenstand höheren Interesses lenkte; denn er selbst war ein Mann des Ideals, welcher gern dem Flug der Phantasie und der feurigen Regung eines edlen Herzens folgte; aber trotzdem beklemmte ihn ab und zu in wunderlicher Weise das Bewußtsein, in ihrer Gegenwart keinen profanen Gedanken haben zu dürfen und jede selbstsüchtige Regung ersticken zu müssen, wollte er nicht weit hinter ihr zurückbleiben; denn er war auch ein Mann des realen Lebens und der unmittelbaren Empfindung.

Und doch, im völligen Widerspruch mit diesem Gefühl gab es bald nichts Ersehnteres für ihn, als allein mit ihr zu sein und ganz ungestört mit ihr zu reden, wenn einmal die Malerinnen nicht zugegen waren und sich selbst der Knabe abseits umhertrieb.

Er meinte oft, daß er nie etwas so eigenthümlich Schönes gesehen habe, wie diese Frau, wenn sie neben ihm durch den stillen Buchenwald an's hohe Ufer ging und plötzlich stehen blieb, das Gesicht lebhaft zu ihm gewandt, um ihn auf einen hüpfenden Vogel, einen malerisch herüberhängenden Ast, oder die unerwartet durch den Schatten brechenden Sonnenstrahlen aufmerksam zu machen. Er vergaß dann völlig, daß sie schon eine ernste Vorgeschichte hatte, und empfand ihre Nähe wie die eines wonnig schönen Mädchens, das, von räthselhafter Anmuth und Hoheit umwoben, an seiner Seite schritt.

Oder sie saßen auch fernab vom Dorfe mit einander auf der kahlen Düne am Strande. Henriette oben auf dem Hügel zwischen wehendem Strandhafer und er, wie selbstverständlich, tiefer unten, gleichsam zu ihren Füßen; und was sie dann sprachen, war nie etwas Alltägliches. Ihre Unterhaltung drehte sich um Alles, das in höherem Sinne interessant war; und Henriette redete zu ihm, wie zu einem alten Bekannten.

Ein Mal hatten sie, von ihrem Wege ausruhend und mit einander plaudernd, Berlin und allerlei gegenwärtige Weltverhältnisse berührt, welche ihn als Mann, der gelegentlich rüstig im Strome seiner Zeit zu schwimmen hatte, natürlich beschäftigten. Da sagte plötzlich Henriette unruhig: „Ich habe noch keine Idee, wie sich Kurt einmal in die Welt finden wird. Mir schwindelt, wenn ich von all' diesem Parteiwesen höre. O, mir scheint auf der einen Seite genau so viel Selbstsucht und Beschränktheit zu sein wie auf der anderen, und deshalb kann man keiner Partei den erbitterten Kampf auf Leben und Tod verdenken. Keiner ist *à son aise* und darum hat Jeder Grund genug, es anders zu wünschen, als es eben ist. Früher, als ich jung war, schwärmte ich für die Revolution. O, lächeln Sie nicht, ich meine es sehr ernsthaft; aber ich bin älter geworden. Doch, weiß Gott, anders, als sie ist, möchte ich auch heute noch die Welt haben. Aber mich dünkt, ein Kind könnte sie reformiren, wenn man es mit den Worten über die Erde schickte: „Macht einander Freude und thut Euch nicht weh!"

Die Thränen waren ihr in die Augen getreten, als sie so sprach und ein ergreifendes Prophetenthum stand auf ihrer Stirn.

Arndt vergaß, Etwas zu entgegnen und sah gegen seine Gewohnheit unbeweglich zu ihr auf.

„Hier ist es schön!" sagte sie nach einer Weile tief aufathmend. „Finden Sie nicht? Hier hört man nichts von Alledem, das einen ängstigt und bedrückt, weil man es nicht versteht. O Gott, die Natur!"

Darauf schwieg sie wieder und ihr feucht schimmerndes Auge blickte zum Strande hinab dem heraneilenden Knaben entgegen, während ihr geschlossener Mund noch zu sprechen schien.

Wieder war sie so Eins mit sich, wieder hatte sie Etwas gesagt, das so tief in ihrem innersten Wesen begründet war, daß sich Arndt fragte, ob eine solche Harmonie nicht gleichbedeutend mit Glück sei. Und doch drängte sich gerade in diesem Augenblicke jene verjährte Scene im Nachbarsgarten, da sie den Tod mit einem ausgeblasenen Lichte verglich und in verschleierter Weise zugab, daß der Mensch mehr als einmal sterben könne, in seiner Erinnerung zurück. Von Neuem sah er prüfend zu ihr auf; aber seine Gedanken verloren unterwegs Etwas von ihrem Forschungsernst, denn sein Blick blieb mit unruhigem Entzücken an ihren zart geschweiften Lippen hängen, auf denen noch immer ein hold beredter Ausdruck spielte, gleichsam als ob die verschwebenden Geister von allerlei sinnigen Gedanken geheimnißvolle Zwiesprach auf ihnen hielten.

Es war nicht das erste Mal, daß er sich dieser absonderlich lebendigen Schönheit erfreute; aber es war doch das erste Mal, daß er sich ihrer so reflektirend bewußt wurde.

Dazu plätscherten die im Sande verrinnenden Wasser immer leiser, und im Widerschein des Westens erröthete der weite Osthimmel, um sanft in das spiegelnde Wasser hinabzuleuchten.

„Ja, hier ist es schön," sagte Arndt und erhob unwillkürlich wieder den Blick zu Henrietten. Doch behielt er Sammlung genug, ihr in dem nämlichen Augenblick klar zu machen, daß auf den besprochenen Punkten ein entschiedener Gegensatz zwischen ihren und seinen Empfindungen bestehe.

Das Gewirr der Welt, das ihr die Thränen in die Augen

trieb, konnte ihn nicht erschrecken und noch weniger erschüttern. Es war ihm bisher seinen eigenen persönlichen Lebenslasten und Berufsleiden gegenüber wie etwas heilsam Großes erschienen, das Alle, welche etwa in kleinlichen Alltagssorgen versinken wollten, mit stets lauter Drommete zum Kampf für allgemeine und deshalb höhere Interessen rief.

Und heute – angesichts dieser Natur und unter dem Zauber des fast übernatürlichen Schimmers, welcher Henriettes Züge verklärte – wollte es ihn wiederum als etwas unendlich Kleines bedünken. Was war es Anderes, als das Gewimmel eines Ameisenhaufens, dessen Volk sich mit rastlosem Eifer eine Welt erbaut, die ein Fußtritt des ewigen Schicksals vernichten und in Staubatome auflösen kann?

Er hatte seinen Gedanken, so weit es thunlich war, lebhaften Ausdruck gegeben, und sie hatte ihm aufmerksam zugehört.

„Wenn Ihnen das Weltgetriebe kleinlich ... nein, das ist nicht das Richtige, denn kleinlich kommt es freilich auch mir vor, aber, wenn es Ihnen zu unbedeutend erscheint, als daß man darüber traurig sein könnte, wo wollen Sie dann die Kraft und Geduld hernehmen, wieder eine Rolle in ihm zu spielen, was sie als Mann doch müssen werden?" fragte sie, als er ausgesprochen hatte.

„Eben aus den Nachwehen der heutigen Festtagsstimmung," sagte er kühn. „Heute natürlich in einem etwas weiten Sinne genommen."

In diesem Augenblick trat Kurt heran und das Gespräch wurde, wie so manches andere, durch die unvermittelten Aeußerungen des Knaben unterbrochen und doch klang es, wie jede Unterhaltung mit Henriette, noch lange in Arndt nach.

So vergingen die Tage seines Aufenthaltes in dem Stranddörfchen wie im Fluge und ließen doch etwas Bleibendes in ihm zurück. Auch hatten sie die Falten auf seiner Stirn geglättet und den ironischen Zug um seine Lippen, wenn auch nicht völlig verwischt, so doch gemildert.

Mit hochgespannten Gefühlen stand er um die Dämmerung des letzten Abends vor seiner Abreise nach Norwegen an einer Bucht des Ufers, wo er Henriette und Kurt zu einer kleinen Bootfahrt erwartete und noch einmal sagte er sich endgültig, daß ihn die Luft dieser Insel verjüngt habe.

Lebhafte Zukunftspläne traten vor seine Seele; seine Züge waren erregt, und sein Auge leuchtete in eroberndem Lebensmuth.

Was er von dieser Reise gewünscht hatte: Klarheit und feste Kraft des Entschlusses in jeder Beziehung – sie hatte es ihm gebracht. Seine Gedanken schweiften rasch, wie seine Blicke, hin und her, richteten sich zuletzt aber auf Eines: Er fühlte kein Bedürfniß mehr, einen Hausstand mit Erna Lepel zu gründen.

Es war ihm fast lieb, daß es so war; und er dankte diese Klarheit Henrietten, deren Umgang ihn gelehrt hatte, daß es besser sei, frei zu bleiben, als sich ängstlich durch heilige Pflichten zu binden; denn er war sich in diesem Augenblick vollkommen bewußt, daß es ihm werthvoller sein würde, Henriette zur Freundin seines Lebens, als Erna zur Gattin zu gewinnen; und damit war Alles, das ihn an dieses Mädchen gebunden hatte, ein für alle Mal abgethan.

Er ging plötzlich langsam auf und nieder und versank in sich selbst.

Allerdings ... es gab Etwas, das ihn in Henriettes Nähe nicht ganz frei athmen ließ – und doch –!

Es wurde immer dunkler am Strande. Abendwolken lagerten sich über den Himmel, und nur am Horizont blieb noch ein breiter Streifen Tageslicht, zart in allen Regenbogenfarben leuchtend, zurück. Er schlang sich, wie ein verlorenes Band, mit dem noch soeben die Sonnenstrahlen gespielt hatten, halb heiter, halb wehmüthig um die stille See, deren Grün immer eintöniger und darum immer milder und wärmer erschien, während die Schatten, unruhig huschend, wie Träume einer flüchtigen Erinnerung – oder schwankend, wie der leise, noch unausgedachte Zukunftsgedanke, über ihr schlummerweiches Wellen-Antlitz zogen.

Arndt empfand auf einmal die Poesie dieses Anblicks, wie eine heiße, sehnsüchtige Rührung, die ihm fremd war, und die er deshalb mit einer gewissen Neugier belauschte und lächelnd in sich gewähren ließ. Leise bebte sie in ihm auf und legte sich wie ein Bann um seine Glieder.

Da gewahrte er Henriette mit Kurt an der Hand, die eiligen Schrittes auf ihn zukam.

Er blieb stehen und sah ihnen entgegen.

„Bleibe bei mir, denn es will Abend werden!" fuhr es traumverworren, gleich einem erstickten Flüstern, durch seine weich gewordene Mannesseele. Es flimmerte vor seinen Blicken, und ihm ward zu Sinn, als käme Henriette nicht gegangen, sondern als schwebe sie schnell und immer schneller auf ihn zu – verheißungsvoll grüßend.

Aber er erwachte: Eine Freundin konnte und mochte sie ihm vielleicht werden – nicht mehr. – Was also sollte ihm diese weichmüthige Regung? Abend war es gewesen – die Nacht seines Lebens lag hinter ihm; ein freier Morgen tagte vor seinen Blicken. Er hatte es vorhin gefühlt und er fühlte es auch jetzt wieder: er besaß noch Kraft genug, den „Rest seines Lebens für sich zu retten" und zu einem „schönen Ganzen" zu erheben. – Wenn sie, ein zartes Weib, das gekonnt hatte ... aber, da war sie ja wieder!? und wiederum war es ihr übermächtiger Einfluß, dem er, wie es schien, etwas zu verdanken hatte!

Eine Wolke des Unmuths jagte über seine Stirn; und beinahe unwirsch ging er ihr entgegen. – Doch als sie näher kam, verflog aller Stolz.

„Es ist spät geworden; verzeihen Sie," sagte sie schon aus der Entfernung herzlich. „Ich hoffte immer, Lappe's würden noch mitkommen; Adelheid liebt das Bootfahren so leidenschaftlich; – aber sie scheinen heute bis in die sinkende Nacht aufgenommen zu haben."

Auch das Herz des Knaben schien heute Abend besonders warm für ihn zu schlagen.

„Endlich!" rief er, als Arndt ihm die Hand schüttelte.

„Herr Arndt, ich dachte, Sie wären eine große Versteinerung geworden, als sie vorhin immer so auf's Wasser starrten. – Bitte, lieber Herr Arndt, Sie geben mir heute gleich das eine Ruder! – Still! still! sagen Sie jetzt kein Wort – hören Sie nur einen Augenblick, wie das Wasser murmelt."

„Ich hab' es schon eine ganze Weile gehört; – die Nixen singen thörichte Lieder," antwortete Arndt.

„Nein! es ist nicht wahr! Sie haben Todtenfest und singen ein schönes Requiem für die Ertrunkenen!" sagte der Knabe feurig und sprang mit einem wilden Jauchzen an Arndt und Henriette vorbei in's Boot. „Ich hab's! ich hab's! Ich hab' das eine Ruder, Herr Arndt!" rief er triumphirend, und einige Minuten später glitt der Kahn, eine helle Furche ziehend, fast lautlos über das dämmernde Wasser.

Sie hatten lange gerudert; denn als sie heimkehrten und das Boot wieder glücklich in seinen kleinen, natürlichen Hafen, das heißt, zwischen einige am Ufer liegende Steinblöcke, zurückführten, war die Stimmung in der Natur eine völlig andere geworden. Lebhafter Südostwind blies über die See und regte sie zu wachsenden Wellen auf. – Kurt kletterte rasch über die Steine fort an den Strand und Henriette wollte sich eben von ihrem Holzbänkchen erheben und ihm folgen, als Arndt, der noch mit dem Festmachen des Bootes beschäftigt war, fragte:

„Was hat Kurt heute Abend? – Ist ihm etwas Besonderes geschehen?"

„Er ist aufgeregt, weil Sie morgen abreisen," antwortete Henriette und blieb noch sitzen. „Ich kann Ihnen Etwas verrathen, das Sie freuen muß: Er hat heute Verse auf Sie gemacht."

„Verse? wo sind sie?" fragte Arndt eifrig.

Henriette lächelte. „Natürlich längst vernichtet," sagte sie. „Ich fand sie heute Morgen unter meiner Kaffeetasse; selbstverständlich wurde er glühend roth, während ich sie las und riß sie mir, als ich kaum zu Ende war, schon wieder aus der Hand, um mit ihnen zum Zimmer hinaus zu stürzen."

„Schade, daß ich sie nicht sehen durfte! So Etwas hätte ich mir nicht träumen lassen," meinte Arndt leise.

„Nicht? Sie müssen doch bemerkt haben, wie er Sie bewundert."

„Ja; weil ich das Militärmaß und noch einige Zoll darüber habe!" scherzte Arndt, um eine ungewöhnliche Bewegung zu verbergen.

Henriette lachte auch flüchtig; dann sagte sie warm: „Aber, wenn wir ernsthaft sein wollen: Sie müssen gefühlt haben, Herr Arndt, wie dankbar Ihnen mein Sohn für die große Freundlichkeit ist, welche Sie ihm diese ganze Zeit über erwiesen haben; und ich bin es mit ihm. Ich mußte Ihnen das einmal sagen; und ich freue mich, daß ich noch heute Abend dazu komme!"

Hiermit hatte sie ein Thema angeschlagen, das für Henriette unerschöpflich war; sie sprachen über Kurt. Ein Wort gab das andere, und noch eine gute Weile blieben sie einander gegenüber auf den schmalen Bänkchen des Bootes sitzen.

Die Wellen waren noch nicht hoch, folgten aber rasch eine auf die andere; und ihr weißer Schaum, der hell im Dunkel aufblitzte, rann, weil der Wind schräg über die Bucht fuhr, jedes Mal hastig in die Breite, sodaß es aussah, als griffen sie einander mit weit ausgereckten, geisterhaft blendenden Armen um die geschmeidigen Nacken. Auch schlugen sie leicht klatschend gegen das Boot und schaukelten es stoßweise zwischen den großen Steinen hin und her.

Das Gespräch hatte einige Augenblicke gestockt, weil Arndt auf einmal besonders nachdenklich wurde. Plötzlich sagte er kurz entschlossen: „Wissen Sie, daß ich oft gedacht habe, gnädige Frau, Sie legten zu viel edle Absicht in die Erziehung des Knaben?"

Henriettes Gestalt richtete sich bewegt empor. „Warum meinen Sie?" fragte sie nach einigen Sekunden bittern Schweigens. „Meinen sie, daß ich ihm das junge Leben schwer mache?"

„Ihm nicht! ihm wahrlich nicht!" rief Arndt, dessen Erregung mit der ihrigen wuchs; „aber sich selbst machen Sie es schwer."

„O, wenn es nur das ist!" sagte sie, wie erleichtert. „Da irren Sie sich."

„Es mag sein," antwortete er nach einer Pause warm, „daß ich Unrecht hatte, zu meinen, Sie machten sich die Erziehung dieses ungewöhnlichen Kindes schwer. Verzeihen Sie, gnädige Frau; Sie haben Recht: dieselbe ist schwer."

„Vielleicht," sagte sie, „aber darum desto schöner. Es wird freilich eine Zeit kommen, wo mein Geist dem seinen nachflattern wird, wie ein Libellenflügel den Fittigen eines Adlers."

Arndt sah gedankenvoll auf: der Vergleich mit dem Libellenflügeln paßte – paßte eigenthümlich gut – und paßte auch nicht, denn sie war mehr, als ein schöner, buntschillernder Geist mit leicht zerstörbaren Schwingen.

„Es muß viel Energie und viel frommer Glaube zu dem Werke Ihres Lebens gehören," sagte er mit gedämpfter Stimme und erhob unruhig den Kopf.

„Fromm?" wiederholte sie erschreckt. „O, sagen Sie nicht, ich sei fromm! Ich kann es nicht ertragen, wenn mich Jemand für besser hält, als ich bin. Meinen Sie denn, ich müßte auch fromm sein, weil ich Kurt fromm erziehe?"

„Im gewissen Sinne ja."

„Im gewissen Sinne? So meinten Sie nicht dogmatisch fromm?"

„Nein."

„Aber ein Kind ... ein Kind ..." fuhr sie abgebrochen sinnend fort, „muß man doch auch dogmatisch fromm erziehen. Ja, gewiß, bis zu einer bestimmten Grenze muß man es! Und da schmeichelt sich dann Vieles, das man lehrt, in die eigene Seele. Sagen Sie selbst, wer könnte so unbarmherzig sein und ein Kind in den Abgrund eines ewig Räthselhaften und Ungewissen hinabstoßen? Wer dürfte das?" Sie hatte leise und geheimnißvoll erschüttert gesprochen; und jetzt glaubte er zu sehen, wie sie ihre beiden Hände über den Knieen faltete.

„Nicht fromm?" hätte er beinahe laut gesagt. „Wer ist denn fromm?"

Aber er hielt an sich und schwieg. Doch etwas Anderes, das er nun schon wiederholt niedergekämpft hatte, drängte sich an diesem letzten Abend allmächtig auf seine Lippen; und mochte es nun passend sein, oder nicht, er wollte es heute endlich einmal aussprechen. „Verzeihen Sie mir eine Frage," sagte er, indem er vor Bewegung die Stimme unnatürlich erhob; „und glauben Sie mir, gnädige Frau, daß ich nicht aus Neugierde rede!"

„Jemand, mit dem wir über Ewiges sprachen, braucht sich doch nicht zu entschuldigen, wenn er nach etwa Irdisch-Persönlichem fragen will!" sagte sie in einem noch halb zerstreuten Ton, wandte sich aber doch, wie in liebenswürdigem Entgegenkommen, zu ihm.

„Sie sind schon in früher Jugend einem harten Schicksal begegnet, gnädige Frau," begann er da gedämpft, und sein Blick senkte sich unwillkürlich zu Boden. „Sie haben mir so Manches erzählt, aber Sie sprachen noch nie von Ihrem Herrn Gemahl. Waren sie lange auf seinen Tod vorbereitet?"

Da sie nicht gleich antwortete, blickte er auf und beugte sich in äußerster Spannung gegen sie vor.

Sie schien zu frösteln, denn sie zog plötzlich ihr Shawltuch fester um die Schulter.

„Ich wußte, daß er bald sterben würde, als ich mich mit ihm verlobte," sagte sie dann mit jener andächtigen Klangfärbung, welche die Stimme fast jedes Menschen bei Erwähnung eines Todten annimmt; – und doch hatte sie wunderbar ruhig gesprochen.

Arndt wußte jetzt genau, daß sie keine Silbe weiter sagen würde; und doch saß er noch lange unbeweglich und sah zu ihr hinüber. Er gestand sich nicht, daß er einen Schmerz, oder doch etwas Tief-Schauerliches unnöthig – und nur um seiner selbst willen – in ihrer Seele geweckt hatte; – ein leises Lächeln der Befriedigung stahl sich in seine mannhaften Züge, und wäre es nicht dunkel gewesen, würde sie vor dem sonderbaren Leuchten seiner Blicke erschrocken sein.

Indessen schwiegen sie Beide. – Und nun war es, als begönnen plötzlich die nächtlichen Fluten an ihrer Stelle zu reden: Wie dumpfes, unterirdisches, Branden und Brausen und wie leise in der Tiefe verhallender Donner zog es von fernher heran. – Dazwischen aber zischten und rauschten die einzelnen Wellen auf der Oberfläche, als führten sie noch verhältnismäßig gleichgültige Gespräche mit einander.

Henriette neigte sich leicht über den Rand des Bootes und sah an den schwarzen Steinblöcken vorüber, wie gebannt, auf den tanzenden Meeresschaum, während Arndt noch immer daran dachte, wie ihm nun bestätigt sei, was er von vornherein geahnt habe, daß Henriette in dem verstorbenen Gatten nicht den Geliebten ihrer Jugend betraure. – Dieser war es also nicht!

Endlich riß er sich von dem schattenhaften Anblick ihres feinen, gesenkten Profiles los und starrte gleich ihr nachdenklich in die Wellen; und so schien ihr Gespräch buchstäblich in's Wasser gefallen zu sein. –

Plötzlich wandte Henriette leise den Kopf. „Kurt!" sagte sie und stand auf. – Sie wußte wohl, das der Knabe gern eine Weile allein war, wenn ihm Etwas aufregte, aber sie meinte doch, es sei jetzt Zeit für ihn, heimzukehren. – Und bevor sie noch den Fuß auf den Bord des Kahnes gesetzt hatte, stand auch Arndt schon außerhalb, um ihr von dort die Hand zu reichen, damit sie besser aussteigen könne. Dann führte er sie ebenso sicher und sorgsam über die großen und kleinen Steinblöcke hinweg an's Ufer.

Sie kam ihm oft ganz nah' beim Klettern, achtete aber nicht darauf, daß er dann heftig athmete, wie nach einem langen Marsche, oder einer sonstigen Anstrengung. Er hielt ja ihre Hand so regungslos still und fest in der seinen, daß ihr unmöglich Etwas an ihm auffallen konnte.

Als sie Kurt aufscheuchten, der am Ufer wie ein junger

Seehund lag, bleiben sie noch ein Mal stehen, denn der Knabe ergriff Arndt's Arm und sagte: „Sehen Sie, wie es peitscht! Wir wollen noch hier bleiben! Der Schaum weht, wie lauter weiße Fahnen!"

„Aber der Wind will trotz der weißen Fahnen Nichts vom Frieden wissen. Wir werden doch nach Hause gehen müssen," scherzte Arndt.

„Warum? Warum jetzt schon, Herr Arndt?"

„Fragst Du noch immer ‚warum'?" rief Arndt. „Aber frag' Du nur, Knabe!" fuhr er hastig fort. „Man gewöhnt sich dieses ‚Warum-Fragen' erst sehr nachgerade ab. Verlange nur nicht, daß man Dir immer antwortet!"

„Dies Mal weiß ich die Antwort von selbst," grollte Kurt. „Weil es schon so spät ist. Aber das ist ein dummer Grund. Es ist eben noch gar nicht spät! Es wird nur so früh dunkel! Wir wollen noch bleiben, Herr Arndt!"

„Kurt, komm' jetzt," sagte Henriette freundlich und wandte sich zum Gehen.

Der Knabe gab keinen Laut von sich; aber im Nu war er auf den Beinen und folgte den beiden Vorangehenden. Doch schritt er dies Mal nicht an der Seite seiner Mutter, sondern drängte sich dicht an Arndt und sah während des ganzen Weges stumm und verstohlen zu ihm auf. Erst kurz vor dem Dorfe begann er, unruhig und lebhaft zu schwatzen, und betrug sich überhaupt sehr aufgeregt.

Arndt achtete vielleicht mehr auf die Mutter, als auf den Sohn; aber trotzdem entging ihm auch die Stimmung des Sohnes nicht; und als er vor der Thüre von Henriette Abschied genommen und auch dem Knaben bereits die Hand geschüttelt hatte, beugte er sich plötzlich, ohne es zu wollen, herab und drückte einen behutsamen Kuß auf die heiße Kinderstirn. „Auf Wiedersehen in Berlin, mein junger Freund!" sagte er dann heiter und grüßte noch ein Mal leicht mit dem Hut zu Henriette hinüber. Als er aber allein dem Nachbardorfe zuschritt, war er räthselhaft erschüttert; und hastiger, als seine Schritte vorwärts stürmten, eilten seine Gedanken zurück. –

„Mutter, erzähl' mir noch was Lustiges!" bat Kurt, als Henriette das Miethsstübchen erhellt und die kleine, niedrige Lampe auf den mit Büchern und Steinen bedeckten Tisch gesetzt hatte; und unnatürlich eilfertig nahm er vor der Mutter in seiner üblichen Hörerposition Platz, das heißt, er verschränkte die Arme, schob die Beine tief unter den Stuhl und beugte den Kopf ungeduldig vor.

„Nein, Kurt, es ist zu spät zum Erzählen; mir fällt auch nichts besonders Lustiges ein. Aber wir wollen uns noch ein bischen unterhalten, mein Sohn," und sie sah ihm tief in die leuchtenden Augen. Dann sprach sie, wie zufällig, von Norwegen, von Arndt's Reise dorthin und von seinem Versprechen, sie in Berlin zu besuchen. Sie redete ganz schlicht, gleichsam nur im Plauderton; und doch lag Ungewöhnliches auch dies Mal in ihrem Wesen; denn eine Freude von seltener Reinheit bewegte ihre Züge, als sie sah, daß sie das Rechte getroffen hatte; und lächelnd hörte sie dem leidenschaftlichen Knaben zu, der nun plötzlich seinem Gefühl freien Lauf ließ und zwanglos von Arndt sprach, der ihn heute Abend ausschließlich beschäftigte. –

Als dieser sich der Wohnung der beiden Malerinnen näherte, sah er noch Licht in derselben, überlegte einen kurzen Augenblick, ging dann aber doch vorüber und beschloß, den Damen am kommenden Morgen ‚Lebewohl' zu sagen. Vielleicht hätte es ihn interessirt, zu wissen, daß man da drinnen gerade seiner erwähnte.

„Das hättest Du ja glücklich erreicht, Adelheid, daß Henriette und Arndt heute den letzten Abend allein mit einander gewesen sind!" sagte Auguste.

Adelheid stutzte; Augustes ruhiger Scharfsinn war zuweilen unerträglich.

„Du weißt," sagte sie, und ihre lange, schmale Hand, welche gerade über den Theetisch griff, zitterte. „Du weißt, daß wir Etwas gut zu machen haben."

„Wir? das kann ich nicht finden," entgegnete Auguste völlig ernst.

„Das ist eine Gefühlssache, über die wir nicht streiten wollen!" bemerkte Adelheid schroff.

„Gewiß nicht!" und Augustes Gesicht zeigte in diesem Augenblick einen mütterlich verständigen, überaus liebevollen Ausdruck.

„Ich kann Dich dies Mal nur nicht begreifen, Adelheid, weil Du sonst jede Einmischung in fremde Angelegenheiten verabscheust, und allerdings mit Recht."

„Auguste, mäßige Dich," bat Adelheid gereizt, obgleich es klar schien, daß nicht Auguste, sondern sie die Erregte war. „Wie kannst Du sagen wollen, wir hätten uns hier in Etwas eingemischt? Ich habe Nichts gethan, als heute Abend die Bootsfahrt aufgegeben; das weißt Du selbst!"

„Natürlich hast Du Nichts weiter gethan!" bestätigte Auguste eifrig, dann fiel sie wieder in ihren alten, trocken sarkastischen Ton zurück und fuhr fort: „Aber Du solltest Deine Henriette besser kennen! Es wird recht unnütz gewesen sein, daß wir nicht mitfuhren."

Adelheid lehnte sich in ihren Stuhl zurück. „Das fürchte ich auch," sagte sie düster.

○○○

„Jä," meinte Putbrese am anderen Morgen, als Arndt vor ihm stand, um sich einige Mark herausgeben zu lassen, die er über den Betrag seiner Rechnung gezahlt hatte, „jä, Se goahn ook woll lichter, as Se kaomen sünd?" Und der Alte zwinkerte so schlau mit den schief gezogenen Augen, als wolle er dem Abreisenden die Antwort aus der Seele herauslugen.

„Natürlich, guter Putbrese, dafür sorgen die Herren Gastwirthe überall!" entgegnete Arndt, bereits ungeduldig.

„Jä, jä, dat is doch äwers 'n schlimm Ding, allens hier to laoten un goarnix dorför mit to nähmen! jä? Oder nähmen S' doch 'n bäten wat mit? Keen son lütt Anjedenken?"

„Daß ich nicht wüßte! Ich bin kein Raritätensammler. – Aber möchten Sie sich etwas beeilen, Herr Putbrese, denn die mir noch zustehenden Markstücke will ich allerdings gern mitnehmen."

„Verstah all," grinste der Alte und trat vor sein Pult. „Na, na, man nich so hitzig! – Is keen Roretätensammler? äwers denn doch! – – – dat givt doch ook Roretäten ... Donnerwetter! een – twee – dree – vier – vief Mark! – – – – Jä! wenn de nix Ror's is, denn weet ick't nich!"

Arndt hatte Nichts von diesem letzten Gemurmel gehört, denn er verabschiedete sich soeben von der „hochdeutschen" Wirthin, die sofort, als er das Haus verlassen hatte, in einen plattdeutschen Redestrom ausbrach:

„Ick weet nich, Putbres' wenn se dissen nich nimmt ...! Dat se de vörrigjohrschen Herrn nich ankäken hett ... leve Gott! se möt vähl von ehren Herrn Prefesser hollen hebben – un dat fin ick so rührend un christlich bie sonne vörnähme Doam – Aewers dissen Herrn Regierungsbaumeister! Wo kleedt den Mann dat good; alleen disse Boart, disse smucke, lange Snauzboart! Putbres' Du hest Dien Doag nich son Boart het – Du kennst goar den Wierth nich, de in sonnen Boart sitt! – dat is nich üm den Boart alleen – dat is üm dat Vornähme! – – – Aewerhoft: siehr nette Menieren het de Mann! Keen patzig Wurd – un doch nich temied! – Ne, de Mann jefüllt mie – dat kann ick woll seggen! siehr jefüllt mi disse Mann! Un ick will nich Methilde Putbresen heten, wenn em dat nich ook bie uns anjenähm wäst is un he echter Johr wedder kümmt!"

Das glatt rasirte Gesicht des alten Putbrese verzog sich zu einem nachhaltigen Lächeln; – draußen aber läutete schon das Glöckchen des Dampfschiffes; und schäumend setzten sich die Räder des kleinen Fahrzeuges in Bewegung.

Arndt stand auf Deck und sein Blick schweifte ernst

grüßend nach dem benachbarten Dorfe hinüber. Deshalb übersah er wohl, daß aus jenem Fenster der Malerinnen, das gerade nach dem Wasser hinausführte, ein weißes Tuch wehte, welches so langsam und melancholisch hin un her gezogen wurde, daß es nicht schwer war, sich in der Phantasie Augustes braves Gesicht mit dem ironischen Ausdruck dahinter zu ergänzen.

○○○

Es war Winter. Menschen und Ereignisse drängten sich wieder in der Hauptstadt. Eine Tagesneuigkeit löste die andere ab. Der Reichstag war eröffnet, die Theatersaison auf der Höhe; fremde und einheimische Künstler aller Gattungen brachten ihre Werke zur Ausstellung; und fettgedruckte Zeitungsreclamen lockten das Publikum bald hierhin, bald dorthin. – Für die Gemüthlichkeit blieb nur wenigen Leuten Zeit übrig; und was immer die warme Jahreszeit gebracht haben mochte – jede Erinnerung, sei sie zu Anfang des Winters auch noch so frisch gewesen, schien jetzt von der rauschenden Gegenwart übertönt zu werden. Rastlos floß der breite lärmende Strom der Masse dahin.

Und doch gab es eine Unzahl selbständiger Wellen und Wellchen in seinem tiefen Bett; aber was sie im Verborgenen raunten und flüsterten wer will es sagen, denn wer hat es erlauscht? Murmelnde Zwiegespräche, geheimnißvolle Monologe, leise Seufzer, emporgeschickt in die verschwiegene Nacht; Alles verhallte gleichmäßig in dem allgemeinen Brausen.

Die Welt ist eben eine Masse; und wer in der Welt lebt, weiß das, weiß aber auch, daß sich dennoch Niemand in dieser Masse verliert; denn es giebt tausend und abertausend Welten innerhalb der Welt; und jede dieser kleinen Welten ist von einem unsichtbaren Zauberkreise umschlossen, über den kein Fremder je den Fuß setzen wird, weil er unüberschreitbarer ist, als der festeste, gen Himmel ragende Wall. –

Eine solche „Welt für sich" waren wohl auch jene fünf Personen, die im jüngst verflossenen Jahre zwei schöne Wochen mit einander auf Rügen verlebt hatten; und der Zauberkreis, welcher sie umschloß, wurde von seltsam zarten, bunt durcheinander gewebten Fäden gebildet, die der Spätsommer so natürlich und zugleich so kunstvoll, bald auf öder Düne, bald im stillen, dunkelgrünen Buchenwalde angesponnen hatte.

An das Herz des Mannes, der jetzt wieder mitten im unruhvollen Leben und Treiben der Welt stand, aber seit seiner Rückkehr von Norwegen einen neuen Aufschwung genommen hatte und mit dem hoffnungsstarken Muthe eines Jünglings weitere Gebiete seines Berufes betrat, zogen sich diese leisen Sommerfäden wie Strahlen eines goldenen Lichts, das sein Blick um so durstiger einsog, je weniger das Gewölk, das bis vor Kurzem an seinem Horizonte stand, ihm je den Schimmer einer ähnlichen Sonne vergönnt hatte.

Nicht so deutlich, wie er, sah Henriette die flimmernden Fädchen. Nur manchmal fühlte sie vorahnend, wie in einem wachen Traume, daß sich etwas Liebes und Freundliches anscheinend gefahrlos um sie her wob, aber nachgerade so nah heran kam und so unentwirrbar und dicht wurde, daß es sie in Netzen fangen mußte, welche nur mit schmerzender Gewalt zu zerreißen sein würden, indessen der halb spielende, halb sinnende Knabe damit beschäftigt war, diese Netze, an denen auch für ihn schöne Erinnerung und freundliche Gegenwart gleich emsig woben, in leidenschaftlichem Ungestüm immer fester zu ziehen.

Auch die beiden Malerinnen waren nicht unbetheiligt. Sie bedurften keine Lupe für ihr kluges Freundschaftsauge, um das zarte Gewebe des Sommers jetzt geheimnisvoll wachsen zu sehen; und mit ängstlicher Spannung hingen oft Adelheids dunkle Blicke, wenn Niemand sie beobachtete, an seinen schwebenden Maschen, während Auguste wohl ebenso interessirt, wie die Schwester, aber weniger aufgeregt war. –

Henriette, die seit ihrer Verheirathung in Berlin lebte, hatte wohl nach und nach einen ziemlich großen Bekanntenkreis in der unruhigen Großstadt gewonnen und zog sich auch in diesem Winter keineswegs ganz von den vorübergehenden Anforderungen zurück, welche dieser an sie stellte; doch zu ihren wirklich vertrauten Freunden, mit denen sie sich häufig sah, zählten auch von früher her nur Wenige, und die Intimsten unter ihnen waren immer Auguste und Adelheid gewesen.

Daß Arndt schon nach seinem ersten Besuch, den er der jungen Frau in Berlin machte, auch äußerlich als Gleichberechtigter an die Seite der Malerinnen trat, war als eine Folge der Rügener Beziehungen eigentlich selbstverständlich, und ebenso natürlich mußte es scheinen, daß er durch die Vermittelung des Knaben, dem er immer mehr ein väterlicher Freund ward, nach und nach manchen Schritt über diese Gleichberechtigung hinausthat und in eine immer engere Sphäre aufgenommen wurde.

Es war Arndt nicht unlieb, Henriette ab und zu auch in fremderem Kreise zu sehen, denn sie trat dann noch deutlicher in ihrer feinen Besonderheit hervor. Sie gab sich durchaus heiter in Gesellschaft, aber diese Heiterkeit hatte nichts Lärmendes, weil ihre Ursache nie etwas Anderes als ein schöner Enthusiasmus war. Verständnißvoll und warm, wie sie im Sommer die Freuden der Natur in sich aufgenommen hatte, genoß sie jetzt im Winter, wenn es sein konnte, die Vorzüge der Gesellschaft, denn sie fand Gefallen an geistvoller Unterhaltung, wie an der Beobachtung verschiedenartiger Menschen.

Und doch! Nicht am gemüthlichsten vielleicht, aber jedenfalls am werthvollsten, weil am inhaltschwersten, erschienen Arndt alle diejenigen Stunden, in denen er allein bei ihr sein durfte, denn Kurt war ihm kein störender Dritter; vielmehr erkannte er immer deutlicher, welch ein stürmischer Vermittler das Kind zwischen ihm und Henriette war.

Es dauerte gar nicht lange, so theilte er sich mit ihr in die Erziehung sowie in die Gefühle des Knaben genau, wie Vater und Mutter sich oft zu theilen pflegen: Der Vater ist Berather und Bildner in allen praktischen und wissenschaftlichen Dingen und die Mutter pflegt die junge Seele; der Vater scherzt mit dem Sohne und die Mutter fühlt mit ihm; der Vater wird dem mehr und mehr Heranwachsenden ein Freund, die Mutter ist ihm die erste Geliebte – die Geliebte mit dem Heiligenschein. –

Als es um die Mitte des Winters war, hatte sich Kurt bereits so eng an Arndt angeschlossen, daß man für gewöhnlich gar nicht mehr an die Zeit zurückdachte, in welcher es anders gewesen war. Kaum, daß Arndt des Abends die Schwelle betreten hatte, so mußte er auch schon irgend eine mathematische Formel erklären, wunderliche lateinische Vocabeln übersetzen, die gewiß nicht in den Wörterbüchern zu finden waren, oder doch wenigstens allerlei spitzfindige grammatische Regeln deuten; denn Kurt war wohl der gescheidteste, aber keineswegs der aufmerksamste Schüler seiner Klasse; und es war sichtlich, wie viel besser er jetzt fortkam, als früher, da Niemand bei den häuslichen Arbeiten so recht hatte helfen können. Und das war nach Kurts Meinung nicht einmal Herrn Arndt's Hauptverdienst. Herr Arndt erklärte auch die Zeitungen und sprach darüber mit der Mutter, was zuweilen langweilig, zuweilen aber auch wunderschön war. Herr Arndt besorgte Billets zu herrlichen Concerten und manchmal auch zum Theater, für das der Knabe schwärmte; er begleitete sie überall hin und brachte sie am Abend sicher wieder nach Hause. Auch in's Museum und in die Bildergallerien gingen sie oft alle Drei; und was Herr Arndt und die Mutter mit einander sprachen, war immer ausnehmend interessant. Auch von allen großen Gebäuden der Residenz und den Verhältnissen ihrer besonderen Schönheit und Bedeutung redete der Architekt; und das entzückte den Knaben, der sich um so glücklicher fühlte, je mehr ihm alle Dinge seiner Umgebung durch klares Verständniß lebendig wurden.

Hätte Arndt nicht eine ungeheure Arbeiskraft besessen, würde er dieses einigermaßen Zeit zersplitternde Verhältnis zu Mutter und Sohn nicht unbeschadet seiner Berufsthätigkeit haben durchführen können. Doch ihm war eine solche gegeben; und er fühlte sie nicht abnehmen, sondern ungewöhnlich wachsen, je mehr und je häufiger er in Henriettes Nähe lebte.

Er hatte vorläufig seine alte geschäftliche Stellung beibehalten; aber neben den Pflichten, welche sie auferlegte, gewann er noch Zeit, sich an einem lieferungsweise erscheinenden historisch-architektonischen Werk zu betheiligen, dessen Mitarbeiterschaft bereits anfing, ihm in Fachkreisen einen Namen zu machen. Auch trat er mit anderen Plänen und Unternehmungen an die Oeffentlichkeit und fühlte mit Bestimmtheit, daß sich seinem Berufsleben eine neue, gehobene Zukunft aufthat.

Das spannte jede Fiber seines Wesens zu erhöhter Kraft und Frische; und diese ließen ihn wiederum das Siegesbewußtsein vom Gebiete des äußeren Lebens auf das des Herzens und innersten Daseins übertragen.

So entstand eine eigene Wechselwirkung zwischen seinem Beruf und seinem Verkehr mit Henrietten – eine geheimnißvolle Kraft, unsichtbar und gewaltig, die, wie das Gesetz der Schwere, trägt und bindet, hält und hebt, wo man es nicht glauben sollte.

Arndt fühlte auch jetzt ständig, daß Etwas im Grund von Henriettens Wesen schlummre, das er noch nicht enträthselt hatte; und doch zweifelte er in diesen Wintermonaten keinen Augenblick daran, daß es ihm gelingen müsse, sich über kurz oder lang völlige Klarheit – und mit ihr auch den völligen Besitz dieser Frau zu verschaffen, ohne welche er sich augenblicklich überhaupt keine Zukunft mehr denken mochte.

Um ganz leben zu können, wie es ihm gefiel, hatte er seinerseits in diesem Winter fast allen geselligen Verkehr abgebrochen; und er bereute seine Consequenz um so weniger, als er in der ersten und letzten Gesellschaft, welche er in dieser Saison besuchte, mit Erna Lepel zusammengetroffen war.

Gedanken und Träume sind am Ende unser eigenthümlichstes Eigenthum; und Arndt war sich nicht bewußt, dem Mädchen irgend eine bestimmte Hoffnung gegeben zu haben. Trotzdem fühlte er sich nicht mehr behaglich in ihrer Nähe; und seine Unterhaltung mit ihr war ein seltsames Gemisch von aufrichtiger Kälte und unnatürlicher Zuvorkommenheit gewesen. Er sprach über hundert Dinge an jenem Abend; aber er wußte kaum, was sie antwortete. Er fand, daß sie hübscher geworden sei; doch selbst diese Bemerkung glitt kühl an seiner Seele ab und befriedigte ihn nur insofern, als die unleugbare Thatsache für Erna selbst etwas Angenehmes sein mußte und er im Moment sehr geneigt war, alles Mögliche zu ersinnen, womit er ihr in seiner Phantasie eine recht bevorzugte Lebensstellung anweisen konnte.

Erna war zu klug, um seine Veränderung nicht sofort zu bemerken; und als er sich am Schlusse der Gesellschaft von ihr verabschiedete, sah er, daß ihre lebhaften Augen traurig, wie in einem ersten Schmerze vor sich hin blickten. Da war er plötzlich nicht mehr gleichgültig, sondern heftig ergriffen und kam sich fast wie ein Gottloser vor, der im Leichtsinn nahe vor einen Altar getreten ist, dessen Ritus ihn kalt läßt, weil er die Glaubensbekenntnisse, die an ihm verlesen werden, nicht theilt.

Um so weniger aber konnte und mochte er das Mädchen in diesem Winter wiedersehen. Das schienen auch Lappe's mit sicherem Takt zu begreifen, denn sie vermieden es, Erna und ihn zusammen zu führen, obgleich das Mädchen, welches übrigens zum Frühjahr die Residenzstadt wieder verließ, als Adelheids Pathe und besondere Schutzbefohlene, häufig bei ihnen verkehrte. Und Arndt's Freunde und Bekannte wunderten sich kaum über seine gesellige Zurückgezogenheit, da sie in seiner wachsenden Berufsthätigkeit eine genügende Erklärung fanden.

Die selbe persönliche Freiheit, wie in diesen Kreisen, ließ man auch in Henriettes ausgedehnterem Zirkel gelten; und allgemein betrachtete man das intime Verhältniß der schönen Frau zu Arndt einfach nur so weit, als es von selbst vor Aller Augen lag, und Niemand verfiel darauf, etwa die Geschichte einer bevorstehenden Verlobung in Umlauf zu setzen. Es erschien sehr möglich, daß eine solche stattfinden würde; aber man erörterte diese Möglichkeit nicht mit voreiliger Hast. Auch waren Beide, Henriette und Arndt, viel zu vornehme Naturen, als daß sie sich in Anderer Gegenwart auch nur den geringsten Zwang auferlegt hätten; und gerade diese Offenheit kam ihnen im Urtheil der Gesellschaft entgegen.

Es würde Beiden wie etwas durchaus Verächtliches erschienen sein, ihre Freundschaft je nach Zeit und Gelegenheit aus engherzigen Rücksichten auch nur um einen Hauch von Wärme und Ergebenheit zu mindern.

Daß Henriette trotzdem nicht den selben vollen Genuß, wie Arndt, von ihrem gegenseitigen Verkehr hatte, lag tiefer. Sie empfand für Alles, was er ihrem Sohn war, eine heiße Dankbarkeit und war ihm zugethan, wie ihrem besten Freunde; doch wurde sie eben zuweilen von einer bangen Ahnung erfaßt und konnte die geheime Frage nicht zum Schweigen bringen: „Wie, wenn er zu weit in seinen Gefühlen ginge? was dann?"

Sie faßte in solchen Augenblicken den Entschluß, ihrem Verhältniß eine Grenze zu stecken und nahm sich beispielsweise vor, am Abend, bevor er kommen würde, unter irgend einem Vorwand mit Kurt auszugehen und ihm eine entschuldigende Karte zurück zu lassen. Aber wenn es dann so weit war, daß sie ihren Vorsatz hätte ausführen müssen, wurde sie schwach: Sie wußte ja, wie er sich nach der Arbeit des Tages darauf freute, mit ihr zusammen zu sein; und sie konnte es nicht über das Herz bringen, ihn zu enttäuschen.

Es lag einmal in ihrem Wesen, die großen Schicksale einerseits als etwas Erhabenes und deshalb Unvermeidliches zu betrachten – und andererseits wieder als Etwas, dessen vernichtende Gewalt man im Einzelnen siegreich bekämpfen könne. – Deshalb standen ihr die kleinen Freuden des Daseins so hoch; – und darum thaten ihr gerade die vorübergehenden Enttäuschungen im Leben Anderer so unverhältnißmäßig wehe.

So war sie denn jedes Mal, bevor sie sich entschlossen hatte, zu bleiben, unruhig und bedrückt, wurde aber, sowie der fragliche Zeitpunkt vorüber war und sie Arndt jeden Augenblick erwarten konnte, wieder heiter. – Und wenn er dann kam, trat sie ihm mit der bereits alten, freundschaftlichen Herzlichkeit entgegen. „Guten Abend, lieber Herr Nachbar!" – denn er war wieder in ihre Nähe gezogen – hieß es dann wohl; „wir haben mit dem Thee auf Sie gewartet! – Und wissen Sie, daß ich noch viel über unsere Unterhaltung von gestern Abend nachgedacht habe? Ich habe einen ganzen Vorrath von Argumenten gesammelt, um Sie zu widerlegen!" – Oder sie hatte im Laufe des Tages Etwas gelesen, das er jetzt hören mußte; und sowie der Theetisch abgeräumt war, nahm sie das betreffende Buch und trug die eine oder andere Stelle daraus vor. Sie las schön – mit auffallend gedämpfter Stimme und einer unbeschreiblich zarten Modulation; dabei pflegte sie sich während des Vortrags ein wenig in den Stuhl zurück zu lehnen, was ihrer Gestalt einen eigenen Reiz gab und wodurch ihr ganzes Wesen noch mehr den Anschein gewann, als vergesse sie sich selbst und ginge in dem auf, was sie las. – Auch färbte sich in solchen Augenblicken ihr Antlitz mit schnell aufsteigendem und ebenso schnell wieder erlöschendem Roth; – und wenn sie nach beendeter Vorlesung schwieg und die gedankenvollen Augen sanft und doch erregt zu ihrem Gegenüber aufschlug, lag eine unergründliche Welt voll Seele und Liebreiz in ihren Zügen.

So verging der Winter, und eines Tages war es Frühling.

Dieser war wirklich einmal unmerklich gekommen und die Hauptstadt staunte über den fremdartigen Hauch, welchen sein lauer Odem nicht nur durch die weitgedehnten Partien des geliebten Thiergartens wehen ließ, sondern auch leise über die Plätze und Straßen der Stadt trug.

Es ist unter allen Umständen etwas Süß-Gewaltiges und ein echtes Frühlingsgefühl! alle schroffe Gebundenheit des kultivirten Menschen, wie sie der tägliche Lebensgang fordert, und wie sie sich in festgeformten Gedanken, Plänen und Absichten kund giebt, weicht plötzlich vor der elementaren Empfindung anschwellender Seligkeit zurück. Ein Gefühl höheren Werdens, aufwärts steigender Kraft und weicher, unbegrenzter Empfänglichkeit dehnt sich durch die einfachste Menschennatur und lehrt sie, die ganze Erde zu umfassen. Unser Herz hält plötzlich gleichen Takt mit dem großen Herzschlage der Welt; der Himmel dehnt sich nicht als fremde Luftschicht über unserem Haupte, seine Bläue lebt und lacht in uns und mit uns; ja selbst der Duft, der aus dem Boden emporsteigt, und der die schwarze Erde unsichtbar hebt, scheint aus dem eigenen Herzen aufzusteigen und die dumpfen Schollen hartnäckiger Einzelempfindung werden sanft gelöst.

Fällt aber hier und dort die große Frühlingsempfindung der Natur mit dem einen allmächtigen Frühlingsgefühl des Lebens zusammen, dann umfaßt das trunkene Herz wohl mehr, als diese Erde, dann wird die schlichteste Seele von einer Bewegung getragen, daß sie spielend Welträthsel zu lösen und ewige Schöpfungsgedanken, wie etwas Selbstverständliches, zu begreifen wähnt.

Eines solchen Frühlings, wie es der diesjährige war, wußte sich auch Arndt nicht zu entsinnen; und selbst an jene Zeit, in der er Henriette und Kurt zuerst beobachtet hatte, dachte er kaum mehr als flüchtig zurück, wenn er jetzt die Beiden in dem kleinen Garten am Hause aufsuchte, der ihm schon damals der Schauplatz lieblicher und interessanter Scenen gewesen war.

Er dachte nur an die Gegenwart und allenfalls an die Zukunft. Und je länger er Freundschaftsrechte bei Henrietten genoß, desto mehr schwand in ihm auch der letzte Rest jenes eigenthümlichen beklemmenden Gefühls, dessen er sich zuweilen im Anfang seiner Bekanntschaft mit ihr nicht hatte erwehren können. Der dauernd gehobene und zugleich erregte Zustand, den die tief innerliche Spaltung mit sich brachte, in welche ihn sein unfertiges Verhältnis zu der geliebten Frau versetzte, ließ ihn ihre fast übernatürliche Idealität jetzt kaum noch als solche empfinden.

Indessen kam der Sommer; und Arndt, dem Anfang Juni der Preis für einen öffentlich eingereichten Bauplan zuerkannt worden war, hatte oft das Gefühl, als wäre jeder Tag ein Schritt, der ihn näher zu den Höhen des Lebens trüge, und nur selten einmal schwebte ihm der letzte dieser Schritte wie ein gewagter Sprung vor. –

ooo

Der Juli war vor der Thüre und mit ihm nahten die Hundstagsferien des Knaben.

Beide Malerinnen waren schon seit dem Mai fort und dies Mal nicht an die Ostsee, sondern in die Thüringer Berge gegangen.

Arndt hatte gelegentlich erwähnt, daß er sich keinen längeren Urlaub werde vergönnen können, und Henriette hatte wohl beiläufig vom Sommer und von der Erholungszeit auf dem Lande gesprochen; aber irgend ein fester Plan war noch nie von ihr berührt worden.

Da sagte sie eines Tages sehr ruhig, aber mit ungewöhnlich ernster Miene, als Kurt eben zufällig auf die Straße hinunter gegangen war und Arndt allein in der Dämmerstunde bei ihr saß: „Wir haben noch gar nicht über die Ferien geredet. Ich verreise natürlich wieder mit Kurt, aber nur während der gesetzlichen vier Wochen. So lange, wie im vergangenen Jahr, bleiben wir dies Mal auf keinen Fall. Nicht wahr, Sie meinen doch auch, Herr Nachbar, daß es ihm nicht gut sein würde?" Und, als bedürfe ihr ganzer Plan einer Entschuldigung, setzte sie noch hinzu: „Wir sind bis jetzt immer in den Hundstagsferien verreist."

„Wohin werden Sie gehen?" fragte Arndt in einem merkwürdig trockenen Tone; und eine dunkle Röthe stieg ihm in's Gesicht.

„Ich denke wieder nach Rügen. Kurt scheint es auch als selbstverständlich anzunehmen."

Dabei sah Henriette plötzlich ganz heiter aus. Der Gedanke an die See schien eine Folge bestrickender Bilder an ihrer Phantasie vorüber zu führen; und erst, als ihr Blick auf Arndt fiel, zog wieder ein unsicherer Schatten über ihr Gesicht.

„Wir werden Sie sehr vermissen!" sagte sie herzlich; und ein leiser Seufzer stahl sich zwischen ihre Worte.

Eine längere Pause trat ein. Henriette mußte sich nicht angenehm von derselben berührt fühlen, denn sie war im Begriff, sich zu erheben, um irgend etwas Beiläufiges im Zimmer zu ordnen.

Arndt bemerkte es, denn er stand plötzlich vor ihr. Er sprach noch nicht, aber er sah so durchdringend auf sie herab, daß sie unbewußt den Kopf schüttelte und mit einem verwirrten Lächeln der Angst in sein ernstes Gesicht blickte.

„Henriette, geben Sie mir ein Recht, Sie zu begleiten!" sagte er endlich und stemmte die erbebende Hand gegen die Lehne ihres Stuhles.

Sie mußte sich sammeln: Es gab nur eine Deutung für seine Worte; und doch hätte sie in diesem Augenblick viel dafür geopfert, wäre es ihr möglich gewesen, eine zweite zu ersinnen.

Sie erglühte unter seinen Blicken; doch der Kummer machte sie gleich wieder erblassen.

Da brach es befreiend wie ein entfesselter Bergstrom der Leidenschaft aus seinem Innern, und er rief sie noch ein Mal bei Namen; nicht leise, aber doch feierlich; nicht sanft, aber doch wunderbar hinreißend und innig. –

Sie aber suchte noch immer vergeblich nach einer Antwort; und als er sie eine Weile betrachtet hatte, schlug er sich plötzlich wie in grausamem Erwachen vor die Stirn. „Henriette," wiederholte er bittend; aber seine Stimme war umnachtet.

Ihr Gesicht wurde immer trauriger, und sie schloß einen Augenblick lang die Augen.

„O, das nicht! das nicht!" flüsterte sie, wieder aufblickend, und schüttelte noch ein Mal eigenthümlich energisch den Kopf. Er zog seine Hand von ihrem Stuhl zurück, blieb aber doch vor ihr stehen, als erwarte er ein Weiteres.

„Arndt, Sie würden nicht glücklich mit mir werden," sagte sie endlich.

Er lachte laut. „Das heißt," stieß er rauh hervor, „Sie würden nicht glücklich mit mir sein, weil Sie mich nicht lieben!"

Dann athmete er kurz auf, hob den Kopf kaum merklich empor und sah aus, wie Jemand, der durchaus standhaft bleiben will.

Noch einen Blick voll glühenden Verlangens warf er auf sie, wandte sich ab und ging zur Thür.

Ihr geängstetes Gesicht wandte sich ihm nach, und sie sah ihn beinahe flehend an.

„Ist es denn unmöglich, daß wir Freunde bleiben?" fragte sie wirr. „Arndt, denken Sie nicht, ich ließe Sie so gehen!" und sie eilte ihm nach, und hielt ihm voll rührendster Bitte beide Hände entgegen. „Freunde, Arndt! Freunde!" rief sie nochmals. –

Ein bitteres Lächeln flog über seine Lippen. „Freunde?" wiederholte er scharf. „Ja, wenn Sie diese Stunde vergessen können! Ich werde mein Möglichstes thun!" –

Sie zitterte vor seiner zornigen Liebe; und sie sann und sann, wie sie ihn besänftigen könne. – „Wenn Kurt zu Bett ist, kommen Sie wieder!" sagte sie plötzlich. „Ich will Ihnen meine Lebensgeschichte erzählen, Arndt."

„Ich werde kommen. Sie könnten mich sonst für einen trotzigen Knaben halten," antwortete er mit unsicherer Stimme und ging. Als er hinaus war, stand sie noch lange starr auf einem und dem selben Fleck.

Endlich trat sie an's Fenster, um auf die Straße hinab zu sehen, über welche er fortgegangen war; und dabei stürzten ihr die Thränen aus den Augen; denn sie machte sich Vorwürfe und hatte ein unaussprechliches Mitleid mit ihrem Freunde und mit sich selbst.

Unterdessen ging Arndt rastlos zwischen den vier Pfählen seines Gemaches auf und nieder. Nur ab und zu blieb er plötzlich stehen und warf einen zerstreuten, glanzlosen Blick über alle gleichgültigen Dinge hinweg, gleichsam in die weite Ferne – als sei er ein Schiffbrüchiger, der stumpfsinnig vom Strande aus zusieht, wie draußen das Meer sein Fahrzeug verschlingt.

Endlich mußte er ermattet sein, denn er warf sich mit einem gewaltsamen Aufstöhnen in die Sophaecke.

Hier saß er lange mit geschlossenen Augen. – Seine Züge verzerrten sich nicht; denn er beherrschte sich vor sich selbst; aber die Verzweiflung grub sich doch mit langsam ätzender Schärfe in ihre starren Linien.

Plötzlich sah er auf und murmelte einen Fluch zwischen den Lippen, wie ein Spieler, der Alles auf eine Karte gesetzt und sich verrechnet hat.

Als es zehn Uhr vorbei war, erhob er sich, um zu Henrietten zu gehen. „Weiter!" rief er . „Aber – der ‚Rest des Lebens' wird immer kleiner!"

Damit schien er seine äußere Fassung vollends wieder gewonnen zu haben.

„Ich hätte es wissen können," sagte er, als er bei Henrietten eintrat. „Es war ein unverzeihlicher Knabenstreich."

Sie sah theilnehmend in sein stolzes Gesicht.

„Nein," sagte sie; „es ist meine Schuld. Ich hätte Ihnen eher erzählen sollen, was ich Ihnen jetzt ..." Ihre Stimme wurde immer leiser und sie drückte seine Hand wie in schmerzhafter Verwirrung. „Arndt, Ihre Gefühle," flüsterte sie, „das, was Sie von mir wollten und zu mir sagten – haben die Todten in ihren Gräbern geweckt. – Setzen Sie sich zu mir, Arndt, und hören Sie mich an."

Er that, wie sie bat, und nahm ihr gegenüber Platz, bog aber das Haupt zurück, so daß sein Gesicht von dem Schatten eines Schrankes gedeckt ward. Dann starrte er sie wortlos an.

Ein Zittern schien über ihre Gestalt zu fliegen und sie wechselte mehrmal rasch hinter einander die Farbe. – Endlich athmete sie gepreßt auf und legte, um sich ruhig zu machen, unwillkürlich die Hände in einander.

„Ich bin wahnsinnig – verzeihen Sie!" rief er da plötzlich. „Was wollen Sie sich quälen, Vergangenes heraufzubeschwören? Sie lieben mich nicht; das ist genug! – Warum wollen Sie sich quälen, mir aus Mitleid diese Thatsache heute Abend noch zu begründen? – Und ich!? Ich habe mich ja auch nur mit der Thatsache abzufinden. Und die ist so klar, daß ich sie wohl ohne Ihre Lebensgeschichte begreifen werde!"

Dabei war er aufgesprungen und stand offenbar zum Gehen bereit.

„Nein," sagte sie, „ich quäle mich nicht!" und schlug die Augen voll zu ihm auf. „Sie sind mein Freund – bleiben Sie! Sie sollen, Sie müssen es wissen!"

Da blieb er, und wieder setzte er sich, wie zuvor, in den Schatten zurück, und wieder sah er mit dem selben heißen, erwartungsvollen Blick auf sie nieder.

„Er war der Bruder von Auguste und Adelheid," sagte sie, und ihre langen, dunkelblonden Wimpern senkten sich tief herab. „Ich hatte ihn schon als Kind gesehen und sah ihn dann wieder, als ich siebzehn Jahre alt war. Er hatte alle Eigenschaften, welche einen Menschen glänzend und liebenswürdig machen. Und mehr als das: er war ein musikalisches Genie – und vielleicht auch ein poetisches – jedenfalls schrieb er Gedichte, die ich sehr schön fand. Von Beruf war er Kaufmann; und als wir damals vier Wochen lang neben einander auf dem Lande lebten, stand er im Begriff, nach Amerika zu gehen." Sie hielt einen Augenblick inne. Worte machen jede Erinnerung so plastisch, daß die Vergangenheit ohne Weiteres Gegenwart wird. Sie schien noch heute in der Phantasie vor der Macht seiner Persönlichkeit zu erbeben, denn ihre Augen begannen unruhig zu leuchten, und sie fuhr mit bewegterer Stimme fort: „Ja, Arndt, ich liebte ihn – und er liebte mich auch. Ich war damals jung, und er fand mich hübsch, und – mehr als das! Wir schwärmten zusammen; wir schwärmten von allem Schönen und Großen. Er war nicht schlecht, nein! das gewiß nicht. Aber er war egoistisch. Adelheid sagte es mir an dem selben Tage, an dem er mir gestanden hatte, daß er mich liebe, an dem wir uns – verlobt hatten. Aber ich glaubte es nicht; wie hätte ich es glauben können? denn ich liebte ihn ja! Er hatte die selben schwarzen Augen wie Adelheid, aber sie sahen weniger dunkel aus, denn sie hatten einen so ganz anderen Ausdruck: lichter phantasievoller und …" hier sank ihre Stimme zu einem Flüsterton herab, „seltsam zerstreut. Aber der ganze Ausdruck seiner Persönlichkeit … Sie kennen … Sie besinnen sich gewiß auf den antiken Hermes mit dem Flügelhut und den Flügelfohlen, der, leicht auf einem Felsen aufsitzend, nur eine Sekunde lang zu rasten scheint; – so sah er aus!" Hier schwieg sie eine ganze Weile, dann sagte sie auffallend gemessen: „Er ging nach Amerika. Dort wurde er ein schlechter Kaufmann, aber ein großer Komponist. Auch gab er Concerte in New-York, die einen Weltruf erlangten. Sie müssen auch von ihm gehört haben. Er hat in Amerika den Vatersnamen abgelegt und führt den Namen seiner Mutter. Und hier in New-York hat er sich auch verheirathet. Er heirathete eine vielgenannte Concertsängerin. Ob er glücklich mit ihr geworden ist, weiß ich nicht; Lappe's reden nie mehr in meiner Gegenwart von ihm, trotzdem scheinen mir oft Adelheids Augen zu sagen, das er es nicht wurde." Sie bog sich gegen die Lehne ihres Stuhles zurück und blickte mit einem gedankenvollen Ernst vor sich hin, als vergesse sie eine Sekunde lang, zu wem sie spreche und daß sie überhaupt einen Zuhörer habe.

„Und Sie?" fragte Arndt dumpf, „Sie lieben ihn noch?"

„Nein," sagte sie, „nein, Arndt, ich liebe ihn nicht mehr. Ich lebe ja ohne ihn, und ich lebe wirklich! Ich bin heiter ohne ihn und es vergehen Tage, ja zuweilen Wochen, in denen ich gar nicht mehr an ihn denke. Das ist keine Liebe mehr. Die Liebe zu ihm hat sich verwandelt in die Liebe zu meinem Sohn. Ich liebe das Kind um seinetwillen, obgleich Kurt äußerlich gar Nichts mit ihm zu thun hat; sie sind gar nicht verwandt. Und nun habe ich ihn schon längst über dem Kinde vergessen. Doch, das ist vielleicht nicht ganz wahr; denn als ich den Knaben sah, war die Liebe zu ihm schon todt. O, ich hätte es wohl nie geglaubt, daß wahrhaftige Liebe sterben kann; aber es ist so; ein Hauch kann sie erstarren; sie kann ausgeblasen werden, wie ein Licht."

Sie schauderte in sich zusammen und sagte in geisterhaftem Ton: „Eine Andere, das war es, eine Andere!" Dann richtete sie sich auf und fuhr fort: „Als ich es das erste Mal hörte, konnte ich es nicht fassen. Bis dahin hatte ich noch keinen Schmerz gehabt. Nein ... es ist nicht mehr auszudenken, wenn es vorüber ist. Eine Andere – wie das klingt! Verzweiflung ist eigentlich kein Schmerz mehr, Verzweiflung ist Wahnsinn; Arndt, und ich hab' es unzählige Mal gefühlt, wie er aus dem Herzen emporkroch in die müden Gedanken."

„Doch die Verzweiflung athmet an ihrer eigenen Raserei aus," sprach sie nach einer sekundenlangen Pause weiter. „Endlich werden die Gefühle dumpfer und man schläft trotz aller Qualen ein. Ja, die Seele schläft; auch meine schlief. – Da las ich eines Tages nachträglich in der Zeitung seine Vermählungsfeier – und dabei erwachte ich wieder. Aber es war ein sonderbares Erwachen." – Sie stöhnte leise; dann fuhr sie fort: „Denn gleichzeitig fühlte ich, daß Etwas in mir todt sei. – Nicht nur das Glück, auch die Liebe war gestorben. Todt, Arndt, todt – vollständig todt und vorüber! – Die Welt im Ganzen kam mir merkwürdig unzusammenhängend und verblaßt vor – alle einzelnen Dinge aber interessirten mich wieder. Es ist schauerlich, aber es ist so: die Liebe war erloschen, erloschen wie ein Licht, an dem kein Fünkchen mehr glimmt."

Und als sie so sprach, lag plötzlich auch etwas Todtes und Erloschenes in ihrem Auge, Etwas, das Arndt nie zuvor darin gesehen hatte. Sie erhob die Hand wie in dumpfer Rückerinnerung gegen die Stirn, während ein eigenthümlicher Ausdruck von Abwesenheit über ihre ganze Erscheinung glitt.

Erst nach einer geraumen Weile sah sie ihn wieder an. „Nicht wahr, Sie haben mich verstanden?" fragte sie feierlich. „Aber Freunde, Arndt! nicht wahr?"

„Das Licht ist ausgeblasen, aber es war nicht niedergebrannt. Es kann wieder angezündet werden!" sagte Arndt vertrauensvoll, wie aus einem fanatischen Traume heraus; „angezündet für einen Anderen!"

„Für Andere – ja! aber nicht mehr für einen Anderen," antwortete Henriette sanft. „So Etwas erlebt man nur ein Mal."

Sie sah ihn besorgt an; als er aber weder antwortete, noch zu ihr aufblickte, fuhr sie langsam fort: „Wenn man es öfter erleben könnte, würde ja dem Unglück seine Macht genommen. Und es muß Unglück geben; denn es muß Menschen geben, welche für Andere leben; und wer nicht selber Schmerz empfand, kann keine Schmerzen heilen."

Arndt fuhr lächelnd auf: „So?" sagte er heiser und der Blick seines Auges war unheimlich scharf und energisch. „Schmerz ist eine eherne Faust, die das Herz zusammenwürgt und bis auf den letzten Blutstropfen auspreßt; Schmerz ist ein Hungerleider, der keinem Anderen einen Bissen Brod gönnt – Sie irren sich!"

Sie seufzte still vor sich hin; sie hätte auf ihn zutreten, aus Mitleid vor ihm niederknieen und ihm die Hände küssen mögen.

„Nein, Sie irren sich," sagte sie. „Wer das Unglück kennt, kennt Alles – und ist zu Allem brauchbar, weil er Alles mitempfindet." Sie stand auf und trat einen Augenblick sinnend an's Fenster; dann wandte sie sich von Neuem zu ihm:

„Gleich nachher kam der Krieg von 70," nahm sie wieder das Wort. „Mein Vater und Bruder wurden Beide schwer, zum Tode schwer verwundet, und Niemand konnte sie so gut pflegen, wie ich; denn ich wußte so genau, wie es ist, wenn Alles schmerzt – und man sich Tag und Nacht in ruheloser Qual windet. Oft scheinen Dinge weit aus einander zu liegen, die doch nah verwandt sind."

„Und Kurt?" fragte Arndt. „Was band Sie an Kurt?"

Da kam eine wunderbare Bewegung über sie. Ihr Antlitz strahlte wie verklärt.

„Ich sah ihn," sagte sie leise, „und seine Augen, obgleich sie nicht dunkel waren, sondern im Gegentheil …"

Arndt wurde immer unruhiger; und seine Hand ballte sich zur Faust; eine Sekunde lang haßte er den Knaben.

„Die Augen des Knaben hatten wunderbare Aehnlichkeit mit den seinen," sprach Henriette weiter. „Ich liebte ihn nicht mehr – aber ich hatte ihn doch einmal geliebt; deshalb konnte ich auch jetzt diesen Augen nicht widerstehen; und so versenkte ich die letzte Empfindung für ihn in die Liebe zu diesem Kinde. Ich stand allein in der Welt; ich war seit meinem achtzehnten Jahre eine Waise und hatte keine eigentliche Aufgabe im Leben. Vielleicht war es mir gegeben, dies Kind zu dem zu erziehen, was er nicht geworden war: zu einem selbstlosen Menschen. Ein Jahr zuvor hatte ich Professor Brandenburg zurückgewiesen; da, als ich den Knaben sah, wurde mir plötzlich die Aufgabe meines Daseins klar. Ich verlobte mich mit Brandenburg, der schon damals ein Mann des Todes war; und als wir getraut wurden, lag er bereits auf dem Sterbebett. Aber ich wollte es so; ich wollte ein Recht haben, diesen Knaben meinen Sohn zu nennen; denn ich konnte nicht mehr von ihm lassen. Ich weiß nicht, ob es eine jesuitische Sünde war, aber während der Geistliche das Gelübde vorlas, sprach ich in meinem Herzen: ‚Ja; ich will Dir treu sein bis in den Tod. Amen!' meinte aber den Knaben; und gleich darauf sagte ich laut das ‚Ja' und wechselte meinen Ring mit dem Vater. Merkwürdig," setzte sie hinzu, „ich glaube, die Zeit liegt auf allen diesen Ereignissen wie eine schwere Altardecke, welche ich nie wieder heben würde und könnte!"

„Und nun waren Sie glücklich? – Nun sind Sie glücklich, Henriette?" fragte Arndt. „Und Ihr Herz ist ausgefüllt bis in alle Ewigkeit? – Gute Nacht, Henriette! – Es ist Zeit, daß ich gehe."

Sie trat an ihn hin und ergriff seine Hand. „Ja," sagte sie, „ich bin jetzt glücklich. Und Sie, Arndt, Sie werden es auch wieder sein! – Sehen Sie, es klopfen täglich viele schöne Freuden an mein Herz; und wenn sie einen leisen Gang haben und ruhig bei mir eintreten, so schadet das Nichts, denn meine Hand, welche ihnen die Thüre öffnet, zittert ja nicht mehr vor Sehnsucht. – Ja, ich bin glücklich, Arndt – aber jene Freuden, die durch alle Adern rinnen – die wie das Brausen im Frühlingssturm in die jauchzende Seele herabfahren, die sind – natürlich vorüber!"

„Henriette, Weib! Wie kannst Du mir zeigen, wie sehr Du geliebt hast?" hätte Arndt beinahe aufgeschrieen; – aber er sagte nur: „Sie sind eine Heilige, Henriette – wohl Ihnen, daß Sie es sind!"

„Arndt," bat sie mit beschwörender Innigkeit, „spotten Sie nicht die Liebe zu mir hinweg! – Es wäre eine schwere Sünde. O, mein Freund! was gäbe ich darum, wenn ich Ihnen helfen könnte!"

Arndt wandte das Gesicht ab.

„Alles – nur nicht sich selbst!" sagte er, und seine Zähne knirschten, denn er preßte sie im Spott auf einander.

Henriete merkte es wohl; noch einmal ergriff sie seine Hand. „Freunde," stammelte sie; „Arndt, warum denn nicht? Alles, was noch mein war von meinem Herzen, habe ich Ihnen ja gegeben – und Sie sollen es behalten bis an's Ende. Meine Dankbarkeit gegen Sie ist grenzenlos." Und dies Mal konnte sie nicht anders: in dem überströmenden Wunsche, ihn zu trösten, hauchte sie einen abbittenden Kuß auf seine Hand.

„Was tun Sie?" preßte er heraus. „Wollen Sie, daß ich ewig Ihr Sclave sein soll, Henriette?"

Sie fuhr zusammen. „Nein," sagte sie. „Sie werden aufhören zu lieben, wie auch meine Liebe einst aufgehört hat. – Gute Nacht, Arndt! Gehen Sie! – Es ist gut, daß wir bald reisen, und daß wir uns eine Zeit lang nicht sehen werden. – Später ..."

sie brach jäh ab. – „Auch aus dieser schweren Stunde kann uns Gutes kommen," schloß sie dann hastig.

„Vielleicht haben Sie mit allen Ihren Behauptungen Recht," sagte er, während sein Gesicht immer finsterer wurde und sich seine Gestalt unheimlich in die Höhe richtete. „Aber, glauben Sie mir, Henriette, nicht jede Liebe ist ein Gott. – Liebe kann auch zum Dämon werden."

„Liebe nicht – Liebe ist immer ein Gott!" rief sie heftig. „Ohne sie wären unsere Seelen vielleicht ein Kaufhaus geworden; aber wir haben geliebt – und sie wurden ein Tempel!"

„Allerdings," erwiderte Arndt dumpf, „es giebt auch armselige Tempel, wie es erloschene Herzen giebt; – Tempel, in denen das Altarbild fehlt."

„Ja, Arndt, das Bild wurde uns zertrümmert, weil wir davor gekniet hatten – und wir sollen vielleicht keine anderen Götter habe, als – die Ideale der Liebe und Pflicht," sagte sie resignirt.

Es war eigen; ihre Seele blickte plötzlich in die Zukunft, und sie sah ihn vor sich stehen, als habe er bereits überwunden, wie auch sie überwunden hatte. – Was sie so heiß wünschte, schien ihr bereits erfüllt. „Wir müssen zufrieden sein," fuhr sie freundlich fort. „Was wollen wir denn? Einen Himmel auf Erden? – Seit Adam und Eva war Niemand anders im Paradiese, als ein Traum. – Auch wir haben davon geträumt! Auch wir tranken den Thau des Lebens und wandelten unter Palmen!"

Ein heißes Entzücken glitt wieder flüchtig, aber siegreich, wie eine allumfassende Erinnerung über ihr Antlitz, und ihre Gestalt erbebte in geheimnißvollen Schauern.

Da dünkte Arndt auf einmal, er habe sie nie zuvor so mädchenhaft lieblich und so überwältigend schön gesehen; und plötzlich jauchzte es prophetisch in seinem Herzen auf.

Er sah sie mit einem unbeschreiblichen Blick – mit einem Aufleuchten von grimmer Liebe und betender Bewunderung an, drückte ihr noch ein Mal stumm-beredt die Hand und verließ das Zimmer.

Die Leidenschaft in ihr war nicht todt. – So mußte sie denn eines Tages wieder erwachen – und dann stand er an ihrer Seite und war ihr der Nächste!

Anders, als er gekommen war, ging er fort. Er war nicht mehr bleich: seine Stirn glühte, und sein Herz schwoll von dunkler Ahnung bis zu trunkener Gewißheit und erhob sich von dieser zu festem, unerschütterlichem Glauben; denn der ganze hellseherische Wahnsinn leidenschaftlicher Liebe war über diesen lebhaften, vollkräftigen Mann gekommen. – „Weiter – weiter!" sagte er noch ein Mal; aber er sagte es nicht mehr resignirt; er sagte es mit der Miene eines Eroberers. Der Tag, von dem er träumte, mochte fern sein, aber er mußte kommen!

Unruhig war Henriette nach Arndt's Fortgang in der nächtlichen Stille zurückgeblieben:

Was hatte sie gethan? Ihr Herz klopfte ungestüm, wie seit Jahren nicht mehr. Zug um Zug, ganz, wie er einst an ihrer Seite gestanden, feurig, wie er einst über ihr gelächelt hatte, wenn ihr Haupt an seiner Schulter ruhte, sah sie den Geliebten ihrer Jugend vor sich. Wie hatte sie ihn alle diese Jahre vergessen können? O, es gab nur ein Paar solcher Augen auf der Welt! Mit einem selig-unseligen Schrei floh sie zurück in ihre Jugend. Und die Thore der Vergangenheit sprangen plötzlich vor ihr auf, wie die Thore einer alten, lange verschlossen gewesenen Kirche. Schaudernd, mit hinabgebeugtem Haupt, aber mit andächtig erhobenen Händen und selig-schwärmerischem Blick trat sie in die geliebten, von tausendstimmigen Chören erfüllten Gewölbe ein; und an jedem Schritt, den sie that, und an jeder Stelle des Fußbodens, die sie berührte, hingen die Empfindungen, welche sie einst an diesen Stätten gehabt hatte.

Die Macht der Erinnerung war über sie gekommen, und in wunderbarer Selbstvergessenheit stand sie träumend mitten im Zimmer.

Aber, „Eine Andere!" dachte sie da plötzlich; und langsam wich das Roth der Erregung von ihren Wangen.

Was wollte sie? wo war sie gewesen? was hatte sie gethan? „Nie wieder," sagte sie grausend, „will ich von ihm reden. Es ist Mitternacht und ich habe die Todten aus ihren Gräbern geweckt."

Erschöpft sank sie auf einen Sessel. Ihr Haupt fiel leise zurück, ihre Glieder streckten sich, wie ruhebedürftig aus, und nach einer langen Zeit hatte auch ihre Seele wieder die ersehnte Stille gefunden. Sie schloß die Augen; und ein starrer Friede ließ ihre feinen Züge wie gemeißelt erscheinen. Sie kam sich selbst vor, wie eine geheimnißvolle Leiche, aus der alle Unruhe der Welt entflohen ist.

Erst lange nach Mitternacht erhob sie sich. Sie war wieder in's Leben und in die Gegenwart zurückgekehrt; denn sie dachte an Arndt und sah unbeschreiblich traurig aus; und sie dachte an den schlafenden Knaben und lächelte. –

○○○

Ungefähr acht Tage später war Arndt eines Nachmittags zwischen allerlei Plänen und Zeichnungen leidenschaftlich thätig.

Er arbeitete, wie sonst, mit der Anspannung aller Kräfte, aber nicht mit schwungvollem Frohsinn und stätigem Eifer, sondern mit einer gewissen Ueberhastung. Als er sich so recht in Mitten vollster Anstrengung befand, klingelte es und er stand mit einem Stirnrunzeln auf, um zu öffnen.

Einige Minuten später trat er mit Kurt zur Seite wieder ein, und sein umwölktes Gesicht drückte eine fast verlegene Ueberraschung aus, obgleich die Besuche des Knaben für gewöhnlich gar nichts Seltenes waren.

Auch Kurt war dunkelroth geworden und wurde es noch mehr, als er jetzt Arndt's Frage, ob er gekommen sei, um Abschied zu nehmen, beantwortete. „Ja," sagte er, und seine großen, ausdrucksvollen Augen blickten rastlos im Zimmer umher. „Ich wollte Ihnen Adieu sagen. Sie sind ja seit acht Tagen nicht ein einziges Mal bei uns gewesen."

„Freilich, ich habe von Morgen bis Abend zu thun gehabt, Kind."

„Wer das glaubt!" sagte Kurt, dessen Befangenheit auf einmal schwand, beinahe hart. „Ich nicht, Herr Arndt! ich gewiß nicht!"

„Knabe!" rief Arndt und fuhr ihm erregt in das üppige Haar über der Stirn, indem er das seltsame Kindergesicht zu sich aufhob. „Dir ist Manches erlaubt, aber nicht Alles!"

Da blitzten die Augen des Knaben heftig in die ernsten, unruhigen Männeraugen über sich empor. „Ich will nicht, daß Sie meine Mutter traurig machen!" stieß er heftig hervor.

„Du irrst Dich!" sagte Arndt, sich entfärbend; und seine Hand erzitterte leicht über der Stirn des Kindes. „Du irrst Dich, ich mache Deine Mutter nicht traurig. Ist sie traurig?"

„Ja, seit Sie nicht mehr kommen."

„Dann sage Deiner Mutter," murmelte Arndt, „sie soll es nicht sein! Sie soll nicht traurig sein um mich."

Ein außerordentlicher Ernst schien plötzlich den leidenschaftlichen Blick des Knaben zu erweitern; wie ein halbes Verständniß mußte es über seine junge Seele gekommen sein. „Sind Sie denn auch traurig?" flüsterte er in dem bangen Gefühl, vor einem großen Geheimniß des Menschendaseins zu stehen.

Arndt riß ihn an sich und küßte ihn. „Geh'!" sagte er erschüttert. „Geh', mein Sohn, und laß mich in Frieden."

„Herr Arndt, was fehlt Ihnen? Herr Arndt, kommen Sie mit! Wir können nicht ohne Sie reisen."

Und flehend, mit großen Thränen in den Augen, schmiegte sich Kurt an die hohe Gestalt des traurigen Mannes.

Dieser nahm sich mit aller Kraft zusammen.

„Ich kann nicht, mein geliebter Knabe, ich habe keine Zeit!" sagte er hastig. „Aber, wenn es möglich ist, werde ich morgen früh auf dem Bahnhof sein."

„Und ein Paar Tage - nur ein Paar Tage, Herr Arndt, kommen Sie in diesen vier Wochen auch nach Rügen!"

„Ich werde sehen, mein Sohn. Wenn ich aber doch nicht

kommen könnte, wirst Du dann von Rügen aus einmal an mich schreiben?"

„Sie wissen ja: ich thue immer, was Sie und Mutter wünschen!"

„Du schreibst also nicht gern?"

„Nein," antwortete der Knabe, flüchtig erröthend, aber mit einem auffallend freimüthigen Blick: „Ich dichte lieber."

Es war das erste Mal, daß er seines keuschen Musengeheimnisses vor Arndt erwähnte, und es kam fast heraus, als thäte er es jetzt mit der bestimmten Absicht, dem väterlichen Freunde zu zeigen, wie sehr er ihn liebe und wie groß sein Vertrauen und seine Bewunderung für ihn wären, denn er betonte seine Worte nachdrücklich. –

Arndt mochte es fühlen, daß ihm in dieser Minute Henriettes Sohn näher getreten sei, als je. „Leb' wohl, mein Knabe, und reise glücklich!" sagte er, ohne seine Bewegung zu verbergen. „Wenn Du wiederkommst, zeigst Du mir Deine Gedichte. Grüße Deine Mutter und vergiß mich nicht!"

ooo

Die Lokomotive ließ zum zweiten Mal ihren schrillen Pfiff ertönen, und der Zug setzte sich langsam in Bewegung.

Arndt beeilte sich, den Perron zu verlassen, und Henriette hatte sich bereits in eine Ecke des Coupés gedrückt, das sie allein mit ihrem Sohn inne hatte; nur dieser stand noch immer am Fenster und sah zerstreut hinaus.

Als schon eine gute viertel Stunde vergangen war und die letzten Häuser der Vorstadt eben verschwanden, sagte er plötzlich, aber immer noch, ohne sich umzuwenden: „Mutter, wenn es wahr wäre, was ich denke!" –

„Sag' mir, was es ist, Kurt! Hab' nie ein Geheimniß vor Deiner Mutter!"

„Mutter – ich denke etwas so Sonderbares: Hat Dich Herr Arndt heirathen wollen und hast Du nicht gewollt?"

„Kind – wie kommst Du darauf?"

„O! ich weiß, es ist wahr, es ist doch wahr!" rief der Knabe. Dann drehte er sich hastig um und fragte mit einem Ausdruck düsteren Feuers, der weit über seine Jahre hinaus ging: „Hast Du denn meinen Vater so lieb gehabt, daß Du nie einen anderen Mann magst?"

Ein Zittern ging durch Henriettens Glieder.

„Sei nicht so grausam, Kind!" sagte sie tonlos und starrte ihren Sohn entsetzt an wie einen Richter.

Kurt sah aus, als jagten sich rastlos Gedanken in seinem Hirn, die er nicht bewältigen könne.

Auf einmal trat er dicht vor die Mutter hin und fragte mir wunderbarer Festigkeit: „Wenn Du meinen Vater nicht so sehr, ich meine, so ganz sehr geliebt hast, warum willst Du denn nicht Herrn Arndt heirathen?"

Henriette blickte den seltsamen Frager nicht mehr an; sie zog ihn nur mit ungewohnter Heftigkeit in ihre Arme, und heiß, wie unzählige wieder lebendig gewordene Schmerzen, brannten ihre stillen Küsse in seinem Antlitz. Dann hauchten ihre Lippen Worte über ihm, die er mehr ahnte, als verstand.

„Weil ich Dich mehr liebe, als ihn!" hatte sie unter Anderem gesagt.

Mit einem unsagbaren Erstaunen blickte Kurt auf: Daran hatte er keinen Augenblick gedacht, daß seine Mutter Arndt mehr lieben solle, als ihn! – Es würde ihm ganz selbstverständlich erschienen sein, wenn Mütter ihre Söhne stets noch mehr liebten, als ihre Männer.

„Mutter," sagte er erschüttert, „Mutter, das versteh' ich nicht! – Wenn ich älter bin, werd' ich Dich aber verstehen, Mutter."

Trotzdem richteten sich seine Augen noch ein Mal minutenlang mit heißem Verlangen nach Erklärung auf Henriettes Gesicht; und seine Phantasie schien sich wahrhaft abzuarbeiten, bis in die Tiefe der mütterlichen Empfindungen hinabzutauchen.

Dann zog er den Hut vor das Gesicht und setzte sich mit einem ungestümen Seufzer in die gegenüberliegende Ecke des Coupés.

„Es ist so sonderbar – so entsetzlich sonderbar," sagte er plötzlich vor sich hin.

Henriette horchte auf, blieb aber dennoch lange Zeit stumm. Endlich beugte sie sich etwas vor und flüsterte schüchtern: „Warum wolltest Du denn, daß ich ... Herrn Arndt heirathen soll?"

Kurt fuhr in die Höhe, warf seinen Hut weit von sich und sah die Mutter einige Sekunden hindurch verwundert an.

„Nur, weil er traurig ist," sagte er dann mit großer Bestimmtheit und schlug den Blick hastig wieder nieder.

○○○

Zwei Wochen waren bereits seit der Abreise von Mutter und Sohn vergangen, da erhielt Arndt eines Tages folgenden Brief von Kurt:

„Lieber Herr Arndt!

Nicht aus Bummelei oder Schlechtigkeit schreibe ich Ihnen erst heut – mit Schlechtigkeit meine ich den Fall, daß ich Sie vergessen hätte – sondern weil ich Ihnen immer etwas Wichtiges erzählen wollte. Es passirt aber weiter Nichts, als daß wir alle Nachmittage spazieren gehen. Das wird mir nicht langweilig, denn es ist immer schön; aber manchmal möchte ich, daß wir Etwas mitmachten, was nicht angeht, weil Sie nicht hier sind. Auf Jasmund und Mönkgut war kein Quartier mehr; deshalb sind wir hierher ganz nach Norden in die Nähe von Arcona gegangen. Unser Dorf heißt Breege auf der Halbinsel Wittow.

Es ist gar kein Wald hier, und die Natur ist hier so einsam, wie es in Liedern und Geschichten manchmal beschrieben wird. In den ersten Tagen kam sie mir immer vor, als wär' sie ein trauriger Mensch, der den Kopf hängen läßt! aber Unsinn, jetzt kenne ich sie besser! Na ja, es ist ganz lustig zwischen den grauen Dünen; nur wünscht man sich dies Jahr so oft Etwas, das nicht angeht.

Im Dorfe ist es gar nicht einsam, da sind eine Menge Badegäste; aber nicht ein einziger, der nett wäre. Mittags beim Essen sitzen uns zwei Herren gegenüber, die uns immer sehr dumm anglotzen. Wir gehen nie mehr in den Mondschein spazieren, weil diese Beiden dann mit wollen und Mutter noch vom Essen her genug von ihrer Spürnäsigkeit hat. Sie haben ‚Ohrfeigengesichter', würde unser Klassenlehrer sagen; und ich wüßte noch ganz andere Worte für sie.

Wir wohnen bei einer reichen, sehr dicken Schiffersfrau im einen kleinen Feenpalast, denn das Haus ist ganz von Epheu umrankt und paßt garnicht zu dieser Kochmaschine von Wirthin. In der Laube vor der Thüre mache ich meine Klassenarbeiten und Mutter liest mir ein herrliches Buch über antike Statuen vor.

Mehr weiß ich nicht zu erzählen, denn die Partie nach Arcona, unsere Spaziergange in die Tannen und was hier sonst schön ist, habe ich in meinen Gedichten beschrieben; und wenn wir zurückkommen, will ich sie Ihnen geben. Ich habe es Ihnen in Berlin versprochen, Herr Arndt; und weiß übrigens doch schon längst, daß Mutter Ihnen davon erzählt hat. Ihnen kann ich sie schon zeigen, denn Sie werden nicht dabei lachen. Ich weiß auch Etwas: ich weiß, daß Sie mich lieb haben, Herr Arndt. Wenn einer darüber lachen würde, könnt' ich ihn todtschlagen! wahrhaftig! Trauen Sie mir zu, daß ich bess're Gedichte mache, als Extemporalien? Pah! ich möchte erst groß sein und erwachsen!

Adieu, Herr Arndt, wie oft ich an Sie denke, wahrhaftig, bei hundert Gelegenheiten! Zwei Mal hab' ich auch schon von Ihnen geträumt; und jeden Tag denk ich, Sie kommen vielleicht doch mit dem Dampfschiff.

Mutter läßt Sie sehr grüßen.
Ihr treuer und gehorsamer
Kurt Brandenburg."

○○○

Gerade am zweiten Abend, nachdem Arndt diesen Brief empfangen hatte, wurde Henriette von ihrer Wirthin ein Herr gemeldet, der sie noch zu sprechen wünsche.

„So spät? Wer kann das sein?" fragte sie zögernd und offenbar nicht ganz angenehm überrascht.

„Arndt ist es, der seine Freunde einmal rudern möchte!" antwortete eine kräftige, wenn auch leise erzitternde Stimme; und als Henriette und Kurt nach der Thür blickten, sahen sie in ein wohlbekanntes Gesicht, dessen gehaltener Ernst und eigenthümlich erzwungene Ruhe etwas Respekt-Einflößendes hatten.

Kurt stand einen Augenblick wie versteinert. „Ich wußt' es! Ich hab' es die Nacht geträumt!" stotterte er dann vor sich hin, und als die Wirthin hinaus war, stürzte er sich aufjauchzend in die Arme des späten Gastes. Doch plötzlich riß er sich wieder los und warf einen scheuen Seitenblick auf seine Mutter.

Henriette war befangen, und als sie den Freund mit herzlicher Dankbarkeit für sein Kommen begrüßte, sah sie ihm nicht, wie wohl früher, voll in's Gesicht.

Arndt erklärte, daß er wirklich nur gekommen sei, um Kurt einmal eine ausgedehnte Ruderpartie zu ermöglichen, bei welcher er freilich zu seinem eigenen Besten etwas Seeluft zu schlucken hoffe, und daß er übermorgen schon wieder abreisen werde.

Das Gesicht des Knaben strahlte vor Unternehmungslust, und er meinte, eine Segelpartie sei am Ende noch schöner, als eine Ruderfahrt, worauf Arndt vorschlug, Beides zu unternehmen und auf Vor- und Nachmittag zu vertheilen.

Daß er den Rest des Tages bei Henriette und ihrem Sohn verlebte, war natürlich, und Henriette glaubte mehr und mehr aus seinem Benehmen herausfühlen zu dürfen, daß es ihm jetzt heiliger Ernst sei, ihre Bitte um fortgesetzte, nicht mißzuverstehende Freundschaft zu erfüllen.

Was sie im Laufe des heutigen Abend beunruhigte, ging daher nicht von Arndt aus, sondern war das Wesen des Knaben, dessen gewöhnliche Lebendigkeit sich bald bis zur Nervosität steigerte, bald völlig verstummte. Er lachte und erzählte koboldartig durcheinander; schwieg er aber, so starrte er, wie in einen einzigen, unbewußten Gedanken vesunken, auf seine Mutter, und Henriette wagte kaum, in die Augen ihres Sohnes zu sehen, denn sie schienen ihr unaufhörlich zu sagen. „Thue es mir zu Liebe."

Trotzdem blieb sie äußerlich gefaßt; und ihr Wesen nahm etwas so Verschleiertes an, daß Arndt nicht ahnte, was in ihr vorging.

Dagegen schien er die feurige Unruhe des Knaben verstanden zu haben, denn als er fortging, sagte er ihm mit einer Herzlichkeit „Gute Nacht", die weit über gewöhnliche Männerart hinausging.

„Hattest Du Herrn Arndt in Deinem Briefe gebeten zu kommen?" fragte Henriette später ihren Sohn.

„Nein, gebeten nicht," antwortete Kurt ausweichend und küßte seiner Mutter so stürmisch die Hand, wie er es nur that, wenn er Etwas abzubitten hatte.

○○○

Früh am anderen Morgen hatte Arndt ein Segelboot aufgetrieben. Schon gegen sieben Uhr war Alles auf dem kleinen Fahrzeug „kloar", und ein mit den nothwendigen Seemannsgriffen vertrauter Jungen saß harrend auf der Ruderbank.

Die Passagiere ließen nicht lange auf sich warten. „Wohin?" fragte Arndt, der sich zum Herrn des Bootes aufgeworfen hatte, als Henriette an Bord trat.

„Nach Hochhillgoor, wenn es Ihnen Recht ist!" sagte sie und zeigte auf zwei geschwisterliche Hügel, die vom jenseitigen Ufer des breiten, seltsam gewundenen Boddens durch die goldenen Schleier des Morgensonnendurftes herüberschimmerten.

„Sie sind auch dort noch nicht gewesen?" fragt Arndt etwas erstaunt.

„Nein," erwiderte Kurt an Stelle seiner Mutter empört, „zu jeder großen Partie wollten die unausstehlichen Herren mit!"

Man war diesen „unausstehlichen Herren" vorhin am Hafen begegnet und sie hatten mit ziemlich verblüfften Mienen gegrüßt, sobald sie Arndt an Henriettes Seite erblickten.

Als der Knabe sie jetzt so unerwartet erwähnte, wurde Henriette roth und Arndt's Auge richtete sich mit einem düsteren Blick des Vorwurfs auf ihr Gesicht.

Sie seufzte gepreßt unter der Last des sekundenlangen Blickes auf; denn sie dachte wohl daran, daß ihr Freund vor drei Wochen das Recht von ihr gefordert hatte, sie zu schützen und in allen großen und kleinen Vorkommnissen des Lebens zu vertreten. – Doch war sie nicht etwa bedrückt, weil sie sich an diesem Morgen schwächer und anlehnungsbedürftiger gefühlt hätte, als damals, denn die beiden unangenehmen Herren waren für sie etwas durchaus Vorübergehendes und Zufälliges. – Nur schien es, als ob heute selbst das Zufällige eine gewisse Bedeutung erlangen sollte, indem es zum Wesentlichen hinzutrat und nach dem gleichen Ziele drängte.

Schwer athmete sie in die köstliche Frische des Morgens hinein und fing an, zerstreut über die Art und Anzahl der Breeger Badegäste und über das Dörfchen selbst zu sprechen.

Später stand sie während der ganzen Fahrt in der Mitte des Bootes, den Kopf gegen die Segelstange gelehnt, als verhindere sie eine innere Unruhe, neben Kurt oder Arndt auf einem der Bänkchen Platz zu nehmen.

Ihr Auge glänzte in rührender Freundlichkeit, wenn sie auf den heute glückstrahlenden Knaben sah; aber um ihre Lippen spielte ein schmerzliches Lächeln des Kampfes.

Als man nach einstündiger Wasserfahrt und einem kürzeren Spaziergang zu Lande den Hügel Hochhillgoors erreicht hatte, war Kurt zunächst fast stumm vor Freude. Es kam ihm unsagbar schön und reizend vor, nun wirklich auf diesen beiden Gipfeln zu stehen, die seiner knabenhaften Sehnsucht schon seit mehr als vierzehn Tagen so verheißungsvoll entgegengewinkt hatten; und wenn er allein gewesen wäre, würde er vermuthlich einen lauten Jubelschrei ausgestoßen haben.

So begnügte er sich mit einem endlich hervorgebrachten: „Oh! seht nur! seht nur diese Menge Wasser!" Dann verließ er die Seite des Haupthügels, auf welcher seine Mutter gerade mit Arndt stand, um sich auf der entgegengesetzten in das duftende Gras zu werfen. Und es wäre ein Wunder, wenn dort nicht Verse durch seine Seele gesummt wären, so emsig und rastlos, und wohl auch so verworren melodisch, wie der sich im Sonnenlicht wiegende Mückenschwarm um seine Stirne summte

Ernst stand indessen Henriette an Arndt's Seite und ließ den Blick wieder und wieder über die lieblichen Inselgebilde zu ihren Füßen schweifen.

So mannigfach und vielgestaltig schmiegten sich die Fluten des schimmernden Boddens ringsum in das ebene Land hinein, daß man hier und da seine Figuren kaum noch verfolgen konnte, und dieselben in der Ferne wie breite, geschlossene Wasserringe aussahen, die ein Stückchen wogenden Kornfelds eine grünende Wiese, oder gar eine einzelne Ortschaft vollkommen in kleine, schwimmende Inseln zu verwandeln schienen.

„So drängt sich auch zuweilen ein übermüthiger Gedanke von allen Seiten her in ein festgefügtes Leben und wandelt es um," sagte sie mit einer beinahe gewitterschwülen Ruhe in Ton und Geberde, sah aber Arndt nicht an, während sie sprach.

Dieser hatte sich im Stillen ihren Vordersatz ergänzt und antwortete bewegt: „Möchten diese übermächtigen Gedanken so heiter und friedlich sein, wie das lachende Wasser! Seine Bläue scheint kein bloßer Abglanz des Himmels zu sein; man möchte meinen, die geheimnißvolle Tiefe selbst strahle sie empor wie Etwas, das in der eigenen Seele geboren wurde."

Henriette seufzte unhörbar leise und auf der Heimfahrt war sie eben so schweigsam wie am Morgen. Aber ein großer

Entschluß stand still und unwiderruflich, wie etwas Heiliges in ihren Augen zu lesen.

○○○

Die Ruderfahrt war auf den Abend verschoben worden, da man am Nachmittag einen weiteren Spaziergang in die sogenannten „Tannen" machen wollte, ein Ausflug, welcher Kurt und der Mutter besonders lieb geworden war. Es schien, als wolle insbesondere der Knabe jede Stunde dieses Tages ausbeuten.

Trotzdem trat eine Pause der Mittagsruhe ein, und es war vier Uhr vorüber, als man auswanderte.

Arndt gab sich heute anders als gestern; keine tief innerliche Beherrschung seiner selbst hielt Wesen und Züge mehr gefesselt; er war unruhig, feurig und zuweilen stürmisch beredt. Und wenn er sich ja einmal beherrschte, geschah es wie in herber Bitterkeit gegen seine eigene Leidenschaft.

Welch' Räthsel hielt seit heute früh das Wesen der geliebten Frau umfangen? Jeder ihrer sparsamen Blicke, jedes ihrer Worte schien eine liebevolle, kaum schon gehoffte Annäherung bringen zu wollen, und doch war sie weder heiter noch einfach herzlich wie sonst, noch irgendwie leidenschaftlich erregt. Es war das erste Mal, das Arndt sie in keiner Weise begriff; und deshalb vergaß er heute alle Mäßigung, die ihm das Eigenthümliche seiner Lage seit Kurzem aufgezwungen hatte.

Es war ein stiller, herrlicher Nachmittag, und die drei Wanderer gingen zunächst auf der von kleinen, frisch angepflanzten Birken abgegrenzten Chaussee entlang, welche sich malerisch auf der Höhe des schmalen Landstreifens hinzieht, die die nördliche Halbinsel mit den südlicher gelegenen verbindet und sich zwischen offener See und Bodden, zwischen sanften Dünenketten und dunklem Kieferngehölz dahinschlängelt.

Ab und zu stieg eine silberglänzende Möve von der See auf, und zog, fast ohne die Schwingen zu regen, in weiten, immer höher und kühner gen Himmel ansteigenden Kreisen über die

Dünen empor, gefolgt von den aufmerksamen Blicken der Spaziergänger.

„Der Anblick dieses Vogels wirkt wie die meisten Gegensätze nicht mildernd, sondern verschärfend," sagte Arndt, als einmal ihre Häupter fast von den Flügeln einer schwebenden Möve gestreift wurden. „Die Rastlosigkeit der eigenen Phantasie wächst an dem abgeklärten Frieden dieses stillen Dahinsegelns." – „Und doch beneide ich die leidenschaftslose Ruhe jener kühlen, meergetränkten Fittige nicht!" setzte er nach einer Pause hinzu.

„Ich glaube es wohl," sagte Henriette. „Kein Mensch beneidet die erhabene Stille eines großen, rein verkörperten Gottesgedankens; die eigene Drangsalshitze ist Einem an das Herz gewachsen."

„Und wohl gar noch interessant!" ergänzte Arndt scharf.

Doch die Möve, der silberne Friedensgedanke dieses Sommernachmittags, verlor sich im blauen Aether, und die Blicke der Wanderer kehrten zur Erde zurück.

Dort sangen kleine, reizende Gelbgänschen in den jungen, spärlich belaubten Zweigen der zarten Chausseebäume und flohen heiter von einem Birkenkrönchen in das andere, immer zutraulich vor den Menschen her, während am Boden von Zeit zu Zeit ein kleiner Zaunkönig, geschwind wie ein Mäuschen, von Stamm zu Stamm huschte. Dazu schimmerte von links her durch die grauen Dünencoulissen das weite, blaue Meer; und rechts erglänzte der Bodden in der lachenden Umrahmung des friedlich hingestreckten Dorfes, bis zuletzt der Kiefernwald an dieser Seite immer dichter wurde und Breege nebst seinem Wasserbecken verschwand.

„Wie einsam!" sagte Kurt mit einem strahlenden Blick in Arndt's Augen, als sie schon eine gute Weile vorwärts gegangen waren.

„Und doch, wie voll Leben!" setzte Henriette, die lange nicht gesprochen hatte, warm hinzu. „Wir müssen Ihnen sehr dankbar sein, daß Sie gekommen sind, lieber Arndt! Man sagt ja, daß es nichts Besseres giebt, als seinen Freunden etwas Schönes und Liebgewordenes zu zeigen!"

„Ah," erwiderte Arndt mit einer heftigen Bewegung, und als Kurt zurückblieb, um einige Ericen zu pflücken, fuhr er fort: „Mich kümmert nur, was Sie finden! Und ich weiß nicht, ob ich glauben kann, daß Ihnen mein Kommen über Alles lieb war."

Henriette antwortete nicht, aber ihr Blick und ihre Geberden hatten wiederum nichts Abweisendes.

Kurt trat an ihre Seite und brachte ihr die eben gepfückten Blumen, und so wanderte man von Neuem zu Dreien weiter.

Nach einer guten Stunde wurde in das Kieferwäldchen zur Rechten eingebogen. Hier führte der Weg durch hohes Gras, dessen tief herabgebeugte Halme wild und üppig durcheinander lagen. Alles machte einen eigenthümlich unberührten Eindruck. Ab und zu drängten sich ein Paar Kiefern dicht, wie zu einer feierlichen Gruppe, an einander, oder es öffnete sich plötzlich eine kleine bescheidene Lichtung, auf der leuchtende Pilze und weiße Sternblümchen wuchsen. Hier und da schlug sich wohl auch ein schmaler, verwachsener Seitenpfad durch das Holz und kreuzte den Hauptweg, sonst war Alles schlicht und einförmig.

Immer wundersamer aber vermischte sich im Rücken der Spaziergänger das volle, dumpf verhallende Meeresrauschen mit den sausenden Klängen des Windes, der in langathmigen Flüstertönen melancholisch durch die hohen Kiefern zog.

Kurt verstummte gleich den Erwachsenen und lauschte empor. Das klang wie ferne Orgeltöne, aber noch unendlich viel eigenthümlicher und offenbarungsvoller. –

Als man die Breite des Wäldchens durchmessen hatte, sah man vor sich den Breeger Bodden schimmern. Der Wald that sich überraschend aus einander; er öffnete gleichsam nach beiden Seiten hin die Arme und umschlang eine kleine, lachende Wiese, die blühend zu seinen Füßen lag und sich bis an das ziemlich erhöhte Ufer hinzog. – Wie war da plötzlich Alles kindlich bunt durch einander gemischt! Hier duftende lila Erica und allerlei Gräser des Sandbodens, dort unzählige, echte Wiesenblümchen in wohlbekannter Farbenpracht; dazu hohe, gelbe Iris und breite, saftige Schilfe, und in der Mitte einsam, aber nicht trauernd, sondern wie von lieblichen Träumen umsponnen, ein reizendes, junges Birkenbäumchen, um dessen zarten Stamm üppige Pilze in verführerischer Schönheit aufschossen.

„Hier wachsen Märchen!" sagte Henriette und Kurt warf sich wie toll vor Entzücken in das Gras und schaute die zarte, junge Birke mit den vollen, leise wehenden Zweigen und dem schlanken, weiß leuchtenden Stämmchen an, als wäre sie eine verzauberte Prinzessin.

Arndt blickte auch einige Minuten bewundernd über das stille Landschaftsbild; dann kehrte sein Auge schnell zu Henrietten zurück. „Es ist gut, daß ich morgen abreise," sagte er; „Märchen steigen zu Kopf." „Und Ihre Worte, Henriette," fügte er mit gedämpfter Leidenschaft hinzu, nachdem er sich neben sie an den Rand des Waldes niedergesetzt hatte, „Ihre Worte sind zuweilen Zauberformeln, die verbotene Welten vor der Seele heraufbeschwören."

Sie öffnete die Lippen und richtete sich langsam empor, als wolle sie etwas Schwerwiegendes sagen; aber sie konnte es offenbar nicht; sie erhob sich und ging zu Kurt.

Als man den Heimweg antrat, stand die Sonne schon tief am westlichen Himmel; die Ruderpartie schien ganz vergessen zu sein; denn es war bereits acht Uhr Abends.

Henriette und Kurt schlugen vor, nicht jenseits auf der Chaussee zurückzukehren, sondern am diesseitigen Waldrande unmittelbar am Ufer des Boddens; und Arndt stimmte natürlich zu. Er unterhielt sich mehr mit Kurt, als mit Henriette und wünschte nur Eins: nicht hierher gekommen zu sein; denn er empfand selbst, daß seine Kraft der Zurückhaltung heute in eben dem Maße abnahm, als er seine Liebe zu Henrietten über alle Vernunft hinaus wachsen fühlte. Wie das bange Ausathmen eines glühenden Sommertages fern im schwülen Binnenlande erschien ihm das heutige Zusammensein mit ihr. Es war jeden Augenblick, als müsse Etwas geschehen, aber ein Augenblick nach dem anderen verging, ohne daß ein entscheidender Schlag gefallen wäre. Die Stunden schlichen; und doch konnte er sie bereits zählen; denn morgen früh mußte er abreisen. Er meinte, daß es so nicht fortgehen könne, daß ihm noch der heutige Tag die Gewißheit ihres einstigen Besitzes bringen, oder daß auch jedes Freundschaftsband für immer zwischen ihnen zerrissen sein müsse.

Indessen wanderte man langsam vorwärts, und stand oft bewundernd still: Der hochgespannte Westhimmel, der sich wie eine ununterbrochene Halbkugel über der weiten Ebene von Wasser und Land wölbte, leuchtete in allen Regenbogenfarben über dem feierlich zum Horizont hinabsinkenden Sonnenball. In warmem Violett schimmerten jenseits die etwas ansteigenden Küsten der vielzackigen Insel; feurig glänzte der weite Wasserspiegel; und wie eitel Gold funkelten die Fenster der Breeger Schifferhäuser vom fernen Ende des Boddens herüber. Dann lösten sich die verschiedenen Farben. Wie der geheimnißvolle Hauch sterbender Gefühle verschwanden sie, und gingen langsam in einander über und unter.

Und plötzlich sah man Nichts, als eine einzige feuergetränkte, purpurrothe Glut.

Tiefer und tiefer tauchte die Sonnenkugel hinab; und sprachlos standen die drei Wanderer, um ihr Scheiden zu verfolgen. Jetzt ... nein, eine Sekunde noch! Aber nun: noch bevor man ausgeathmet hatte, war sie wirklich gesunken. Der Bann war gebrochen, und das Menschenwort trat in seine Rechte zurück.

„Ah!" sagte Arndt, „so Etwas sah ich noch nie. Aber wer die Arme nach dieser Glut ausbreitete, wäre ein Narr."

„Die Arme nicht, aber die Seele soll man ihr entgegen breiten," antwortete Henriette hastig-leise.

„Henriette," flüsterte da Arnst finster. „Sie sind kein

Wesen von Fleisch und Blut! Ihre Seele ist anders, wie die Seelen gewöhnlicher Sterblichen, sie hat volles Genüge in der Idee. Wir Anderen möchten an das Herz reißen, was schön ist, unser nennen, was entzückt! Und unser, ganz unser ist nur das, was wir in die Arme pressen. Nur an der Wirklichkeit erwärmt unser Idealismus und erstarkt unsere Kraft. – Henriette!" –

Sie drückt die Hand gegen das klopfende Herz: sie wollte ihm weichen, aber sie konnte noch nicht. Ihr Entschluß war gefaßt, aber sie rang ihm noch ein Mal einen Aufschub ab. „Wirklichkeit ist wie heißer Sonnenglanz, und Genuß der Phantasie wie Mondscheinbeleuchtung; ich weiß kaum, was schöner ist," sagte sie unruhig und sah sich nach Kurt um, der nur wenige Schritte von ihnen stand.

„Arndt," begann sie ernst; aber sie brachte nichts über die Lippen, sobald sie in das Gesicht ihres Freundes blickte.

„Was wollen Sie?" fragte er bitter. „Können Sie nicht verzeihen, Henriette, daß Sie geliebt werden? Und bedenken Sie, daß ich morgen abreise und nie gekommen wäre, wenn nicht dieser Knabe so bestrickend geschrieben hätte. Sagen Sie, was ich soll!"

„Nichts – jetzt Nichts! – Wir wollen weiter gehen, Arndt!"

Dunkler wurden die fernen Küsten; über das Kiefernwäldchen sanken die Traumschleier der Nacht. Nur die Glut am Himmel und auf dem widerspiegelnden Wasser wollte nicht erlöschen. Sie tauchte das hohe, flüsternde Schilf in feuriges Roth; sie übergoß die weißen, wogenden Schaummassen, welche sich leise am Ufer hin und her rollten, mit magischem Schein, und sie erfüllte die Seelen der stumm neben einander Herschreitenden mit einer in das Unendliche gespannten Macht des Gefühls. In seltsam gesteigerter Bangigkeit schlug das Herz Henriettens, während Arndt's Gedanken in immer finsterer Sehnsucht auflodernten. – Er war eben ein Narr und streckte wieder und wieder die Arme nach den überwältigenden Gluten eines fernen, unerreichbaren Himmels aus. –

Wußte der Knabe, so weit er es zu wissen vermochte, was in den Gemüthern der beiden Erwachsenen auf und ab stürmte? oder warum blieb auch er so schweigsam und ging mit ungestüm klopfender Brust und erhobenem Kopf immer mehrere Schritt vor Arndt und Henriette her?

Freilich ahnte er Manches von dem, was Jene bewegte, und ein scheues, fortgesetzt aus Angst und Andacht gemischtes Gefühl erfüllte ihn, wenn er daran zu denken wagte, daß seine Mutter, seine über Alles geliebte Mutter und sein geliebter Arndt nicht glücklich waren, und das es Dinge gab, die er nicht begriff. Doch nebenher ließ er sich nach Kinderart von der stürmischen Hoffnung hinreißen, daß noch Alles einmal gut werden müsse; und eigene persönlichste Kämpfe verjagten in seinem jungen Gemüth das Fremde, wenn auch noch so nahe Liegende, denn bunte Märchen, aus Wiesengrün und Sonnenduft, aus dunkle Schatten und leuchtendem Flutenschaum, aus Feuersglut und zwitscherndem Vogelgesang, aus derben Schnurren und allerlei süßem, phantastischem Geflüster zusammengewebt, stritten sich in seinem Geist mit einem mächtig anschwellenden, aber doch nur halb verstandenen Hymnus auf die untergehende Sonne, für den er keinen Ausdruck finden konnte.

Jetzt erblaßte auch der Schein am Himmel. Nacht ringsum; und der rothe Hauch auf den Wassern war Nichts, als eine verschwebende Erinnerung an erloschene Pracht. Nur der weiße Schaum leuchtete noch grell zwischen dem schwarzen Uferschilf hervor.

Man hörte den Hauch der Einsamkeit. Die Flut schien zu schlafen; kaum, daß sich der Wind ab und zu wie ein träumender Nachtgeist in den Kieferwipfeln regte.

Lautlos stieg ein räuberischer Fischreiher aus dem Schilfdickicht empor und ließ sich einige Schritte davor wieder nieder. Kurt sah ihn, und schleichend, wie ein Schatten, bewegte sich auf einmal seine kleine Gestalt vorwärts, denn er wollte den seltsamen Vogel in der Nähe belauschen.

Arndt bleib plötzlich stehen und machte mit einer heftigen Bewegung Feuer, um eine Zigarre anzuzünden. Sein Thun hatte etwas Mechanisches; und Henriette erschrak vor dem Ausdruck seines in der Dunkelheit auf einmal grell beleuchteten Gesichtes.

„Weil er traurig ist!" rief eine angstbeklommene Stimme in ihrer Seele.

Und Kurt hatte das gesagt, Kurt, der mit seinem Freunde betrübt war, den glücklich zu machen sie in heilig-ernster Stunde geschworen hatte!

„Arndt," sprach sie, „wollen Sie versuchen, glücklich mit mir zu werden? Ich will, was Sie wollen." Und sie faßte mit einem leisen Zittern seine Hand.

Ein tiefer, beinahe wilder Seufzer entrang sich Arndt's Brust; doch er hatte nicht die Kraft, ihr Opfer zurückzuweisen. Auch gebar ihm die eigene Ohnmacht im Augenblick die Vorstellung, als gäbe es keine schwerere Beleidigung, denn die, das dargebotene Opfer eines Menschen nicht anzunehmen. Und warum sollte diese Frau, deren überirdisches Lebensglück in der selbstlosen Hingabe an Andere bestand, sich für Alle opfern, außer für ihn?

„Henriette!" flüsterte er in einer Bewegung, die keine anderen Worte fand, als dieses eine.

Wie träumend ging er an ihrer Seite und preßte ihre Hand inder seinen, daß es sie schmerzte.

Doch sie ließ es geschehen. – Sie war ihm dankbar, namenlos dankbar für sein stilles, bescheidenes Dahinschreiten.

Sie ahnte doch nur unvollkommen, wie es in ihm gährte und wie es nicht allein Liebe, oder gar Glück, sondern ebenso sehr Zorn und Stolz waren, welche die Finger ihrer zarten Hand so brennend zusammendrückten und jeden weiteren Laut in seiner Kehle erstickten. – Er führte sie nicht; nur ihre Hand behielt er in der seinen. So gingen sie hastig weiter – sie, wie erlöst – er, wie innerlich zu Boden gedrückt.

Erst, als es immer finsterer wurde, und sie ihren Weg rücksichtslos über Heidebüsche und Sumpfstellen, über gefällte Kiefern und versprengte Steine nehmen mußten, zog er plötzlich ihren Arm fest durch den seinen und flüsterte: „Weißt Du, Henriette, daß ich der Beschützer Deines Lebens geworden bin?"

„Ich danke Dir," sagte sie laut; doch in der Stille sprach sie weiter: „Und weißt Du, daß ich Dich zum Vater meines Sohnes gemacht habe? Vergiß es nie!"

Unterdessen waren sie dem Dorfe immer näher gekommen, und seine kleinen, scheinbar beweglichen Lichter blitzten auf, wie Glühwürmchen in der Johannisnacht.

„Seht!" rief Kurt mit ausgestrecktem Arm, blieb stehen und wartete auf das langsam herankommende Paar. „Herr Arndt, haben Sie schon früher einen so schönen Tag erlebt?"

„Nein, mein Sohn; alle meine früheren Tage sind überhaupt wenig schön gewesen."

Henriette bebte in sich zusammen; denn sie begriff, daß sie es war, die ihm eine beglückende Zukunft schaffen mußte.

Träumerisch faßte sie mit der Rechten nach der Hand ihres Knaben, während die Linke in Arndt's Arm ruhen blieb, und so kehrten sie in das Dorf zurück.

Arndt begleitete Mutter und Sohn in's Zimmer und wartete, bis Henriette Licht angezündet hatte: Er wollte seine Braut sehen.

Ihr Blick war ungewöhnlich strahlend, aber kein erhöhter Farbenschimmer röthete ihre blassen Wangen, als sie jetzt sanft zu Kurt sagte. „Sieh', mein Sohn, Arndt wird Dein Vater! - Liebe ihn, wie Du mich liebst - und sei ihm noch gehorsamer, als Du mir warst; denn ein Vater darf weniger vergeben, als die Mutter."

„Mutter! Mutter! ich wußte, daß Du gut bist!" schrie der Knabe, nachdem er sich eine Sekunde lang wie zweifelnd umgeblickt hatte, und umschlang mit beiden Armen die schöne, holdselige Frau, den sorgsamen Schutzengel seiner Kindheit.

Arndt biß die Zähne zusammen und stand von ferne.

Noch ein Mal bäumte sich sein Stolz in fürchterlichem Unmuth wider sein eigenes Herz auf und rief ihm zu, daß er verächtlich sei, wenn er Henriette nicht auf der Stelle ihre Freiheit zurückgäbe. Doch er sah Kurt vor sich knieen. „Vater, ich will Dir gehorchen," sagte der feurige Knabe leise und mit einem unbeschreiblichen Ausdruck von Liebe und Ergebung.

Da bebte ein Todeskampf von Eifersucht durch die Brust des erregten Mannes; zurückgeworfenes Schluchzen erstickte seine Stimme; und er schloß den Knaben liebevoll in die Arme.

Als er aufblickte, war er überhaupt nicht mehr der Selbe: Er fühlte plötzlich, daß er hier der Herr sei. Sie hatte ihm das Opfer ihrer selbst gebracht – wohl! er nahm es an, voll und ganz: Er zog sie an sein Herz und drückte den ersten Kuß auf ihre regungslosen Lippen. Dann sah er sie an. „Du wirst mich lieben," flüsterte er, und seine Stimme klang mehr gebieterisch, als prophetisch; „Du wirst mich lieben, wie ich Dich liebe, Henriette!"

Sie nahm ihre ganze Kraft zusammen, und als sie aufblickte, lächelte sie freundlich und beinahe vergebend zu ihm auf.

Das rührte und beschämte ihn, und es war fast, als ob es eine Abbitte sein sollte, daß er jetzt nicht noch ein Mal ihren Mund küßte, sondern ihr nur sehnsüchtig in die Augen sah. –

Das „Gute Nacht, lieber Arndt!" „Gute Nacht, meine Braut!" war gesprochen. Henriette war allein mit ihrem Sohn. „Mutter, hast Du ihn lieb? O, solch ein schöner Mann! solch ein guter und herrlicher Mann! Wie ein Meergott sieht er aus. Bist Du nicht glücklich, Mutter? Mutter, sag' ein Wort!"

„Ja, Kurt, ich habe ihn lieb."

„Ach, Mutter, das ist schön!" antwortete der Sohn täumerisch. „Ich wollte heute ein großes Gedicht machen und konnte nicht; vielleicht – kann ich es nun."

Da schloß sie plötzlich die Augen; und ihre tief herabfallenden Wimpern lagen wie dunkler Flor auf dem blassen Gesicht.

Ein Zweifel fuhr durch ihre Seele und berührte sie unheimlich, wie ein kalter Zugwind.

Ob es diesem ungewöhnlichen Knaben wirklich dauerndes Bedürfnis sein würde, einen Vater zu besitzen? –

Unterdessen ging Arndt durch die stille Augustnacht seiner Wohnung zu und überredete sich, daß es schöner sei, nicht von vornherein ebenso leidenschaftlich wieder geliebt zu werden, als man selbst liebe. Es blieb dann noch Etwas übrig, das man mit der Zukunft im Bunde erobern mußte.

Und selbst, wenn man es nicht erobern würde ...? Hatte nicht der glühende Mittag etwas Bedrückendes – und war nicht jeder Spätnachmittag mit seinen tiefer fallenden Strahlen und halb geschlossenen Blumenkelchen eigenthümlich süß und befreiend?

Gewiß! Das hinnehmende Weib war schöner, als das verschwenderisch gebende! Das sanfte – lieblicher, als das erregte!

○○○

Eine Ehe voller Rücksichten ist von allen nicht glücklichen Ehen vielleicht die verhängnißschwerste.

Arndt und Henriette waren seit vier Jahren verheirathet.

Arndt galt unter seinen Berufsgenossen für einen der bedeutendsten. Seine genialen Leistungen wurden nicht nur in der Hauptstadt selbst anerkannt, sondern hatten einen weit verbreiteten Ruf gewonnen, der ihn gelegentlich auch in die Residenzen von Mittel- und Süddeutschland zog; und wenn es sich irgend thun ließ, begleitete ihn Henriette auf diesen und anderen Reisen; wie er denn überhaupt bei Niemandem ein tiefer eingehendes Interesse für seine Schöpfungen fand, als bei ihr.

Der geistige Verkehr der Eheleute schien recht eigentlich eine Fortsetzung jenes Freundschaftsverhältnisses zu sein, das sie in dem ersten Winter ihrer Bekanntschaft begründet hatten, da Arndt als täglicher Gast in Henriettes Hause verkehrte. Jetzt war er Herr dieses Hauses, das Henriettes Leben und Schaffen nach wie vor erfüllte, wie mit dem feinen Wehen eines Sommerwindes, von welchem man nicht in jedem Augenblicke zu sagen weiß, von wannen er kommt.

Aber woran lag es, daß dies geheimnißvolle Geisteswehen jetzt nicht mehr, wie einst, etwas unbedingt Anregendes und Erfrischendes für Arndt hatte?

Mangel an persönlicher Fürsorge und Aufmerksamkeit von Henriettes Seite war es gewiß nicht. Alle seine Bedürfnisse wurden ihm an den Augen abgesehen; nie kam ein Wort der Ungeduld oder Gleichgültigkeit über ihre Lippen, und noch weniger stand jemals eine häßliche Laune auf der Stirne dieser Frau geschrieben.

Dazu war sie die Bescheidenheit und Demuth selbst; sie verlangte Nichts und war in jedem Augenblick bereit, Alles und Jedes zu geben.

Er hätte sich auch nimmer über eigentliche Kälte beklagen können. Wenn es ausnahmsweise geschah, daß er sich ihr, von einer plötzlichen Aufwallung erfaßt, mitten im Drang der Geschäfte und ablenkenden Tagesfragen zärtlich nahte, nahm sie diesen unmittelbaren Ausdruck seines Gefühls mit eben dem sanften Lächeln hin, wie am Abend ihrer Verlobung.

In den ersten zwei Jahren seiner Ehe war Arndt nicht ganz frei von wieder und wieder auftauchender Eifersucht auf den Sohn gewesen; denn er hatte gemeint, daß Henriette ein Uebermaß von Liebe an den Knaben verschwende, während sie ihn doch auf das Pflichttheil beschränkte. - Aber je älter Kurt wurde, je deutlicher sich der Knabe zum Jüngling umbildete, desto mehr zog sich jede Zärtlichkeit zwischen Mutter und Sohn von der äußeren Erscheinung in die tiefste Innerlichkeit zurück. Aus dem Kuß, den Henriette einst besänftigend auf das heiße Kinderhaupt gedrückt hatte, wurde nach und nach ein liebreich ermahnendes, oder tröstendes Wort - und aus dem Wort schließlich nicht selten nur ein kurzer, verständnißvoller Blick. - Immer weniger auffallend gestaltete sich also die Intimität dieser Beiden; immer sachlicher wurde, was sie gewöhnlich mit einander zu verhandeln hatten.

Und an dem Sachlichen, wie an dem Persönlichen hatte Arndt als Vater seinen vollen Antheil. Wäre Kurt sein leibliches Kind gewesen, er hätte sich kein anderes Verhältniß zu ihm wünschen können. – Bei den vorschreitenden Studien des Sohnes, in tausend weltlichen Angelegenheiten und Fragen, die sich als dunkle Probleme an den jugendlich lebendigen Geist herandrängten, wurde er stets als erste Autorität zu Rathe gezogen. – Und wenn auch zunächst Henriette in der Stille die frisch entstandenen Dichtungen des Sohnes beherzigen mußte, keine einzige wäre je abgeschrieben, oder endgültig in dem Allerheiligsten des kleinen Dichter-Secretärs verwahrt worden, ohne daß man sie auch dem Vater vorgezeigt und sein Urtheil eingeholt hätte. – So war Kurt recht eigentlich der Dritte im geistigen Freundschaftsbunde der Eltern.

Und doch war Arndt nicht glücklich, denn Etwas fehlte ihm.

Er wußte recht gut, was es war, vermied es aber, mit sich selbst darüber zu reden und floh jedes bezügliche Geständniß wie eine unerlaubte Schwäche, denn er erkannte sich kein Recht zu, die nothwendigen Folgen seines eigenen Entschlusses zu bejammern.

Doch ein Schmerz ist deshalb nicht weniger Schmerz, weil man ihn niederkämpft, oder vor sich selbst verleugnet. – Und während der Schmerz um ein Verlorenes, aber einst Vollbesessenes wohl eine heiligende Kraft besitzt, wird der Schmerz um ein Gut, nach dem die Seele ihr Leben lang nur hungert und dürstet, allzu leicht ein langsam zerrüttendes Gift.

Arndt fühlte dieses heimtückische Gift mehr und mehr sein Leben durchsickern, und nur sein voll erwachter und befriedigter Thätigkeitsdrang von der einen Seite, und die ungewöhnliche geistige Regsamkeit des Familientones von der anderen, gaben ihm immer wieder Kraft und Elastizität, äußerlich befriedigt, ja im Allgemeinen sogar heiter zu erscheinen.

Und wenn er im Gegensatz hierzu doch einmal einsilbig und zerstreut war, so konnte das kaum an einem Manne verwundern, der, wie er, mit Berufsarbeiten überhäuft war.

Daß seine Züge sich im Laufe der letzten Jahre verschärft hatten, übersah man ebenfalls leicht, da sie, wie früher, durch einen lebhaft energischen Ausdruck beherrscht wurden. Auch fiel es bei dem lockigen Wuchse seines vollen, kurz geschnittenen Haares kaum auf, daß dasselbe an den Schläfen bereits ergraute.

Es wäre überhaupt sonderbar gewesen, irgend Etwas an Arndt in geheimnißvollem Sinne ‚auffallend' zu finden, denn er hatte seit seiner Verheirathung Etwas gelernt, daß er früher nicht besessen hatte: er konnte seine Selbstbeherrschung jetzt bis zur Selbstverstellung hinaufschrauben.

Wie hätte er auch je seiner Gemüthsverfassung in heftigen Worten und ungeduldigen Geberden, oder selbst nur in einer verstimmten Miene Ausdruck geben mögen? In der Sphäre selbstlosester Aufopferung, in welcher er lebte, wäre das schlechterdings unmöglich gewesen. Es würde knabenhaft grob und täppisch erschienen sein, eine Frau wie Henriette jemals zu verletzen.

Es gab ganz Tage, an denen Arndt jetzt Henrietten gegenüber genau das selbe Gefühl der Schwüle hatte, wie es ihn im ersten Sommer ihrer Bekanntschaft am Strande von Rügen zuweilen belastete.

Ab und zu suchte er diese Empfindung zu betäuben, indem er einmal einen Abend nicht in der Familie, sondern in Herrengesellschaft verbrachte. Doch geschah das nicht oft; und der Grund dieser Seltenheit beruhte wiederum in Henrietten.

Sie redete ihm eben niemals ab, auszugehen, Sie gönnte ihm jede Zerstreuung und Erholung; sie war froh und dankbar, wenn er angeregter und heiterer zurückkam, als er gegangen war. Und wenn es ihr und Kurt einmal gar nicht glücken wollte, ihn ihrerseits aus seiner Schweigsamkeit herauszureißen, drang sie selbst in ihn, doch in dieses, oder jenes von interessanten Leuten besuchte Lokal zu gehen. „Du bist abgearbeitet, Georg. Geh' doch wieder einmal unter Menschen!" bat sie dann wohl in ihrer gewinnendsten Freundlichkeit.

„Aber das paßt heut nicht. Du hattest einen anderen Plan für den Abend; wir wollten zusammen ..."

„O, ich bitte Dich, Arndt, denke doch nicht, daß wir Frauenzimmer so pedantisch sind! Das thun wir ein ander Mal. Ich habe zu lesen, und Kurt hat sich noch nie zu Hause gelangweilt."

Nach solchen Präliminarien ging Arndt natürlich in den seltensten Fällen für sich allein aus; und wenn er das doch that, war die Befriedigung des Abends eine mäßige: Er fand, daß durchschnittlich die Herren, mit denen er redete, ein weniger scharfes und weniger selbständiges Urtheil hatten, als seine Frau; er langweilte sich, ärgerte sich und – grollte Henrietten, die ihn fortgetrieben hatte, indem er sich nach ihr zurücksehnte.

Kehrte er dann aber heim und trat ihm die schöne Frau, mochte es auch noch so spät in der Nacht sein, mit der alten kameradschaftlichen Herzlichkeit entgegen und fragte nach seinen Erlebnissen und Unterhaltungen, so wurde er plötzlich wieder heiter; und sie mußte meinen, er habe sich außerordentlich gut amüsirt.

Sie wollte, o, sie wollte ihn glücklich machen! Und je mehr sie ihm opferte, täglich und stündlich, desto gelassener wurde sie in ihrem Herzen und desto weniger empfand sie es als eine Kränkung gegen sich selbst, daß sie diesem Manne, der niemals ihr Geliebter gewesen war, Leben und Freiheit geschenkt hatte. Und ebenso glaubte sie auch, daß es ihr wirklich gelänge, ihn zu befriedigen; denn mehr und mehr schien ihr auch seine Liebe jenen abgeklärten Freundschaftscharakter anzunehmen, der ein volles Echo in ihrem eigenen Dasein fand.

Natürlich blieben gerade diese Erwägungen ihr ausschließliches Eigenthum, so redlich sie auch im Allgemeinen all' ihr Denken und Empfinden mit Arndt theilte; und so war ihre Ehe von beiden Seiten ein Verhältnis voll endloser Rücksichten geworden.

○○○

Der Sommer war gekommen, und in wenigen Tagen sollten wieder einmal Kurt's Ferien beginnen. „Wohin?" fragten die Gatten einander; und der fünfzehnjährige Sohn, der jetzt kein „Knirps" mehr war, hörte mit gespanntester Aufmerksamkeit zu.

In Schweden und Norwegen, in der Schweiz und Italien war man in den Vorjahren gewesen

„Wie wäre es, wenn wir wieder einmal nach Rügen gingen? fragte Henriette zögernd.

Kurt fuhr lebhaft in die Höhe und sah auf den Vater.

„Gewiß," sagte Arndt, „gehen wir nach Rügen! Warum sollten wir nicht?"

„Aber es ist Dir doch wirklich recht, Georg? Ich für meine Person, lebe mich überall ein und finde es überall schön, wo ich freien Himmel sehen kann."

„O ja, ich weiß, Du schickst Dich in jede Lage!" grollte es in Arndt's Herzen; aber kaum, daß es flüchig um seine Lippen zuckte. „Und warum wollten wir nicht nach Rügen gehen?" fragt er in dem ruhigsten und schlichtesten Tone von der Welt. „Was meint denn unser Dichter?"

„Daß es nur ein Rügen giebt, Vater, trotz Schweiz und Italien!"

„Gut. Aber bekanntlich hat Rügen zwanzig Quardratmeilen. In welches Ufernest wollen wir denn dieses Mal einkehren?"

„Lappe's sind wieder auf Mönkgut in ihrem alten Lieblingsdorf," meinte Henriette.

„Ah! die guten alten Wanderschwalben! Auf Reisen sind sie noch netter, als in Berlin!" rief Kurt. „Ich stimme für Mönkgut."

„Und ich habe durchaus Nichts dagegen," sagte Arndt.

„Dann werde ich an Lappe's schreiben und sie bitten, uns Quartier zu bestellen," sagte Henriette.

Doch Arndt machte eine Einwendung, und sofort war sie bereit, nicht zu schreiben. –

„Wozu?" sagte er. „Es ist unbequem, sich zu binden. Wenn auf Mönkgut kein Quartier ist, gehen wir weiter."

„Also eine Reise in's Blaue!" rief der Jüngling laut und schloß mit außergewöhnlicher Hast den Band Horazischer Oden, welchen er in der Hand hielt. Dann nahm er seinen Hut, stürzte die Treppen hinab und ging wohl eine Stunde lang in's Freie, ohne zu beachten, was um ihn her vorging; denn durch seine Phantasie rauschten schon heute die Wogen des Meeres wie tausend und abertausend unsterbliche Weltoden.

Henriette hatte ihm aufmerksam nachgesehen, als er das Zimmer verließ. – „Was ihm wohl die Zukunft bringen wird?" fragte sie jetzt sinnend ihren Gatten. „Erinnerst Du Dich, Arndt, daß es eines unserer ersten Gespräche war, daß ich Dich fragte, ob wohl dieser Knabe glücklich werden könne? Es war mir so neu und überwältigend, daß ihn Jemand so verstanden hatte, wie Du." –

Arndt schob seine Kaffeetasse lebhaft bei Seite. Er wußte sehr genau, warum er den Knaben von vornherein verstanden hatte: er hatte ihn eben mit den Augen der Mutter betrachtet, die er schon damals liebte. –

„Gewiß erinnere ich mich," sagte er, „und ich gebe Dir heute die selbe Antwort, wie damals: Wenn das Schicksal ihn nicht an der umfassenden Ausbildung seiner Gaben hindert, wird er es werden. Und ich zähle das Gefühl ebenso sehr zu diesen Gaben, wie den Geist."

„Ich fürchte, er wird zu früh Außerordentliches – ich meine, er wird immer Unmögliches wollen," entgegnete Henriette.

„Man muß stets das Ziel höher stecken, als die Kräfte reichen, namentlich in der Jugend. Um Etwas zu können, muß man Alles wollen," bemerkte Arndt.

Henriette war träumerisch geworden. „Es wird nur noch wenige Jahre dauern, dann löst sich seine Welt ganz ab von der unseren," sagte sie.

„Du kannst nicht wünschen, daß es anders wäre, Henriette; doch freilich: Mütter sind eifersüchtig."

„Das nicht, aber es ist eine wehmüthige Freude, das Ziel der Erziehung erreicht zu haben."

„Jede Erreichung eines Ziels ist wehmüthig, weil mit ihr das Streben aufhört; nur wird das im Rausch des Augenblicks nicht immer empfunden."

„Und jedes erreichte Ziel steckt ganz von selbst ein neues."

Arndt sah seine Frau einen Augenblick durchdringend an. Dann erlosch der Blitz seines Auges unmerklich. „Im Allgemeinen, ja. Aber Du? welches neue Ziel könntest Du Dir stecken, Henriette, wenn dieser junge Adler flügge ist?" scherzte er.

„Dir das anregende Rauschen seiner Flügel zu ersetzen," sagte sie mit liebreichem Ernst.

„Es ist wahr," antwortete er noch ernster, aber ebenso liebreich; „ich vergaß, daß Du einen Gatten hast."

„Dir wird mehr fehlen, als Du jetzt denkst, wenn er einmal selbständig ist, mein Freund," fuhr sie nachdenklich fort und drückte ihm warm die Hand.

Er erwartete vielleicht eine Sekunde lang ein Weniges mehr; aber daran dachte sie nicht; sie empfand nur mit innigster Genugthuung, wie gut Arndt sei und wie sehr er sie verstand.

Er erhob sich schnell und ging in sein Arbeitszimmer.

Als er schon auf der Schwelle stand, eilte sie ihm nach; denn es kam ihr plötzlich nach echter Frauenweise in den Sinn, ihn noch ein Mal auf's Gewissen zu fragen, ob er auch wirklich gern nach Rügen gehe. - Doch sie scheute sich, ihn aufzuhalten und kehrte wieder rücksichtsvoll um.

○○○

Es war am ersten Tage nach Arndt's Ankunft auf Mönkgut. In der kleinen nach Norden gelegenen Wohnstube der Schwestern Lappe stand eine junge Dame vor ihrer Staffelei, beobachtete, wiegte das Köpfchen hin und her, trat einen Schritt zurück und beobachtete von Neuem.

Es lag eine rehhafte Grazie in der Art, wie sie vor- und

rückwärts trat. Doch nicht nur die schlanke, biegsame Gestalt, auch den hübschen, durchaus nicht alltäglichen Kopf umschwebte eine gewisse Waldpoesie. Aber es war nur die Sonnenseite des Waldes, nur das leichte neckische Flüstern der Blätter und das heitere Zwitschern der Vögel, woran der Ausdruck dieses lieblich-frischen Gesichtchens mahnte; die Seufzer in den Gründen und das klagende Murmeln der Bäche fielen Keinem bei seinen Zügen ein.

Nach einer Weile trat Auguste in's Zimmer und deckte zum Frühstück auf.

„Aber Adelheid? warten wir nicht auf Adelheid?" fragte das junge Mädchen, sich lebhaft umkehrend. „Sag' mal Auguste, was hat Adelheid? – Ich weiß es nämlich, was sie hat!"

„Es ist mir nicht recht erfindlich, warum Du dann noch fragst."

„Ich muß immer Alles ehrlich heraussagen!" rief die Bespöttelte unbeirrt und warf sich in einen hinter ihr stehenden Stuhl, indem sie die Palette in den Schooß und den Malstock auf den Fußboden fallen ließ. – „Ihr habt damals von der dummen Geschichte mit Arndt gehört und nun denkt Ihr Wunder, wie fatal es mir ist, ihn hier wieder zu sehen."

„Wir? – Ich denke gar Nichts. – Ich denke nie Etwas," versicherte Auguste.

„Etwas roth mag ich freilich bei seinem überraschenden Anblick geworden sein – aber das ist auch Alles," fuhr das Mädchen fort.

„Und ich werde immer roth – bei allen passenden und unpassenden Gelegenheiten. Es ist mir wahrhaftig nicht fatal, ihn zu sehen! Adelheid kann sich beruhigen. Im Gegentheil: ich freue mich schrecklich. Und nun gar seine Frau! Ich habe ja vor fünf Jahren in Berlin darauf gebrannt, ihn und diese Henriette, für die ich schon als Kind schwärmte, zusammen zu sehen; aber Ihr ließt mich nie dazu kommen. Ich wußte recht gut, wie es stand; denn sie redete ja immer ganz unbefangen von ihm, wenn ich sie einmal allein bei Euch sah. Ich ... ich war wüthend auf Euch!"

„Ja, wie waren so frei, das zu bemerken," sagte Auguste und setzte sich mit ernster Aufmerksamkeit der Sprechenden gegenüber; denn sie hielt viel auf die junge Malerin.

„Ja – ja!" sagte diese und sprang auf. „Damals! – Damals war das etwas Anderes. Arndt war meine erste Liebe." Sie lachte mit Thränen in den Augen und bückte sich, ihren Malstock aufzuheben. „Ich war in dem Alter, wo man ‚Blumen und Sterne' und ‚Dichtergrüße an deutsche Jungfrauen' verschlingt," sprach sie dann leicht sprudelnd weiter. „Das Künstlerblut war damals noch nicht recht in Fluß gekommen; aber seitdem ..."

„Seitdem? Ich will nicht hoffen ..."

„Seitdem habe ich begriffen, daß Arndt nicht der einzige Mensch ist, mit dem sich reden läßt! Siehst Du, ich habe einer Besseren weichen müssen. Ich würde mich schämen, daß Arndt mein erste Liebe war, wenn er so geschmacklos gewesen wäre, mich zu heirathen, nachdem er diese Frau kennengelernt hatte. Wie alt ist sie eigentlich?"

„So alt, wie ihr Gesicht. Ich war auch immer so alt, wie mein Gesicht."

Das Mädchen lachte. „Eine Variation vom ‚kleinen Finger!'" sagte sie wegwerfend.

„Durchaus nicht. Meine besonderen Feinheiten scheinen Dir nicht zugänglich zu sein, liebe Erna."

Diese führte den Scherz nicht fort. „Eine bezaubernde Frau!" rief sie warm. „Ich weiß nicht, warum es so ist; denn ich sah schönere Gesichter; aber man möchte aufhören, in ihrer Nähe zu athmen, um Nichts zu thun, als sie anzusehen. Ich wollte, ich könnte Menschen malen!" Und sie lachte noch ein Mal flüchtig, warf die langen, kastanienbraunen Haare zurück, nahm Pinsel und Malstock zur Hand und trat wieder leichtfüßig an ihre Staffelei heran.

„Wie findest Du sie?" fragte sie, aufmerksam ihr Bild betrachtend.

„Wen? Deine Robbe?" meinte Auguste, sich nähernd.

„Natürlich, meine Robbe."

„O, recht hübsch; außergewöhnlich hübsch. Sie hat heute früh sehr an Ausdruck zugenommen."

„Siehst Du, das finde ich auch! Der alte Putbrese wird glücklich sein."

„Ja. Du erwirbst Dir ein unsterbliches Verdienst um sein Hotel."

„Das hoffe ich; ich werde mit großen Goldbuchstaben ‚Erna Lepel' darunter malen. Oder schickt sich das nicht, den Namen einer jungen Dame auf ein Gasthausschild zu setzen?"

„Ich wenigstens würde mich in diesem Fall mit einem still genossenen Ruhm begnügen," meinte Auguste. „Aber ich will Deinen Gefühlen ..."

„Gut, also keine öffentliche Profanation meines Künstlernamens! Das erhebende Bewußtsein, die alte Meerkatze durch einen anständigen Seehund ersetzt zu haben, bleibt ja auch dasselbe!" rief Erna und pinselte – auch während sie sprach, fortwährend in lebhafteste Betrachtung ihres Machwerkes versunken – emsig an ihrer schwarzen Robbe weiter.

„Ohne Schmeichelei: sehr gut! Er hat wirklich rechte Aehnlichkeit mit Arndt bekommen," bemerkte Auguste, einen letzten Blick auf den Seehund werfend.

„Ab...scheulich! – Aehnlichkeit mit Arndt!?"

„Nicht? Dann hab' ich mich geirrt, trotzdem Du in allen Schattirungen von Roth leuchtest."

„Natürlich, ja! man kann in solchen Fällen Feuer an meinen Backen anzünden!" rief das Mädchen, leicht mit dem Fuß aufstampfend. Dann zuckte sie die Achseln: „Der letzte Tribut an meine Jugendliebe, Auguste. Ein wundervoller Schnurrbart! Nicht? Ich mocht' ihn immer so gerne leiden. Ja, sieh mich nur an! Ich bin wieder frei, vogelfrei, Auguste, seit ich die schändliche Liebe los bin. Da wird man noch einmal übermüthig, wie ein Backfisch!" Und wieder lachte sie unter Thränen mit jenem silberhellen, warmen Lachen, das so unmittelbar vom Herzen zu kommen schien.

Unterdessen war Adelheid im ‚schwarzen Seehund' gewesen und hatte Henriette allein gesprochen, da Arndt und Kurt zum ersten Bade an den Strand hinabgegangen waren.

Henriette kannte längst die unbestimmten Beziehungen, welche einst zwischen ihrem Manne und Erna Lepel bestanden hatten. Arndt selbst hatte sie gelegentlich als Bräutigam erwähnt, ihr aber kaum etwas Neues gesagt, da sie damals bereits durch Auguste wußte, warum es die Malerinnen vermieden, ihren Freund mit diesem jungen Mädchen zusammen zu führen. Erna war ihr immer angenehm und sympathisch gewesen, und seit sie wußte, daß man annähme, das junge Mädchen habe eine Neigung für Arndt, war diese gelegentliche Sympathie in ein tieferes Interesse übergegangen.

Natürlich war daher Henriette auch gestern im Gefühl einer sorglichen Theilnahme stutzig geworden, als sie ahnungslos mit Mann und Sohn bei Lappe's erschien und zu ihrer Ueberraschung Erna Lepel vorfand.

Ja, als sie hörte, daß Erna sich für die Dauer der Saison bei den Schwestern eingerichtet habe, erwog sie allen Ernstes, ob es nicht ihr und Arndt geboten sei, weiter zu reisen. Doch schon nach Verlauf der ersten viertel Stunde schwand jede Unruhe in ihr.

Es wäre durchaus grundlos gewesen, auf das übersprudelnd heitere Mädchen, das sich so harmlos mit ihrem Manne unterhielt, irgend welche zarte Rücksicht zu nehmen.

Auch Arndt schien völlig unbefangen zu sein; denn er machte noch am nämlichen Abende einen vierwöchentlichen Miethkontrakt mit dem alten Putbrese.

Als Henriette an diesem Vormittag allein mit Adelheid war, sprach sie sich auch gegen die Freundin vollkommen beruhigt aus.

„Ein überaus anmuthiges Mädchen, so warm und graziös und zugleich so frisch," sagte sie herzlich. „Aber immer noch wie ein geniales Kind; ich glaube nicht, daß wir Unrecht thun, wenn wir hier bleiben."

Adelheid schwieg. Ihre Gedanken nahmen plötzlich eine seltsame Richtung an. Sie wurde etwas roth und ihre Züge geriethen in ungewöhnliche Bewegung. Schon seit Jahr und Tag wurde sie Henrietten gegenüber von einer schwerwiegenden Frage gequält. Jetzt stieg dieselbe wieder mit brennender Wißbegier in ihr auf. „Sag' mir, ob Du glücklich bist und meinen Bruder vergessen hast?" hätte sie für ihr Leben gern die Freundin gefragt, aber eine merkwürdige, tief in ihrer Natur begründete Scheu hielt ihr die Zunge gefesselt. „Erzähl' mir doch von Kurt!" sagte sie deshalb mit unruhiger Hast. „Er ist kein ‚Däumling' mehr, er ist seit dem Mai gewachsen."

„Ja, er ist gewachsen!" wiederholte Henriette mit besonderem Nachdruck; dann ergriff sie Adelheids Hand und sagte geheimnißvoll lächelnd. „Ich will Dir etwas anvertrauen: er ist seit gestern Abend verliebt. Ich hatte es gemerkt, weil er gar nicht von ihr sprach und wir sonst immer über neue Bekanntschaften mit einander reden, und es ergriff mich eine meiner spezifisch mütterlichen Schwächen. Ich fragte ihn heute früh, wie ihm denn Fräulein Lepel gefalle. Und was glaubst Du, das er sagte? O, Adelheid, er war mir so rührend ‚Ich weiß nicht, ich hab' sie noch gar nicht recht angesehen!' sagte er und wurde so glühend roth, daß ich mich in Acht nehmen mußte, den großen Jungen nicht in die Arme zu nehmen und abzuküssen, wie ein Kind."

Adelheid hatte, ohne sich zu rühren, mit tiefem Ernst und nervöser Spannung gelauscht.

„Doch es ist kein Grund, die Sache so tragisch zu nehmen," hob Henriette wiederum lächelnd an, indeß doch ihre eigene Stimme tief ergriffen klang. „Diese Dichterknaben lieben früh. Aber gerade ihre Liebesgefühle gehen noch nicht an das Leben."

„Ich dachte auch nicht an den Knaben; ich dachte an Dich," erwiderte Adelheid und sah fast verlegen zur Seite.

„O, denke nicht, daß ich traurig bin!" rief Henriette wundersam bewegt. „Es war mir schon seit einiger Zeit nicht mehr neu, und ich habe mich vollständig darein gefunden, ihn früher oder später zu verlieren. Die Kinder sind uns wirklich nur geliehen, Adelheid, so sehr wir auch zu Zeiten meinen mögen, wir besäßen sie. - Glaube mir, ich bin jetzt vollkommen dankbar und glücklich, daß ich einst das A und O seiner Gedanken sein durfte, und daß er nun täglich mehr über mich hinauswächst."

„Doch ich weiß recht gut," fügte sie mit warmer Bestimmtheit hinzu, „daß ich selbst sicher fühlen würde, wenn ich Arndt nicht zur Seite hätte. Das Bewußtsein, den Verlust dieses Knaben mit Jemandem zu theilen, dem er fast so theuer ist, wie mir selbst, hebt wunderbar, und ... ja, Adelheid, und erweitert den Kreis der Empfindung so sehr, daß ich seit einigen Tagen die Nothwendigkeit beinahe als Glück empfinde. Ach, ich fürchte, es wird Arndt schließlich schwerer werden, als mir, wenn der junge Dichter erst vollständig seine eigenen Wege geht!"

In Adelheids Augen war bei Henriettes Worten allmählig ein befremdlicher Schein aufgegangen; und jetzt strahlte er hell, wie ein großes Freudenfeuer inmitten der Nacht.

„Ja," sagte sie und erhob sich gegen ihre Gewohnheit langsam, „es muß viel werth sein, daß Du mit einem Menschen, wie Arndt, über Kurt reden kannst!" - „Was dichtet er denn jetzt?" fügte sie dann lebhafter und doch weit weniger erregt hinzu. „Oder hat er während der Ferien Nichts unter der Feder?"

„O, erst recht! er schreibt ein Drama, natürlich ein historisches, und heute Nachmittag soll der erste Akt fertig sein," antwortete Henriette träumerisch. -

Als Adelheid den kleinen Gasthof verließ, trat ihr der alte Putbrese in den Weg.

„Na, Fräuln Adelheid, wat maokt dat Metier?"

„Danke, Herr Putbrese, wir malen fleißig."

„O, ho! man nich so hild! Seit Se mie nich miehr malen, kieken S' mie goor nich miehr an."

„Dafür sehe ich Ihr Bild desto öfter an, Herr Putbrese; und bin Ihnen noch immer dankbar, daß Sie mir so viele Vormittage gesessen haben!"

„Hm, jä, de stille Dankbarkeit, doar hev ick egendlich nie wat nahfragt."

Adelheid lachte fast wider Willen und wurde, als sie einen zweiten Versuch machte, ihren Weg fortzusetzen, ein zweites Mal energisch vom Alten zurückgehalten.

„Hm, wat ick secken wull: woarüm hebben Se uns denn nie wat Niegs vertellt?"

„Weil wir mehr für Alterthümer schwärmen, als für Neuigkeiten. Das ist einmal so bei Malerinnen, Herr Putbrese."

„Ach wat, Flausen! Herr Arndt und de Fru Prefessern, 'ne Rorität von 'ne Fru, un dat hebben Se uns nich vertellt?" –

„Ihre Ueberraschung ist jetzt um so größer. – Adieu, Herr Putbrese."

„Aeöverraschung? – smeckt güst as 'n oldbacknen Semmel! Jä – vier Johr verheirath! Se hebben woll all sübben verjäten, das S' eens Hochtied maokt hebben! – Adjüß ook! – Kiek, wo se löppt! – Oll snurrig Mäten! – jä –"

○○○

Die Bemerkungen des alten Küstenphilosophen trafen nicht immer unbedingt zu: Der Gedanke, vor vier Jahren Hochzeit gemacht zu haben, war gerade jetzt sehr lebendig in Arndt. Jeder Athemzug, ja zuweilen jeder Stein am Strande mahnte ihn an den Aufschwung, welchen sein Dasein in jenem Sommer vor der Verlobung an Henriettes Seite genommen hatte. Immer schneidender empfand er, daß die jugendliche Kühnheit, welche damals sein ganzes Wesen durchströmt und entfesselt hatte, seit seiner Verheirathung in eine herbe Festigkeit übergegangen war. Vielleicht erzielte diese die gleichen äußeren Resultate wie jene, aber sie konnte die Geister seines Inneren nicht wohlthuend befreien, sondern schmiedete sie mit eherner Faust zusammen. Er gestand sich plötzlich rückhaltlos, was es denn sei, das ihm in der Gegenwart fehlte; aber er blieb fern davon, es auch Henrietten zu gestehen.

Ein leidenschaftliches Bedürfniß nach Zerstreuung überkam ihn daher; denn es war ihm unmöglich, hier so ruhig und freundschaftlich mit seiner Frau zu verkehren, wie er es daheim that, wo die Arbeiten des Berufes seinen Empfindungen ein heilsames Gegengewicht hielten.

Überdies wollte das Schicksal, daß Henriette jetzt häufiger, denn je, mit ihm über den Sohn sprach und daß Arndt's wiedererwachende Eifersucht nicht heraushörte, daß ihr Ton gerade bei dieser Gelegenheit oft mehr verrieth, als blos freundschaftliches Vertrauen und ein leidenschaftliches, geistiges Verstehen.

Die jahrelang geübte Resignation und Selbstbeherrschung standen plötzlich verzerrt in ihm auf, wie Dämonen. Der gehaltene Mann erschien bald heftig, bald träumerisch und gab sich hönisch und widerstandslos einer unruhigen Beweglichkeit hin.

So stürzte man sich auf seinen Antrieb von einer Partie in die andere; und doch war ihm diese genau so gleichgültig wie jene. - Rastlos, ohne Unterbrechung wurde gesegelt, gerudert, oder spazieren gegangen; und je größer der Kreis war, in dem man dergleichen Unternehmungen machte, desto angenehmer schien es Arndt zu sein.

Henriette nahm dies Treiben anfangs wie eine natürliche Reaction nach dem anstrengenden Berliner Leben hin und that unbesehen Alles mit, obgleich sie diese Art von Naturgenuß nicht liebte. - Ihr war die Natur eine Freundin, mit der sie gern in der Stille sprach; und sie sehnte sich nachgerade förmlich nach einem einsamen Spaziergange zu Zweien oder Dreien - allenfalls mit Zuziehung der wohlbekannten Lappe's, deren Bemerkungen wie frische Brisen durch die warmen

Sommerlüfte zu fahren pflegten; denn im Grunde war es doch immer nur Erna, die durch ihre unermüdliche Heiterkeit einen fremden Ton in das gewohnte Dasein brachte und Jeden, wohl oder übel, in ihre sprudelnde Lebendigkeit mit hineinzog.

Doch nicht nur nach stillen Naturgenüssen verlangte Henriette vergebens, sie dürstete auch oft in der Folge dieser Tage nach einem gewohnten eingehenden Gespräch mit Arndt, zu welchem sie kaum je eine Gelegenheit fand.

Nur mit Kurt genoß sie ab und zu einen ungestörten Augenblick. In einem solchen geschah es, daß der Jüngling, wie einst vor Zeiten, sie plötzlich umarmte und ihr mit glühenden Worten ein Geständniß in das Ohr flüsterte: „Mutter, Fräulein Lepel ist wunderschön! - Mutter, süße Mutter, ich bin verliebt - rasend verliebt in sie! - - Ich möchte sie auf meinen Armen in den Himmel tragen!"

Ein warmes, unbeschreiblich wohlthuendes Gefühl durchströmte Henriettes Seele auf kurze Zeit: Sie war noch immer die Mutter dieses Knaben! Er bedurfte ihrer nach wie vor.

Aber merkwürdig! Auch dieses Bewußtsein genügte ihr plötzlich nicht mehr: sie wollte nicht nur mit ihrem Sohne - sie wollte auch von ihm reden.

Und es war eigen; indem Henriette so nach Etwas verlangte, das ihr im Augenblick nicht voll zu Theil wurde, nahm plötzlich ihr ganzes Wesen eine neue Richtung an. Mit dem scheuen Gefühl einer gewissen Sehnsucht mußte sich ihre Seele wunderbar verjüngen; denn während sie sich früher am wohlsten als Beschützerin gefühlt hatte, empfand sie jetzt dauernd ein Bedürfniß nach Ablehnung.

Doch mit der ganzen lang geübten Willensstärke und Verleugnung ihrer selbst wußte sie sich zu beherrschen; und je mehr sie sich nach Stille sehnte, desto williger ging sie auf jeden Trubel ein. - Es wäre unmöglich gewesen, auch nur zu ahnen, daß sie nicht vollkommen durch ihren diesmaligen Aufenthalt auf Mönkgut befriedigt sei.

Indessen wurde es immer schwerer für sie, heiter zu bleiben, denn immer augenscheinlicher wurde es, was es denn sei, das sich jetzt so beständig zwischen sie und Arndt schob: Arndt fand in der That mehr und mehr eine besänftigende Zuflucht in Erna's Nähe. – Der Verkehr mit ihr war wie ein liebliches Ausruhen von Allem, was ihn in Henriettes unmittelbarer Gegenwart jetzt belastete.

Die junge Malerin war so vollkommen in sich selbst vergnügt, daß sie nie eine ernste Aufmerksamkeit verlangte. – Arndt konnte unausgesprochenen Dingen nachhängen, während er an ihrer Seite ging, oder ihr im Boote in das anmuthig hübsche Gesicht blickte.

„Wenn doch die ernsten Frauen wüßten, wie gut Weibern solch ein Lächeln steht!" fuhr es dann oft durch seinen Sinn; aber allemal fiel ihm gleich darauf ein, daß ja Henriette heiter sei und nicht nur lächelte, sondern sogar lachen konnte.

Oder er ging auch tiefer und fragte sich, welchen Werth wohl die Liebe dieses leichtblütigen Künstlerkindes für eine Lebensverbindung gehabt haben würde, und er wünschte schließlich, seine Frau möge ihn nur geliebt haben, wie das reizende Mädchen ihn in der That einmal geliebt hatte.

Was er aber auch denken und träumen mochte, immer ergoß sich Erna's Plaudern und Lachen erfrischend, wie ein munter springender Bach über die erhitzten Gedanken seiner Seele. Das junge Geschöpf war wie ein Medium, durch das jeder Schmerz verallgemeinert und verflüchtigt wird.

Natürlich suchte er beständig ihre Gesellschaft und ahnte nicht, daß unterdessen Henriette oft bei sich selbst sprach: „Wenn ich um eines Kinderlachens willen den Freund meines Lebens verloren hätte!"

Immer häufiger hing ihre Seele jetzt brütend über diesem Gedanken. Alle menschlichen Gefühle erschienen ihr wie die Gänge eines Labyrinths. Die ersten Schritte waren so völlig ohne Gefahr, und achtlos ging man weiter und weiter, bis man plötzlich das Thor des Aus- und Einganges auf Nimmerwiederfinden verloren hatte.

Noch weniger als Henriette war Adelheit mit Arndt's Betragen zufrieden. Mehr als ein Mal brach sie der Schwester gegenüber in unwillige Worte über ihn aus.

Auguste aber schien dieselben nie zu beachten; und nur ein Mal, als Adelheid der heftigen Bemerkung, daß dieses Scherzen mit Erna geschacklos sei, die Drohung hinzufügte: „Wenn das so fortgeht, müssen wir mit ihr abreisen, Auguste!" erwiderte die Aeltere in ihrer trockenen Gelassenheit, daß darin eher eine Beleidigung, als eine Rücksicht gegen Henriette liegen würde.

Selbst als eines Tages ein Brief aus Amerika mit der Nachricht eintraf, daß ihr Bruder binnen Kurzen nach Europa kommen und auch sie aufsuchen würde – und als Adelheid hieraus einen neuen Grund zur Abreise folgerte, beharrte Auguste auf ihrem Entschluß, das Feld unter keinen Umständen zu räumen.

So blieb Alles beim Alten; nur daß unterdessen Kurt's Drama in der Stille der Morgenstunden wuchs und eines Tages vollendet vor den Eltern lag.

„Du könntest es uns vorlesen," meinte Arndt.

Aber der junge Dichter schüttelte aufgeregt den Kopf und sagte stammelnd, „Alles, Vater, aber das nicht! – Les't es für Euch – und sagt mir jeden Fehler."

„Du weißt nicht, was Du bittest," erwiderte Arndt ernst. „Du denkst wahrscheinlich, es seien keine Fehler darin?!"

Kurt wandte sich verwirrt ab, und Henriette griff mit mütterlicher Bewegung nach den Blättern. – Ihr Auge glänzte plötzlich so eigen, als zerdrücke sie eine aufquellende Thräne zwischen den Wimpern. – Arndt sah es, und seine Stirn zog sich grollend in Falten; aber der allzeit lauernde Stolz glättete sie sofort.

„Wenn Du fertig gelesen hast, gieb das Manuscript mir." sagte er gelassen.

„Möchtest Du es nicht vor mir lesen? Väter sind competentere Richter, als Mütter."

„Aber Mütter sind wißbegieriger."

Henriette lächelte: „Ich will nur gestehen, daß ich es zum größten Theil schon kenne, aber Nichts verrathen durfte," sagte sie; „doch wie Du willst: ich lese es also zuerst."

„Komm', Kurt, wir wollen zum Baden gehen. Wir lassen Deine Mutter nicht allein; denn das Beste von Dir bleibt ja bei ihr zurück. Nicht wahr, junger Mann?"

„Ich hoffe, Vater, daß es mein Bestes ist!" sagte der Jüngling stolz. – „Wenn es das nicht wäre, dürfte es überhaupt nicht geschrieben sein."

„Henriette, Du hast einen Sohn erzogen, der eben so energisch ist, wie Du selbst. – Komm', Knabe! Wir wollen diese Energie in den Wellen zur Unsterblichkeit stählen! Nichts ist beglückender als Energie – für uns selber und für Andere," meinte Arndt ruhig.

Selbst die greifbare Ehrlichkeit, welche früher seine Ironie durchklang, hatte er in den ehelichen Rücksichten begraben müssen. Niemand empfand je die Bitterkeit seiner Stimmung, als er allein.

ooo

Es war Tags darauf; und man war vor kaum einer Stunde von einem wieder allgemein genossenen Ausfluge zurückgekehrt.

Arndt hatte soeben den letzten Akt von Kurt's Drama gelesen und das Manuscript gedankenvoll zusammengerollt.

Die beiden Gatten saßen ausnahmsweise allein bei einander.

Durch das geöffnete Fenster drang Meeresrauschen in abgebrochenen Tönen. Zuweilen schwoll es an, wie die erschöpfenden Laute einer unmittelbaren Nähe; dann wieder klang es fern und geheimnißvoll, wie ein ewig Unerreichbares.

Henriette hatte lange schweigend in das intelligente und ungewöhnlich erregte Gesicht des Lesenden geschaut. Jetzt sah sie einen Augenblick zu Boden und sagte dann, tief aufathmend: „Nun, Arndt, was meinst Du?"

Arndt warf ihr einen schnellen Blick zu. „Ich bin erstaunt," sagte er dann mit einer Ruhe, die merkwürdig gegen seine Züge abstach. „Dichten muß in der Sprache der Eingeweihten ‚ahnen' heißen, sonst fände ich keine Erklärung für die Ideenwelt dieses Knaben, den – ich doch zu kennen meinte."

Er sah eigenthümlich fragend auf seine Frau. Doch sie blickte ihn zerstreut an; es gefiel ihr so, was Arndt gesagt hatte, daß sie einen Augenblick darüber den Sohn und sein Drama vergaß.

„Und meinst Du," fragte sie dann plötzlich in einem Anflug von Verlegenheit, „meinst Du, daß es aufführbar ist?" Sie beugte sich vor; ihre Blicke wurden immer wärmer und zugleich immer zögernder.

Wunderbarer Weise bemerkte er gar nicht, daß sie abwesend war und glaubte auch dies Mal, sie sei ganz in Bewunderung für das Werk des Knaben versunken. Er stützte das Haupt in die Hand und sah sie durchdringend an. Sobald er aber sprach, war er wieder vollkommen gesammelt. „Gewiß nicht, Kind," sagte er mit freundlicher Ueberlegenheit. „Und glaube mir, wäre das Drama dieses fünfzehnjährigen Jünglings aufführbar, stände Eines fest: daß er kein Dichter wäre."

Henriette erröthete, aber langsam, wie jene weißen Theerosen zu erröthen scheinen, deren tiefem Kelche die Farbentöne gleichsam scheu, wie eine zarte seelische Gewalt entströmen. Wieder sah sie bewundernd zu Arndt hinüber, und doch hatte er tausend Mal zuvor ähnliche Dinge gesagt. Aber das war es: er sprach heute so eingehend mit ihr, wie sie es seit bald drei Wochen nicht mehr kannte. Sie lächelte vor sich hin; sie fühlte sich so wohl in diesem ungestörten Gespräch. Und dann wieder stieg eine plötzliche Unruhe in ihr auf, als müsse sie die Sekunden fest halten.

„Ich will Dir Etwas verrathen, Arndt," sagte sie und stand verwirrt auf. „Unser Sohn ..." ihre Stimme wurde unsicher;

„unser Kurt," fuhr sie fort, „ist seit einiger Zeit kein Knabe mehr. Darum wundere Dich nicht über jene überschwängliche Fülle in Wort und Gedanken. Auf diese Weise werden vielleicht alle Dichter wachgeküßt. Er ist zum ersten Mal verliebt; die reizende Erna ..."

Sie wurde unterbrochen. Es klopfte und einen Augenblick später stand Erna Lepel im Zimmer.

Das Erste, was Arndt sah, als sie eintrat, war der düstere Schatten, welcher sich über Henriettes Stirn legte. Er wunderte sich nicht, daß seine Gattin eifersüchtig auf das Mädchen war, daß ihr so im Fluge die Liebe ihres Abgottes geraubt hatte, fühlte es aber doch wie einen plötzlichen Schlag gegen sein eigenes Herz, und der Spott trat dies Mal sichtbar in seine Züge. Und doch, er wunderte sich doch; denn es geschah zum ersten Mal in ihrem Zusammenleben, daß sich Henriette nicht aus Rücksicht für Andere völlig beherrschte.

Es mußte etwas ganz Unbezwingliches in ihr vorgehen, denn sie begrüßte Erna kaum.

Blaß, mit etwas erhobenem Antlitz und mit fest geschlossenen Lippen blieb sie stehen, wo sie stand.

Arndt trat für sie ein. „Das ist recht, gnädiges Fräulein, daß Sie kommen, uns die Dämmerstunde zu verkürzen!" rief er dem jungen Mädchen herzlich entgegen. „Und was meinen Sie, wenn ich heute Abend mein Versprechen löste und die Gesellschaft um die hohen Ufer ruderte?"

„Eben deshalb komme ich! *Les beaux esprits se rencontrent!*" antwortete Erna fröhlich, nahm unaufgefordert Platz und fuhr, achtlos mit dem Stuhle wippend, fort: „Aber wir müßten früh ausfahren, damit wir schon auf dem Wasser sind, wenn der Mond im Osten aufgeht, nicht wahr?"

„Ich bin dabei, Fräulein Erna, und trete Ihrer Unternehmungslust mein eines Ruder ab."

„Das versprachst Du gestern schon Kurt" entfuhr es widerstandslos Henriettes Lippen.

„So?" sagte Arndt ruhig, aber mit zornig funkelndem Blick.

„Nun, dann halte ich mein Versprechen und überantworte Fräulein Lepel mein zweites Ruder; und wenn Lappe's Nichts dagegen haben, vertrauen wir unser Aller Leben der Führung dieses leichtsinnigen jungen Paares an." Erna lachte hell auf.

„Lappe's sind übrigens heute Abend so zerfahren," sagte sie dann plötzlich ernst, „daß sie unbesehen mit Beelzebub und allen Höllengeistern rudern würden. Sie haben vorhin eine Depesche bekommen, deren Inhalt mir nicht mitgetheilt worden ist. Ich weiß gar nicht recht, was ich daraus machen soll, etwas Trauriges, etwa ein Todesfall oder dergleichen kann es auch nicht sein. Vielleicht haben die guten Seelen irgendwo Aktien gekauft, die im Fallen begriffen sind. – Ich denke, die Mondscheinfahrt wird Auguste zu einigen Bemerkungen erweichen."

„Ich weiß nicht, Fräulein Erna, warum Sie es so amüsant finden, wenn Jemandes Aktien fallen?" sagte plötzlich Henriette vom Fenster aus, wohin sie sich zurückgezogen hatte, mit leiser bebender Stimme.

„O verzeihen Sie, meine liebe gnädige Frau! Ich wollte Ihre Freundinnen nicht kränken; es sind ja auch die meinen! Gott weiß, ich hatte kein Arg bei meiner Aktienbemerkung!" vertheidigte sich das junge Mädchen mit kindlicher Offenheit. Trotzdem hatte Henriette Nichts zu erwidern als: „Ich weiß, ich weiß, daß Sie einen Scherz machten." –

Als Arndt und Kurt sich eine Stunde später zum Fortgehen rüsteten, that sie zunächst das Gleiche, erklärte aber plötzlich, nachdem Kurt vorweg das Haus verlassen hatte, ihr sei nicht ganz wohl, sie wolle zurück bleiben.

„Laßt Euch nicht stören!" sagte sie. „Vielleicht ist mir morgen besser."

„Hoffentlich!" antwortete Arndt und ging, ohne ein weiteres Wort zu verlieren, hinaus. Er sah nicht einmal, daß sie ihm noch nachkam, um, wie immer beim „Lebewohl" die Hand eine Sekunde lang auf seine Schulter zu legen.

○○○

Wie häufig, setzte sie sich an das niedrige, in den Garten hinaussehende Fenster; aber ihre großen, weit geöffneten Augen hatten ganz den gewohnten träumerischen Schmelz verloren. Ihre Phantasie wuchs, wie draußen die Schatten der Bäume. Bloße Vorstellungen wurden zu Vermuthungen; und was sie anfangs nur als möglich dachte, aber noch für unmöglich hielt, nahm nach und nach die Züge der Wahrscheinlichkeit an.

Plötzlich stand sie auf und preßte die heiße Stirn gegen die kühlen Scheiben des Fensters. Jetzt schaukelten sie wohl schon längst auf dunkler See in dem kleinen, dunklen Boote! –

Der Mond ging über den Wassern auf und stieg allmälig immer höher, bis er zuletzt deutlich durch die Zweige des abendlichen Gärtchens schimmerte und ein volles, unheimliches Zwielicht durch das kleine Gemach ergoß.

Henriette war, als höre sie ein lautes, bethörendes Lachen, das immer ferner und ferner verhallte.

„Mein Freund! mein Freund!" sprach sie fortwährend leise vor sich und betonte immer wieder das Wort „Freund," als läge trotz allen Schmerzes, den ihr der Verlust brachte, doch eine Beruhigung darin, daß er, den sie hingeben sollte, ihr Nichts gewesen war, als ein Freund.

Doch auf einmal – sie wußte selbst nicht, wie es geschehen konnte, sagte sie dieses Wort mit glühendem Athem; und die Eifersucht riß dabei ihr Herz von einem Gedanken zum anderen und grub und bohrte immer tiefer und wühlte sich immer heimtückischer in sie hinein.

Wie gefoltert, fiel sie auf die Kniee nieder.

Es war, als ob urplötzlich ein schwerer Stein von der Grabesthüre ihres Herzens gewälzt würde, als ob alle zurückgedrängten heißen Quellen nun auf einmal emporsprängen und in wildem Schmerz durch Seele und Körper brächen.

„O, Arndt! mein Arndt!" schrie sie laut. Und als sie endlich aufstand, wankte sie unsicheren Schrittes durch das Zimmer.

Sie hatte sich selbst verloren.

Sie wußte jetzt, daß sie zum zweiten Mal liebte; und sie fand keinen Halt mehr in ihrer Brust.

Ein unbestimmtes Grauen vor sich selbst malte sich in ihren Zügen.

Auch das schwerste Schicksal kann seinen Trost in sich selbst haben. Wie ein in Felsen gehauenes Denkmal richtet es sich in der Brust des Menschen auf und predigt mit der Stimme der Ewigkeit, wenn die gelegentlichen Wellen der Alltagsempfindung durch die Seele wogen. Ein solches Denkmal war das Schicksal ihrer todten Liebe zu dem Einst-Verlobten gewesen. In dem Bewußtsein, daß sie Etwas erlebt hatte, das sie niemals wieder erleben könne, hatte einerseits ihr persönliches Leben an Werth verloren und es war ihr nicht schwer geworden, sich für Andere zu opfern, und andererseits war ihr jeder kleinste persönliche Genuß zu etwas unendlich Großem erwachsen, da sie jenes Bewußtsein, das Größeste hinter sich zu haben, mit dem festen Willen verband, deshalb nicht zu verzagen und das Geringste noch hoch zu halten.

Nun trieb sie haltlos auf dem Meere ihrer Empfindung, wie ein Schiff ohne Mast und Steuer. Eine erste Liebe erfüllt das Weib unter allen Umständen mit Stolz, eine zweite erfüllt es mit Scham.

Und hier: kein Stolz mehr, kein Trost mehr, kein Glück!

Und nach und nach vergaß sie alles Uebrige und fühlte nur das Eine: daß sie Arndt liebe und daß es zu spät sei für diese Liebe. Eine Andere, Eine, die er vor ihr gekannt hatte ... Eine „Andere", nochmals eine „Andere"! ...

Plötzlich stand sie still. Sie stand in der Tiefe des Zimmers, aber sie athmete so laut, daß man es an der Thüre hätte hören können, und ihre Augen senkten sich zu Boden. Ja, das war es: eine Strafe, eine furchbare, aber - eine gerechte.

Sie faltete die Hände wie zum Gebet. Sie hatte an seiner Seite gelebt und von seiner Liebe gezehrt, ohne den guten Willen, ihn wieder zu lieben. Ihre Freundschaft hatte sie ihm gegeben, denn die kostete sie Nichts. Ihre Gegenwart hatte sie ihm willig geopfert, denn ihr Bestes: ihre Vergangenheit, behielt sie ja zurück. Ihre Dienste, ihr äußeres Dasein hatten ihm gehört, aber ihr innerstes Selbst: ihr Stolz, ihr Heiligthum waren ihr verblieben. Und sie hatte nie, nie, auch nicht ein einziges Mal nur den leisesten Wunsch gehabt, daß es anders sein möge. Sie hatte geglaubt, das Räthsel eines unegoistischen Daseins gelöst zu haben, und ihr Leben war ein großer Selbstbetrug gewesen.

Sie schauderte, aber sie wurde doch ruhiger für den Augenblick, denn es tröstete sie, daß sie verdiene, was sie litt. Ja, sie empfand es plötzlich wie einen stillen, glühenden Genuß, zu büßen, was sie an Dem verbrochen hatte, den sie jetzt liebte.

Es duldete sie nicht länger mehr im Zimmer. Wankend trat sie hinaus in den Garten, und die stillen großen Thränen, welche brennend aus ihren Augen tropften, waren keine Thränen der Verzweiflung, keine Thränen der Eifersucht mehr, sondern galten dem schweren Irrthum ihres Lebens.

Sie verließ den Garten. Sie ging weiter und weiter und schritt wie eine Nachtwandlerin über die stillen, weißen Straßen des mondscheindurchleuchteten Dorfes.

An der Wohnung der Malerinnen blieb sie stehen. Von hier aus konnte sie deutlich beobachten, wenn die Gesellschaft vom Wasser heraufkommen würde.

Doch plötzlich wurde sie verwirrt: im Wohnzimmer der Schwestern brannte noch Licht. So waren sie also zurück? Sie lachten und plauderten hier ohne sie – und er an der Spitze. Denn er konnte sich nicht losreißen von der holdseligen Gegenwart des Mädchens, dessen erste Liebe er gewesen war!

Ein undeutliches Gewirr von Stimmen schlug an ihr Ohr – und das – das war ein perlendes Lachen! und wieder ein Lachen, fast wie aus Arndt's tiefer Kehle! Oder war es etwas anderes? oder war es Nichts?

Ihre Füße wurden schwer wie Blei, und sie lehnte sich einen Augenblick gegen den Thürpfosten. – Dann stürzte sie vorwärts durch den niedrigen Flur und klopfte an die Thüre des Wohnzimmers.

Niemand rief „herein!"; aber hastige Schritte klangen durch's Gemach. - Adelheid öffnete und prallte zurück, als sie Henriette erkannte. - „Gleich!" rief sie mit unsicherer, fast barscher Stimme, riß die Thüre wieder zu und schloß von innen ab.

Und nun erhob sich da drinnen ein sonderbares Reden und Raunen - eine Art heißeren Flüsterns, wie es Lappe's eigen war, wenn sie erregt sprachen.

Henriette preßte beide Hände gegen ihre tobenden Schläfe. Die Angst peitschte das Blut durch ihre Adern. Plötzlich stieß sie einen Schrei aus und sank gegen die Wand zurück: Andt war ertrunken und sie hatten ihn als Leiche hier im Zimmer! - - „Todt!" stöhnte sie verzweifelt, tastete durch die Küche und Schlafzimmer und stand nach wenigen Sekunden auf der Schwelle des Wohngemaches.

Entsetzt fuhren Auguste und Adelheid bei ihrem Anblick auseinander.

Aber Henriette sah es nicht; sie sah nur das erstarrte Gesicht des blassen Mannes, der im Hintergrunde des Zimmers, seitwärts von seinen Schwestern, stand und sie unverwandt mit den dunklen, schuldbewußten Augen ansah. Dieser hatte keine Aehnlichkeit mehr mit dem geflügelten Götterjüngling am Felsenwege von Alt-Hellas! - Ein dämonischer Faustkopf thronte auf den erschlafften Schultern eines weltmüden Menschen. - Etwas in ihm - jedenfalls sein Bestes - hatte wohl niemals aufgehört, Henriette zu lieben; das sagte die Glut seines nach Vergebung ringenden Blickes deutlich in dieser Minute. Sie jedoch war todt für solche Sprache. Sie starrte ihn an, unverwandt wie er sie: - aber Nichts in ihr regte sich; nur eine Art von Gespensterfurcht jagte eiskalt durch ihre Seele. Sie liebte Arndt - nicht diesen.

„Ich glaubte, Arndt und Kurt wären hier," sagte sie und stützte sich mit zitternder Hand gegen die herangetretene Auguste.

„Nein; sie sind mit Erna auf dem Wasser. Wir blieben hier, weil sich unser Bruder angesagt hatte. Er ist vor einer viertel Stunde gekommen und reist morgen früh wieder ab." „Ich will Euch nicht stören," antwortete Henriette. „Gute Nacht." „Henriette! ein Wort! ein einziges! O Henriette!" rief eine heisere Stimme hinter ihr, als sie das Haus verlassen hatte. Aber sie kehrte sich nicht um, denn sie hörte ihn nicht; sie sah auf das blinkende Wasser und schauderte, weil noch immer kein Boot in Sicht war: ohne sie – ohne Lappe's – allein mit Erna und Kurt!

Zögernd glitt ihre lichte Gestalt die helle Dorfstraße hinab, gefolgt von den flehenden Blicken des nicht mehr geliebten Mannes.

Sie wollte in ihre Wohnung zurückkehren, aber sie fürchtete sich vor der beklemmenden Enge. Ruhelos schritt sie durch den tageshellen Garten und horchte auf jeden Ton, der vom Dorfe her durch die Bäume und Hecken drang.

Ob sie ihn zurückgewinnen konnte? Ob sein Herz sich losreißen würde von dem bezaubernden Lachen der jungen Künstlerin?

Sie schämte sich nicht mehr ihrer Liebe zu Arndt, – jetzt nicht mehr. – Hatte sie doch den Geliebten ihrer Jugend wiedergesehen – wie im Taume fuhr sie sich bei diesem Gedanken mit der Hand über die Stirn – und was hatte sein Anblick aufgewühlt? Liebe zu Arndt! – Liebe zu ihrem Gatten! Liebe zu dem Freunde ihres Leben! – Sie hatte jetzt ein Recht auf diese Liebe.

Besinnungslos bebte ihr Herz zurück vor dem bleichen Schatten der Vergangenheit und schlug der Gegenwart entgegen. Und alle Qualen dieser Gegenwart kehrten in ihr erregtes Gemüth zurück.

Nicht, daß sie sich noch so schuldig gegen Arndt gefühlt hätte, wie vor einer Stunde; denn es war, als sei plötzlich Alles merkwürdig in ihr geklärt worden:

Lieben wollen, wenn man nicht kann? Was würde wohl ihr

Wille, ihr bester, ihr ehrlichster Wille alle diese Jahre hindurch genützt haben?

Aber jetzt, wo sie nicht wollte ... das war es! ... jetzt, wo er an einer Anderen hing ...

O, sie hatte so viel gewollt und immer gewollt – ein ganzes künstliches Leben hatte ihr Wille vor ihr erbaut gehabt und sie hatte es für etwas Wirkliches hingenommen. – Und jetzt, wo sie nicht wollte, jetzt lebte, jetzt liebte sie in der That!

„O, mein Freund, mein Freund!" rief sie noch ein Mal und streckte voll sehnsuchtsvoller Leidenschaft die Arme in die leere Luft.

Sie lehnte sich gegen den Stamm einer alten Silberpappel, ohne zu sehen, in den funkelnden Baldachin, welchen der Baum über ihr wölbte.

Plötzlich knarrte die Pforte des kleinen Gartens.

„Geh' hinein, mein Sohn! Ich habe Etwas mit Deiner Mutter zu besprechen," sagte Arndt zu dem verwunderten Jüngling, der träumerisch gehorchte.

Dann betrat er allein den Garten, in welchem er von der Straße her Henriettes Kleid hatte leuchten sehen.

Er kam langsam auf sie zu, denn er wußte durchaus nicht, was er mit ihr besprechen wollte. Er war nur einer plötzlichen Regung gefolgt, als er sie so allein zwischen den Bäumen gewahrte. – Wenn sie wirklich um des Knaben willen eifersüchtig auf Erna war, so gab es ihr gegenüber nur eine Erklärung für dies Gefühl: Sie sah noch immer die Augen des Geliebten in den Augen ihres Sohnes.

Er hatte es wieder und wieder denken müssen, während das Plätschern der Wellen und das Lachen der jungen Leute heute Abend seine Sinne umschmeichelte; und auch jetzt konnte er keinen anderen Gedanken fassen. Aber warum gab sie sich heute so rückhaltlos ihren überspannten Empfindungen hin? Er war es gewohnt, daß sie sich aus Schonung für Andere und insbesondere aus Schonung für ihn bezwang. Er hatte ihr oft um dieser vollendeten Selbstherrschaft willen gegrollt; und nun, da sie ihr zum ersten Mal untreu wurde, grollte er erst recht; doch zugleich erschien sie ihm neu, jünger und menschlich bestrickender, denn je.

Mit heißem Kopf und mit seltsam klopfendem Herzen trat er auf sie zu.

Sie stand noch an dem Stamm der alten Silberpappel und ließ ihn immer näher heran kommen, ohne sich zu regen; aber gegen ihre Gewohnheit wurde sie glühend roth, als sie seinen vorwurfsvollen Blick durstig über sich hingleiten fühlte. Er sah es trotz der blendenden Lichtwellen des Mondes, die unsicher durch das Gezweig zitterten; und vor seiner Seele wurde es auf einmal so tageshell, wie es nie zuvor darin gewesen war. Er wußte plötzlich, daß es sich in Henriettes Herzen um ihn handelte. Zaudernd hielt er an; es war, als wage er Nichts voll zu denken oder zu empfinden. „That ich Dir Etwas, Henriette? Habe ich Dich beleidigt?" fragte er endlich mit beinahe fremder Stimme.

Sie zuckte zusammen. „Nein," sagte sie dann kaum hörbar, „ich selbst habe mich beleidigt."

„Wohl damals, als Du ohne Liebe ..." begann er mit ausbrechender Leidenschaft. Doch sie ließ ihn nicht ausreden: „Ohne Liebe?" stammelte sie. „Hat es denn wirklich eine Zeit gegeben ... O, Du - Du ...! Keine Andere! - Keine Andere! - Mich liebst Du! - mich?!" Und sie lehnte sich fester gegen den Baum, denn ihre Kniee zitterten.

„Henriette, mein Weib!" stöhnte er laut; dann nahm er sie unendlich sanft in seine Arme. - - Nach einer Weile führte er sie wortlos zu einer Bank und zog sie an seiner Seite nieder. Sie athmete auf, wie erlöst.

„O, Georg, welch ein Tag - welch ein Abend!" flüsterte sie fast bewußtlos. - „Und doch ... kannst Du es fassen? Trotz aller Qual, trotz aller Verzweiflung hab' ich mich lange nicht so frei gefühlt, wie heute."

Wieder schöpfte sie tief Athem und sah in den lichtblauen Nachthimmel empor.

Zwei weiße Wolken erschienen und zogen langsam, wie eine Botschaft des Friedens, über ihre Häupter fort.

Die ganze Natur lag um sie her, wie ein lautloses Gebet.

„Kannst Du es fassen?" fagte sie noch ein Mal. „Nie fühlte ich mich so frei, wie heut."

„Weil die Last Deiner Vollkommenheit von Dir abfiel!" rief er in einer Art von Siegestaumel und preßte das feine, blasse Haupt der geliebten Frau an seine Brust. „Weil Du Mensch wurdest, wie wir!"

Was war das? Ihre Seele horchte auf: klang nicht Etwas wie eine unsäglich herbe, Jahre lang angesammelte, aber immer zurückgedrängte Bitterkeit durch seine Worte? Etwas, das sich wie eine gewaltige Dissonanz plötzlich harmonisch in der Freude des Augenblicks löste?

Sie senkte das Haupt und Lider und hielt die gefalteten Hande starr im Schooß.

„Verzeih' mir! Und jetzt bin ich sehr unvollkommen. Heute hab' ich wirklich nicht gewollt – heute hab' gemußt!" sagte sie demüthig und nach langem Sinnen setzte sie leise hinzu: „Noch ein Mal bin ich in der Liebe von mir selbst erlöst worden. Georg, ich bin glücklich! Ich war so arm, nun bin ich so reich. O, Liebster, was werde ich für eine Verschwenderin sein – für Dich! nur, nur für Dich!"

Da fühlte sie ihr Antlitz von seinen Küssen bedeckt. „Es ist wahr," stöhnte er, „Du hast mich alle diese Jahre nicht geliebt. Aber jetzt – von heute an gehörst Du mir."

Sie antwortete nicht gleich. Nach einer Weile machte sie sich frei und stand entzückt vor ihm auf.

„Ein klares Stück Ewigkeit!" sagte sie und blickte gedankenvoll über sich. „So klein, wie diese Nacht ist mir die Welt noch nie erschienen." Und sie griff nach seiner Hand, zum Zeichen, daß er mit in jene Ewigkeit gehöre, die sich vor ihr aufthat. „Ich fürchte nun Nichts mehr – nicht das Leben und nicht den Tod!" fuhr sie fort und preßte seine Hand leise gegen ihr Herz.

Noch immer zogen die stillen Wollen andächtig durch die weiche Mondnacht; an den Büschen funkelte das Licht wie Edelsteine; und in breiten Strömen floß es über Haus und Garten bis tief in die verborgensten Winkel. Auch hoch über ihnen in den alten Baumkronen war Alles lebendig in schwebenden, unaufhörlich zitternden Silberstrahlen: Wie tausend Gedanken und tausend Träume huschte es von Zweig zu Zeig und rieselte blendend an den dunklen Stämmen hinab.

Henriette empfand Alles, ohne es zu sehen; und Arndt sah es wohl, aber nur, weil sie in Mitten dieser athmenden Poesie stand, und förmlich behutsam bog er die durchsichtigen Blätter einer nahen Akazie fort, welche sich wie ein frühlingsgrüner Schleier um ihre Schultern gelegt hatten. Er wollte Nichts sehen, als sie.

„Und Kurt ... Arndt, wo ist Kurt?" fragte Henriette eine halbe Stunde später plötzlich beklommen.

Als sie aufsah, blickte sie in das strahlende Auge ihres Gatten.

„Woher weißt Du, was ich eben gedacht habe?" fragte sie da leise.

„Meinst Du, ich hätte verlernt in Deinen Zügen zu lesen, seit – Du mich liebst?" erwiderte er siegreich; aber gleich darauf wich der Triumph seines Blickes einer innigen Theilnahme.

„Henriette," fuhr er fort, „Du darfst Dich nicht mit unnützer Sorge quälen. Kurt hat heute Nichts verloren. Von heute ab soll er mehr, denn je, unser Sohn sein."

„Ja," bestätigte sie lebhaft, „unser Sohn, unser Kind! Und wir lassen ihn nicht, bis die Muse ihn vollends aus unseren Armen hebt und ihm eine neue Heimath giebt!"

Sein Blick hing trunken an ihren erregten Lippen. Alles an ihr war neu und geheimnißvoll, wie an einer Braut.

„Komm jetzt!" bat er innig, „das ausgeblasene Licht ist wieder angezündet. Es ist hell in unserer Wohnung, wo wir auch hintreten. Ich bin nicht mehr eifersüchtig auf unseren Sohn; aber Du sollst heute Abend nicht um ihn weinen."

„Ich weinen nicht um ihn, ich weine vor Glück," sagte sie scheu. „O, Arndt, ich frage nicht mehr, was recht ist und unrecht, was vollkommen ist oder nicht! Ich frage nur das Eine, und auch das nicht mehr, denn: ich weiß, daß Du mich liebst!"

Er umschlang sie mit beiden Armen.

„Eine Frau, die liebt, ist vollkommen," sagte er seltsam ruhig, während er doch voll Wonne auf ihr glutübergossenes Antlitz hinabsah. Ein schlichter, ungeheuchelter Ernst und zugleich eine unaussprechliche Seligkeit lagen in seinen Mienen.

Clara von Sydow

Zu ihrem 60. Geburtstage
Von Arnold Koeppen

I

Ihr Leben

Ein Maientag mit all' seinem Zauber um mich herum! Nichts fehlt, was Dichtermund so oft an ihm besungen. Und der Blütenschnee ringsum läßt gar nicht den Gedanken aufkommen, daß Werkeltag sei. Festagsstimmung herrscht ohne Rücksicht auf den Kalender!

Und der Geist scheut Werktagsarbeit und will sich in festlichen Gedanken ergehen. Ein lieber Zufall läßt da dem Wunsche die Erfüllung folgen: ich soll der Frau gedenken, der ich selbst schon so manche festliche Stunde verdanke, deren „Einsamkeiten" einsame Stunden zu schönen gemacht und die nun selbst in Bälde einen Tag des Festes und der Erinnerung, ihren sechzigsten Geburtstag, begehen darf: der deutschen Dichterin Clara von Sydow.

Es ist Ehrenpflicht unseres Blattes, ihrer zu gedenken: ist sie doch in der Hauptstadt unserer Provinz geboren, hat auf pommerschem Boden die Tage ihrer Kindheit verlebt und ist in ihrem Dichten und Schaffen ihrer heimatlichen Scholle stets treu geblieben.

Quelle: Unser Pommerland. 2. Jahrgang. Stargard/Pommern 1913/14. Heft 8, S. 279-282; Heft 11/12, S. 362-364.
Arnold Koeppen (1875-1940), Lehrer, Schriftsteller, Schriftleiter von „Unser Pommerland".

Clara von Sydow ist am 17. Juni 1854 zu Stettin geboren, wo ihr Vater Oskar von Sydow als Militärpfarrer wirkte. Nur drei Jahre hindurch ist sie ein Großstadtkind gewesen, denn schon im Herbste 1857 wurde der Vater zum Superintendenten in Altenkirchen auf Wittow, der nördlichsten Halbinsel Rügens, ernannt.

Hier auf Rügen hat die Dichterin ihre ganze Jugendzeit und noch einige Jahre darüber hinaus zugebracht, und ihre warmes Heimatgefühl wurzelt tief und fest in dem sagenreichen Boden der schönen Ostseeinsel.

Ein großer, herrlicher Pfarrgarten wurde zum Kinderparadiese, prächtige Obstbäume verschönten dem Kinde den Frühling durch überreichen Blütenschmuck und den Herbst durch einen nicht minder angenehmen Segen an verlockenden Früchten. Neben dem Lieblichen und Süßen stand das Romantische: uralte Eschen neigten sich vom nahen Kirchhof herüber und lenkten die kindliche Phantasie auf ernstere Bahnen.

Strenge Familienzucht engte den Verkehr mit Gespielen und Gespielinnen fast klösterlich ein – und ein Viertelstündlein ausgelassenen Tummelns mit der Dorfjugend mußte man sich durch List zu verschaffen suchen und wurde als Geheimnis ängstlich vor dem Wissen der Eltern bewahrt.

Haus, Hof und Garten waren längere Zeit des Kindes Welt, sogar die drei Kilometer entfernte Küste blieb lange Zeit unbekannt, bis man infolge großmütterlichen Besuches endlich einmal dem Meeresstrande in der alten Staatskutsche eine „erste, steife Visite" abstattete.

Der Anblick der See machte auf das Mädchen einen überwältigenden Eindruck, und die „ensthafte Schönheit" des baltischen Meeres trug viel zu der immer stärker werdenden Heimatliebe der Dichterin bei.

Den ersten Unterricht vermittelte der Kantor des Orts, dann kamen Erzieherinnen und ein Hauslehrer an die Reihe. Den ethischen Unterricht behielt sich der Vater selber vor. Er war für die Kinder äußerst interessant, da der Herr Superintendent durch anekdotische Belebung und stete Einflechtung von Selbsterlebtem das Interesse der Hörenden stets wach zu halten wußte. Wiederholungen fanden nicht statt und viel Positives ist wohl bei diesem Unterricht nicht haften geblieben. Dafür aber legte er, was zehnmal mehr wert ist, den Grund in die Kinderseelen zu vielseitigem Interesse hinein, wirkte fördernd auf ihren Geist und belebend auf ihre Phantasie ein.

Claras Mutter Ida, eine geborene v. Hagen, war des Vaters zweite Gattin. Aus erster Ehe stammten eine Schwester und ein Bruder, von denen die erstere 11 Jahre älter als unsere Dichterin war. Diese besaß noch sechs jüngere Geschwister, von denen das jüngste Kind, ein Bruder, starb, als sie selbst elf Jahre alt war. Der Tod des wunderschönen Knaben, der von der Schwester schwärmerisch geliebt wurde, hat ihre junge Seele mit des Lebens tiefstem Leide bekannt gemacht und einen ersten Schatten auf ihre sonst so sonnige Jugendzeit geworfen.

Im Jahre 1866 verheiratete sich Claras älteste Schwester mit dem Kreisrichter v. Bülow, und das junge Paar verlebte das erste Jahr seiner Ehe in Berlin. Verwandte in Berlin zu haben, hat schon von jeher etwas Verlockendes gehabt, und so ward denn auch dem zwölfjährigen Mädchen die große Freude zuteil, unter väterlicher Obhut eine Reise nach der Reichshauptstadt zum Besuch der Schwester unternehmen zu dürfen.

Der Aufenthalt in Berlin brachte vor allen Dingen auch ein Zusammentreffen mit Claras Onkel, dem berühmten Geographen Emil von Sydow, und es war dem Mädchen ein unvergeßlicher Augenblick, dem Schöpfer des zu Hause so oft benutzten Atlanten gegenüber zu stehen.

Und wieviel des Herrlichen bot der Aufenthalt in der Residenz der Seele des für alles Schöne leicht empfänglichen Mädchens noch! Da gab es zwei Besuche im Opernhause; und Webersche und Mozartsche Melodien klangen nach einer „Freischütz"- und einer „Zauberflöte"-Aufführung in der Erinnerung der entzückten Hörerin durcheinander. Doch der Ereignisse größtes war ein Besuch im Königlichen Schauspielhause. Man gab Goethes „Egmont". Halb berauscht von dem Gehörten und Gesehenen, kehrte das Mädchen in die heimatliche Stille am Ostseestrande zurück, mit dem festen Entschlusse, dem deutschen Aufsatze von nun an alle Sorgfalt und Liebe zuzuwenden.

Im nächsten Jahre vertauschte sie das Haus der Eltern mit dem der verheirateten Schwester, deren Gatte inzwischen nach Frankfurt a. O. versetzt worden war.

Vom Familienhafen des geschwisterlichen Hauses aus besuchte sie nun anderthalb Jahre die erste Klasse der höheren Töchterschule zu Frankfurt, in die sie sogleich ihrer vorgezeigten vorzüglichen Aufsätze wegen aufgenommen worden war.

Die achtzehn Monate Frankfurter Aufenthaltes wurden nun – die Not zwang dazu – fleißig benutzt, die oft bedenklichen Lücken im positiven Wissen aufzufüllen; allen andern überlegen aber war die neue Schülerin im deutschen Aufsatz – und ihr erster, eine „Charakteristik Wilhelm Tells" brachte ihr den Vorwurf ein: „Den haben Sie unmöglich selbständig angefertigt!", was bei der also unschuldig Gekränkten nicht geringe Empörung auslöste.

Die heiteren Frankfurter Tage wurden noch dadurch bedeutend verschönt, daß das bisher an zahlreichen Umgang mit Gleichaltrigen eben nicht gewöhnte Mädchen die erhebende Wirkung einer reinen Freundschaft zu einem edlen und hochbegabten Mädchen ihres Alters erfahren konnte.

Die Konfirmation der Fünfzehnjährigen im Elternhause schloß den Aufenthalt in Frankfurt und auch den äußeren Bildungsgang ab, denn nun galt es, im elterlichen Haushalte sich wirtschaftlich zu betätigen und den jüngeren Geschwistern in mancherlei Disziplin Lehrerin zu sein.

Und nun kam auch die Zeit in der sich in Clara von Sydow die Dichterin regte. Eine höchst romantische Novelle „Cornelia" wurde heimlich niedergeschrieben, vom Vater aber entdeckt und als „arge Zeitverschwendung" kassiert.

Der Novelle folgte ein Roman „Irma", in einer Fülle von Fünfpfennigoktavheften niedergeschrieben, deren Anschaffung unter der Marke „Vokabelhefte" bewerkstelligt worden war. Kühn zeigte die Verfasserin in gerechtem Autorstolze das fertige Opus dem Vater, der sie nach einigen Tagen banger Erwartung mit dem Urteil beglückte: „Die kleinen Hefte haben mir viel Freude gemacht."

Ein Gedicht, dem Andenken eines 1870 bei St. Privat gefallenen Vetters gewidmet, ließ der Vater gelegentlich einer Reise nach München Paul Heyse sehen. „Lassen Sie das Mädchen weiter dichten; in der steckt etwas!" waren des Meisters anerkennende und ermunternde Worte.

Die beim Unterricht der jüngeren Geschwister immer deutlicher werdende Erkenntnis des noch immer bedeutenden Mangels an positiven Kenntnissen ließ in der Dichterin den Entschluß reifen, die Eltern um einen nochmaligen Aufenthalt in Franfurt zu bitten, um dort das Seminar zu besuchen. Nach schwer erlangter Einwilligung fing die Zeit ernsten Lernens von neuem an – und schon nach einem Jahre hatte Clara ihr Lehrerinnenexamen glücklich bestanden.

Ein Beweis für ihren außerordentlichen Eifer, zugleich aber auch dafür, daß man vor vierzig Jahren im Lehrerinnenberufe noch leichter zum Ziele gelangen konnte, als heutzutage. Während des zweiten Frankfurter Aufenthalts lernte Clara von Sydow auch Ernst von Wildenbruch kennen, der zu jener Zeit dort als Referendar am Kreisgericht arbeitete und gesellschaftlich im Hause der Schwester verkehrte. Mit flammender Begeisterung las Wildenbruch damals öffentlich und privatim seine Kriegsepen „Vionville" und „Sedan" vor.

Abermals ins Vaterhaus zurückgekehrt, galt es von neuem, die Pflichten der älteren Schwester mit denen der Haustochter und der in der Gemeinde tätigen Pfarrerstochter zu vereinen, wobei jede freie Stunde der literarischen Tätigkeit gewidmet wurde. Es war eine Zeit bewegten Stillebens, nur dann und wann von kleinen Reisen in die deutschen Mittelgebirge unterbrochen, die gemeinschaftlich mit dem Vater unternommen wurden. Auf der Hin- oder Rückreise wurde des öfteren in Dresden und Berlin Station gemacht, um sich in der kurzen Zeit des Aufenthaltes ganz dem Kunstgenusse hinzugeben.

Im Jahre 1876 entstand der zweiundzwanzigjährigen Dichterin erstes Drama „Die Tochter Pharaos", das ihr einen begeisterten Lobbrief Wildenbruchs einbrachte. Seines Versprechens aber, das Drama auf die Bretter bringen zu wollen, hat er später, umstrahlt von dem Glanze eigenen Ruhmes, gänzlich vergessen. Auch ein zweites Drama, „Annina von Murano" konnte es, gleich dem ersten, zu keiner Aufführung bringen.

In die literarische Welt eingeführt wurde Clara von Sydow vor allen Dingen durch ihre Novelle „Was macht man auf Hohenstein?" die Julius Rodenberg für wert und geeignet hielt, in der Deutschen Rundschau veröffentlicht zu werden. Auch Westermanns Monatshefte, die damals unter der Leitung Spielhagens standen, brachten eine Novelle aus ihrer Feder „Silhouette". Damit war der Bann gebrochen, und bald fehlte es nicht mehr an ehrenvollen Aufträgen der angesehensten Redaktionen, die sich um Beiträge aus ihrer Feder bemühten. Auch vermittelte die literarische Tätigkeit der nun allseitig Anerkannten manchen anregenden literarischen Verkehr, so zum Beispiel den des Literaturhistoriker Johann Schmidt, dessen Gattin ihr später eine intime Freundin wurde. Diesen Verkehr zu pflegen war der Dichterin dadurch möglich, daß sie in den siebziger und achtziger Jahren den Winter häufig mit einer jüngeren Schwester zusammen in Berlin verbrachte. Das waren dann jedesmal gar köstliche Monate für die beiden. Ein im besten Sinne des Wortes freies Studentenleben wurde da geführt, man mietete eine oder zwei Stuben, aß auswärts oder kochte selbst und widmete die ganze Zeit vielseitiger Ausbildung oder angenehmer und anregender Geselligkeit.

Im Jahre 1885 erkrankte der Vater schwer, nachdem er schon einige Jahre zuvor einen ähnlichen Unfall durch eine glückliche Wiesbadener Kur überwunden hatte. Ein Aufenthalt in Wildungen brachte keinen Erfolg, im Juli 1886 starb der hochbegabte Mann im Alter von 75 Jahren.

Damit war des Hauses festes Band gelöst, die glückliche Sorglosigkeit der Jugend für die Schwestern vorüber – und das Gnadenjahr ließ den Hinterbliebenen noch Zeit, von Elternhaus und Vatergrab, von Garten, Dorf und Meeresstrand, den treuen und lieben Zeugen vergangener schöner Zeiten, für immer Abschied zu nehmen.

Im Herbst 1887 zogen die Mutter, unsere Dichterin und zwei andere Schwestern nach Berlin, das man deswegen als Aufenthaltsort wählte, weil so die unverheirateten Brüder die beste Gelegenheit hatten, das Mutterhaus aufzusuchen.

Das nächste Jahrzehnt stand für Clara unter dem Zeichen der Krankenpflege: fünf Jahre hindurch war die Mutter schwer leidend, bis sie 1907 starb, eine andere verheiratete Schwester, die von Kindheit an äußerst zart war, bedurfte oft Wochen und Monate hindurch der schwesterlichen Pflege. „Nun fällt eins nach dem andern, manch liebes Band Dir ab!" So konnte auch Clara von Sydow sagen, als der Tod die Reihen der lieben Ihrigen immer mehr zu lichten begann.

Erschütternd wirkte auf sie das plötzliche Hinscheiden ihrer ältesten Schwester, bei der sie in Frankfurt so sonnige und unvergeßlich schöne Tage ihrer Jugendzeit verlebt hatte, und auch ihr Schwager folgte der verstorbenen Frau bald darauf in den Tod.

Da wurde denn von Jahr zu Jahr mehr das Heim der Dichterin in Berlin zum Sammelpunkt für die übrigen Mitglieder der einst so zahlreichen Familie; für jene selbst aber brach eine Zeit an, die ihr mehr als die Jahre langer Krankenpflege zuvor Gelegenheit gab, sich dem geliebten Berufe weihen zu können. Als Hauptwerk dieser Zeit erneuter dichterischer Tätigkeit ist der Roman „Einsamkeiten" zu begrüßen, der, bei Beck in München erschienen, eine glänzende Aufnahme gefunden hat.

Anregender Verkehr mit gleichgesinnten und gleichgestimmten Seelen, wie z. B. der Frau Staatssekretär Lisco, und häufige Reisen, entweder in die alte Heimat, ins Gebirge, oder an die Nordsee, das sind die Faktoren, die der Dichterin Lebens- und Schaffenskraft unvermindert bis auf den heutigen Tag erhalten haben. Sind ihr auch keine lauten, lärmenden Tageserfolge beschieden gewesen, so hat sie sich doch eine Lesergemeinde erworben, deren innerer Wert mehr bedeutet als prahlerische Zahlen. Und wer die Dichterin Clara von Sydow in ihren Werken kennen gelernt hat und dieser Bekanntschaft würdig war, läßt nicht wieder von ihr, denn

„Ein edler Mensch zieht edle Menschen an
Und weiß sie festzuhalten!"

II

Ihr Werk

Aeußerlich nicht allzu umfangreich, dafür aber von um so höherem innerlichen Werte, steht das bisherige Lebenswerk der Dichterin Clara von Sydow vor uns, dem wir wünschen, daß spätere Jahre es noch um manch' einen wertvollen Band bereichern mögen.

Abgesehen von den novellistischen Jugendarbeiten „Cornelia" und „Irma", die schon der Frankfurter Schülerinnenzeit entstammen, und einigen sehr hübschen heimatlichen Jugenderzählungen, die der verstorbene Julius Lohmeyer in seiner damals so prächtig ausgestatteten Zeitschrift „Deutsche Jugend" veröffentlichte, müssen wir als der Dichterin Erstlingswerk von wirklich literarischer Bedeutung das Drama „Die Tochter Pharaos" betrachten.

Es entstand im Jahre 1876 und zeigt, daß die erst zweiundzwanzigjährige Verfasserin vorzüglich verstand, den durch die Bibel gegebenen Stoff selbständig psychologisch zu gestalten. der erste Kritiker des Dramas war Ernst von Wildenbruch. In einem begeisterten, auf die Technik und die dichterischen

Werte des Werkes liebevoll eingehenden Briefe an die Verfasserin gesteht er: „Ich habe über die Lektüre vergessen, Mittagbrot zu essen." Wildenbruchs Schreiben bildete den Anfang eines regen Briefwechsels zwischen Clara von Sydow und dem Dichter, der selbst in damaliger Zeit begann, alle seine Kräfte einzusetzen, um auf dem Gebiete der dramatischen Kunst Lorbeeren zu erringen.

Erreichte es die jugendliche Verfasserin auch nicht, mit dem Drama auf die Bühne zu gelangen, so öffneten sich ihren novellistischen Arbeiten doch die so streng verschlossenen Tore der vornehmen angesehenen Monatszeitschriften.

Im Jahre 1881 brachte Julius Rodenberg in seiner sieben Jahre zuvor gegründeten Zeitschrift „Die deutsche Rundschau" die Novelle „Was macht man auf Hohenstein". Die Annahme durch den feinsinnigen Herausgeber, der mit seltener Sicherheit Gediegenes zu erkennen wußte, bürgt für die Güte des Werkes.

Zu gleicher Zeit veröffentlichte die Gartenlaube die Erzählung „Dorette Rickmann".

Beide vereinigt brachte der Rundschauverlag der Gebrüder Paetel, Berlin, als Buch heraus, ebenso drei Jahre später die Novelle „Dasselbe Lied". In ihr entzückt uns vor allem die überaus gelungene Charakteristik der Hauptpersonen. Die Erzählung hat ihren Stoff aus der Theaterwelt der Gegenwart genommen. Manche bekannte Künstlergrößen scheint der Verfasserin bei der Gestaltung dieser oder jener Person vorgeschwebt zu haben. Im Mittelpunkt der Handlung steht ein Genie, eins von der Art, die leicht errungene Erfolge sicher und hochmütig machen und die der Plicht, unermüdlich weiterzuarbeiten, vergißt. Das Publikum wendet sich von ihm, der von seiner Höhe Herabgestürzte gerät in Verzweiflung. Ihm rettet die Liebe einer Sängerin, als Künstlerin und als Mensch gleich hochstehend. Sie verliert ihre Stimme – und der Undankbare wendet sich von ihr. Aus der Sängerin wird nach Zeiten rastlosen Fleißes eine hervorragende Schauspielerin, der es gelingt, in glücklich gewählter Stunde durch das leise Singen „desselben Liedes", das er ihr einst gewidmet, seine Liebe zu ihr wieder zu entfachen.

Die Aehnlichkeit des Milieus eines bekannten neueren Romans eines anderen Autors mit dem dieser ergreifenden Erzählung ist zum mindesten verblüffend.

Im Jahre 1887 erschien bei Pierson in Leipzig – (leider dort!) – der Novellenband „Alte Gefährten". Er enthält die beiden Erzählungen „Sihouette", die Spielhagen in Westermanns Monatsheften veröffentlicht hatte, und „Spätsommer", die zuvor in der Gartenlaube erschienen war. Es fehlte nicht an Beurteilern, die diese Perlen der Novellistik auf ähnliche Höhe stellten, wie viele Novellen der beiden Meister dieser Gattung Paul Heyse und Theodor Storm.

In kurzen Zwischenräumen folgten die Erzählungen „Miteinander" (1910 als Buch erschienen), „Die Sonne des Genies", „Mutter", „Wer sie war", „Die Wage steht" und „Onkel Malte".

Von allen diesen kennzeichnet die letzte das liebenswürdige Erzählertalent der Dichterin in so hervorragendem Maße, daß der auch die vorliegende Zeitschrift herausgebende Pommernverlag beschlossen hat, den „Onkel Malte" als neuen Band seiner Heimatbücher herauszugeben und somit alle unsere Leser uind die Freunde unserer literarischen Bestrebungen mit dieser prachtvollen, auf pommerschem Boden spielenden Erzählung bekannt zu machen.

Auf das Gebiet des sozialen Romans begab sich die Dichterin mit dem umfangreicheren Werke „Der Ausweg", das Wilhelm Hertz, der Inhaber der Besser'schen Buchhandlung, im Jahre 1893 als Buch erscheinen ließ, nachdem es vorher die Berliner Kreuzzeitung im Feuilleton gebracht hatte.

Es ist ein gefährliches Gebiet, der soziale Roman, doppelt gefährlich für die Frau, die es betreten will.

Aber, das sei vorweg gesagt, es ist mit viel Geschick und gutem Glück geschehen. Der gezeigte „Ausweg" aus den Wirrnissen wirtschaftlichen Elends und sozialer Kämpfe ist menschlich schön gedacht und dichterisch schön geschildert: Geht aus Eurem Eigennutz heraus und befleißigt Euch der Selbstlosigkeit! Ihr, die Ihr im Leben oben steht, steigt mit suchender Seele hinaub in die Tiefen, und lernt verstehen – fördert und hebt empor! Und Ihr, die Euch das Schicksal tief nach unten gestellt hat, lasset Euch suchen und verschließt Euch nicht, verschränkt nicht trotzig die Arme, sondern reicht sie hin und lasset Euch emporheben, helfen und fördern!

Ziehet Euch in Liebe zu einander hin! – –

Das ist die Tendez des Romans. Nur leider: er predigt den Wölfen den Frieden mit den Schafen und ermahnt die Löwen, sich von Gras und Kräutern zu nähren. Die Menschen, die so handeln sollten, die könnten nicht wir sein, die müßten andere sein, zu denen wir uns aus eigener Kraft erst verwandeln müßten. Das eigene Wesen bis in den tiefsten Kern hinein umzugestalten, geht aber über Menschenmacht – und darum bleibt der „Ausweg" Clara von Sydows das, was die meisten der anderen sozialen Romane auch sind: eine Utopie! – Leider! –

Das Werk entstand zu der Zeit, als der Naturalismus bei uns Trumpf war.

Gewiß, ohne Konzessionen an die herrschende Zeitströmung ist das Werk nicht, doch muß ihm zum Ruhm nachgesagt werden, daß es deren Vorzüge zeigt und ihre Fehler zu vermeiden weiß. Das von hervorragender Beobachtungsgabe zeugende Anfangskapitel ist von weitgehender Realistik und findet doch auch den Beifall des Aesthetikers.

In größeren Provinzblättern erschienen in den nächsten Jahren die Erzählungen „Spielmanns Marie", „Des Bruders Sachen", „Fröhliche Christen" u. a., deren Abfassung durch die literarische Abteilung des Ministeriums des Innern angeregt worden war.

Nicht vergessen sei, daß zwischen diesen Erzählungen auch zahlreiche lyrische Gedichte entstanden. Einige Proben bringt die vortreffliche Auswahl „Pommersche Lyrik" von Max Guhlke.

In geraumem Zeitabstande vom ersten vollendete die Dichterin jetzt ihr zweites dramatisches Werk „Annina von Murano". Es ist ein Renaissancedrama, nicht ohne theatralisches Geschick aufgebaut. Der bekannte Theaterverlag Felix Bloch, besonders sein literarischer Ratgeber Herr von Perbrandt, sowie mehrere hochangesehene Schauspieler und Schauspielerinnen Berliner Bühnen interessierten sich lebhaft für das Werk und seine Aufführung.

Eine Kette von widrigen Umständen aber, sowie die damalige derartigen Dramen ungünstige Geschmacksrichtung ließen es zu einer solchen leider nicht kommen.

Todesfälle in der Familie, Krankheiten von nahen Angehörigen, die jahrelanges, geduldiges Pflegen verlangten, nahmen der Künstlerin Zeit, Kräfte und Gedanken in Anspruch – und die Stimme der Muse schwieg.

Sollte sich Apollos holde Begleiterin etwa gänzlich von ihrer ernsthaften und getreuen Jüngerin abgewandt haben, um nur andere noch mit ihrer Gunst zu beglücken – oder unglücklich zu machen?

Alle derartigen Fragen und Zweifel wurden nach einer Pause langen Wartens plötzlich zerstört: in dem berühmten, vornehmen Verlage von Oskar Beck, München erschien 1910 ein Buch Clara von Sydows, das unstreitig zu den besten seiner Zeit gehört, der Roman „Einsamkeiten".

Er fand in der Kritik eine geradezu glänzende Aufnahme. Eine Unzahl von lobenden Besprechungen aus ersten Federn gaben der Dichterin die volle und beglückende Gewißheit, Hervorragendes, Vollendetes geschaffen zu haben.

Der Kunstwart, das Literarische Echo, die Tägliche Rundschau, der Tag und viele andere erstklassige Zeitschriften und Zeitungen wiesen einmütig, nachdrücklich mit ungeteilter Anerkennung auf der Dichterin Meisterwerk hin.

Eine der wichtigsten Stimmen von allen war die des Literaturhistorikers Prof. Dr. Alfred Biese, der über das Buch folgendes schreibt:

„Es war im Herbste dieses Jahres, da begleitete mich in die Einsamkeit eines Landgutes und dann in die Felsen- und Meereseinsamkeit von Helgoland ein stilles und ernstes, kluges und sinniges Buch. Und aus ihm brach mir zugleich unwiderstehlich der Zauber der Einsamkeit meiner Rügen-Heimat entgegen, mit solchen echten Farben kann Land und Leute, Wald und See, Klippe und Düne nur die Liebe schildern, die dort zu Hause ist. ...

,Einsamkeit' hat die Kraft in sich, jedem ernsten Leser weihvolle und nachdenkliche Stunden zu bereiten, ja, es lockt vielleicht manchen, der den wundersamen Reiz der Ostseeinsel noch nicht kennt, auch ein paar Wochen der Einsamkeit an ihrem Strande, in ihren Buchenwäldern, auf ihren Kreidefelsen zu verleben oder zu verträumen. ...

Ein solches Buch verlangt Hingabe, stille Versenkung. Es setzt nicht von Spannung zu Spannung, sondern läßt in schwere, grüblerische Menschen hineinschauen, die innerlich einsam sind, weil sie eben so viel Tiefe in sich bergen, und die sich daher auch gern nach außen hin verhüllen und verbergen, in herber Keuschheit oder in einem Selbstgefühl, das sich doch auch ein wenig an Geringschätzung der anderen nährt."

Des Kritikers übersichtliche Inhaltsangabe des Romans haben wir absichtlich fortgelassen, fügen auch keine eigene hinzu, mag ein jeder zu diesem Buche greifen und Erhebung in feierlichen Stunden aus ihm gewinnen.

Und wir geben der Hoffnung noch einmal Ausdruck, daß Clara von Sydow ihr letztes Wort noch nicht gesprochen haben möge; wir erwarten noch mehr Früchte schönen, reifen Könnens von ihr.

Die Besten ihrer Zeit haben sie gelobt, sie hat ihnen genuggetan, und

„Wer den Besten seiner Zeit genuggetan,
Der hat gelebt für alle Zeiten!"

Anmerkung

Die Veröffentlichung von Arnold Koeppens Porträt über Clara von Sydow (Stettin 1854–1928 Stralsund) dient einer literaturgeschichtlichen Spurensicherung. Koeppens Ausführungen sollen hier nicht analysiert und bewertet werden. Ausführlichere Beiträge des Herausgebers der Werkausgabe zu Leben und Werk von Clara von Sydow sind in den Bänden „Einsamkeiten" (^{2}2015) und „Dorette Rickmann" (2016) zu lesen. Die fundierte Annäherung an das Werk dieser deutschen Schriftstellerin ist ein Desiderat der germanistischen Forschung. Mit der Edition Gellen können hierfür nur Anregungen gegeben werden.

Detlef Krell
Dresden im Mai 2017

Alte Gefährten 5
Die Silhouette 9
Spätsommer 139

Anhang:
Clara von Sydow. Zu ihrem 60. Geburtstag
Von Arnold Koeppen 287